Los retos de conquistar a un duque

Romántica

Biografía

Julia London es la autora de novela romántica contemporánea e histórica superventas de *The New York Times*, de *USA Today* y de *Publishers Weekly*. Sus series *Los libertinos de Regent Street*, *La familia Lockhart*, *Las debutantes*, *Cuestión de honor*, *Las hermanas Lear*, *Pine River*, *Las hermanas Cabot* y *A royal wedding* han obtenido un enorme éxito internacional. Ha quedado seis veces finalista del premio RITA, el galardón más importante y prestigioso de la literatura romántica, y ha recibido el premio RT Reviewers' Choice a la mejor novela histórica. Vive en Austin, Texas.

www.julialondon.com
@JuliaFLondon

Julia London

Los retos de conquistar a un duque

Las debutantes 1

Traducción de Ana Sánchez Prat y Cristina Pérez Bermejo

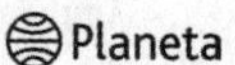

Obra editada en colaboración con Editorial Planeta – España

Título original: *The Hazards of Hunting a Duke*

Bajo el sello editorial BOOKET M.R.
Avenida Presidente Masarik núm. 111,
Piso 2, Polanco V Sección, Miguel Hidalgo
C.P. 11560, Ciudad de México
www.planetadelibros.com.mx

Diseño de portada: Booket / Área Editorial Grupo Planeta
Imagen de la portada: © Ilina Simeonova / Trevillion Images

Primera edición impresa en España en Booket: junio de 2021
ISBN: 978-84-08-24387-8

Primera edición impresa en México en Booket: marzo de 2022
ISBN: 978-607-07-8411-8

Impreso en los talleres de Impresora Tauro, S.A. de C.V.
Av. Año de Juárez 343, Col. Granjas San Antonio,
Iztapalapa, C.P. 09070, Ciudad de México
Impreso y hecho en México / *Printed in Mexico*

Para las Hermanas Gimoteo, que me ayudaron a levantarme y gimotear todos los días sin falta

1

Londres, marzo de 1819

El marqués de Middleton, único heredero del poderoso ducado de Redford, exudaba riqueza y poder. Era un hombre atractivo y viril, que no pasaba desapercibido para la mayoría de las mujeres ni para algunos hombres. Era, a todas luces, un hombre que emanaba sensualidad.

Jared Broderick, el marqués, no decía ni hacía nada para provocar tales sentimientos en los demás y, a decir verdad, ignoraba por completo que tuviera ese poder. Si alguien le hubiera sugerido que con tan sólo una mirada podía hacer flaquear las piernas de una mujer, se habría reído y confesado imperturbable que adoraba a todas las mujeres, como así era. Ricas o pobres, nobles o plebeyas, lo único que le importaba era que fueran mujeres; lo cual quería decir, que debían oler bien, ser suaves, algo tontas, fastidiosas, atractivas y estimulantes, tanto dentro del dormitorio como fuera de él.

Con su pelo rubio oscuro, la mandíbula cuadrada, anchos hombros y unos ojos color avellana con toques dorados, estaba considerado por la alta sociedad londinense como un hombre peligrosamente atractivo. Era de constitución atlética, alto, fuerte y delgado. Sus costumbres libertinas tenían también un lado oscuro, ya que más de una vez había tenido algún problema por culpa del juego y las mujeres. Aún persistían los rumores sobre un duelo en el que había participado sin temor alguno y del que había salido vencedor.

La última imprudencia que se contaba de él tenía relación con su participación en una partida de caza el otoño anterior. El ciervo había olido a los cazadores y huido hacia el bosque. Al parecer, Middleton había arriesgado su cuello y el de su caballo para alcanzarlo, saltando por encima de muros de piedra, peligrosos barrancos y matorrales y dejando atrás al resto de los jinetes. Pero cuando tuvo acorralado al animal, tiró de las riendas, hizo dar media vuelta a su montura y regresó a la finca. Se decía que lo que le importaba no era la caza, sino la persecución.

En los elegantes clubes para caballeros de Londres, más de uno comentó que el marqués había cabalgado tan frenéticamente ese día no por el ciervo, sino porque lo perseguían sus propios demonios.

Cualquier cosa que hiciera, al día siguiente aparecía invariablemente relatada con todo detalle en los periódicos de Londres y, sin duda, nada deleitaba tanto a los habitantes de Mayfair, el elegante distrito de Londres, como sus hazañas en la cama de algunas de las damas más importantes de ciudad. Lo que hacía esos relatos más excitantes, era que se trataba del heredero de uno de los ducados más poderosos de Inglaterra y Gales; imaginar los bastardos que pudiese ir engendrando por toda la ciudad, preocupaba enormemente a su padre, el actual duque de Redford.

Era de sobra conocido que muchos lores deseaban que sus hijas se casaran con el hijo de Redford, y la mejor situada parecía ser lady Elisabeth Robertson. Su padre era amigo del duque desde que ambos eran niños y todos coincidían en que su linaje la convertiría en una duquesa sin igual.

Lo que los murmuradores no sabían era que el marqués y el duque habían mantenido muchas acaloradas discusiones sobre ella, en las cuales el hijo se había negado en redondo a la idea de un compromiso con lady Elizabeth, mientras que el padre insistía en que, por su parte, no aprobaría ninguna otra unión.

De hecho, fue otra mención en el periódico lo que llevó al duque a convocar al marqués como si fuera un simple criado.

Jared acudió, pero se sentó despreocupadamente, mientras su padre se paseaba de un lado a otro. El duque sostenía en la mano el último ejemplar del *Times* y estaba tan enfadado que tardó varios minutos en poder hablar.

—«Cierta viuda» —citó, al tiempo que bajaba el periódico para dirigirle a Jared una fría mirada—. Sé perfectamente a quién se refiere; todo el mundo conoce tu relación con lady Waterstone.

Jared se encogió de hombros sin darle importancia. Era cierto que había visitado el lecho de la viuda. A fin de cuentas, era un hombre, y había desarrollado un cierto cariño por los encantos del cuerpo de Miranda, lady Waterstone.

—¿No te importa nada tu reputación? ¿Y si lady Elizabeth llegase a leer esto? —preguntó el duque apretando las mandíbulas.

—¿Qué pasaría si lo leyese? —respondió Jared de forma irreverente.

A su modo de ver, él no le debía nada a lady Elizabeth y, francamente, si su padre, viudo desde hacía años, tenía tanto interés en verla casada, tal vez, debiera ser él quien se casara con ella. Jared era persistente en su rechazo; no pensaba en nada más que en vivir cada día como si fuera el último, y ningún argumento por parte de su padre para casarlo con una mujer con cara de caballo iba a hacerle cambiar de idea.

Pero cuanto más se empecinaba Jared en su negativa, más se enfurecía su padre con él.

—He tenido que aguantar la humillación de oír comentar tu

relación con esa mujer en mi club, ¿ahora también tengo que verla en letra impresa?

—Yo no tengo la culpa de lo que se escribe en los periódicos —contestó Jared.

La expresión del duque se ensombreció.

—¿Acaso no es tu despreciable comportamiento la causa de que se escriba toda esta basura? Te exijo que no deshonres nuestro nombre, ni el título, con tus devaneos con esa mujer. ¿Me has entendido? No vas a seguir teniendo relaciones con una ramera que se casó con alguien superior a ella —estalló—. ¡Ahora que ha enviudado, quiere clavar sus garras en el heredero del ducado de Redford y no pienso consentirlo! ¡Lady Elizabeth es idónea para engendrar un heredero legítimo en cuanto sea posible, dentro de los límites de la decencia!

Jared estalló de indignación.

—¿Es eso lo único que soy, señoría? ¿Un semental más de sus vastos y poderosos dominios?

El duque entrecerró sus oscuros ojos.

—Eres ruin.

—Muy bien —prosiguió Jared, hirviendo de rabia—, si el precio por haber nacido en su noble casa es engendrar un maldito heredero, lo haré. Pero cuando quiera y con quien yo quiera.

—¡No vas a engendrar a mi heredero con quien te plazca! —tronó su padre—. ¡Aquí hay mucho más en juego que tu lujuria! ¡Creí que habías aprendido algo con las desagradables consecuencias de tus antiguas costumbres! —añadió abriendo viejas heridas—. ¡Te lo advierto, si continúas humillándome, me ocuparé de que el rey en persona ordene que seas desheredado!

Jared abrió los brazos lanzando una carcajada de incredulidad.

—¡Hágalo! No voy a impedírselo; incluso me alegraría si lo hiciera. Al menos así me vería libre de las cadenas que me ha impuesto. —Lo decía con total sinceridad. De acuerdo, había cometido un montón de errores, pero también el duque. Que lo desheredara; Jared era marqués por derecho propio; no necesitaba para nada el título de duque y, francamente, no deseaba tenerlo.

Pero su padre se desplomó de repente en su silla de caoba, situada tras el magnífico escritorio y se cubrió el rostro con las manos.

—Por el amor de Dios, Jared —dijo con voz ronca—, por lo que más quieras, haz lo que te pido. —Apartó las manos y miró a su hijo—. No olvides que nuestra familia ya se hundió una vez en la depravación y las camas se llenaron de putas y bastardos. Costó años que la monarquía nos aceptara de nuevo; es injusto que ahora tú desprestigies nuestro buen nombre con tu ramera. ¡Cásate con una mujer decente y déjala embarazada. Luego vete con todas las mujerzuelas que quieras!

—¿Como hizo usted? —preguntó Jared tranquilamente.

El duque palideció. Se recostó en la silla y se agarró al borde del escritorio temblando de rabia.

—Fuera de mi vista —ordenó fríamente.

Jared se puso en pie.

—Señoría —se despidió con una reverencia.

Salió de la mansión de Park Lane en dirección a White's muy enfadado con su padre, y le molesto aún más ver a los dos lacayos que tenían orden de seguirle.

Toda la vida se había rebelado por lo absurdo de sus supuestas responsabilidades. Su principal cometido era deprimentemente simple: producir una reserva de hijos para el ducado de Redford. Se le valoraba sólo por su capacidad de procreación. La verdad es que no recordaba su infancia, especialmente después de morir su madre, cuando él tenía catorce años. Sus recuerdos de ella iban desapareciendo y apenas podía evocar ya nada aparte de su suavidad, el calor de su aliento o el olor a lilas de su piel. Se acordaba de que se reía cuando estaba con él, pero en realidad sólo la veía de vez en cuando. Sus padres vivían en Londres o en el campo, según dónde residiera la amante de su padre de aquellos momentos.

Jared, por su parte, vivía en cualquier parte, rodeado de las niñeras, institutrices y tutores que lo educaban para que fuera duque algún día.

Incluso cuando se marchó al internado, se investigaba a sus compañeros y se supervisaba cuidadosamente su educación. Nunca se sintió verdaderamente unido a nadie, excepto a sus dos mejores amigos, lord Stanhope y lord Harrison, que estudiaron con él.

Los discursos para que produjera un heredero empezaron al cumplir la mayoría de edad, y las exigencias se habían ido haciendo más imperiosas cada año que pasaba. Ahora, cuando estaba a punto de cumplir los treinta, eran ensordecedoras.

Jared lamentaba con frecuencia no ser hijo de un campesino, un comerciante o un banquero; cualquier profesión que hubiera hecho que su padre lo quisiera por algo más que su capacidad de reproducción. Pero era hijo de un duque y, desde que tenía memoria, su padre había intentado controlar su futuro, sus amistades y a quienes amaba.

Por consiguiente, Jared no amaba a nadie.

Se dirigió a White´s, el club de caballeros del que era miembro, y permaneció allí abatido y cabizbajo, negándose incluso a jugar una partida de *whist*, a pesar de la insistencia de sus compañeros. Cuando terminó el juego, uno de sus mejores amigos, Geoffrey Godwin, vizconde de Harrison, insistió en que lo acompañara al baile de los Fontaine.

—No puedo permitir que bebas solo —dijo, palmeándole la espalda—. Podrías hacerle daño a alguien.

—No quiero ir a ningún maldito baile —refunfuñó Jared—.

Detesto la frivolidad de la Temporada; acaba de empezar y ya hay todo un desfile de debutantes cuyas madres me persiguen con la esperanza de conseguir un sonado compromiso y una considerable fortuna.

—Vamos, no seas tan duro con esos pobres pajarillos y con sus madres —respondió Harrison entrechocando su vaso con el de Jared antes de beberse el resto del whisky—. Eso por no mencionar a los padres; no hay nada más estimulante que la conversación de un hombre con una hija soltera.

—¡Uf! —se burló William Danvers, lord Stanhope, agitando una mano hacia ellos—. Pues intenta ponerte en mi lugar a ver qué te parece. Imagínate que fueras tú el que tuviera que buscar una novia con una fortuna sin igual para asegurar el bienestar de las futuras generaciones.

—Imposible —resopló Jared—, son los hombres quienes poseen fortuna, no las mujeres.

—Ése es precisamente mi problema —exclamó Stanhope con disgusto, mientras se pasaba la mano por los rubios cabellos.

—Entonces vamos al baile —insistió Harrison—. Stanhope piensa en los garitos de juego para incrementar su ínfima fortuna; pero sé de buena tinta que en casa de los Fontaine las apuestas van a ser muy interesantes para los adinerados caballeros que no disfrutan bailando.

Jared echó una ojeada a Harrison.

—¿Interesantes?

—Muy interesantes —confirmó Harrison con una sonrisa.

Jared se encogió de hombros.

—Prefiero la calidez del cuerpo de Miranda a un maldito juego de cartas.

—Pero Miranda ahora está en el campo. ¿Qué otra cosa vas a hacer al margen de beber hasta que alguien tenga que llevarte a tu casa? Vamos, Middleton, ven y distráete con algo que aparte de tu mente las preocupaciones.

Quizá divertirse un poco alejara los sombríos pensamientos sobre su padre.

—De acuerdo —suspiró, frunciendo el cejo cuando Harrison y Stanhope aplaudieron su decisión.

Cuando llegaron ante la puerta del salón de baile de los Fontaine, Jared sintió la familiar punzada de alegría al ver a tantas mujeres dispuestas y atractivas. A su modo, echaba de menos a Miranda, pero Harrison tenía razón: no estaba allí. Por lo tanto, su vena jugadora decidió que esa noche debía dar lo mejor de sí mismo.

En el otro extremo del salón, Ava Fairchild propinó un codazo a su hermana y a su prima, señalando con la cabeza a los dos caballeros impecablemente vestidos que habían aparecido en la entrada, ambos ataviados con frac negro, chaleco blanco de seda y pañuelos perfectamente anudados al cuello. Lo único que los diferenciaba era que Middleton portaba un distintivo en la solapa que indicaba que su título era superior al de Harrison.

—¡Oh, Dios! —suspiró Phoebe en tono apreciativo mientras todas ellas contemplaban a los hombres—. Me encantaría que me los presentaran, aunque sólo fuera por el placer de bailar una vez con ellos.

—¿Sólo un baile? Yo estaba pensando en algo mucho más emocionante —comentó Ava. Su hermana y su prima la miraron expectantes y Ava les guiñó un ojo—. Un apasionado romance con Middleton.

Las tres se divertían un poco jugando a hacer suposiciones indecorosas sobre el sexo contrario. Pero la observación de Ava provocó un muy poco delicado resoplido por parte de Phoebe.

—Querida, creo que te has vuelto completamente loca. No tienes ni la más mínima posibilidad de que te presenten a Middleton, y mucho menos de mantener un romance con él teniendo en cuenta la cantidad de debutantes que están haciendo cola para ello... a menos, claro, que estés dispuesta a ofrecerle tu valiosa virginidad.

—Puede que incluso la vida —añadió Greer—. Su temeridad raya en la locura, y cuando se digna a bailar, es sólo para seducir. Así fue como empezó su asunto con lady Waterstone, ¿sabes?

Ava sonrió sorprendida.

—Pareces estar muy bien informada, Greer.

—Por casualidad he oído comentar muchas cosas sobre él, y ninguna buena —respondió ésta encogiéndose de hombros—. Dedícate a Harrison, Ava, es igual de atractivo. Bueno... casi —añadió con añoranza.

Las tres jóvenes miraron a Harrison durante un momento. Con su pelo negro y ojos azul claro era bastante guapo; pero la mirada de Ava se desvió hacia Middleton, que sonreía de forma cautivadora a la mujer que estaba a su lado.

Podía imaginarse perfectamente por qué seducía a las mujeres, característica que, en realidad, formaba parte de su encanto. Pero ella no era tan estúpida como para no saber que Middleton era un sueño inalcanzable para las simples mortales como ellas. A pesar de que, teóricamente, su nivel social era más que respetable —su difunto padre era conde—, la realidad era que su verdadera situación no encajaba en los cánones deseables para un futuro duque. El título de Middleton y sus ingresos —por no hablar de su aspecto elegante y sus encantadores modales— eran tales que podía conseguir a cualquier mujer que deseara. Todas lo codiciaban; todo lo que decía en el transcurso de sus ocasionales coqueteos era conocido por la mayoría de las damas, que lo comentaban en sus habitaciones privadas de Mayfair entre excitados susurros.

Ava no tenía ninguna esperanza de que un hombre de su categoría se fijara en ella, y mucho menos, para una relación de cualquier tipo. Sin embargo, el sueño le parecía maravilloso.

—Entonces puede que me limite a casarme con él —anunció alegremente, asombrando a su hermana y a su prima—. ¿Por qué no? —preguntó al ver sus expresiones de sorpresa—. Soy hija de un conde, y tan atractiva al menos como lady Elizabeth.

Las tres miraron hacia su izquierda, donde lady Elizabeth, con un soso vestido amarillo, estaba rodeada de una corte de debutantes que se apiñaba a su alrededor como gansos. Desafortunadamente para ella, a su lado tenía a la señorita Grace Holcomb, hija de un adinerado comerciante que acababa de llegar a Londres procedente de Leeds. La señorita Holcomb, una joven agradable en todos los sentidos, estaba impaciente por formar parte de una sociedad que valoraba a partes iguales la cuna y el dinero, pero había cometido el grave error de unirse a alguien tan carente de gracia como lady Elizabeth. Quizá como testimonio de su riqueza, la señorita Holcomb llevaba un llamativo vestido rosa y estaba cubierta de deslumbrantes joyas. A su lado, Elizabeth parecía difuminada. Ava estaba segura de que ésta no tardaría mucho en poner remedio a la situación.

—¿Y bien? —preguntó—. ¿Acaso no soy al menos tan atractiva como ella?

—Es evidente que la superas en aspecto y elegancia —dijo Greer pensativamente, obteniendo una pequeña inclinación de cabeza a modo de agradecimiento por parte de Ava; la nariz de Elizabeth era realmente espectacular—, pero todo el mundo está convencido de que va a ser la favorita de la Temporada. En cambio tú, querida, hiciste tu presentación hace tres años y sigues soltera. —Levantó tres dedos y los movió delante de Ava para enfatizar sus palabras.

Ava se los agarró y los apretó alegremente.

—No ha sido por falta de oportunidades —dijo—. He tenido tantas ofertas como tú, querida.

Se abstuvo de mirar a Phoebe, porque ésta no había tenido ninguna desde su presentación el año anterior; la pobre era demasiado tímida cuando había caballeros cerca. Greer, en cambio, era tan inteligente que los hombres siempre querían que fuera su pareja en la sala de juegos. En cuanto a Ava; bueno, ella se conformaba con disfrutar de las amables atenciones de varios caballeros y, de hecho, los animaba.

—Resulta que me gusta estar soltera. La vida es mucho más interesante cuando se tiene la atención de varios hombres atractivos, y sospecho que debe de ser muy aburrido tener sólo uno.

—Entonces lord Middleton y tú os parecéis mucho —opinó Phoebe.

Greer se rió a carcajadas al oírla y Ava miró inconscientemente hacia la entrada del salón. Por desgracia, su fantasía había desaparecido junto con Harrison entre los invitados. Y, lo que era peor, sir Garrett se acercaba a ella tan rápidamente como su encorsetado torso se lo permitía.

—¡Maravilloso! —exclamó Greer divertida—, ahora vas a poder disfrutar de las atenciones de sir Garrett.

Ava gimió. Sir Garrett era un hombre voluminoso y sociable, de gruesos labios y con una mata de pelo alrededor de la pelada coronilla. En el transcurso de las dos últimas Temporadas, había desarrollado un gran afecto por ella y empezaba a convertirse en un fastidio, ya que la buscaba a cada oportunidad y empezaba a monopolizarla en todos los acontecimientos.

Pero a Ava le daba pena. Nunca se había casado, y parecía estar bastante solo. Le costaba negarse a bailar con él de vez en cuando, pero el pobre no parecía entender sus corteses negativas, y que si bailaba con él era por amabilidad.

Cuando llegó a su lado, Ava oyó la risita tonta de Phoebe y notó cómo ésta le daba un codazo, aunque sonrió con gentileza cuando sir Garrett extendió la mano para coger la suya.

—Lady Ava —saludó él inclinándose.

—Sir Garrett, es un placer —contestó ella con una reverencia.

Él sonrió, le rozó el dorso de la mano con los labios y luego saludó sonriente a Phoebe y a Greer al tiempo que Ava liberaba su mano.

—Si me atreviera —dijo, centrando de nuevo su atención en Ava—, le diría que es la mujer más hermosa que hay aquí esta noche —declaró abriendo los brazos para abarcar a todas las damas presentes y olvidándose, evidentemente, de Greer y de Phoebe.

Ava se las recordó ladeando ligeramente la cabeza.

Sir Garrett comprendió al instante que había metido la pata y su rubicundo rostro enrojeció todavía más.

—Quiero decir... ustedes tres, eh... las Fairchild, todas... son muy... hermosas —tartamudeó cada vez más colorado.

Phoebe y Greer sonrieron tímidamente y le agradecieron sus amables palabras al igual que habían hecho en, al menos, dos ocasiones más.

Él se sacó un pañuelo del bolsillo, se secó la frente, y volvió a mirar a Ava.

—Señorita Fairchild, ¿me haría el honor de concederme el siguiente baile? —preguntó pasándose el pañuelo por las sienes—. Creo que es una cuadrilla y le aseguro que he intentado aprender bien todos los pasos para que no se produzca un incidente como el que tuvo la desgracia de sufrir en el baile de los Beltrose.

La desgracia fue que sir Garrett le había destrozado los dedos de los pies intentando bailar ese mismo baile. Pero Ava se compadeció del desdichado caballero y sonrió. Al menos tendría la oportunidad de bailar.

—Encantada, señor.

La cara de él se iluminó de placer.

—¡Bien! —exclamó, extendiendo el brazo por encima de su voluminoso pecho, mientras el pañuelo se agitaba como una bandera entre sus dedos—. El honor es mío, lady Ava. —Se guardó rápidamente el pañuelo en el bolsillo y le ofreció la mano.

Ella la aceptó de mala gana y miró con impotencia a Phoebe y a Greer mientras sir Garrett la conducía a la pista de baile.

Al otro lado del salón de baile, Harrison le propinó un puntapié a Jared para que lo dejara un momento a solas con una joven que parecía más interesada en Jared que en él. El marqués complació a Harrison pidiéndole a la señora Honeycutt, una mujer de cuya compañía había disfrutado durante las tres semanas que el marido de ella pasó en Escocia, que bailara con él una cuadrilla. Era su baile preferido para ejecutar con sus antiguas amantes, ya que, como la danza se desarrollaba entre cuatro personas formando un cuadrado, no había intimidad suficiente como para hablar de sentimientos heridos, como tenían tendencia a hacer las mujeres.

El vals, en cambio, era un baile privado, que se prestaba a susurrar sugerentes palabras de amor a las damas que aún no había tenido el placer de conocer.

Pese a todo, la señora Honeycutt estaba decidida a decirle lo que pensaba.

—Te he echado de menos —susurró cuando la cogió del brazo y le hizo dar una vuelta.

Jared no contestó, sino que se limitó a sonreír, soltarla y a moverse hasta lady Williamson. Pero cuando se dio la vuelta para quedar de nuevo frente a la señora Honeycutt, ésta lo miró como un afligido cachorrito al que no permitían salir de paseo con su amo.

Jared esbozó una sonrisa cautivadora, inclinó la cabeza, y avanzó un paso, la cogió de las manos, la hizo girar y la soltó. Y al separarse para volver a su sitio, chocó violentamente con alguien que estaba a su espalda.

—¡Oh, Dios! —exclamó lady Williamson mirando por encima del hombro.

Jared se volvió rápidamente; la persona con la que había chocado era una atractiva joven de pelo rubio oscuro y unos sorprendentes ojos verdes. Por desgracia, estaba en manos de sir Garrett.

—Mis más sinceras disculpas, milord —dijo Garrett intentando torpemente sostener las manos de su compañera de baile mientras una gota de sudor le bajaba por la sien.

La mujer miró a Jared por encima del hombro de su pareja y le sonrió con buen humor, un poco mortificada, quizá, pero a la vez divertida por haber chocado con él. Y, a menos que estuviera equivocado, se encogió levemente de hombros a modo de disculpa, antes de volver a dedicar su completa atención a sir Garrett.

Y estaba obligada a hacerlo. Se jugaba la vida.

Jared volvió a su cuadrilla y retomó el ritmo con facilidad. En una de las vueltas volvió a divisar a la mujer, ella le sonrió sin ningún disimulo y él pensó que no había vanidad ni astucia en esa sonrisa; y, lo que quizá fuera más importante, carecía de avaricia. Había demasiadas mujeres que lo miraban con un destello de codicia en los ojos.

Los ojos verdes de ella, en cambio, rebosaban risa y, al verla seguir los movimientos de Garrett, se dio cuenta de que no intentaba atraer su atención, sino que estaba sinceramente divertida por el torpe compañero de baile que se veía obligada a soportar.

Era diferente y refrescante, pensó. Conocía a muchas damas que se hubiesen horrorizado por la forma de bailar de Garrett y no habrían dudado en negarse a concederle ninguna danza. Se trataba de un veterano de guerra, ferozmente leal a la corona, que lo que le faltaba de refinamiento social lo compensaba ampliamente con su valor. Jared sintió respeto por aquella joven capaz de ver más allá de la torpe forma de bailar de su pareja.

No tenía ni idea de quién se trataba, pero estaba ligeramente intrigado.

Cuando regresó a la posición desde la que podía volver a verla, el cuerpo de sir Garrett la mantenía oculta a la vista, y no volvió a tener ocasión de divisarla en la pista de baile, cosa que lamentó.

2

Más tarde, en la parte de atrás del salón de baile y parcialmente ocultas tras una gran palmera, Ava, Phoebe y Greer miraban con el cejo fruncido el zapato que la primera de ellas sostenía en la mano.

—Está destrozado sin remedio —confirmó Phoebe, tocando el tacón con un dedo. La pieza desprendida pendía del zapato por una alarmantemente diminuta tira de seda dorada—. Y me costó mucho forrarlos —añadió, haciendo un pequeño puchero.

Lo que a Phoebe le faltaba de seguridad en sí misma, lo suplía con su creatividad. Era genial haciendo que los vestidos, zapatos y complementos mejoraran de aspecto con bordados y abalorios, convirtiéndolos en otros completamente nuevos. Ese invierno se había pasado quince días decorando con lentejuelas los zapatos que Ava llevaba esa noche, creando un minúsculo sol a juego con el bordado dorado que había realizado en el traje azul de seda que vestía su hermana. También era la responsable de los adornos de pequeñas y brillantes cuentas que las tres llevaban en el pelo.

—Sir Garrett es tan torpe... —suspiró Ava—. No tiene ni la más leve idea de cómo son los pasos. Ha avanzado en lugar de retroceder y me ha lanzado casi directamente fuera de la pista.

—Pobre hombre —dijo Greer—. Está desesperadamente enamorado de una mujer que no le quiere.

—Por supuesto que no —refunfuñó Ava mirando el zapato—. Si pidiera mi mano, lo rechazaría cortésmente y le sugeriría que dirigiera su mirada hacia la señorita Holcomb, que estaría encantada de recibir una proposición de un caballero.

—La tía Cassandra dijo que deberías empezar a considerar todas las proposiciones formales —le recordó Greer.

Phoebe y Ava dejaron de examinar la zapatilla y la miraron. Greer enarcó una ceja.

—¿Sí? ¿Y qué dijo de ti? —preguntó Ava—. Sólo eres un año menor que yo, ya has tenido una oferta seria a principios de esta Temporada y la has rechazado.

—Mi caso es muy diferente del tuyo —contestó Greer tranquilamente—. Yo no puedo casarme con un hombre que ni siquiera va a leer el periódico, y a lord Winston, según él mismo admite, no le gusta nada leer. De hecho, dijo sin disimulo que cree que comprar libros es una frivolidad.

—¿Lo ves? —replicó Ava al tiempo que deslizaba el pie en el estropeado zapato—. Acabas de darme la razón. Nada nos obliga a aceptar a un hombre al que no podamos soportar durante el resto de nuestra vida. Por esa misma razón, no puedo aceptar a sir Garrett.

—Tú no... pero lord Downey podría hacerlo por ti —sugirió Greer, refiriéndose al actual marido de su tía Cassandra y padrastro de Ava y de Phoebe.

Ava miró a su prima con el cejo fruncido.

—Por suerte, mamá no tiene por qué estar de acuerdo con las preferencias de lord Downey. Si no se encontrara indispuesta y estuviera aquí esta noche, te diría que no iba a permitir que me casara con sir Garrett, porque un matrimonio con él no sería «ni adecuado, ni inteligente» —dijo, imitando a su madre.

Greer sonrió; lady Downey les decía a menudo que el matrimonio era simplemente un asunto de conveniencia y de fortuna; y rara vez estimulante.

Ava, por su parte, opinaba que el segundo matrimonio de su madre con lord Downey no era ni adecuado ni inteligente, y la verdad era que no veía en absoluto el atractivo de tal arreglo. A sus veintidós años, Ava era una de las solteras más mayores de la aristocracia, pero todavía se la consideraba en edad casadera, y no veía razón alguna para precipitarse a formalizar ningún compromiso; la fortuna de su madre era más que suficiente para mantenerlas a todas bastante bien. ¿Por qué no iba a conservar las esperanzas de encontrar la compatibilidad de caracteres y el afecto, antes que la riqueza? ¿Qué atractivo podía tener un matrimonio de conveniencia si la dama en cuestión ya poseía dinero suficiente para mantenerse? Prefería esperar la proposición de un hombre al que pudiera amar.

—No creo que sir Garrett pida tu mano esta noche —dijo Phoebe—, y me parece que tampoco vas a poder bailar más, ya que tu zapato no tiene arreglo. Será mejor que te sientes junto a lady Purnam hasta que ella pueda acompañarnos a casa.

Lady Purnam era la mejor amiga de su madre, y al hallarse lady Downey indispuesta, se había ofrecido en seguida para acompañar a las tres jóvenes al baile. El ofrecimiento fue recibido con reservas por parte de Ava, Phoebe y Greer, pues lady Purnam creía, en virtud de la amistad que la unía a su madre, que tenía derecho a meterse en sus vidas y a enseñarlas cómo comportarse adecuadamente en cualquier situación. En ese aspecto, podía ser muy pesada, y la sugerencia de quedarse sentada a su lado era más de lo que Ava podía soportar.

—¿Sentarme junto a lady Purnam y escuchar durante toda la velada su parloteo, mientras aguanto la devoción de sir Garrett? No, gracias, prefiero volver a casa andando.

—No seas tonta, Ava, no puedes hacer eso; la lluvia se está convirtiendo en aguanieve y tienes el zapato roto —le recordó Phoebe.

—No se me ocurre nada peor que quedarme sentada en una fiesta mientras el resto de la gente está bailando ante mí —replicó Ava—. Le pediré a lady Fontaine que mande a un lacayo que me acompañe —añadió sonriendo de pronto—. ¿Os fijasteis en el rubio de ojos negros?

Phoebe resopló.

—¿Un lacayo? Ahora sí que estoy segura de que te has vuelto loca —dijo, ofreciéndole el brazo—. Vayamos junto a Purnam.

Con un gemido de rendición, Ava se colgó del brazo de Phoebe, y, cojeando levemente, permitió que ésta y Greer la acompañaran.

Lady Purnam estaba sentada en una especie de trono, cerca de la pista de baile, mirando a las parejas con los impertinentes para no perderse detalle mientras éstas bailaban. Se mostró encantada de tener la compañía de Ava y le hizo señas a un lacayo para que acercara una silla.

Ava se sentó, un poco irritada, contemplando con el cejo fruncido cómo su hermana y su prima se marchaban para reunirse con la señorita Holcomb junto al ponche.

—Se te ha roto el zapato, ¿no? —preguntó lady Purnam, dirigiendo los impertinentes hacia los pies de Ava—. En una ocasión me sucedió a mí, en Ascot. Se me rompió el tacón, y no pude acercarme a la valla para ver el final de las carreras.

—Qué mala suerte.

—Fue terrible. Lord Purnam estaba verdaderamente nervioso porque su caballo llevaba ventaja, hasta que chocó con el caballo del rey y empezó a cojear. —Se volvió hacia Ava y añadió con dramatismo—: Nunca se recuperó.

—¿El caballo o lord Purnam? —inquirió Ava inocentemente.

Lady Purnam chasqueó la lengua.

—¡El caballo, por supuesto! —Volvió a dirigir su atención al baile, abrió el abanico y empezó a darse aire con él—. Romperse el zapato en un baile es de lo más inoportuno, ¿verdad? Dejas de bailar, y cuando el caballero pregunta el motivo, no puedes decirlo. Los hombres no deben oír nada sobre vestidos, zapatos y demás artículos personales.

Ava la miró con curiosidad.

—¿No puedo decir que se me ha roto el zapato?

—No —contestó lady Purnam moviendo la cabeza—, no es adecuado. Si el hombre es un caballero, querría arreglarlo, lo cual lo pondría en contacto directo con tu pie, el cual a su vez está unido a tu pierna, y eso haría que a él se le llenase la cabeza de ideas impropias.

Ava era incapaz de ver cómo un zapato roto podía tener relación con algo que no fuera un zapato roto.

—Pero...

—Puedes declinar educadamente la invitación —aclaró lady Purnam muy seria, lanzándole una penetrante mirada—, pero nunca debes darle a un hombre una explicación sobre algo tan personal.

Santo Dios. La idea del decoro que tenía lady Purnam era decididamente medieval y en exceso pudorosa. Pero lady Downey había educado a Ava para que fuera siempre cortés y, con un leve suspiro, se rindió y se recostó en la silla.

—Ponte recta, querida —la regañó lady Purnam, dándole un golpe en la rodilla con el abanico—. Recta, recta, recta. —Cada palabra fue acompañada del correspondiente golpe.

Ava obedeció, sentándose erguida, con los pies cuidadosamente tapados con el bajo del vestido y las manos en el regazo. Sin embargo, al poco tiempo empezó a morirse de aburrimiento. No podía permanecer toda la noche sentada como un pato flotando en una charca, de modo que, discretamente, empezó a persuadir a lady Purnam para que hiciera traer su nueva calesa para que la llevara a casa.

Al otro lado del salón de baile, cerca de las puertas que daban a la terraza, se encontraban Middleton y Harrison junto a un pequeño saloncito donde charlaban varias personas. Acababan de abandonar la sala de juego, donde la suerte había estado de su parte. Harrison había ganado doscientas libras a costa de lord Haverty, un jugador empedernido, y Jared consiguió un paseo en carruaje por Hyde Park, a solas con lady Tremaine, quien llevaba meses persiguiéndolo, y él, después de beber un poco más de whisky de la cuenta, estaba encantado de complacerla.

Mientras le concedía la media hora que ella le había pedido para librarse de sus amigos, y, lo más importante, de su marido, Jared se reunió con Harrison en el salón de baile para tomar una copa antes de que éste se volviera a las mesas de juego y Jared escapara con su cita. Estando allí, bebiendo whisky y contemplando distraídamente el baile, su mirada cayó por casualidad en la mujer que había visto bailando con sir Garrett. Estaba sentada junto a lady Purnam y parecía estar muy molesta por algo o por alguien.

Dándole un ligero codazo a Harrison, la señaló con la cabeza.

—¿Quién es la joven de azul que está sentada al lado de lady Purnam? —preguntó.

—Lady Ava Fairchild —contestó Harrison al instante. A menudo sorprendía a Jared, pues parecía conocer prácticamente a todo el mundo—. Es una de las hijastras de lord Downey.

Eso sí que era interesante. Lord Downey no era el tipo de hombre al que Jared llamaría amigo.

—Debutó hace dos años, quizá tres. Se dice que es bastante

coqueta. —Miró de reojo a Jared—. ¿Por qué te interesa? Nunca te han llamado la atención las debutantes.

—No me interesan ni ella ni ninguna en especial. —Dejó de mirar a lady Ava para observar al resto de la gente. Por desgracia, sus ojos se toparon con lady Elizabeth, quien le dedicó una deslumbrante sonrisa en medio del grupito de jovenzuelos que la rodeaban.

—¡Maldición! —masculló.

Harrison siguió su mirada y se rió por lo bajo.

—Adelante, baila con alguien excepto con ella —sugirió—. No hay nada que aleje tan rápidamente a una mujer como que se baile con otra. No pueden soportar que no se les haga caso, ya lo sabes.

A Jared le pareció un buen consejo y le entregó su copa a Harrison.

—Gracias. Es una idea excelente —dijo, y sin pensarlo dos veces, echó a andar hacia lady Ava Fairchild.

Saludó primero a lady Purnam, a quien conocía desde hacía años.

—Milady —dijo tomando su mano e inclinándose sobre ella—, su belleza me sigue admirando.

—¡Middleton, granuja! —exclamó feliz lady Purnam—. Hace años que no te veo. Empezaba a creer los rumores de que ya no te divertían las debutantes y las fiestas, sino solamente las pobres viudas.

—Es alentador comprobar que la opinión que la alta sociedad tiene de mí permanece invariable —respondió él alegremente.

Lady Purnam se rió con disimulo, mientras dirigía la mirada a otra parte.

Jared cruzó las manos tras la espalda y miró a la joven que estaba sentada al lado de lady Purnam contemplando tranquilamente la pista de baile.

—¡Oh! —exclamó la mujer mayor siguiendo su mirada—. Por favor, discúlpame Middleton. ¿Puedo presentarte a lady Ava Fairchild?

—Desde luego —contestó él, saludando a la joven con una cálida sonrisa.

Lady Ava giró la cabeza hacia él y sonrió tímidamente mientras le ofrecía su mano.

—Es un placer, milord.

—El placer es mío, sin duda —contestó Jared, tomando su mano e inclinándose sobre ella para rozarle los nudillos con los labios.

Ava sonrió con cautela y apartó la vista.

Él también sonrió. Tenía mucha práctica con las jóvenes debutantes y sabía cómo eliminar sus reservas.

—Perdóneme, lady Ava, pero ¿no la conocí en el baile de apertura de la Temporada? Seguro que sí, mis ojos nunca hubieran pasado por alto a una mujer tan hermosa.

La joven enarcó una de sus elegantes cejas. Sonrió, negó con la cabeza y dijo:

—Creo que debía de tratarse de otra, milord, porque no asistí.

—¿No?

—Puedo asegurarle que no.

—Claro que lo hiciste, Ava —intervino lady Purnam intranquila.

—Seguro que no, lady Purnam —insistió Ava, sonriéndole a Jared con una expresión tan serena que, por un instante, éste perdió un poco de su aplomo.

—Lo siento, tiene toda la razón —dijo—, es imposible que me hubiera olvidado de usted.

La sonrisa de ella se ensanchó y se ruborizó ligeramente mientras soltaba su mano.

—¡Oh! Están tocando un vals. Lady Ava, ¿me haría el honor de bailar conmigo?

La señora Purnam prácticamente saltó del asiento mientras miraba a su joven pupila, pero Ava levantó la vista y dijo suavemente:

—Gracias, milord... pero lamentablemente debo rechazar la invitación.

—¿Debe? Si no le gusta el vals...

—No es eso, señor, me encanta.

Lady Purnam abría y cerraba la boca como si quisiera hablar y fuera incapaz de encontrar las palabras adecuadas, pareciéndose así a un enorme pez.

—¿Quieres decir que no te sientes bien, querida? —preguntó por fin, lanzándole una mirada algo intimidatoria.

Lady Ava le dedicó una dulce sonrisa.

—¡Oh, no! Me encuentro perfectamente.

Jared se quedó lisa y llanamente sin habla. Que él recordara, nunca antes una mujer le había negado un baile, y menos delante de otra persona. Comprendió que estaba recibiendo un franco rechazo. Era la primera vez desde que tenía memoria que algo así le pasaba, y delante de media aristocracia.

—Quizá en otra ocasión entonces —dijo inclinándose de nuevo—. Ha sido un placer conocerla.

—Gracias.

—Lady Purnam.

La aludida se removió en la silla con aspecto compungido.

—Milord, creo que ha habido un tremendo malentendido...

—Le aseguro que no, lady Purnam —respondió él educadamente, despidiéndose con una seca inclinación de cabeza y alejándose con una ligera sensación de fracaso. Aunque, por extraño que pareciera, desde su mayoría de edad, aquello era lo más interesante que le había sucedido en un salón de baile atestado de gente.

Sin embargo, ya estaba harto del baile y decidió esperar a lady Tremayne en la comodidad de su carruaje. Al menos, había una mujer que apreciaría sus atenciones.

Lady Purnam miró a Ava enfadada.

—¿Qué te pasa? —susurró cuando Middleton desapareció entre los invitados.

—Que se me ha roto el zapato...

—¡Sí, sí, ya sé que se te ha roto el zapato, pequeña tonta, pero acabas de rechazar al marqués de Middleton!

—Pero ¡si no puedo bailar!

—¡No, pero podrías haberle dado alguna explicación!

Claro que podría, y la verdad era que no sabía por qué no lo había hecho, aparte de lo que Greer le había contado sobre Middleton y de la orden de lady Purnam.

—Lo lamento, lady Purnam, pero usted me ha dicho...

—¡Santo Dios! —exclamó ésta abanicándose con tanta fuerza que era milagroso que las plumas que llevaba en el pelo no salieran volando—. Es exactamente lo que le dije a tu madre; a veces puedes llegar a ser verdaderamente obtusa, Ava. ¡Es cierto que te he dicho que no debías contarle algo tan personal a un caballero, pero con eso no quería decir que tuvieras que insultar al marqués de Middleton!

—¡No le he insultado! —protestó Ava—. Al menos no quería hacerlo. La verdad es que hubiera preferido bailar con él; quitarme los zapatos y aceptar, pero usted me ha dicho muy claramente que no podía.

—¡Ah! —exclamó lady Purnam exasperada—. ¡Sabes muy

bien lo que te he dicho! Tan cierto como que vivo y respiro —suspiró irritada—, he sido testigo de cómo te has deshecho de un caballero que es sin duda el mejor partido de Londres. ¿Tienes idea de a cuánto asciende su fortuna?

No, pero seguro que lady Purnam iba a decírselo. Sin embargo, antes de que lo hiciera, Ava aprovechó la oportunidad que le proporcionaba la supuesta tragedia.

—¿Permite usted ahora que su carruaje me lleve a casa? No soportaría volver a verle después de mi metedura de pata —explicó.

—¡Sí, querida, claro que te vas a ir a casa! Inmediatamente. Y le vas a decir a tu madre lo que has hecho. Y espero por tu bien que ella encuentre una manera de arreglarlo, porque yo desde luego no puedo —contestó, llamando a un lacayo.

Por supuesto que regresaría a casa y se lo contaría a su madre. De hecho estaba impaciente por decirle que, por mucho que lady Purnam fuera su mejor amiga, se ponía frenética por las cosas más tontas. No había insultado a Middleton. Sencillamente, se había negado a caer rendida a sus pies cuando él intentaba seducirla con una sonrisa. Cierto que era una sonrisa como para perder el aliento, pero no allí ni entonces.

De modo que quince minutos más tarde, después de decirles a Phoebe y a Greer que lady Purnam la enviaba a casa con su carruaje, Ava se encontraba en el vestíbulo, con la capa puesta y esperando a que el lacayo la avisara de que la nueva calesa de lady Purnam estaba allí.

Éste entró poco después, junto con una ráfaga fría de viento que la golpeó directamente en la cara.

—El tiempo ha cambiado —dijo el lacayo a modo de disculpa—. Es extraño en esta época del año.

—Así es —afirmó Ava, mirando hacia el exterior. Había por

lo menos tres carruajes con blasón delante de la casa; relucientes testigos todos ellos de la categoría de los invitados de lady Fontaine.

Desgraciadamente, la maravillosa calesa nueva de lady Purnam era exactamente igual a las otras dos excepto por el blasón, y, en esos momentos, Ava era incapaz de recordar cuál era el escudo de los Purnam aunque le hubiese ido en ello la vida.

—¿Cuál es la de lady Purnam? —preguntó.

—Una de éstas —contestó el lacayo señalándolas a las tres—, la que tiene un pájaro en el escudo.

—Ah, sí, por supuesto —masculló Ava, dando un paso vacilante hacia afuera. El aguanieve se había convertido en una nevada cuyos gruesos copos dificultaban la visión.

Otro lacayo apareció sosteniendo una linterna en alto.

—Milady —dijo, indicándole que lo siguiera.

Ava se apresuró a hacerlo, andando como podía con el zapato roto. Cuando se acercaron a los carruajes, el cochero del primero de ellos se bajó para abrir la puerta. A Ava apenas le dio tiempo a ver el blasón, pero pudo distinguir una águila que llevaba una rama en las garras. El cochero extendió la mano y Ava la aceptó, apresurándose a subir al interior y aterrizando sobre un acolchado asiento de terciopelo del mismo color rojo oscuro que la seda que tapizaba las paredes. Las cortinas, también de seda, estaban corridas.

—Debajo del asiento hay una manta, milady —le indicó el hombre, cerrando la puerta ansioso, a todas luces, por volver a cobijarse bajo sus pieles, y dejándola a ella en la más absoluta oscuridad con su apresuramiento.

—¡Demonios! —masculló Ava. Se estaba agachando para buscar la manta cuando oyó voces y el carruaje dio una repentina sacudida hacia adelante, haciéndole perder el equilibrio. Se sujetó al asiento de delante con una mano, pero en vez del suave terciopelo tocó algo vivo.

Se incorporó con un chillido, dejándose caer contra el asiento al mismo tiempo que la llama de un fósforo iluminaba el interior del coche y al marqués de Middleton. Cogió aire; él estaba recostado en el asiento de enfrente, con uno de los hombros apoyado en la pared recubierta de seda, un pie plantado firmemente en el suelo y la otra pierna doblada a la altura de la rodilla con el pie pisando irreverentemente el terciopelo, mientras se estiraba para encender la lámpara del habitáculo.

A Ava le costó unos segundos poder hablar.

—¿Qué... qué está haciendo usted en la calesa de lady Purnam? —preguntó, con una mano en el corazón para calmar sus rápidos latidos.

—No estoy en el carruaje de lady Purnam. Estoy en el mío.

El significado de esas palabras fue penetrando lentamente en su cerebro. Después de lo que le parecieron minutos, Ava entendió por fin que se había equivocado de coche.

—¡Oh, Dios! —exclamó avergonzada, abalanzándose rápidamente hacia la puerta. Middleton la detuvo colocando la bota contra la manija.

—Si se ha colado en mi coche para pedirme disculpas por haberme rechazado delante de todo Londres, las acepto.

Ella parpadeó.

—No he venido a pedirle perdón. —Middleton enarcó una ceja—. ¡Cielos! —musitó ella—. Milord, he cometido un terrible error.

Él sonrió con aire de suficiencia.

—Tenía que estar en el carruaje de lady Purnam —prosiguió Ava—. El lacayo me ha dicho que tenía un pájaro en el blasón, pero como yo no le había prestado atención al escudo de lady

Purnam, no sabía de qué pájaro se trataba hasta que he visto el águila... —explicó, señalando vagamente hacia la puerta—; aunque ahora me parece recordar que se trata de un ruiseñor... —Sacudió la cabeza confusa—. Se me ha roto el zapato —añadió sin transición extendiendo el pie para que él lo viera.

Jared echó una ojeada al tacón.

—Entonces lady Purnam ha dicho que haría que su carruaje me llevara a casa, de modo que ya ve, ha sido un desafortunado error.

—Cierto —dijo él mientras su oscura mirada se deslizaba por el dobladillo del vestido.

Ava tragó saliva. El coche dio otra sacudida, pero continuó moviéndose.

—¡Oh, no! —exclamó ella clavando las uñas en el asiento—. Por favor, ¿quiere pedirle a su cochero que se detenga para que pueda salir?

Él no dijo nada, permaneció allí, recostado indolentemente en el asiento con el pie apalancado en el picaporte.

—Milord...

—Satisfaga mi curiosidad, ¿quiere? ¿Por qué me ha rechazado? —preguntó él con aparente despreocupación—. ¿Le he hecho algo? ¿La he ofendido? ¿La he ignorado?

Ava abrió la boca para asegurarle que no, pero de repente se le ocurrió que, aunque pareciera increíble, al rechazarlo lo había herido. Lord Middleton, que tenía montones de mujeres arrojándose a sus pies, se sentía herido porque ella se había negado a bailar con él.

Le hubiese gustado saborear la idea, pero el carruaje iba cada vez más de prisa y, de pronto, en lo único que fue capaz de pensar, fue en lo que Greer había contado de él. Se abalanzó de nuevo hacia la puerta, pero Middleton se negó en redondo a mover la bota.

—¿Va a saltar de un coche en marcha?

—Sí, si tengo que hacerlo —respondió ella con firmeza—. Tendría que estar en la calesa de lady Purnam.

—Primero se niega a bailar conmigo delante de toda la aristocracia, y ahora está dispuesta a saltar de mi coche en marcha. Lady Ava, empiezo a creer que mi compañía no le resulta grata.

—No le conozco, milord, de modo que no tengo ninguna opinión de usted, ni buena ni mala. No debe pensar eso.

—¿No? Entonces ¿de qué se trata exactamente?

—Tengo el zapato destrozado, como ya le he enseñado. Era imposible que bailara.

—¿Y por qué no se limitó a decirlo?

La había atrapado. No podía confesar que lady Purnam le había ordenado no hacerlo, ni que conocía su reputación... ni que algo la había impulsado a disgustarlo.

—Supongo que he pensado que bastaba con un cortés rechazo —contestó con impertinencia—. Y ahora, ¿quiere por favor decirle al cochero que se detenga?

—No se lo aconsejo —respondió él divertido—. Considerando la cantidad de invitados de lady Fontaine que la han visto rechazarme en el salón de baile y todos los que están ahora en la entrada contemplando cómo nieva y preguntándose si deben irse antes de que los caminos se vuelvan intransitables, imagínese las especulaciones si la ven saltar de mi carruaje, con su virtud a duras penas intacta, y correr hacia el carruaje de lady Purnam.

¡Oh, Señor! Tenía razón. Ava se mordió el labio y echó una ojeada a la puerta. Cuando volvió a mirarlo, Middleton sonreía con una expresión demasiado satisfecha.

El muy libertino estaba disfrutando con la mentira que se estaba propagando en ese mismo instante.

—Por supuesto, la llevaré a su casa de inmediato —dijo él

amablemente inclinando la cabeza—; para así proteger su reputación.

La manera en que lo dijo le hizo pensar a Ava que tenía en mente justo lo contrario. Se imaginaba lo que dirían lord Downey o su madre. Indudablemente, ellos esperarían que, a esas alturas, ella hubiera saltado del carruaje.

—O puede que después de que demos una vuelta por Hyde Park, la gente se haya ido —sugirió él—. Y entonces será bastante seguro para usted cambiar de coche.

—¿Hyde Park? —repitió ella débilmente.

Él esbozó una sonrisa lobuna.

—Sinceramente le pido disculpas, lady Ava, pero estaba esperando a otra persona. El cochero no estaba informado de que habría dos hermosas visitantes.

El rostro de ella se ruborizó pero, al mismo tiempo, sintió un estremecimiento de anticipación.

O puede que fuera de alarma.

La verdad, no estaba nada segura de qué era lo que sentía, aparte de una enorme curiosidad que estaba en franca contradicción con todas las cosas peligrosas y diabólicas que había oído sobre Middleton y que ahora daban vueltas en su cerebro.

Entonces, él cogió el borde de su capa tan despreocupadamente como si se tratara de la suya propia y la frotó entre los dedos.

—¿Me va a dar su dirección o tiene intenciones de venirse a casa conmigo? —preguntó mirándola.

El calor inundó su cara de nuevo.

—El catorce de Clifford Street. Gracias.

Él sonrió como si hubiera esperado que ella cediera y, extendiendo la mano, abrió la pequeña ventanilla que había debajo del asiento del conductor y que permitía comunicarse con él.

—Al catorce de Clifford Street —ordenó.

Ava sonrió y unió con fuerza las manos sobre su regazo.

Él cerró la trampilla y luego, de repente, se sentó erguido, encajonando las piernas de ella entre las suyas. De hecho, sus piernas estaban tan cerca, que Ava juntó las suyas y se recolocó la falda para que no hubiera peligro de que la tocara.

Mientras se inclinaba sobre ella para mirarla a los ojos, se le formaron pequeñas arrugas junto a los ojos al sonreír.

—¿Quiere saber por qué creo yo que se negó a bailar conmigo?

No. Sí. No, no...

—¿Por qué?

—Porque quería jugar conmigo. Le gusta flirtear, ¿verdad lady Ava? Disfruta coqueteando, ¿no es así?

Ava contuvo una carcajada de sorpresa. ¿Aquel hombre, que posiblemente era el más deseado de toda Inglaterra, creía que ella se había negado a bailar para poder flirtear con él? Evidentemente, su ego era tan grande como frágil, y saberlo la hizo sentirse más segura.

—Supongo que algunas veces coqueteo un poco... con algunas personas —contestó sonriendo.

—¿Con quiénes?

Ella se encogió de hombros.

—Con mis amigos.

—Pero no conmigo, ¿es eso lo que quiere decir?

—¡Oh, no, con usted no!

—¿Por qué no?

—Porque... si lo hiciera, milord, no me cabe ninguna duda de que usted supondría que teníamos que conocernos mejor.

Él rió por lo bajo y se acercó aún más.

—¿En serio?

Ava retrocedió, intentando alejarse de la atracción de su sonrisa.

—Por supuesto. Está usted demasiado acostumbrado a seducir a todas las mujeres del mundo... suponiendo que se pueda creer lo que dicen los periódicos y lo que se murmura en los salones. Seguro que mi negativa lo iba a decepcionar.

—Y usted ha llegado a esa conclusión después de hablar con todas las mujeres del mundo. —Se rió—. Eso son muchas mujeres, ¿no cree?

—Es obvio que no he hablado con todas, yo misma no puedo contarme entre ellas.

Él sonrió como si estuvieran jugando a algo.

—¿Tan mala es mi reputación?

Ava se dio cuenta de que los ojos de él tenían el mismo color avellana que las colinas de Bingley Hall en las que ella había pasado la infancia. Realmente seductores.

—Creo que está siendo modesto, señor. Sospecho que usted cree que su reputación es mucho mejor de lo que yo nunca llegaré a saber.

Su sonrisa se ensanchó e inclinó la cabeza.

—De acuerdo, le concedo el tanto. Pero me gustaría saber si es cierto que tengo ese efecto en todas las mujeres... y por qué usted no está incluida entre ellas.

—Supongo que prefiero que me admiren a mí... en vez de ser yo la admiradora.

Él se rió; el timbre rico y profundo de su risa le produjo a Ava una pequeña sacudida de placer.

—Muy inteligente y honesto por su parte.

—Completamente honesto, milord.

—Entonces, si no quiero que me vuelva a rechazar tan descaradamente, debo expresar mi admiración por usted, lady Ava. Pero antes, dígame —dijo, volviendo a colocar el rostro a pocos centímetros de su cara—. ¿Cómo le gusta que la admiren?

—¿Perdón?

Él se acercó tanto que Ava podía ver cómo se curvaban sus oscuras pestañas.

—¿Prefiere que sea con palabras... o con hechos?

La pregunta fue planteada con una sonrisa tan pecaminosamente deliciosa, que hizo que a ella se le acelerara el pulso. Se recostó contra el asiento lamentando su temeraria actitud.

—No sé a qué se refiere.

Middleton le tocó juguetonamente la rodilla con la suya.

—¿Quién es ahora el modesto?

Antes de que ella pudiera responder, o incluso pensar en una respuesta, Middleton se acercó de repente lo bastante como para besarla. Ava abrió la boca sorprendida, a lo que él respondió con una sonrisa infantil, mientras dirigía la mirada hacia sus labios, haciendo que se le contrajera el estómago.

—No he oído su respuesta, milady. ¿Prefiere que la admiren con palabras... o con hechos?

El cuerpo se le estaba derritiendo, lo mismo que el cerebro. Desde luego, entendía por qué las mujeres caían bajo el hechizo de aquel hombre; aquellos ojos irresistibles y la sonrisa de sus labios la atraían de tal modo que temía estar expuesta a cualquier tipo de escándalo en potencia en ese mismo instante.

Ava miró su boca, pero eso no le sirvió de ayuda. Se preguntó de manera insensata si realmente tendría intenciones de besarla. ¡Un beso de Middleton! Sólo había una forma de saberlo, ¿no?

—Con hechos —susurró, conteniendo el aliento.

—Buena chica —murmuró él, moviéndose hasta que los labios de ambos quedaron a pocos milímetros. Se cernió sobre ella y Ava levantó ligeramente la barbilla, preparándose para que la besara.

Sin embargo, él la sorprendió lamiéndole los labios. No podía haber hecho nada más sensual. Recorrió despacio la comisura de su boca con la punta de la lengua, y Ava se quedó petrificada. Era lo más excitante que le habían hecho nunca, y tan provocativo que, sin darse cuenta, exhaló un suspiro de placer.

Al oírlo, él levantó la mano hasta su mandíbula y le ladeó cuidadosamente la cabeza, recogiendo el aire de su suspiro. Luego, le mordisqueó el labio inferior y deslizó la mano hacia su pequeño trasero, haciéndola acercarse más mientras le introducía la lengua en la boca.

Notó como si se cayera hacia él. Permitió que la abrazara, ofreciéndole su boca y dejando que le rodease la cintura con la mano. La besó tan a conciencia, que a Ava empezó a estorbarle la capa debido al calor. Entonces, con la mano que tenía libre, empezó a tantear el broche y se la quitó. Jared movió una mano hasta su hombro, la deslizó por el brazo y luego por el escote hasta apoderarse de un pecho, oprimiéndolo y acariciándole el pezón con los dedos.

Ava jadeó contra su boca y él la empujó para que apoyara la cabeza en el lateral del carruaje. Mientras sus manos vagaban por su cuerpo, su boca trazó un húmedo sendero hasta sus senos, golpeando con la lengua la separación entre ambos pechos y presionando los labios contra uno de ellos al tiempo que lo masajeaba con la mano.

Cuando se lo sacó fuera del vestido, Ava se asustó e intentó sentarse; pero él tomó el pezón en su boca y ella volvió a desplomarse contra los cojines, cerrando los ojos ante la tormenta que se estaba cerniendo sobre ella y sintiendo el cuerpo en llamas.

De repente, el carruaje se detuvo.

Middleton dejó de prestar atención a su pecho y lanzó una ojeada a la puerta. Suspiró y, con calma, le colocó el vestido lo mejor que pudo, besándola en el hueco de la garganta. Se incorporó, pellizcándole los labios por última vez mientras la ayudaba a ponerse derecha y le echaba la capa por encima de los hombros. Luego volvió a sentarse relajado delante de ella.

Ava seguía sentada tal como él la había dejado, sintiendo todavía sus labios sobre los de ella, cuando la puerta del carruaje se abrió de golpe. Miró hacia la noche nevada y luego hacia Middleton.

Él sonrió, tomó su mano, se la llevó a la boca y presionó los labios en el dorso, soltándosela después.

—Tenga cuidado cuando rechace el ofrecimiento de un hombre para bailar, lady Ava —dijo guiñándole un ojo.

Obviamente, su cerebro había desaparecido, porque lo único que pudo musitar como respuesta fue «Gracias». Luego, se concentró en intentar mover las piernas, que se le habían vuelto de gelatina. Con la inestimable ayuda del cochero de Middleton, que la sujetó cuando aterrizó torpemente sin acordarse del maldito zapato, consiguió salir del carruaje sin ponerse en ridículo. Una vez a salvo en el suelo, se tapó la cabeza con la capa y miró hacia atrás.

El marqués se inclinó hacia adelante y sonrió a través de la puerta.

—Buenas noches, lady Ava. Realmente ha sido un placer. —Se dirigió al cochero—. Asegúrate de que llega bien a la entrada, Phillip —le ordenó. Luego se echó hacia atrás desapareciendo de la vista, excepto por sus largas piernas.

El cochero cerró la puerta y le ofreció el brazo.

—Con su permiso, milady.

Se lo concedió. Apoyó la mano en el brazo del hombre y echó a andar cojeando del pie derecho y con la mente a kilómetros de distancia del zapato.

Cuando estuvo segura en el interior de su casa y el carruaje ya se había perdido en la noche, se descalzó y sonrió dulcemente. Estaba impaciente por contarle a su madre lo que había pasado. Bueno, casi todo; no era tan estúpida.

Pero esa sonrisa soñadora sería la última que esbozaría durante algún tiempo, ya que su padrastro entró entonces precipitadamente en el vestíbulo, con expresión inusitadamente seria, antes de que ella pudiera quitarse la capa. Por un instante, Ava pensó que de alguna forma se había enterado de su paseo en el carruaje de Middleton y que iba a reprenderla. Pero cosa extraña en él, le tendió la mano.

—Ava —dijo.

—¿Sí? —preguntó ella, sorprendida y un poco asustada por ese gesto.

—Tu querida madre ha sufrido un ataque justo después de la cena. Lamento decirte que el médico no tiene esperanzas.

3

Cassandra Reemes Fairchild Pennebacker, lady Downey, murió repentinamente a la edad de cuarenta y cinco años.

Aunque a algunos les pudiera parecer que apenas se acababa de echar la última palada de tierra sobre su tumba cuando su marido, Egbert Pennebacker, vizconde de Downey, partió con destino a Francia, en realidad había transcurrido un mes. Un largo e interminable mes durante el cual Egbert tuvo que soportar el llanto de las hijas y de la sobrina de la fallecida, mientras a él lo que le preocupaba era su amante, Violet, quien quizá ya hubiera encontrado a otro benefactor. Pero no podía saberlo, porque ella estaba en Francia.

La verdad era que Cassandra no podía haber elegido un momento más inoportuno para morir. Egbert, a quien nunca le habían atraído los eventos de la Temporada, tenía pasaje en un barco con destino a Francia para el mismo día en que enterraron a su esposa. Por supuesto, envió rápidamente una carta a Violet para anunciarle la triste noticia, y dinero suficiente para que pudiera viajar a Inglaterra y lo ayudara en aquellos duros momentos.

Sin embargo, no llegó de ella ni una palabra, ni un mensaje, ni siquiera un indicio de condolencia en todo el mes.

La incertidumbre sobre lo que pudiese estar sucediendo lo tenía bastante enloquecido, y se pasaba la mayor parte del tiempo paseando de un lado a otro de su estudio, recorriéndolo nervioso con sus fuertes piernas y sus pequeños pies, mientras se mesaba los pocos mechones de pelo que le quedaban en las sienes. En ese estado de intensa ansiedad, apenas podía soportar la compañía de las entristecidas muchachas, que andaban cabizbajas, apenas salían y lo habían cubierto todo de negro. Pocas noches antes, había mencionado de pasada que hacía mucho que no tomaba sopa de espárragos porque a Cassandra no le gustaba, y Phoebe se echó a llorar, lo que le llevó a perder los nervios por completo.

—¡Por el amor de Dios! —bramó con tanta fuerza que hasta se le cayó el monóculo—. ¿Cuánto tiempo voy a tener que seguir aguantando este lloriqueo incesante en esta casa?

—No está lloriqueando, milord —intervino Ava rápidamente mientras Greer le entregaba un pañuelo a Phoebe—. Seguramente entiende lo mucho que mi hermana siente la pérdida; todas la sentimos. Nuestra madre acaba de morir.

Como si necesitara que se lo recordaran.

Egbert miró fijamente la cuchara llena de sopa antes de metérsela en la boca y volver a hundirla en el plato. Era verdad que no les había concedido el tiempo suficiente como para llorar adecuadamente por su madre; él mismo lamentaba que hubiera fallecido. Después de todo, había sido su esposa durante diez años, y era una mujer bastante soportable. Pero lo que quería era que lloraran en sus habitaciones y no lo distrajeran de sus turbios pensamientos. Aunque la muerte de Cassandra fuera una desgracia, en realidad, la vida continuaba, ¿no?

Terminó de cenar en silencio, pero su humor se fue ensombreciendo más y más al mirarlas, pues lo contemplaban como si el irrazonable fuera él.

Después de la cena, Ava se llevó a Phoebe y a Greer a sus habitaciones y lo dejó a solas con su oporto y su cigarro, no sin antes lanzarle una mirada de desaprobación. Era exacta a su madre.

Egbert se imaginaba que todas ellas lo despreciaban, pero en realidad no era tan insensible; era sólo que Violet llevaba casi ocho años siendo su florecilla; no podía soportar la idea de perderla. Estaba desesperado por encontrar una excusa para abandonar aquel interminable luto e irse de Londres para averiguar por qué Violet lo había olvidado.

Y esa noche, con la ayuda del oporto y del cigarro, dio con esa excusa. Lleno de alegría, se puso en pie de un salto y se encaminó hacia su estudio tan de prisa como se lo permitía su rechoncho cuerpo. Una vez allí, cogió pluma y papel para, apresuradamente, escribir una carta dirigida a Violet llena de declaraciones de adoración y devoción eterna, e informándole que llegaría a París en un plazo de quince días.

Después, escribió una segunda carta para su hermana soltera, Lucille Pennebacker, que vivía en la casa solariega de la familia, en Troutbeck. En la carta, la instaba a acudir a Londres de inmediato.

Una semana más tarde, Egbert convocó a sus hijastras en el salón principal. Cuando las vio entrar, vestidas de luto de la cabeza a los pies, se felicitó en silencio por ser tan caritativo, porque lo que iba a hacer por las tres muchachas era lo más bondadoso que podían esperar de nadie. Por supuesto, jamás echaría de su casa a tres jóvenes que se habían quedado solas, y desde luego no les deseaba ningún mal; pero al fin y al cabo no era su padre, ¿verdad? Por lo tanto, no era responsabilidad suya asegurarse de que encontraran su lugar en la vida. No, eso era cosa de Cassandra, y ahora que ella no estaba, cuestión de los familiares de las chicas, quienesquiera que éstos fueran. Por eso exactamente era por lo que había apremiado a Cassandra para que las casara antes de que fuera demasiado tarde.

Por desgracia y como de costumbre, ella no le había hecho ningún caso.

Una pena, porque de habérselo hecho les podría haber ahorrado a todos muchas preocupaciones. Y allí estaban las queridas muchachas, dependiendo por completo de su caridad. Se sentaron educadamente y le dirigieron una vacilante sonrisa a Lucille, que había llegado esa misma mañana y quien, a juzgar por la tensa sonrisa que exhibía en su pálida cara, había encontrado a sus pupilas bastante necesitadas de su guía.

Ava, la mayor y más valiente de las tres, paseó la mirada de Egbert a Lucille y viceversa. Nunca lo había apreciado realmente y él podía leer la cantidad de ideas y la suspicacia que brillaban en sus ojos verdes. En su opinión, Cassandra tenía aspiraciones demasiado elevadas para ella, porque nunca había aceptado ninguna de las peticiones de mano que habían recibido.

Egbert quiso aceptar la generosa oferta que el mismísimo lord Villanois hizo en la última Temporada, pero Cassandra no quiso ni oír hablar del tema.

—No posee la fortuna que deseo para nuestra Ava —replicó—, y es demasiado aficionado a la bebida. No voy a desperdiciar una buena dote en alguien como él.

Egbert no creía que Villanois fuera más o menos aficionado a beber que cualquier otro hombre, pero Cassandra continuó poniendo excusas, igual que hizo con los siguientes caballeros que pidieron la mano de su hija; ninguno le parecía lo suficientemente bueno para su querida Ava.

Ahora que la máxima autoridad en el tema era él, daba por supuesto que cualquier oferta le resultaría aceptable. Ava no seguiría disfrutando del lujo de llevar una vida libre de preocupaciones; había sobrepasado la edad adecuada para revolotear de baile en baile. A sus años, ya debería tener un hijo en los brazos y otro en el vientre.

Ava pareció percibir su descontento y miró a Phoebe de reojo.

Pero ésta no poseía la intuición de su hermana y se limitó a sonreír. Egbert siempre había pensado que Phoebe era demasiado confiada.

—Os presento a mi hermana, la señorita Pennebacker —dijo, señalando a Lucille.

Las tres jóvenes saludaron educadamente, inclinando la cabeza; Lucille se había puesto en pie y les hizo una reverencia como si pertenecieran a la realeza.

—Es un placer conocerlas —dijo.

—Gracias —contestó Ava.

—He llamado para que traigan el té —anunció Egbert, haciendo un impaciente gesto a Lucille para que se sentara. Cuando ella obedeció, prosiguió—: Llegará en un momento.

Miró distraído a Phoebe mientras ésta se colocaba el vestido. Era muy parecida a su hermana en estatura y constitución, pero tenía el pelo rubio claro, y los ojos de un color azul verdoso. A Egbert siempre le había parecido la más hermosa de las tres y pensaba que no permanecería soltera demasiado tiempo. Por desgracia, era demasiado tímida para su propio bien, y, lo que era aún peor, era propensa a soñar; tenía siempre la cabeza en las nubes, metida en un libro, u ocupada con algún tipo de trabajo artístico; y él suponía que ése era el motivo de que no hubiera recibido ninguna oferta.

Cuando le expuso a su esposa su preocupación por la falta de pretendientes de su hija, Cassandra le quitó importancia con la ridícula excusa de que Phoebe tenía un talento especial para el arte, y que casarse la privaría para expresarse en ese campo.

—Si la obligáramos a contraer matrimonio, su marido la mantendría embarazada y en el cuarto de los niños en vez de permitirle pintar —dijo con aires de superioridad.

Egbert no entendía el razonamiento de su esposa, ya que ése era exactamente el lugar donde deberían estar todas ellas.

Una llamada a la puerta lo distrajo de sus pensamientos.

—Aquí está el té —anunció Lucille, saliendo al encuentro de Richard, el mayordomo, contoneando sus anchas caderas cuando éste entró con la bandeja.

Ava y Phoebe se volvieron para ver lo que hacía, pero Greer permaneció quieta mirando a Egbert con curiosidad. Greer era una chica bastante inteligente y curiosa. Era la oscuridad donde sus primas eran la luz; tenía el pelo negro como el carbón y ojos azul oscuro. A su modo, era tan hermosa como sus primas, pero algunos hombres tenían que mirarla dos veces para darse cuenta de su belleza.

Cuando la madre de Greer, la hermana menor de Cassandra, murió, su padre se apresuró a casarse de nuevo con la esperanza de tener el varón del que le había privado el fallecimiento de su primera esposa. Entonces Cassandra se hizo cargo de Greer y, por lo que Egbert sabía, el padre nunca volvió a interesarse por la niña. Por lo tanto, Egbert la consideraba una pariente pobre; aunque quizá sintiera más cariño por ella que por las otras, ya que tenía su misma naturaleza práctica y perspicaz.

Desdichadamente, como Greer era una pariente pobre, la caridad de Egbert no podía hacerse extensiva a ella. Seguramente habría algún otro miembro de la ilustre familia Fairchild que pudiera mantenerla o, al menos, que se ocupara de casarla.

Greer también había recibido ofertas, pero cuando las comentaron, Egbert se dio cuenta de que Cassandra pretendía conservarlas a todas a su lado, por lo que él se desentendió de las excusas que esgrimió en contra del matrimonio de Greer.

Ahora, al mirarlas, una inconsciente sonrisa asomó a sus labios. Tenía la intención de remediar su condición de solteronas en cuanto regresara de París. Las casaría una tras otra con el mejor postor, y si se negaban, las mandaría a vivir con sus parientes.

No tenía ningún deseo de seguir soportándolas más tiempo del necesario. ¡Por el amor de Dios, ya tenía bastante con la carga de Lucille!

Las tres jóvenes lo miraban expectantes mientras Lucille servía el té.

Egbert suspiró, se presionó las sienes con los dedos y se echó hacia atrás en la silla.

—Muy bien, ya estamos todos aquí y no voy a entretenerme con preámbulos. La pregunta es sencilla: ¿qué debemos hacer ahora que Cassandra ha muerto? Os diré lo que voy a hacer yo. Me resulta muy difícil poder llorar apropiadamente la muerte de mi esposa teniendo sus cosas y a sus hijas alrededor. Es muy... —se rompió la cabeza buscando la palabra apropiada, y, al no encontrar ninguna, repitió—: difícil.

—¡Pobrecito! —exclamó Lucille, colocando una mano encima de la de él y apretándola con cuidado—. No tenía ni idea de que estuvieras tan apenado.

Egbert bajó la vista hacia su rechoncha mano y luego la miró a la cara. Lucille se apresuró a interrumpir el gesto.

—Si me lo permite, milord —intervino Ava, echándose ligeramente hacia adelante en la silla—, quizá pudiéramos ahorrarle la... dificultad. Lo hemos hablado, y nos gustaría decirle que estaríamos dispuestas a vivir en otro lugar si le parece bien.

Vaya. Aquél era un interesante giro en los acontecimientos, y algo completamente inesperado.

—¿En otro lugar? ¿Dónde? —preguntó casi con regocijo.

—Estábamos pensando en una casita en Mayfair. Nada demasiado ostentoso, desde luego. Y sólo necesitaríamos a Beverly, nuestra doncella. Y una ama de llaves, por supuesto.

A Egbert lo cogió de sorpresa; Cassandra nunca había mencionado que las chicas tuvieran fondos propios. No sabía cómo podía ser posible. De haberlo sabido habría insistido en conocer todos los detalles para poder administrar el dinero en su nombre, porque, a fin de cuentas, ¿para qué iban a necesitarlo tres jóvenes?

—Vuestra propia casa —repitió despacio.

Ava asintió.

—Y supongo que tenéis suficiente dinero.

Ava intercambió una mirada con las otras.

—Estoy bastante segura de que sí.

Pero no parecía estarlo por completo, porque era una mujer, y se suponía que las mujeres no manejaban su propio dinero.

—¿Puedes asegurarlo?

Ava parpadeó.

—¿Perdón?

—¿Cómo es posible que esperes alquilar una residencia si no sabes de cuánto dinero dispones?

—¡Egbert, querido, esto es tan vulgar! —lo reprendió Lucille ganándose una mirada de reprobación de su hermano menor.

—¡Es un asunto del que hay que hablar, Lucy! —dijo con impaciencia—. ¡Y no se me ocurre otra forma de hacerlo que decirlo claramente!

—Le ruego que me perdone, milord —intervino Ava rápidamente—, pero usted está en mejor posición para saber el... dinero... que tenemos.

Ahora el confundido era él.

—¿Yo? ¿Y por qué iba yo a saberlo?

—Bueno —Ava seguía pareciendo igual de desconcertada—, nos... nosotras no sabemos cuánto... cuánto hay, pero suponemos que será suficiente para conseguir una vivienda modesta.

De repente lo vio todo claro, y aun siendo Egbert tan caritativo como era, casi saltó de la silla en su apresuramiento al inclinarse por encima del escritorio y mirar a la osada con severidad.

—¿Estás sugiriendo que os alquile una casa?

Ava parpadeó.

—Yo, esto... tan sólo creía que usted...

—Entonces, ¡has creído mal! —bramó él—. ¡Está claro que no entiendes que vosotras tres sois una carga financiera y social para mí!

—Lo entendemos —procuró tranquilizarlo Ava mientras Phoebe y Greer asentían vehementemente a su lado—. Por eso hemos pensado en irnos a otra parte.

—Os quedareis aquí —dijo él con brusquedad, retrepándose en la silla—. No puedo permitirme el lujo de alojaros en otra residencia. Bien, como estaba diciendo antes de que me interrumpieras, me resulta muy difícil llorar adecuadamente a mi esposa con vosotras y sus pertenencias alrededor. —Señaló vagamente los muebles que, en efecto, habían sido comprados con el dinero de su mujer—. De modo que he decidido irme a París una temporada. Vosotras permaneceréis aquí acompañadas de mi hermana.

Las tres miraron a Lucille como si la vieran por primera vez, pero Ava devolvió rápidamente la atención a Egbert.

—¿Eso es todo, milord? ¿Usted se va a Francia y nosotras tenemos que quedarnos aquí, igual que antes?

—¡Ajá! —exclamó él, levantando un dedo—. Exactamente como antes no. Se han acabado los interminables días de comprar vestidos, zapatos y chucherías.

Ava y Greer se quedaron boquiabiertas, mientras que Phoebe parecía que estuviera enferma.

—Además, ahora que estáis de luto, no veo razón alguna para pagar a un montón de criados. Ya no vais a ir a ninguna de las fiestas de esta Temporada, ¿no es cierto? Por otra parte sois unas jóvenes laboriosas; supongo que seréis capaces de hacer una cama y barrer las alfombras. Conservaré a Cook, pero sólo durante el día.

—¡Oh, Dios! —gimió Ava cerrando los ojos—. Le ruego que me disculpe, milord, pero nuestra madre era muy rica. Si me permite la indiscreción..., ¿seguro que no dejó nada para nosotras?

—Claro que sí —contestó él afablemente—. Dejó una modesta dote para cada una. El resto me lo legó a mí para que hiciera lo que quisiera con ello.

—¡Estamos arruinadas! —susurró Phoebe mirando al techo.

—¡Oh, vamos! —se burló él—. ¡No es como si os hubierais quedado en la calle! Me ocuparé de que estéis bien atendidas. Tendréis un techo sobre la cabeza y el estómago lleno, ¿qué más podríais necesitar?

—¿Qué más? —repitió Phoebe, demasiado irritada para su gusto—. ¡No podemos salir sin la ropa adecuada!

—La última vez que me fijé, tenías más ropa de la que cabe en una habitación individual —le recordó él ásperamente—. Creo que os bastará hasta mi regreso.

—¿Cuánto tiempo estará usted fuera? —preguntó Greer con calma.

Él se encogió de hombros.

—Supongo que hasta principios de otoño. O puede que incluso hasta que empiece la próxima Temporada.

—¡Eso es mucho tiempo! —vociferó Ava—. ¿Nos va a obligar a vivir como si fuéramos pobres durante meses?

—¡No me levantes la voz, lady Ava! ¡No hay motivo para que hagas un drama de esto! Me he ocupado de vuestras necesidades, en realidad ínfimas.

Phoebe se volvió hacia Ava, que le agarró la mano y se la mantuvo apretada.

Greer era la única que conservaba la calma, mirando a Egbert con tal intensidad que provocó en éste un estremecimiento.

—Milord, ¿puedo preguntarle qué piensa hacer con nosotras cuando vuelva?

—Exactamente lo que hace tiempo que se debería haber hecho. La primavera que viene habrá otra Temporada social, y aceptaré las peticiones de mano que, sin duda, llegarán —explicó él con una sonrisa conspiradora, levantándose de la silla—. Y lo haré tan rápido como sea posible, porque hace mucho que todas vosotras deberíais estar adecuadamente casadas.

Ava abrió la boca, pero él la interrumpió antes de que pudiera decir nada.

—La entrevista ha terminado. Me gustaría repasar algunos asuntos con mi hermana y luego tengo que reunirme con los criados, de modo que si nos perdonáis...

—Milord, ¿no irá a despedir a Beverly? —imploró Phoebe.

—¿No? ¡Tres mujeres jóvenes que gozan de una perfecta salud no necesitan que nadie las ayude a vestirse todos los días! —respondió con dureza—. Podéis ayudaros entre vosotras. ¡Vamos, no desesperéis! Os las arreglaréis bastante bien entre las tres y con la ayuda de Lucille, os lo aseguro. Ahora idos.

Las tres se pusieron en pie de mala gana.

—Vamos, vamos, no hay por qué estar tan abatidas —las reconvino Lucille—. Si seguís frunciendo así el cejo, os van a salir arrugas.

Las jóvenes miraron a Lucille con inquietud mientras salían con las cabezas gachas y los labios firmemente apretados.

—Oh, querido —suspiró Lucille cuando la puerta se cerró tras ellas—, no ha ido demasiado bien, ¿verdad?

—Ha ido perfectamente, Lucy —masculló Egbert, con la mente ya puesta en la manera de despedir a los criados.

El personal de servicio se fue a finales de esa misma semana. Ava, Phoebe y Greer permanecieron de pie en el vestíbulo, luchando por contener las lágrimas mientras se despedían de los sirvientes que llevaban tanto tiempo con su madre que ya eran casi de la familia; gente que estaba siendo puesta en la calle tan sólo con el salario de quince días y la promesa de darles referencias.

—Pero yo no tengo ningún lugar adonde ir, milady —le dijo el viejo Derreck, el jardinero y mozo de cuadra, a Ava mientras se pasaba la mano por su pelo gris—. A mí nadie va a contratarme.

Ava contuvo un sollozo, lo rodeó con los brazos y lo abrazó con fuerza.

—Lo siento, Derreck. Lo siento muchísimo.

—Toma —dijo Phoebe, apartando los brazos de Ava del anciano y cogiendo sus manos entre las suyas—. Toma esto. —Y depositó las últimas tres coronas de oro que poseía en la palma de su mano—. No es mucho, pero al menos te proporcionará alojamiento durante un tiempo.

—Hasta que pueda enviarle a lord Ramsey una nota recomendándote —intervino Ava pensando en uno de los amigos de su madre—. Siempre se necesita un buen jardinero, seguro que puede encontrarte un sitio en su casa —prometió, encogiéndose interiormente por la mentira. No tenía ni idea de lo que necesitaba o dejaba de necesitar lord Ramsey, pero iba a pedirle que contratara al viejo Derreck aunque sólo fuera como un favor en memoria de su madre.

Beverly fue la última en irse, y las tres se echaron a llorar cuando abrazaron a la mujer que las había ayudado a bañarse y vestirse desde que tenían memoria.

—Vamos, secaos las lágrimas —dijo Beverly valerosamente—. No os preocupéis por mí. Llevo siglos queriendo ir a visitar a mi madre en Derbyshire, de modo que dejad de llorar todas. A lady Downey no le gustaría veros llorar, y os preguntaría qué ibais a hacer para mejorar vuestra situación, ¿no es así?

Tenía razón, pero no por eso dolía menos.

Cuando se hubo marchado, Ava cerró la puerta y sintió el peso de su dolor y la preocupación por lo que iba a ser de ellas como una pesada losa sobre sus hombros.

—Le odio —susurró Phoebe.

Ava se reunió con Phoebe y Greer, y las tres se retiraron a sus habitaciones para lamentarse en privado.

Lord Downey partió dos días después con paso increíblemente rápido para un hombre que era casi tan ancho como alto. Antes del lunes siguiente, un pequeño comentario escondido entre las páginas de sociedad de los diarios sugería que tres conocidas jóvenes de la ciudad habían perdido su fortuna en beneficio de su padrastro y que, sin duda, irían a la caza de la fortuna de otro hombre en cuanto pudieran quitarse el luto.

Para ellas, esa pequeña reseña fue el golpe de gracia para su vida de relación. En la alta sociedad, el dinero lo era todo, y los que no poseían al menos una pequeña fortuna, por lo general no eran bien recibidos en los salones de los que tenían bienes en abundancia. Durante días se atormentaron pensando en lo que podían hacer y, al final, tomaron una decisión que era poco convencional e, incluso, poco aconsejable. Estaban bastante desesperadas, cierto, pero más que decididas a vivir sin ayuda tras la muerte de su madre.

4

Londres, marzo de 1820

La mala suerte hizo que Jared Broderick volviera a Londres tras un invierno particularmente duro, después de que lo hiciera su padre. Eso le proporcionó al anciano tiempo de sobra para meterse en sus asuntos y organizar un interminable almuerzo con lord Robertson y su familia. Al parecer, el duque no se había ablandado en el transcurso del invierno, mientras Jared había permanecido en la mansión familiar de Broderick Abbey con la esperanza de mantenerse alejado de la vista y de la mente de su padre. En su esfuerzo por no hacerse notar, sólo vio a Miranda tres veces.

Pero lo único que logró fue que el anciano pareciera todavía más decidido en su empeño por ver a su único hijo casado con lady Elizabeth Robertson.

Ni el aspecto ni el semblante de lady Elizabeth Robertson habían mejorado, como habría cabido esperar después de toda una estación. Para ser justos, la opinión de Jared se basaba en un almuerzo, sumamente aburrido, que todavía lamentaba. Durante el mismo, la joven apenas habló, y comió mucho menos, lo cual, supuso Jared, no era suficiente para juzgar el carácter de una persona.

Pero su opinión sobre ella no había cambiado.

Jared pensó que se iba a desintegrar si se veía obligado a soportar un segundo más de aquel nuevo almuerzo, y, al mirar a lady Elizabeth masticar unos pequeños bocados de pescado, su mente volvió a distraerse recordando las últimas amenazas de su padre.

Había sido culpa suya. El día anterior debería haberse mordido la lengua cuando el duque le preguntó si, después de todo un invierno de meditación, por fin había comprendido que tenía que abandonar a Miranda por el ducado.

—No —le contestó con cansancio.

—¿No? ¿Eso es todo lo que vas a decir? —preguntó su padre, incrédulo—. Creo que no me has entendido, si te niegas a dejarla, estoy dispuesto a hacer público tu mayor error así como los nombres de todos los involucrados en él.

Al principio, Jared pensó que había oído mal, pero cuando vio la mirada de triunfo en los ojos de su padre, se quedó atónito.

—¿Me está amenazando, señoría?

—Quizá «amenazar» sea una palabra demasiado fuerte. Estoy intentando comunicarte mi opinión —contestó el duque con tono monocorde.

—Pues tiene un extraño modo de hacerlo.

—Estoy haciendo lo que debo hacer para asegurar el buen nombre de Redford.

Jared se burló al oír eso.

—¿De verdad puede decir eso al mismo tiempo que me amenaza? ¡Dios, no creo que le importe nada ni nadie, aparte de su buen nombre!

—Eso es ridículo —replicó su padre, agitando una esquelética mano hacia él—. Me importas, pero eres demasiado obstinado para darte cuenta. Y aún me preocupa más tu honor, que has manchado como si no te importara. Haz lo que te pido, Jared —continuó el duque ante el gemido de exasperación de su hijo—, cásate con lady Elizabeth. Su familia está esperando que pidas su mano. Puedes hablar con su padre mañana, durante el almuerzo.

—No hablaré con él —respondió él tranquilamente—. No vas a obligarme a que me case con ella.

El duque suspiró. Jared pensó que parecía más envejecido que en su último encuentro, cuatro meses atrás.

—Te lo advierto, no me obligues a hacer algo que puedas lamentar.

—No le obligo a hacer nada, señoría. Sólo le he pedido que me deje vivir mi vida a mi modo. Es una petición que cualquier hombre debería poderle hacer a su padre —estalló, saliendo de allí sin hacer caso de los gritos de advertencia del duque, que le decía que iba a hacer lo que fuera para impedir que deshonrara su nombre.

Jared abandonó Redford House con la misma sensación de siempre tras esas interminables entrevistas; como si su padre lo hubiera colocado en un torno imaginario y hubiese estado apretando las tuercas lentamente, torturándolo con sus exigencias.

Londres empezaba a llenarse de gente procedente de sus casas de campo, que se dirigía a la ciudad para el principio de la Temporada. Jared supuso que la discusión del día anterior ya debía de correr por todo Mayfair, porque, en su opinión, los criados de su padre eran muy rápidos a la hora de difundir chismes entre la alta sociedad.

Para evitar más rumores —y por algún inexplicable motivo que no acababa de entender—, Jared acudió a la comida con los Robertson como se le había ordenado. Supuso que era porque deseaba mantener la paz, temeroso de que su padre cumpliera su amenaza perjudicando a otras personas aparte de a él. Le fastidió tener que hacerlo, ya que el día era precioso y cálido, para ser principios de marzo.

Pero allí estaba, atrapado en una mansión con corrientes de aire, sentado frente a una reservada lady Elizabeth mientras la madre de ella hablaba del invierno que habían pasado, e imaginándose los días, semanas, meses e incluso años llenos de tedio que le esperaban.

—Empezamos a reparar el ala este —estaba diciendo lady Robertson, como si a él le importara un comino lo que hicieran—, pero con toda esa lluvia y nieve, no pudimos acabar las obras.

—¡Ah! —exclamó él, obligándose a apartar la mirada de la forma de rumiar de Elizabeth.

—Cuando se terminen, celebraremos una fiesta de fin de semana para todos nuestros amigos. Sólo en esa ala hay una docena de dormitorios.

—Estupendo —comentó de forma imprecisa, volviendo a echar una ojeada a Elizabeth. Ésta le sonrió con timidez y él le dirigió una tensa sonrisa, mientras intentaba pensar en algo, cualquier cosa, que fuera más insoportable que pasar todo un fin de semana en el campo con aquella familia.

No se le ocurrió nada.

Elizabeth dobló cuidadosamente su servilleta y se la colocó sobre el regazo. Era tan correcta que Jared estaba seguro de que la más leve transgresión a la etiqueta la destrozaría. Apartó los ojos, vio que su padre lo contemplaba furioso y fijó la vista en el plato.

Por suerte, lady Robertson desvió su atención hablando del calendario social, y haciendo hincapié, supuestamente en su beneficio, en la cantidad de fiestas a las que Elizabeth había sido invitada. Jared apenas oyó una palabra de lo que decía, ya que su inmenso aburrimiento le proporcionó una buena ocasión para revivir la pelea que había tenido la tarde anterior con Miranda.

Ésta estaba harta del descontento del duque, el cual parecía haberse recrudecido desde su regreso a Londres.

—No puedo entender por qué no haces lo que te pide para tranquilizarle —le dijo mientras se sentaba graciosamente, envuelta en una bata de seda—. Cuando hayas dejado embarazada a alguna joven podemos seguir viéndonos. No será distinto a la aventura de tu padre con lady Sullivan.

Al oír mencionar el largo romance de su padre con una mujer que había sobrevivido a su madre, Jared dio un respingo. No sabía por qué, pero la idea de su padre acostándose con alguien que no fuera su difunta madre siempre lo ponía enfermo. Suponía que era por lo muy evidente que había sido. Recordaba una vez en que, siendo niño, oyó a los criados comentar que tenían que mandar sábanas de lino a casa de lady Sullivan porque al duque no le gustaban las que ella tenía. Ya entonces le resultaba insoportable la idea de que su padre hubiera hecho unos votos de fidelidad para luego romperlos.

Y ahí estaba él, planteándose hacer lo mismo.

En realidad no era nada insólito. En algunos círculos —los suyos para ser precisos— era algo que se esperaba. Casarse con una mujer por su linaje y su dinero y hacer el amor con otra. Fuera como fuese, eso era lo que hacía la mayoría de matrimonios de la alta sociedad.

—Por Dios, limítate a hacer lo que te pide, Jared —le dijo Miranda, exasperada, mientras empezaba a cepillarse el largo pelo rojo oscuro—. Estoy convencida de que será la única forma de que podamos estar juntos en paz.

—Podríamos estarlo si nos casáramos —observó él, sorprendiéndose tanto a sí mismo como a Miranda. Le gustaba como amante, y en ese momento se le ocurrió que si lo obligaban a casarse, ¿por qué no hacerlo con ella?—. Puede que mi padre me desherede, pero al menos viviríamos como marido y mujer y traeríamos al mundo hijos legítimos.

—Creo que respirar tanto aire puro en el campo te ha trastocado, querido. Por supuesto que te desheredaría, porque yo no poseo las credenciales necesarias para tranquilizarle. Y si te deshereda, no podrás proporcionarles a nuestros hijos las cosas que tú tuviste de niño. Me atrevería a decir que no te lo perdonarías nunca. —Se volvió hacia él y le dirigió una mirada mordaz—. Y creo que yo tampoco.

Su respuesta lo decepcionó. Sabía que a las mujeres se las enseñaba a pensar que el matrimonio y la riqueza lo eran todo, y al parecer Miranda no era una excepción; pero saber a ciencia cierta que el título y el dinero eran más importantes para ella que él fue como una puñalada.

Ahora, mientras la comida con los Robertson llegaba a su fin —justo un minuto antes de que se levantase de la mesa y se tirase por la ventana que daba a Audley Street—, lord Robertson sugirió que las damas fueran a tomar un helado al solárium del duque.

—Creo que quizá a lord Middleton y a mí nos gustara disfrutar de un cigarro. ¿Le gustan los buenos cigarros, milord?

Jared echó una ojeada a su padre, cuya expresión era tan esperanzada que le dieron ganas de echarse a llorar. Volvió la mirada hacia lord Robertson y sonrió.

—Gracias, milord, pero debo pedirle que me disculpe.

Nadie dijo nada durante un momento, hasta que Elizabeth emitió un pequeño gemido de desesperación y el duque... bueno, la expresión del duque se hizo tormentosa, adquiriendo un tono rojo muy desagradable.

—Por favor, perdóneme, pero tengo un compromiso ineludible —explicó casi con alegría—. Es un asunto del parlamento.

—Middleton... —empezó a decir su padre, pero Jared ya se estaba levantando de la silla.

—Me olvidé por completo de decírselo esta mañana, señoría —dijo con tono amable y formal, y añadió, sonriéndole al anfitrión—: ¿Me disculpa?

—Desde luego —contestó Robertson con aspecto confundido.

Jared se acercó rápidamente a lady Robertson y le besó la mano.

—Gracias por este encantador almuerzo, lady Robertson —dijo. Finalmente se volvió hacia Elizabeth—. Lady Elizabeth, he disfrutado mucho de su compañía. Me gustaría que volviéramos a compartir un almuerzo en alguna ocasión —añadió, llevándose su mano a los labios, besándola en los nudillos y soltándola rápidamente.

Elizabeth miró a su madre con ojos llenos de desolación, pero Jared caminó hasta la cabecera de la mesa, pasando por delante de una hilera de lacayos que, sin duda alguna, habían sido colocados allí para impresionarlo, y estrechó la mano a un asombrado lord Robertson.

—Gracias de nuevo, milord.

—Pero yo pensaba... creía que dispondríamos de toda la tarde —dijo sin energía.

—Otro día, quizá —contestó Jared haciendo una profunda reverencia. Sin apenas mirar a su padre, añadió antes de salir de la estancia—: Señoría.

En ese momento no le importaba que el duque llevase a cabo sus amenazas; no podía aguantar ni un segundo más en aquel comedor. Si tenía que casarse, que así fuera, pero jamás, bajo ninguna circunstancia, iba a hacerlo con lady Elizabeth Robertson.

Se fue directamente a su club y envió un recado a Harrison para que se reuniera con él si podía. Cuando éste apareció una hora más tarde, Jared estaba inquieto, y en vista de que hacía un día soleado y muy cálido, convenció a su amigo para ir a cabalgar a Hyde Park.

Como era de esperar, le hizo un breve resumen del último altercado con su padre y de la comida que había echado a perder.

—Parece realmente aburrido —estuvo de acuerdo Harrison—. ¿Sigue amenazando con desheredarte?

Jared sonrió con ironía.

—No sólo lo hace, sino que sospecho que, mientras nosotros estamos aquí hablando, él está preparando la solicitud para que la firme el rey.

Harrison esbozó una sonrisa y lo miró.

—¿Y si cumple con su amenaza? ¿Has pensado lo que vas a hacer?

Lo había hecho. No había dejado de darle vueltas, durante las largas noches de insomnio, mientras vagaba por los pasillos de Broderick Abbey. Poseía su propio título y su propio escaño. De acuerdo, carecía de la fortuna de su padre, e iba a perder el sustancial estipendio que recibía como hijo del duque de Redford, pero estaba dispuesto a prescindir de él. Había estudiado agricultura y estaba lleno de ideas para mejorar sus propiedades. Además, lo que valoraba y quería por encima de todo no era riqueza, sino libertad para ser él mismo.

No obstante, el duque había elevado las apuestas con su última amenaza.

—Lo he pensado —dijo simplemente. Pensó en añadir algo más, pero un sonido le hizo levantar la cabeza; no estaba seguro de si había sido una risa o una voz; pero su mirada fue a dar directamente con una mujer de pelo rubio y claros ojos verdes.

Fair... Fair... Fair-*algo*.

No recordaba su nombre pero sí a ella. Iba acompañada de dos jóvenes que se le parecían, y las tres iban vestidas de luto.

—¿Cómo se llama? —preguntó Jared, observando los vestidos negros—. No recuerdo su nombre.

—Fairchild —indicó Harrison.

Fairchild, desde luego. Lady Ava Fairchild.

—¿Quién ha muerto?

—Su madre, lady Downey —contestó Harrison, mirando a Jared de reojo—. Deberías prestar más atención a los ecos de sociedad, Middleton. De vez en cuando informan de algo interesante que no tiene nada que ver contigo.

—Increíble.

Harrison rió en silencio y miró otra vez a las tres jóvenes que caminaban hacia ellos.

—He oído que lady Downey murió de repente y sin haber hecho testamento. Por ley, la fortuna que aportó al matrimonio pasó a ser de lord Downey. Por desgracia, las tres jóvenes están arruinadas, y lo único que les queda es una pequeña dote para cada una. Es una verdadera pena porque, aunque parecen muy agradables, me temo que la falta de fortuna propia no va a ayudarlas a encontrar marido esta Temporada.

—Quizá —dijo Jared, pensativo—. Pero a algunos de nosotros, tú incluido, no nos importa ni un ápice el dinero —comentó echando un vistazo a su compañero.

—Ah, pero yo no tengo un padre que me obligue a casarme, ni una falta de fortuna que me obligue a contraer matrimonio por dinero, como probablemente hará Stanhope algún día —indicó, refiriéndose al hecho de que Stanhope estaba empeñado hasta las cejas y disponía de unos ingresos verdaderamente bajos—. Dadas mis circunstancias, yo puedo permitirme el lujo de esperar hasta encontrar la esposa perfecta.

La esposa perfecta. Jared soltó un bufido. A su modo de ver, la esposa perfecta no tenía nada que ver con la riqueza. La esposa perfecta era una mujer atractiva, de buen carácter y apasionada en la cama. Tendría que proceder de una cuna lo suficientemente alta como para satisfacer a su padre, pero por Dios, sin tanto dinero como lady Elizabeth; que casarse con ella no fuera como si se unieran dos naciones. Y, en caso de poder elegir, mejor huérfana, para que no hubiese por medio unos padres sumamente aburridos, capaces de pasarse toda una hora hablando de las reparaciones en el ala este...

De pronto, se le ocurrió una extraña idea y volvió a mirar a Ava Fairchild. Poco después, se bajó de un salto del caballo.

—¿Adónde vas? —le preguntó Harrison.

—Me parece que al maldito infierno —masculló Jared, saliendo al paso de las jóvenes que caminaban por el sendero.

Ava Fairchild, inmersa en la conversación con sus compañeras, le echó un breve vistazo, luego volvió a mirarlo con un leve brillo de sorpresa en los ojos al reconocerle. Él recordó al instante aquellos encantadores ojos verdes en circunstancias mucho más íntimas.

¿Había transcurrido casi un año desde aquel apasionado y seductor beso en su carruaje? No había sido algo impetuoso, como tantos otros antes, sino tan sólo un inofensivo coqueteo. Pero al verla ahora, contemplando el ligero rubor de sus mejillas, los claros ojos verdes y el pelo rubio que asomaba bajo el negro sombrero, recordó que el beso se le había quedado grabado hasta el día siguiente, porque ella había sido... deliciosamente ardiente.

Hizo una reverencia. Ella parpadeó y miró a su alrededor con nerviosismo. Él enarcó una ceja mientras extendía una mano con el fin de tomar la suya. Ava consiguió reaccionar y avanzó un paso para entregársela.

—Buenas tardes, milord —lo saludó con una reverencia.

—Es un placer volver a verla, lady Ava —dijo Jared, notando que sus acompañantes la observaban llenas de asombro mientras él se inclinaba sobre su mano. A juzgar por cómo lo miraba, esperando que él dijera cómo se habían conocido, dedujo que no le había contado a nadie que habían viajado juntos en su carruaje; un encuentro que en ese momento regresaba a su memoria.

Cuando le soltó la mano, Ava le brindó una breve y nerviosa sonrisa.

—Yo, eh... ¿me permite que le presente a mi hermana, Phoebe y a mi prima, Greer? —preguntó señalando alternativamente a cada una de ellas, sin dejar de mirarle.

Ambas hicieron una cortés reverencia, pero lo observaron con desconfianza.

—Encantado —dijo él, volviéndose a Ava—. Lamento el fallecimiento de su madre.

—¡Oh! —exclamó lady Ava, agachando su encantadora cara—. Gracias. Ya hace casi un año que nos dejó, pero todavía la echamos mucho de menos.

—Lady Ava —Harrison se había bajado del caballo y se acercó a saludar—, ¿cómo está usted?

—Lord Harrison —contestó ella con una cálida sonrisa—, me alegro de volver a verle.

—¿Lord Downey sigue en Francia? —preguntó él—. La última vez que hablamos me dijo que creía que volvería para la Temporada.

—En estos momentos sigue allí, pero esperamos que vuelva pronto.

Sin detenerse a pensarlo, y sin saber de qué estaban hablando, Jared preguntó:

—¿Asistirán a los acontecimientos de la Temporada?

Ava Fairchild parpadeó.

—Estamos de luto.

—Durante un mes más —intervino su prima precipitadamente—. Cuando dejemos el luto, estaremos encantadas de aceptar invitaciones.

Lady Ava desvió la mirada hacia su prima.

—En ese caso, me encantará verla de nuevo en una fiesta, lady Ava —dijo Jared con una sonrisa—. Recuerdo cuánto le gusta bailar.

Ella abrió ligeramente los ojos y luego los entrecerró.

—Así es, milord, sobre todo el vals.

Él estuvo a punto de echarse a reír.

—En ese caso, ¿me permite el honor de reservarme uno desde ahora?

—Es muy amable por su parte pedírmelo —contestó ella, curvando los labios en una encantadora sonrisa.

Por supuesto, él entendió que no estaba muy contenta con su petición y sonrió divertido. Notó que era realmente hermosa. No se acordaba de que lo fuera tanto.

Las mejillas de lady Ava se tiñeron de un atractivo tono rosado ante su escrutinio y miró el reloj que llevaba prendido en el pecho.

—Tenemos que irnos. —Levantó la vista con los verdes ojos brillando de regocijo—. ¿Nos disculpa?

—Por supuesto —respondió Jared, apartándose para dejarlas pasar—. Estoy impaciente por verla durante la Temporada, y por tener el baile que me ha prometido.

—Buenos días, milord —se despidió ella, sonriendo con timidez. Miró a Harrison y le dijo adiós con una reverencia, lo mismo que su hermana y su prima—. Buenos días.

—Buenos días, señoritas —contestó Harrison quitándose el

sombrero. Jared y él contemplaron a las tres jóvenes mientras ellas caminaban, con las cabezas juntas y cogidas del brazo.

Una inverosímil e inconcebible idea había empezado a rondar por el cerebro de Jared. Se le había ocurrido de repente y ahora se negaba a desaparecer.

Como si le estuviera leyendo la mente, Harrison suspiró divertido.

—Bueno —dijo mirando de reojo a su amigo—, es hija de un conde; supongo que podrías haber escogido algo peor.

Jared sonrió.

—¿Has pensado lo que va a hacer cierta viuda? —le preguntó entonces Harrison.

—No he pensado en nada —contestó con sinceridad. Pero mientras admiraba el trasero de lady Ava, le golpeó la sensación de haber sido hechizado, igual que le había sucedido cuando la conoció. Miró a Harrison y parpadeó—. Miranda... —Movió la cabeza y sujetó a su caballo—. Tengo que hablar con ella.

5

—Pero ¿cuándo lo conociste? —quiso saber Phoebe por enésima vez desde que llegaron a su casa el día anterior—. No recuerdo que nos lo presentaran.

—¿No? Supongo que fue antes de que falleciera mamá —explicó Ava, con la mente puesta en algo más urgente, mientras se vestía para salir.

—No, no lo recuerdo —insistió Phoebe—. Estoy segura de que me acordaría de él. ¿Y por qué te pidió que le reservaras un baile? No te relacionas con nadie y, aunque lo hicieras, él rara vez asiste a las fiestas. No lo entiendo.

—No hay nada que entender —contestó Ava—, sólo estaba siendo amable. Y, además, tenemos cosas mucho más importantes en las que pensar.

—Puede que tú las tengas, pero yo siento mucha curiosidad —dijo Phoebe, levantando la vista de su costura—. Daba la impresión de que te conocía.

—¡Por Dios! ¿Quieres, por favor, pensar en otra cosa? —exclamó Ava—. Piensa en un mayordomo; si vamos a entrar de nuevo en sociedad, tenemos que tener uno.

Nadie discutió, todas eran muy conscientes de que cualquier casa elegante de Mayfair tenía un ejército de criados y, en caso de no tenerlos, era obvio que los dueños estaban arruinados. Y si los desdichados habitantes de dicha casa carecían de fortuna, tampoco tenían ninguna perspectiva social.

De hecho, varios meses antes habían llegado a estar en una situación desesperada que exigió de ellas que hicieran algo inconcebible. No obstante, Ava y Greer empezaron a llevar criados a la casa poco a poco. Se unieron a la Sociedad Benéfica de las Damas, su único alivio durante los difíciles meses del duelo, soportando la vigilancia de Lucy Pennebacker. Ésta nunca se separaba de su lado, cerniéndose sobre ellas como un buitre y tomándose muy a pecho su misión de vigilarlas; estaba completamente decidida a custodiarlas, a ellas y su virtud.

Sólo salían para hacer labores de caridad, y ni siquiera Lucy podía oponerse a eso. La sociedad estaba formada por un grupo de mujeres que, bajo los auspicios de la parroquia de St. George, tenían la misión de ayudar a aquellos que eran más desafortunados que ellas. Se reunían todas las semanas en un pequeño asilo de la parroquia, donde llevaban fruta y dulces para las pobres almas que habían llegado allí, un lugar que las damas estaban convencidas era un antro de corrupción. A cambio, invitaban a los asistentes a escuchar la lectura de versículos escogidos de la Biblia y, al acabar, afirmaban que se habían dedicado a motivarlos para que llevasen una vida decente y piadosa.

Lady Downey solía decir, riendo, que eso era lo menos que las buenas mujeres podían pedir, ya que ellas mismas llevaban una vida increíblemente libre de pecado y de pobreza.

Los miembros de la Sociedad Benéfica de las Damas estuvieron encantados de contar con Ava y con Greer, y les hablaron con cariño de lady Downey y de su maravilloso sentido de la caridad. Eso era algo que las jóvenes desconocían de su madre. La verdad es que Ava siempre creyó que era miembro de un club social.

En el asilo de la parroquia —que, por extraño que pareciera, estaba situado detrás de los establos públicos de Portland Street, cerca de la elegante Regent Street—, Ava y Greer repartían la fruta a los residentes, leían en voz alta los versículos de la Biblia y observaban con disimulo a los asistentes cuando no fingían estar rezando.

Después de varias visitas, lograron convencer a varios de ellos, seleccionados con mucho cuidado, para que fueran a la casa de Downey, en Clifford Street, donde les darían comida y refugio a cambio de sus servicios.

Sin embargo, la falta de un salario hacía que la oferta fuera muy poco atractiva, incluso para el más mísero de los habitantes del asilo. Ava y Greer consiguieron convencer solamente a tres y, así, Sally Pierce, una ramera reformada, se convirtió en su doncella.

—¿Y qué pasará si no está reformada del todo? —preguntó Phoebe preocupada la noche en que Sally empezó a trabajar.

—Esperemos que lo esté, querida, porque de no ser así estaremos todas perdidas —susurró Ava.

También lograron contratar a William y a su hijo, Samuel; ambos habían resultado heridos en un terrible accidente de coche. El padre perdió una pierna y por lo tanto no pudo continuar con su trabajo, que consistía en encender las farolas. Su hijo, un aprendiz, se había destrozado un brazo, que ahora le colgaba formando un extraño ángulo sobre el lado izquierdo. Pero entre los dos lograban formar un lacayo bastante aceptable.

Sin embargo, las Fairchild no contaban con los servicios de un mayordomo, y Ava no podía imaginar nada peor que alguien llamara a la puerta y lo recibiera Lucille Pennebacker. Estaba decidida a conseguir como fuera un mayordomo adecuado de entre el montón de pobres del asilo, para poder instruir al afortunado sobre sus funciones antes de que ellas volvieran a entrar en sociedad.

Se disponía a hacer exactamente eso cuando Greer se levantó.

—Ava, antes de que te vayas tengo que deciros algo.

Tanto Ava como Phoebe, que estaba cosiendo el dobladillo de un vestido —los modificaban para que parecieran nuevos—, se volvieron para mirarla.

—He estado pensando mucho en nuestra situación y... bueno, allá va: tengo un tío por parte de padre a quien me parece que fue a parar toda la fortuna cuando mi padre murió —les informó cogiéndose las manos—. Puede que ese tío pueda ayudarnos, porque si no me equivoco, no hay ningún varón a quien pueda legar su fortuna. Hay bastantes posibilidades de que yo sea la única heredera. Por lo tanto, le he escrito para solicitar una entrevista, y tengo la intención de pedirle que me anticipe algo de la herencia. Una anualidad o algo así, que nos ayude a independizarnos. ¿Qué os parece?

—¡Es una idea maravillosa! —exclamó Phoebe en el preciso instante en que Lucy llegaba a toda prisa, cargada de ropa recién lavada y planchada.

—¿Y dónde está? Supongo que en Berkeley Square; allí hay un montón de gente mayor trabajando.

—¿Quién está en Berkeley Square? — preguntó Lucy al instante.

—¿Berkeley Square? —repitió Greer con incredulidad, ignorando a Lucy—. ¡Eso no está ni a un kilómetro de aquí, Phoebe! ¿No creerás que si estuviera en Berkeley Square, no habría ido a visitarle? No, no; está en La Marca, boba.

—¿La Marca? —exclamó Phoebe, tomada por sorpresa—. ¡Greer! ¡No puedes estar pensando en ir allí! ¡Eso está casi en América!

—No... está en Gales —contestó Greer frunciendo el cejo—. Hace tiempo que no le veo.

—No le ves desde que tenías ocho años, Greer —le recordó Ava mientras Lucy soltaba la ropa y miraba, boquiabierta, a Greer.

—Pero no le he olvidado —añadió Greer con rapidez—. En realidad tengo muy buenos recuerdos y una carta con su dirección entre las cosas de mi madre. Puedo hacerlo.

—¡Santo Dios, lo dice en serio! —dijo Phoebe horrorizada.

—Sólo estaré fuera unos meses —prosiguió Greer, obstinada—. Puede que tres como mucho. ¿Cuánto puedo tardar en llegar a Gales y convencer a mi tío para que me adelante un poco de mi propia herencia? La verdad es que creo que será fácil.

—¿Fácil? ¡No seas ridícula! —gritó Ava—. ¿Cómo piensas ir hasta allí?

—En diligencia... con la señora Smithington. Le pidió a lady Purnam que le recomendara a una compañera de viaje adecuada, y lady Purnam pensó en mí.

—¡Oh, estoy segura! —exclamó Ava, exasperada.

La afición de lady Purnam a meterse en sus vidas no había disminuido un ápice después de la muerte de su madre.

—Pero ¡está muy lejos! —insistió Phoebe.

—No seas tonta, niña —la regañó Lucy—. Deja que vaya si quiere. Es una adecuada compañera de viaje y será una boca menos que alimentar, ¿no?

—¡Lucy! —se escandalizó Phoebe.

—¿Qué? ¿Crees que es fácil, con la asignación de Egbert, alimentaros, a vosotras y a las molestas ratas del asilo?

—Lucy, por favor —le pidió Ava irritada—. La parroquia nos paga cinco libras por cada uno, por sacarlos del asilo de pobres, y aun así sólo les permites comer patatas...

—Supongo que debería darles tu comida, ¿no? —contestó

la mujer con la misma irritación—. Dejad que se vaya —insistió—. Cuando vuelva Egbert, todas vosotras os iréis —añadió con tono amenazador; y, dando media vuelta, abandonó la estancia.

Sus palabras flotaron sobre ellas. Nadie dijo nada; intercambiaron sus miradas mientras la verdad de lo dicho por Lucy penetraba en sus mentes.

—Me marcharé mañana mismo —murmuró Greer—. La señora Smithington desea embarcar en Hertfordshire y viajar sin prisa hacia el oeste.

—¡Oh, no! —exclamó Phoebe dejando escapar una lágrima—. No voy a poder soportar tu ausencia.

—Santo Dios —suspiró Ava, extendiendo los brazos para abrazar a su hermana. Greer se unió a ellas y las tres permanecieron abrazadas un rato, murmurando que volverían a reunirse y que, algún día, todo aquello les parecería que había sido como una pesadilla.

Esa misma tarde, mientras Ava cruzaba la ciudad en dirección al asilo de la parroquia, luchó para aferrarse a la creencia de que todo era sólo algo pasajero, que quizá un día no muy lejano sus vidas volverían a ser como siempre habían sido. Tenía que creerlo, porque era su única esperanza.

Y, además, se le había ocurrido otra idea, algo que llevaba varias semanas meditando.

Era imposible que alguien entendiera el peso de la responsabilidad que sentía junto con la desolación por la pérdida de su madre, pero era muy consciente de que, al ser la mayor, era ella quien debía cuidar de Phoebe y de Greer. No se sentía en absoluto preparada para hacerlo, lo que la preocupaba mucho; estaba convencida de que Lucy tenía razón, y de que su padrastro deseaba librarse de las tres rápidamente. Y lo peor de todo era que, sin duda, ella sería la primera en ser ofrecida en matrimonio.

Era inevitable. Había sido inevitable desde el momento de su nacimiento. Pero en una de sus frecuentes noches de insomnio, se le ocurrió que si el matrimonio era ineludible, entonces, ¿no sería más inteligente por su parte aprovechar la ausencia de su padrastro y forjar su propio destino?

En otras palabras, si se aseguraba de recibir una proposición apropiada por su cuenta, antes de que su padrastro le presentara a alguien, podría encargarse de Greer y de Phoebe, y de ese modo impedir que sufrieran el mismo destino que ella: casarse antes de estar preparadas para hacerlo.

La verdad era que no tenía ninguna otra opción. Era una mujer. No podía abrir un negocio y ganar un salario; o comprar un cargo en la Marina Real, o heredar las propiedades de su madre, o invertir las treinta libras que mantenía ocultas en una caja de porcelana.

Pero ¡casarse! Le parecía algo desproporcionado.

¡Cuánto echaba de menos a su madre! Ella sabría exactamente lo que había que hacer.

La vida había sido muy fácil y alegre cuando todavía vivía. Su madre disfrutaba la vida y le encantaba asistir a veladas y cenas; lo que más le gustaba de todo era ir de compras por Bond Street para adquirir vestidos, complementos y muebles para la casa. Siempre se reía encantada con las historias que le contaban ellas al volver de las fiestas a las que asistían, y les devolvía el favor contándoles las suyas.

Había sido una buena madre para ellas. Se hizo cargo de Greer cuando ésta tenía ocho años y, mientras el padre de Ava vivía, residían todos juntos en Bingley Hall.

Durante el verano, las muchachas jugaban en los prados rodeadas de caballos pastando y flores silvestres. En los fríos inviernos, su madre organizaba juegos para entretenerlas, y bailaban y cantaban para su padre, el cual siempre aplaudía entusiasmado todas y cada una de las funciones. Si hacían las tareas escolares, se las recompensaba con una excursión a los armarios de su madre, para que jugaran entre su enorme cantidad de vestidos, sombreros y zapatos.

—Preocupaos de vuestros modales y de ser unas perfectas damitas, y algún día tendréis un montón de vestidos como éste —les decía, mostrándoles la última moda recién llegada de Londres.

—Yo me haré los míos —insistía Phoebe. Incluso a los seis años ya sentía pasión por la costura.

—¿Asistiremos a bailes? —preguntaba la pequeña y gordita Greer; y su madre la cogía de las manos y la hacía girar, respondiendo con voz de falsete:

—¡Asistiréis a bailes, veladas y reuniones, claro que sí! ¡Seréis la sensación de Londres, queridas, y todos los hombres desearán casarse con vosotras!

Pero luego se ponía seria y se arrodillaba para poder mirarlas a los ojos.

—Pero tenéis que prometerme que no seréis tan tontas como para enamoraros, porque el matrimonio es una mezcla de fortuna y conveniencia. El amor llega después —añadía, guiñando un ojo.

Por supuesto, todas lo prometieron obedientemente, pero Ava nunca llegó a entender del todo el razonamiento de su madre. Creía que amaba de verdad a su padre; los días en Bingley Hall fueron felices. Estaba segura de que a Cassandra le traía sin cuidado la fortuna de su padre; sin embargo, no abrigaba demasiadas ilusiones sobre el segundo matrimonio de su madre. Quizá hubiera algo de afecto entre lord Downey y ella, pero ¿amor? ¿Un amor capaz de parar el corazón? En absoluto.

Hasta que no fue presentada en sociedad, no entendió lo que había querido decirles; varias debutantes se casaron con hombres de igual fortuna, estatus y disposición que ellas. Sólo recordaba a dos que supuestamente se habían casado por amor; en ese caso, su estatus social no se había visto incrementado, más bien había sucedido lo contrario.

Pero ¿tan terrible era eso? ¿Era el nivel social más importante que el amor? Ava no podía por menos que preguntarse si la vida de cualquier persona no mejoraría drásticamente con un poco de afecto genuino hacia su pareja, con independencia de su dinero.

Su confusión sobre tal asunto era uno de los motivos por los que nunca se había decidido por ningún pretendiente en especial. Ahora se arrepentía de su despreocupación. Casi podía oír a su madre diciendo: «Ahora es un asunto de conveniencia, querida. Ya es hora de que tengas un marido y la seguridad de su fortuna».

Bien, de acuerdo, se casaría, pero no con sir Garrett. Había decidido atrapar a alguien más acorde con sus gustos, y tenía en mente a uno mucho más atractivo y peligroso: lord Middleton.

Desde que experimentó aquel beso ilícito que todavía recordaba con gran claridad, era incapaz de pensar en nadie más. Si tenía que casarse, le gustaría conocer más besos de ese tipo; y más cosas aún. Y si tenía que casarse por conveniencia y por dinero, ¿qué mejor fortuna que la de un hombre que un día se convertiría en duque?

Llevaba mucho tiempo dándole vueltas, y había llegado a la conclusión de que no tenía nada que perder intentando conseguir que él pidiera su mano.

Su único dilema era saber cómo había que actuar cuando se iba a la caza de un duque.

6

Una semana más tarde, Ava tenía su mayordomo. El señor Morris era un antiguo ayudante de joyería que había sido despedido al empezar a perder la vista, ya que entonces no era capaz de ver las joyas en las que trabajaba y, al carecer de ingresos, había acabado en el asilo para pobres de la parroquia.

Acudió a la casa de Clifford Street con bastante recelo. Al parecer, pensaba que el hecho de no haber trabajado nunca como mayordomo podía ser un obstáculo para desempeñar el trabajo.

—¡Claro que no! —le aseguró Ava, a pesar de no saber a ciencia cierta cuáles eran las obligaciones de un mayordomo—. En realidad es muy sencillo. Lo que va a tener que hacer, sobre todo, es abrir y cerrar puertas.

Eso pareció tranquilizarlo un poco, pero nada pudo apaciguar a Lucille Pennebacker.

—¡Él no sirve para mayordomo, como mucho serviría para lacayo y apesta a azufre y a huevos podridos!

—Lucy, recuerda que estamos haciendo una buena acción.

—¡Una buena acción! —escupió la mujer—. Estás tramando algo, Ava Fairchild. Espera a que Egbert se entere de esto. No va a consentir que un hombre que huele a azufre viva en su casa.

Ava se imaginó que tenía razón, pero de todas formas se dirigió al asilo para tachar el nombre de Morris de la lista y recoger las cinco libras que la parroquia pagaba por conseguirle una casa.

No era la situación ideal, pero tenía la esperanza de poder enseñarle a hacerlo bien.

Estaba tan absorta pensando en sus cosas que no se dio cuenta de que tres caballeros salían de un club en Regent Street, ni que uno de ellos se detenía para mirarla. Ella no le vio hasta que él se alejó de sus amigos y empezó a caminar hacia ella.

—¡Vamos, Middleton! —gritó uno de esos hombres.

Ava contuvo el aliento. Era él. Ella se había pasado varias noches despierta, intentando encontrar el modo de entrar en el reservado círculo social del marqués y ahora no podía creer que la oportunidad se le presentara así, de repente. Ava ya se había resignado a no intentar nada hasta que finalizara su período de luto, de modo que cuando Middleton se le paró delante, no supo cómo reaccionar.

—¿Lady Ava? —preguntó él mirándola con curiosidad.

Tres años de experiencia en los salones de baile de Mayfair acudieron en su ayuda.

—¡Lord Middleton! —exclamó, a la vez que hacía una profunda reverencia, moviendo la cesta vacía en la que había llevado la fruta al asilo.

—¡Middleton! —exclamó riendo uno de sus amigos, a quien Ava reconoció como lord Harrison—. ¡Vamos a llegar tarde!

Él pareció no oírlo.

—¿Está paseando sola? —preguntó mirando atentamente detrás de ella—. Está bastante lejos de su casa para la hora que es, ¿no? —añadió mientras sus dos amigos se encaminaban también hacia ella.

—Yo, ah... no, milord —respondió Ava mientras lord Stanhope y lord Harrison se reunían con ellos. Ahora eran tres hombres los que la miraban intrigados.

—Vamos, Middleton —intervino Stanhope con una sonrisa—. Si llegamos tarde vas a hacer que cierta amiga se ponga celosa.

—Stanhope, ¿no ves que tenemos delante a lady Ava y su cesta? —preguntó Middleton señalándola con un gesto grandilocuente. Los tres miraron fijamente la cesta vacía que ella ya había olvidado que llevaba.

—¡Oh! —exclamó ella mirándola de reojo—. Vengo del asilo de la parroquia.

—¡Señor! —masculló Stanhope.

—De acuerdo ya has visto la cesta de la dama —dijo Harrison—. Discúlpenos, lady Ava, pero la verdad es que tenemos que irnos. Vamos a llegar con retraso a una cita muy importante.

Stanhope se rió.

—No les haga caso, lady Ava —apuntó Middleton con una encantadora sonrisa—, han bebido demasiado y han olvidado sus modales. —Lo expresó con una sonrisa tan natural y seductora que ella empezó a sentir calor con el vestido de crespón negro.

—Uf, no puedo esperar más —indicó Harrison, poniendo una mano sobre el hombro de Middleton—. Tengo a alguien esperándome —añadió con un guiño.

—Entonces idos —contestó Middleton alejándolos con un movimiento de muñeca—. Yo os seguiré en seguida, pero antes me gustaría saber por qué lady Ava lleva esa enorme... cesta.

—Como quieras —dijo Harrison.

—Pero... pero yo creía... —tartamudeó Stanhope, sin embargo, Harrison le rodeó el hombro con un brazo, lo alejó un poco y le dijo algo en voz baja. Fuera lo que fuese, hizo que lord Stanhope levantara la cabeza para contemplar detenidamente a Ava antes de sonreír de oreja a oreja.

—Adiós, lady Ava —se despidió educadamente antes de echar a andar con Harrison, riéndose de algún chiste secreto.

Middleton se colocó las manos en la cintura, revelando su fuerte cuerpo vestido con unos ajustados pantalones grises, un chaleco a rayas y una elegante levita.

—No les haga ni caso, milady —le aconsejó con despreocupación—. En cambio usted me intriga mucho.

—No hay nada de intrigante en mí, milord —dijo ella, intentando con toda su fuerza de voluntad no fijarse en sus músculos—. Soy miembro de la Sociedad Benéfica de Damas. ¿La conoce?

—Me temo que no —respondió él con una radiante sonrisa.

—Nos dedicamos a obras de caridad.

—¿De qué tipo?

—¿De qué tipo? —repitió ella.

—¿Qué tipo de obras de caridad? —aclaró él mirándola de arriba abajo.

Decididamente, aquel abrigo que llevaba le daba mucho calor.

—Las habituales.

—¿Por habituales quiere decir... comida para los niños abandonados? ¿Cuidar a los enfermos? —Middleton dejó de repasarla y le sonrió, como si esa conversación le estuviera divirtiendo.

«Buscar un mayordomo.»

—Esto... leer la Biblia a... —contestó ella concentrando toda su atención en alisar una arruga de la manga del vestido—... a los, eh, pobres.

—¡Ajá! —exclamó él—. ¡Un loable esfuerzo, estoy seguro!

¿Acaso su tono era de burla? Lo miró de reojo. Estaba sonriendo abiertamente, y supuso que era por lo de leer la Biblia a los pobres. Aunque, ¿qué tenía eso de divertido?

—¿Se está... se está burlando de mí, milord?

—En absoluto —contestó él de inmediato—. Solo quería elogiar su trabajo —añadió ladeando la cabeza.

—Es cierto, ¿sabe? —mintió indignada—. Estoy haciendo una importante labor de caridad.

Él sonrió de tal modo que Ava tembló de la cabeza a los pies.

—Así que no es un acto aislado de caridad, sino toda una labor. Bravo, lady Ava. ¿Y adónde se dirige ahora? ¿A repartir más bondad? Debe permitirme el honor de acompañarla.

— Gracias, pero no es necesario —respondió—, sus amigos deben de estar esperándole.

«Sin mencionar a cierta amiga que podría ponerse celosa. ¡Menudo sinvergüenza!»

—¿Qué amigos? —preguntó él, y antes de que ella pudiera responder, añadió—: Vamos, permítame que la acompañe a casa.

La sola idea le puso los pelos de punta. El último lugar donde quería ver a lord Middleton era en la puerta de su casa, con el empleado de joyería y Lucille compitiendo por abrirle. Se producirían las habituales presentaciones y Lucille le preguntaría quién era, Middleton seguro que mencionaría la falta de un mayordomo, a lo cual, Morris le corregiría diciendo que el mayordomo era él. El resto era demasiado terrible para pensarlo siquiera.

—No es necesario, de verdad, milord.

—Puede que no sea necesario, pero será un placer para mí, y además es mi deber. Está anocheciendo, milady; no puedo permitir que vaya sola. ¿No sabe que por las noches estas calles están llenas de maleantes? —preguntó con un guiño.

Ella lo sabía perfectamente, y lo miró desconfiada. Él se rió y a ella se le erizó el vello de la nuca, no por miedo, sino por la expectativa de algo delicioso.

—Por favor, permítame hacerlo, lady Ava. No suelo tener la suerte de estar en contacto con tanta bondad —suplicó llevándose una mano al corazón.

Estaba coqueteando con ella. El marqués de Middleton estaba realmente coqueteando con ella. Ava sonrió de pronto.

—Entonces de acuerdo, supongo que se puede considerar que estoy haciendo un poco de caridad cristiana, ¿no es cierto?

Él se rió —una grave carcajada que arrugó las comisuras de sus ojos—, y le ofreció la mano.

—Estoy en deuda con usted —dijo. Señaló la cesta—. Así pues, ¿vamos a su casa?

—Oh, no —respondió ella con rapidez—. Vamos a... la iglesia.

—¿A la iglesia?

—Está justo ahí —indicó ella con un gesto mientras le entregaba la cesta vacía.

—Gracias, pero ya sé dónde está la iglesia de St. George. Es sólo que me parece que es un poco tarde para encontrar a alguien allí.

—*Au contraire*, milord —dijo ella con coquetería—. Cualquier hora es buena para hacer caridad.

Apoyó la mano en el brazo que él le ofrecía.

—Entonces hay que elogiarla por su devoción, lady Ava.

Ella le miró por el rabillo del ojo.

—Parece usted sorprendido —comentó cuando echaron a andar.

—Me sorprende un poco, porque no la he visto nunca en los servicios religiosos, y sería de esperar que alguien tan piadoso asistiera con frecuencia.

—¿No me ha visto? —preguntó ella con ligereza a pesar de llevar bastante tiempo sin ir a la iglesia los domingos—. Si se hubiera molestado en volver la cabeza y saludar a la gente, en vez de mirar al frente con tanta solemnidad, tal vez lo hubiera hecho.

—Ah. Pero entonces me habría perdido los sermones de nuestro vicario —rebatió él, cuyos ojos color avellana se habían oscurecido—. Si la hubiera visto, lady Ava, me habría sentido tentado... muy tentado... de olvidarme por completo del buen vicario. Hasta el punto de que tendría que rogarle que me salvara de mis inapropiados pensamientos —dijo recorriéndola de nuevo con la mirada—. De hecho, creo que ahora mismo mis pensamientos me están poniendo en peligro y necesitaría que el vicario acudiese a salvarme —añadió suavemente bajando la mirada hacia sus ojos con una expresión que podía ser calificada de voraz.

A Ava se le hizo un nudo en el estómago.

No era nueva en el arte del coqueteo; se tenía más bien como una veterana, pero en los ojos de Middleton había algo diferente, tan intenso que tuvo la sensación de estar ante él completamente desnuda.

Hizo un esfuerzo para pensar con claridad.

—¿De verdad necesita que le salven? —preguntó con dulzura.

Él esbozó una sonrisa.

— Yo siempre necesito que me salven. ¿Acaso no lee usted los periódicos?

Caminaba muy cerca de ella, con la cabeza ladeada en su dirección, y ella no pudo evitar recordar por enésima vez aquel beso.

—Por supuesto, milord —contestó despacio, llena de confusos pensamientos mientras examinaba los ojos color avellana—. Los leo de pasada, claro, mientras busco las noticias sobre el parlamento.

—¿Caridad y ahora también política? —Se le curvó un lado de la boca y una sonrisa bailoteó en sus ojos—. A la mayoría de las damas parecen interesarles tan sólo el baile, la poesía y los rumores sobre quién ha pedido la mano de quién.

—Le aseguro, señor, que a las mujeres nos interesan muchas cosas además del baile, la poesía y... los cotilleos.

—Mi experiencia personal indica lo contrario. Muchos de los comentarios que me han hecho las mujeres me llevan a creer que piensan en poco más que en vestidos, zapatos y en qué caballero bailó con tal o cual dama más de dos veces en el transcurso de una velada.

—Oh —exclamó ella encogiéndose de hombros con despreocupación—, no sabría decirle; no puedo soportar los chismes de los salones de baile.

Él se rió quedamente.

—Es usted un modelo de virtud, lady Ava. Tal vez pueda participar en una subasta de caridad en beneficio del hospital. Les presto mi nombre y sé que necesitan voluntarios de buen corazón. Apreciaría mucho su ayuda.

La sugerencia la sorprendió y la llenó de alegría. La idea de trabajar codo con codo con él en un importante evento caritativo era demasiado buena como para ser cierta; era justo su oportunidad para conquistarle.

—¿Puedo contar con usted? —preguntó él—. Va a ser un gran acontecimiento para el cual se va a pedir a un montón de aristócratas que donen cosas a la subasta. Tendrá lugar en los jardines de Vauxhall, en junio, antes de que la mayoría huya al campo.

—Me encantaría —contestó ella sincera—. Todo sea por ayudar a una buena causa —añadió pensando en sus propios intereses—. Hemos llegado —indicó, señalando con la cabeza el lugar donde estaba situada la iglesia.

Él miró a su alrededor con expresión ligeramente confusa.

Ava se echó a reír.

—La iglesia, milord. ¿Se ha olvidado de dónde está? —bromeó.

Él sonrió y cogió su mano.

—Gracias por permitirme acompañarla —dijo con ojos brillantes mientras se llevaba la mano a la boca y presionaba los labios sobre sus nudillos enguantados. Su mirada era intensa, sus labios calientes a través del guante, y una oleada de excitación subió por su brazo arremolinándose en su interior.

Él levantó la cabeza sin dejar de mirarla a los ojos.

—Gracias también por aceptar ayudarme —añadió, girando con lentitud su mano para presionar los labios contra la palma de la misma—. Pero sobre todo —casi susurró acariciándole el brazo—, gracias por acceder a bailar conmigo la próxima vez. —Se inclinó y la besó en la muñeca, en la parte que quedaba expuesta entre el guante y la manga.

Ahora sí tenía calor de verdad.

—¿Eso he hecho?

Él sonrió.

—Sí, claro que sí.

—No lo recuerdo —contestó ella con un jadeo.

La sonrisa de él se hizo más amplia, y con la autoridad propia de un marqués, susurró:

—Lo hará. —Y presionó de nuevo los labios sobre su piel.

Ava contuvo el aliento. Los labios, cálidos y húmedos, parecieron quemarla.

Jared levantó la cabeza y deslizó la mano por su brazo, entrelazando sus dedos con los de ella antes de soltarla.

—¿Podrá llegar sin problemas desde aquí?

—La iglesia está sólo a un tiro de piedra, señor.

—Entonces le deseo buenas noches, lady Ava. Procure no dejar atónita a toda la ciudad con su virtud —añadió guiñando un ojo y le entregó la cesta vacía. Se alejó un poco y luego se detuvo para volverse a mirarla antes de desaparecer con paso rápido en dirección contraria.

Ava jugueteó nerviosa con la cesta y su pequeño bolso mientras lo observaba disimuladamente hasta que desapareció al doblar una esquina. Entonces se dio media vuelta y echó a andar tras él, con paso ligero y la mano todavía hormigueante a causa de sus besos; girando a la derecha cuando él lo hacía a la izquierda.

¿Era posible?, se preguntó aturdida. ¿Podría ella atraer a un hombre como Middleton y alejarlo de una mujer como lady Waterstone? ¿Conseguiría que el muy deseado y soltero marqués le propusiera matrimonio?

¿Y por qué no?, se respondió a sí misma. Y con una alegre sonrisa, aceleró el paso.

A la mañana siguiente, Jared se encontraba solo en su estudio, sosteniendo en las manos una carta que acababa de recibir de su mayordomo en Broderick Abbey. El contenido de la misiva lo irritó y le hizo volver a pensar en Ava Fairchild.

Era evidente que su padre estaba decidido a llevar a cabo su amenaza, y con esa espada de Damocles sobre la cabeza, asumió que el único modo de salvarse era casándose. Sin embargo, por más que el duque insistiera, no pensaba hacerlo con lady Elizabeth, sino con alguien vibrante con quien, por lo menos, pudiera disfrutar dejándola embarazada.

Y tenía decidido que ese alguien iba a ser lady Ava. Era la esposa perfecta. Tenía el linaje apropiado aunque carecía de padres y de dinero propio, por lo tanto necesitaba a alguien que lo tuviera. Era estimulante, alegre y lo bastante hermosa. Podría cumplir su deber con ella y luego continuar con su vida, evitando cualquier obligación o compromiso familiar desagradable.

Con esa decisión en mente se metió en el bolsillo la carta de

Broderick Abbey y cogió una pluma. En un sobre con el blasón familiar y su nombre grabado —EL HONORABLE MARQUÉS DE MIDDLETON— escribió:

Estimada lady Ava:

Gracias por permitir que la acompañara a la iglesia. Saber de su dedicación a leer la Biblia a los pobres me resultó tan agradable como edificante. Me alegra que, a pesar del trabajo que tiene en la parroquia, haya sido capaz de encontrar tiempo para ayudarnos en la subasta para el hospital. Sus esfuerzos son siempre apreciados, milady, pero faltaría a mi deber si no le advirtiera que la iglesia de St. George está en Maddox Street y no en Burgh Street, como al parecer usted cree.

Sinceramente suyo,

M.

Satisfecho, Jared tiró de la campanilla para llamar a un lacayo. Cuando éste apareció, le alargó la nota.

—Entrega esto inmediatamente junto con las mejores rosas que encuentres en el invernadero —le ordenó.

Cuando el hombre se fue, Jared se recostó en la silla y se llevó la mano al bolsillo que contenía la carta de Broderick Abbey.

7

Esa misma tarde, Ava y Phoebe tuvieron que soportar otra de las visitas de lady Purnam, quien había convertido en obligación propia velar por ellas al menos una vez a la semana, cuando no más a menudo.

Estaba sentada en una silla acolchada, bebiéndose el té que Lucy había preparado.

—Os queda una semana de luto —observó cuando Ava comentó que se alegraría de guardar los vestidos negros—. Sé que deseáis volver a la sociedad cuanto antes, pero debo informaros de que debéis guardar un período de semiluto, de al menos unos tres meses. —Dejó a un lado la taza de té, unió las manos en el regazo y les dirigió una mirada significativa.

—¿Medio luto? —preguntó Phoebe intercambiando una mirada de inquietud con Ava—. ¿Es necesario? Llevamos todo un año de luto riguroso.

—Lo sé —contestó lady Purnam removiéndose en el asiento—, pero honraríais la memoria de vuestra madre si siguierais con un medio luto durante algún tiempo. Es lo más apropiado.

—Pero... ¿es obligatorio? —quiso saber Ava con precaución.

—No del todo —respondió lady Purnam arrugando la nariz—, aunque seguro que todos tendrían mejor opinión de vosotras si lo hicierais. Mi consejo es que lo llevéis durante tres meses. Y no pongáis esa cara de mal humor, con el medio luto podéis salir de casa.

—Pero no podemos ir a fiestas —indicó Ava.

—¡Claro que no! ¿Quién es capaz de bailar cuando su querida madre ha fallecido?

—Le ruego que me disculpe, milady —intervino Lucy—. No soy quién para discrepar de lo que es o no apropiado, pero creo que debería permitírseles relacionarse con la sociedad.

Ava y Phoebe intercambiaron una cautelosa mirada. Si había alguien en el mundo más rígido aún con las normas de sociedad que lady Purnam, ésa era Lucille Pennebacker.

Incluso lady Purnam pareció sorprendida.

—En el lugar donde usted vive, tal vez sea costumbre volver a entrar en sociedad tras un año de luto, señorita Pennebacker —respondió con autoridad, moviéndose otra vez en el asiento—, pero me atrevería a decir que estoy mejor preparada que usted para saber lo que se considera apropiado aquí, en Londres.

—Quizá —replicó Lucy arrugando también la nariz—, pero el padrastro de las chicas regresará en abril y me parece que no va a consentir que el luto se alargue. Estas muchachas deberían estar casadas hace mucho tiempo, a pesar del fallecimiento de su querida madre.

—Oh, Lucy, por favor... —empezó a decir Ava.

—Señorita Pennebacker —interrumpió lady Purnam—, le aseguro que en cuanto yo tenga la oportunidad de hablar con lord Downey, no se le ocurrirá forzarlas a casarse antes de que termine el período de duelo.

—Hable con él si quiere —advirtió Lucy, recogiendo el servicio de té—, pero creo que conozco muy bien a mi hermano. ¿Me disculpa?

—Por supuesto —contestó lady Purnam con una sonrisa que más bien parecía una mueca.

Cuando Lucy hubo salido de la estancia, lady Purnam meneó la cabeza.

—Es la mujer más desagradable que he tenido la desgracia de conocer. Supongo que es la responsable de haber contratado a ese estúpido de Morris. ¿Sabéis que me ha tenido esperando en la entrada mientras anunciaba mi visita?

—Hablaré con él de inmediato —la tranquilizó Ava.

Lady Purnam suspiró mientras se levantaba.

—Podríais sugerirle a lord Downey que se ocupe de tapizar los muebles de Cassandra cuando regrese. Necesitan un arreglo. Bueno, queridas, tengo que irme. ¿Os mando una modista para que os tome medida para los vestidos de medio luto?

—No hace falta —dijo Phoebe rápidamente—, me encargaré yo misma.

—Vamos, Phoebe —la reconvino lady Purnam mientras se dirigía hacia la puerta tan despacio como una barcaza—, no deberías coser tanto o de lo contrario te quedarán marcas en los dedos. A los caballeros no les gusta que las manos de las damas muestren señales de trabajo.

—Sí, milady —asintió Phoebe muy educada. Ava y ella se inclinaron en idénticas reverencias mientras lady Purnam les deseaba que tuvieran buen día y prometía volver a visitarlas a la semana siguiente.

—Esperaremos su visita con impaciencia —mintió descaradamente Ava.

Cuando la puerta se cerró tras ella, Ava gimió exasperada mientras Phoebe se precipitaba hacia la silla en la cual había estado sentada lady Purnam y levantaba el cojín.

—¡Dios mío! —suspiró, sacando un arrugado vestido de lino de debajo.

—¿Qué es eso? —preguntó Ava.

—Una especie de prueba —contestó su hermana con desaliento. Dejó caer el vestido y se dirigió a las ventanas que daban al patio, metió una mano por detrás de las pesadas cortinas y sacó una cesta rebosante de telas.

Cercano ya el final del luto, Phoebe había estado arreglando los vestidos de su difunta madre para que les vinieran bien a Ava y a ella. En algunos casos, incluso había combinado dos para convertirlos en uno.

—¿Son vestidos? —preguntó Ava mientras Phoebe cogía uno de seda verde que había combinado con otro de brocado dorado. Ava se lo arrebató de las manos y lo sujetó contra su cuerpo—. ¿Qué demonios vas a hacer con tantos? Hay más de los que podríamos ponernos en una sola Temporada.

Phoebe se encogió de hombros.

—Coser me consuela —musitó alejándose.

Ava la creyó, pero al mismo tiempo tenía sus dudas, porque cuando Lucy o Sally entraban en sus habitaciones, Phoebe escondía rápidamente el vestido en el que estuviera trabajando, debajo de la cama, tras un cojín, o, como en esa ocasión, en una cesta detrás de las cortinas.

—De acuerdo, ¿me lo vas a contar? —pidió Ava mirando a su hermana—. ¿Qué haces escondiendo vestidos?

—No estoy haciendo nada, sólo coser —insistió Phoebe.

—Sí, querida, eso ya lo veo, pero ¿por qué los escondes?

Phoebe la miró, se mordisqueó el labio inferior un instante y luego echó una ojeada a la puerta del salón. Fue hacia allá a toda prisa, la cerró, colocó una pesada otomana contra la misma y se desplomó en ella como si estuviera agotada.

—¿En qué andas metida? —quiso saber Ava.

—De acuerdo, te lo diré. —Levantó la barbilla—. Creo que soy una buena modista.

—¡Phoebe, eres un genio! No hay más que ver esto —exclamó Ava volviendo a sujetar el vestido verde y dorado contra su cuerpo—, siempre he acudido a ti para que mejoraras los vestidos de la modista y los hicieras más favorecedores.

—Exactamente, Ava. Puedo hacerlo. Puedo hacer mis propias creaciones. Por lo tanto he decidido venderlas.

Ava palideció.

—¿Venderlas? ¡Oh, cariño, no puedes hacer eso! ¿Dónde te los iban a comprar?

—En Bond Street.

—¿En Bond Street? —casi gritó Ava—. ¿Te has vuelto loca? ¿En una tienda? ¿Una tienda, Phoebe? ¡No es posible que estés pensando en abrir un negocio después de todo lo que hemos hecho para mantener las apariencias! ¡Si abres una tienda seremos relegadas a lo más bajo de la sociedad, nadie va a tolerar a alguien que ha perdido su fortuna y abre un negocio! No —dijo con firmeza, moviendo la cabeza de un lado a otro y levantando una mano al tiempo que Phoebe abría la boca para argumentar—. Tu idea es elogiable, pero inadmisible. —Y diciendo esto, soltó el vestido y se cruzó de brazos.

—Si has terminado ya —dijo Phoebe con un bufido—, te diré que no has escuchado todo mi plan. Nadie excepto tú, y Greer, claro, sabrá que he estado haciendo vestidos para venderlos.

—¿De verdad? ¿Y cómo te propones realizar esa proeza?

—¡Búrlate si quieres —soltó Phoebe indignada—, pero conozco algunas tiendas de Bond Street que estarían encantadas de vender vestidos tan elegantes! —Se levantó de repente—. Imagínatelo, Ava: supón que te pones ese vestido y entras en una tienda —dijo levantando el vestido verde y dorado que Ava había dejado caer y acercándolo a su hermana—. Después de recibir muchos elogios, que no dejarán de producirse porque es precioso y no porque yo lo diga, puedes mencionar de pasada que conoces a la muy poco sociable y muy exclusiva modista francesa que lo ha confeccionado.

Phoebe empujó el vestido hacia Ava, obligándola a cogerlo para luego empezar a pasear con las manos cogidas a la espalda y el cejo fruncido.

—Seguro que empieza a correr el rumor de que en Londres hay una nueva modista, muy excéntrica, que se niega a dejarse ver. Que sólo crea vestidos para algunas personas. —Dejó de pasear un instante y miró a Ava— Afirmarás que tú eres una de ellas. Dirás que si no llega a ser porque una buena amiga de nuestra querida y fallecida madre logró convencerla, ella no se habría apiadado de ti y por tanto no tendrías un vestido tan hermoso.

Ava parpadeó y bajó la mirada hacia el vestido.

—¿No te das cuenta, Ava? —prosiguió Phoebe entusiasmada—. ¡Fingirás ser la única intermediaria con esa modista! Sabes tan bien como yo que no existe ni una sola mujer en la alta sociedad que pueda resistirse a la última moda. ¡Caerán en masa sobre la tienda para que les tomen medidas!

—¿Cómo vas a conseguir las medidas para confeccionar todos esos vestidos sin que te descubran?

—La vendedora será quien tome las medidas. Tiene que ser nuestra cómplice involuntaria. Debes convencerla.

—No sé —dudó Ava, pero Phoebe la agarró con fuerza de los hombros y la sacudió ligeramente.

—¡Piénsalo, Ava! ¡Con el dinero que saquemos podremos seguir comprando nuestros vestidos en las mejores tiendas de Bond Street y nadie que nos vea sospechará que somos quienes estamos detrás de la confección de los otros. —Y sonrió feliz, convencida de lo maravilloso de su plan.

Ava estuvo largo rato reflexionando sin decir nada, mientras

Phoebe la miraba con inquietud. Tenía que reconocer que la idea de Phoebe le gustaba, sobre todo la parte de comprar sus vestidos en Bond Street. Por fin, movió la cabeza y dijo con incredulidad:

—Maldita sea, no encuentro ningún fallo, Phoebe.

Su hermana gritó de placer.

—Espera a ver el vestido que estoy haciendo. Es exquisito...

—Pero ¿cómo voy a sacarlo de casa? —preguntó Ava—. ¿No crees que levantaría unos cuantos comentarios cuando me vieran entrar en una tienda de Bond Street con un vestido de fiesta?

—Seremos creativas. Cogerás el vestido, entrarás en la tienda discretamente y te limitarás a explicar que quieres encargar vestidos como ése para cuando termine tu período de luto.

—No sé...

—¡Tienes que hacerlo! La Temporada acaba de comenzar, y las tiendas empezarán a recibir encargos para las fiestas en cuanto se vaya acercando el buen tiempo. ¡Si no lo haces en los próximos quince días, perderemos la oportunidad!

Ava no tuvo posibilidad de responder porque se oyeron unos sonoros y un tanto vacilantes golpes en la puerta. Phoebe y ella escondieron a toda prisa los vestidos en un remolino de seda y satén. Ava movió la otomana con Phoebe sentada en ella, y abrió con toda tranquilidad la puerta, para encontrarse con un enorme ramo de rosas tras el cual estaba Morris.

—Disculpe, milady —dijo éste casi oculto por el ramo—. Han llegado estas flores.

—¡Morris! ¡Entra, entra! —exclamó Ava ayudándole a llegar a una mesa. Las flores eran preciosas; había por lo menos tres docenas metidas en un enorme florero de cristal que desprendían un delicioso aroma, y su color era como el de los rubíes.

El hombre depositó el florero sobre la mesa y luego se secó la frente con la manga antes de entregarle a Ava un mensaje.

—Si me lo permite, milady... ¿Cuando un lacayo llama a la puerta, tiene que quedarse en el vestíbulo o fuera?

—Si espera respuesta, debería estar dentro —contestó Ava—. ¿Hay un lacayo esperando contestación?

—¡Oh, no! —respondió Morris moviendo la cabeza de un lado a otro—. Le dije que se fuera.

Ava contuvo un gemido.

—De acuerdo. Y la próxima vez no dejes a una dama esperando en la entrada. Tienes que hacerla pasar.

Él asintió muy despacio, como si estuviera memorizando sus instrucciones.

—Gracias, Morris.

Éste hizo una reverencia, giró bruscamente sobre sus talones como le había enseñado a hacer el señor Pell, y salió.

Phoebe se levantó de un salto.

—¿Quién las manda? —preguntó encantada—. ¡Greer! Claro, tienen que ser de Greer.

Ava abrió la nota, vio una elaborada M y sintió que se le alegraba el corazón. Le volvió la espalda a Phoebe y leyó rápidamente la nota. Soltó una carcajada y una enorme y brillante sonrisa iluminó su cara. Su presentimiento era cierto: ¡la pretendía!

—¿De quién son? —quiso saber Phoebe.

Ava echó un vistazo a su hermana, sostuvo la nota con timidez contra su pecho y se inclinó para aspirar el olor de las rosas.

—Creo que son las rosas más hermosas que he visto nunca.

—¿De quién son? —volvió a preguntar Phoebe poniendo los brazos en jarras.

—Tenemos que decidir qué vestidos puedes hacerme para cuando deje el luto la semana que viene.

Phoebe se quedó boquiabierta.

—¡Lady Purnam va a salirse de sus casillas!

—No me importa —replicó Ava volviendo a oler las rosas—. Ya has oído a Lucy. No nos queda demasiado tiempo, Phoebe. Hemos llorado a nuestra madre durante un año entero y ya ha empezado la Temporada. Tenemos que volver a entrar en la sociedad antes de que lord Downey regrese.

—No antes de que me entere de quién... —Phoebe le arrebató la nota de la mano.

Ava sonrió de oreja a oreja mientras su hermana la leía abriendo cada vez más los ojos. Cuando terminó, se volvió de golpe y la miró consternada.

—¡Santo Dios!... Ava, ¿qué has hecho?

Ésta se rió, recuperando el mensaje.

—Nada... todavía —contestó. Agarró a Phoebe de la mano y la obligó a sentarse para contárselo todo.

A la mañana siguiente, ya habían decidido lo que iban a hacer. En primer lugar, y ya que Ava no tenía intenciones de salir del luto sin ir a la última moda, consintió en que Phoebe la enviara a Bond Street con un vestido azul de satén con bordados en oro y lavanda.

Phoebe tenía razón; la dueña de la tienda se quedó admirada ante el vestido, además de por cómo le sentaba a Ava. Fue exactamente como Phoebe había predicho; lo elogió tanto que le dio a Ava la excusa para mencionar a la exclusiva modista que, por desgracia, de resultas de un accidente se había quedado desfigurada y sin una pierna. A Phoebe no le iba a gustar esa descripción, pero fue la única razón verosímil que se le ocurrió para explicar la renuencia de la modista a dejarse ver.

Cuando terminó de contar la ridícula historia, tenía un pedido de tres vestidos. Y ella poseía un precioso vestido para llevar al primer baile al que la invitaran.

8

Mientras tenía lugar el muy esperado y magnífico baile que el duque de Clarence celebraba a mediados de la Temporada en St. James Place, lord Stanhope era despojado de una considerable suma jugando a las cartas en Brooks, un club de caballeros situado cerca de la entrada principal del baile.

Stanhope se enfureció por haber perdido y acusó al ganador, sir William de Gosford, de haber hecho trampas. Sir William se tomó muy mal la acusación y se lanzó contra Stanhope por encima de la mesa. De no haber sido por lord Middleton, que se metió en medio sin vacilar, alguien hubiera resultado herido o incluso muerto.

Pero cuando los contendientes se encaminaron al baile, se corrió el rumor de que el arrugado pañuelo blanco de Middleton y el arañazo que tenía en la mejilla eran el resultado de una pelea con su amante, lady Waterstone.

A pesar de todo, la errónea actitud de su amigo Stanhope y la consiguiente pelea no eran las culpables de la mirada irritada de Middleton ni de la rigidez de su mandíbula; la verdadera razón era que su padre lo había manipulado una vez más para mantenerlo alejado de Miranda y en compañía de lady Elizabeth.

Jared sólo había aceptado asistir al baile porque era buen amigo del duque de Clarence y porque Miranda quería ir al que se consideraba uno de los más importantes acontecimientos sociales de la Temporada. Para la celebración no se había reparado en gastos; centenares de lirios blancos en magníficos floreros de porcelana adornaban las pequeñas consolas a lo largo de las paredes. Las velas lo iluminaban todo desde las diez arañas de cristal que colgaban sobre el salón de baile; incontables candelabros de pared destellaban en los pasillos y otros tantos hacían lo propio en una docena o más de salones. El suelo de la sala de baile había sido pulido con cera para que sobre la superficie se deslizara mejor, y una orquesta de diez músicos tocaba desde una galería situada por encima de la pista de baile.

Una docena de estancias del palacio, decoradas con muebles franceses y rusos, estaban abiertas al enorme número de invitados, que llegaban a cuatrocientos según algunos e incluso a quinientos según otros.

Y en medio de la multitud, el duque de Redford, el padre de Jared, se mezcló con el constante flujo de bailarines que había junto a Miranda y, acercándose a ella, le pidió un baile que la joven de ningún modo podía rechazar, por lo que, al instante, las lenguas empezaron a entrar en movimiento por todo el palacio.

Jared no supo de qué habían hablado Miranda y el duque, porque al finalizar el baile, su padre la escoltó al extremo opuesto del salón, llevándosela luego a una habitación contigua.

Mientras tanto, lord Robertson se había acercado con lady Elizabeth, quien permanecía de pie, como una niña tonta, con las manos entrelazadas por delante y contemplando a los bailarines con expresión melancólica.

—¿Cuál es la danza que más le gusta, milord? —le preguntó la muchacha a Jared después de un largo silencio.

Él la miró y trató de imaginársela como a su esposa.

—Ninguna en especial.

Ella levantó su barbilla con algo de arrogancia, según le pareció a él.

—A mí me encanta la cuadrilla.

En ese momento, las parejas estaban tomando posiciones precisamente para ese baile.

Jared contuvo un suspiro de aburrimiento y forzó una sonrisa cortés.

—¿Quiere usted bailar, lady Elizabeth?

A ella se le iluminó la cara.

—Encantada, milord.

Seguía radiante cuando la condujo a la pista de baile para ocupar sus puestos. Sin embargo, él apenas lo notó, ya que estaba mirando hacia la puerta por la que habían desaparecido Miranda y su padre.

Pero cuando la música empezó a sonar, volvió la mirada hacia Elizabeth y se inclinó, tal como le habían enseñado a hacer desde pequeño, y luego comenzó a seguir los pasos, tomando su mano, entrecruzándose, cambiando de mano y volviéndose a cruzar. Un paso hacia adelante, otro hacia atrás, un giro a la derecha, mientras Elizabeth hacía lo mismo, maniobra que dejó a Jared frente a la mujer de la pareja que formaba la otra mitad del cuadrado.

Sonrió sorprendido al ver a lady Ava delante de él.

Ella sonrió a su vez y él tomó su mano.

—Buenas noches, milord —lo saludó cuando se cruzaron.

—Muy buenas en verdad —contestó él al volver a cruzarse.

Ava volvió a sonreír mientras se adelantaba, retrocedía y giraba hacia la izquierda para coger la mano de su pareja, lord Angelsy.

¡Santo Dios, cómo no la había visto antes! Estaba impresionante con aquel vestido azul de satén, con exquisitos bordados, que se ceñía a su cuerpo realzándolo. Llevaba el dorado pelo sujeto con una hilera de perlas a juego con los pendientes y la gargantilla, y sus ojos, sus claros ojos verdes, parecían casi grises.

No sabía que ya hubiese dejado de llevar luto.

Jared volvió a girar con Elizabeth, quien dijo:

—He disfrutado mucho trabajando en su subasta de caridad.

—Me alegra mucho oírlo. —Jared había dejado la subasta en manos de su buena amiga lady Bellingham, y lo único que sabía de ella era por los informes que recibía de su secretario, el señor Bean—. Tengo entendido que las cosas van bien —añadió, y volvió a mirar a lady Ava. Soltó la mano de Elizabeth, giró a la izquierda, y quedó de nuevo frente a aquélla. Cuando cogió su mano dijo:

—No sabía que hubiera salido del luto.

Ella no dijo nada, sólo se limitó a sonreír, con sus ojos grises verdosos brillando mientras evolucionaba siguiendo los pasos. Jared volvió a cogerla de la mano.

—No habrá bailado el vals todavía, ¿verdad? —preguntó cuando se cruzaron—, porque me lo prometió a mí —le recordó mientras avanzaban.

—¿Ah, sí? —inquirió ella alegremente al tiempo que se separaban—. No lo recuerdo.

Él le dirigió una amplia sonrisa y giró a la derecha para ir de nuevo al encuentro de Elizabeth, quien comentó:

—Su señoría el duque ha dicho que habrá por lo menos cuatrocientas.

—¿Perdón?

—Cuatrocientas personas en la subasta el viernes —le aclaró mientras él la soltaba y ella giraba a la derecha.

—¿Tantas? —preguntó él.

Giró también a la derecha quedando frente a lady Ava, la cogió de la mano y se la oprimió bromeando.

—Si le ha prometido el vals a otro, tendré que luchar con él por mis derechos —amenazó—. Es mío, lo gané en buena lid.

Ella se rió, mostrando sus blancos dientes entre sus rosados labios, giró alrededor de él y volvió a tenderle la mano.

—¿Así es como se hizo el arañazo en la mejilla? ¿Peleando por un vals?

Él rió por lo bajo, dio un paso adelante, otro atrás, y luego giró a la izquierda, hacia una estoica Elizabeth. Ella no dijo nada, tan sólo le lanzó una mirada asesina cuando él tomó su mano. ¿Es que aquel baile no se iba a acabar nunca?

—Debe disculparme, lady Elizabeth, estoy concentrado intentando recordar los pasos.

Ella asintió levemente con la cabeza al cruzarse con él.

Jared terminó el baile sin volver a hablar con lady Ava, pero no pudo evitar oír su alegre risa por algo que dijo Angelsy. No tenía problema en imaginar que estaban flirteando; esa noche, ella estaba especialmente hermosa, y cualquier hombre con algo de cerebro podía darse cuenta de que necesitaba casarse.

Por ese y por otros motivos más importantes, no tenía tiempo que perder.

Cuando la danza terminó, escoltó a Elizabeth hasta el borde de la pista, y se disculpó mencionando algo relacionado con el juego. Mientras cruzaba el salón, fue escrutando entre los invitados intentando ver a lady Ava, pero ésta había desaparecido de la vista. Se dio cuenta, con sorpresa, de que se sentía decepcionado. Aquella mujer tenía algo que lo intrigaba.

Pero en aquellos momentos tenía que encontrar a Miranda y asegurarse de que su padre no la había alterado ni causado ningún daño.

Ava encontró a Phoebe en compañía de lady Purnam y sus dos amigas, lady Botswick y lady Hogan. Como era de esperar, la decisión de las hermanas de volver a entrar en la sociedad, había molestado bastante a la mujer, e insistió en acompañarlas al baile del duque de Clarence en cuanto recibieron la invitación.

—Ah, hola —exclamó lady Hogan, extendiendo una mano hacia Ava—. ¡Qué hermosa estás! ¿Ese vestido era de tu madre?

—No, yo...

—Phoebe acaba de decirnos que vuestra prima Greer es la compañera de viaje de la señora Smithington. ¡Qué ocupación tan satisfactoria para ella!

—Sí, creo que está disfrutando mucho —respondió Ava.

—Le comentaba a lady Purnam que a lo mejor vosotras dos podríais hacer lo mismo —intervino lady Botswick.

Ava miró a Phoebe y luego a la dama.

—¿Ser acompañantes de viaje?

—Sí, claro —respondió lady Botswick, asintiendo con la cabeza con tanta energía que los rizos que le cubrían las orejas se movieron arriba y abajo—, acompañantes o bien institutrices. ¿Habéis pensado en ser institutrices?

—Yo... No, no lo hemos hecho —contestó Ava—. Nunca lo hemos pensado.

—Ah, bueno —prosiguió lady Botswick, intercambiando una mirada con lady Purnam—, teniendo en cuenta vuestra situación, pensaba que tal vez se os había ocurrido.

—¿Nuestra situación? —repitió Ava mirando a lady Purnam. Las mejillas de la mujer adquirieron un curioso tono rosado y Ava comprendió al instante que había traicionado su confianza y les había contado a sus amigas que carecían de dinero—. No creo que podamos hacerlo —añadió, volviendo a centrar su atención en lady Botswick—, Phoebe y yo esperamos casarnos en breve.

Por alguna razón, lady Hogan sonrió, y lady Purnam empezó a contemplarse con mucha atención los zapatos.

—¡Ooh, estoy segura de que sí! —convino lady Botswick, comprensiva.

Su tono condescendiente sacó a Ava de sus casillas. Al parecer, tanto ella como lady Hogan, y seguro que el resto de la maldita aristocracia, daban por sentado que ni Phoebe ni ella iban a poder casarse.

—¡Qué vestido tan hermoso! —exclamó lady Botswick, cambiando de tema—. Creo que me gustaría beber una copa de vino. ¿Lady Hogan, le apetece otra?

—Por supuesto.

Las dos damas se disculparon y se alejaron de allí, dejando a las dos hermanas fulminando a lady Purnam con la mirada.

—¿Les ha contado nuestra situación? —preguntó Ava—. ¿Cómo ha sido capaz de hacerlo?

—¡No he hecho nada parecido! —se defendió lady Purnam, pareciendo muy incómoda—. Cuando el tema salió a relucir, quedó claro que ya lo sabían. Soy culpable de no haberlo negado.

—Lady Purnam, de verdad... —suspiró Phoebe.

—No le pido que niegue lo que es cierto, lady Purnam, pero esperaba que, siendo como era la mejor amiga de mi madre, no confirmara sus sospechas —la reprendió Ava.

Lady Purnam parecía muy afligida y sujetó a Ava por la muñeca antes de que ésta pudiera alejarse.

—No te enfades tanto, querida. La verdad es que parecían estar muy bien enteradas desde mucho antes que yo.

—Ya veo —replicó Ava con frialdad—. Los buitres se reunieron en cuanto mi madre murió, ¿verdad? Si nos disculpa...

—Ava, querida, por favor...

—Tengo que hablar con mi hermana.

La señora Purnam suspiró y soltó la muñeca de la chica.

—Muy bien, pero con fingir que todo es de color de rosa sólo os estáis haciendo daño a vosotras mismas —espetó con altivez—. No os hace ningún bien seguir revoloteando entre la alta sociedad como si las cosas fueran igual que antes de que vuestra madre falleciera. No lo son. Vuestra situación ha cambiado de manera drástica, y cuanto antes lo aceptéis, antes encontraréis una solución apropiada.

—Gracias por el consejo, pero no se lo hemos pedido —soltó Ava. Cogió a Phoebe de la mano y la apartó de la estúpida y entrometida mujer.

—Estamos perdidas —dijo Phoebe, resignada.

—No, Phoebe, no lo estamos —la tranquilizó Ava—. No es posible que creas tal cosa. ¡No estamos perdidas!

—¿Qué puede salvarnos, Ava? Tu magnífico plan de casarte con un marqués no ha dado resultado, ¿verdad?

Era cierto que Ava no había sabido nada de Middleton desde que le envió las flores. Incluso el trabajo en la subasta de caridad, que estúpidamente había dado por sentado que sólo los involucraba a ellos dos, había sido un desastre. Las caritativas almas que trabajaban en el acontecimiento parecían ser todas mujeres con las que él había tenido relación en alguna ocasión, incluida Elizabeth Robertson. Lo único bueno para Ava fue que Grace Holcomb se ofreció a ayudar, de modo que al menos pudo contar con una amiga en el grupo.

—Será mejor que reces para que sir Garrett no se encuentre con lord Downey cuando atraque el barco —susurró Phoebe irritada.

A Ava le dio un vuelco el estómago. Había depositado muchas esperanzas en esa velada, pero Middleton había aparecido un tanto despeinado, y se había corrido el rumor de que se había peleado con su amante. Durante toda la noche, Jared sólo había tenido ojos para lady Waterstone, había bailado con ella, e incluso ahora podía verlos a los dos, a pocos metros de distancia, conversando con lord Harrison.

Y lo que era peor: cuando no estaba bailando con lady Waterstone o mirándola embobado desde la distancia, estaba en compañía de Elizabeth Robertson.

Le volvió la espalda para no verse obligada a verle sonreír de manera tan cautivadora a lady Waterstone.

Había perdido ya toda esperanza antes de empezar la cuadrilla, pero volvió a recuperarla al observar su expresión al toparse con ella, como si estuviera de verdad sorprendido y feliz de verla allí.

—Esto no funciona, Ava —dijo Phoebe con expresión taciturna—. Es evidente que tu marqués está enamorado de lady Waterstone y que va a pedir la mano de Elizabeth Robertson. Creo que no queda sitio para una tercera mujer. Deberías pensar en otro hombre; o puede que lady Botswick tenga razón. Quizá debiéramos pensar en buscar trabajo como institutrices.

—No seas ridícula —la cortó Ava con irritación, rebelándose ante la idea de que Phoebe pudiera estar en lo cierto y que muy bien pudiera ser que sólo estuvieran persiguiendo un sueño—. No me rendiré con tanta facilidad. ¿Qué pasa con tus vestidos?

—A duras penas podrán sacarnos del apuro.

—Entonces Greer nos ayudará...

Phoebe suspiró exasperada.

—¡No hemos tenido noticias de Greer desde que se marchó!

—Pero las tendremos —replicó Ava empezando a enfadarse con su hermana—. Además, hay un montón de caballeros que podrían pedir la mano de cualquiera de nosotras.

Phoebe movió la cabeza de un lado a otro.

—El único que lo hará sin pensar en el dinero o en las relaciones es sir Garrett.

Ava soltó un resoplido.

—Sé que lo has intentado con todas tus fuerzas, Ava —continuó Phoebe muy seria—, pero es evidente que no hay nada que hacer.

—No es cierto.

—Disculpe, lady Ava.

Ella cerró los ojos y cogió aire. Se volvió para quedar frente a sir Garrett, el cual sonreía mientras retorcía entre las manos su omnipresente pañuelo.

—Le... le agradezco que haya bailado conmigo antes, y estoy de acuerdo en que no debería pedirle otro baile, porque su carné de baile está completo —dijo ladeando la cabeza.

—Gracias por su comprensión, señor —contestó ella.

—Sólo quería informarme de si sabe... —Hizo una pausa, se secó la frente y luego miró hacia el suelo—. Es decir, si sabe cuándo regresará su padrastro a Londres.

El corazón de Ava empezó a latir rápidamente. Miró a Phoebe.

—Pues...

—No lo sabemos, señor —intervino Phoebe con rapidez—. Puede que tarde un mes. Quizá más.

—Ah —contestó sir Garret, haciendo una mueca—. Es una pena, porque hay un asunto del que me gustaría hablar con él sin demora. —Levantó la vista, se llevó el pañuelo a la sien y sonrió lleno de esperanza—. Creo que usted ya sabe de qué se trata, lady Ava.

Ésta sólo consiguió mirarlo boquiabierta mientras buscaba la mano de Phoebe.

—Buenas noches, sir Garrett. —La profunda voz reverberó por el cuerpo de Ava llenándola de alivio. Cerró los ojos un instante, volvió a abrirlos, giró la cabeza y vio unos ojos color avellana y una cálida sonrisa. Sonrió a su vez e hizo una reverencia.

—Buenas noches, lord Middleton.

—Lady Ava —saludó él educadamente—, lady Phoebe —añadió inclinando la cabeza ante Phoebe antes de volver a mirar a Ava—. Espero que no le haya prometido todos los bailes a sir Garrett, milady, porque me había prometido a mí el siguiente.

—¡Oh! —exclamó sir Garrett con expresión de sorpresa—, Sí, sí, desde luego —afirmó mirando a Phoebe—. Lady Phoebe, ¿me concede el honor?

Phoebe parpadeó y logró esbozar una sonrisa mientras miraba a Ava.

—Gracias —contestó poniendo la mano con cuidado en el brazo de sir Garrett para que la condujera a la pista de baile.

Middleton, por su parte, le ofreció el brazo a Ava.

—Lo prometió —repitió guiñándole un ojo.

—No se lo prometí, milord —contestó ella sonriéndole—, pero estaré encantada.

Apoyó la mano en el brazo que le ofrecía y él, al instante, la cubrió con la suya, oprimiéndola como si mantuvieran una estrecha relación.

—Si me permite que se lo diga, le sienta muy bien el azul, milady.

El elogio la emocionó. Había pasado mucho tiempo arreglándose, obligando a Lucy a rehacerle el peinado dos veces.

—Muy amable por su parte.

—La última vez que nos vimos no me di cuenta de que estaba en el período final del luto —comentó él mientras la conducía a la pista de baile.

—Lo habría sabido de haber asistido a las reuniones de la subasta —observó Ava inclinándose en la que quizá fuera la mejor reverencia que había hecho en su vida, mientras tomaban posiciones.

Él sonrió, se inclinó a su vez, le cogió la mano y se la levantó.

—Me pareció que ya había suficientes personas para preparar el acontecimiento y todas mucho más preparadas que yo. Lo único que yo tenía que hacer era prestarles mi nombre —respondió, y cuando la orquesta empezó a tocar los primeros acordes del vals, deslizó el brazo alrededor de la cintura de ella y le cogió la mano con la otra.

—Supongo que tiene razón —estuvo de acuerdo Ava apoyando la otra mano en su hombro—; su presencia podría haber dado lugar a una pelea.

Él se echó a reír mientras la llevaba con elegancia al ritmo de la música.

Cuando comenzaron a bailar, Ava miró a su alrededor, comprobando que más de uno volvía la cabeza hacia ellos con evidente curiosidad. El marqués no podía hacer nada sin que fuera comentado por todo el mundo. Por esa razón, Ava debería tener cuidado con su comportamiento, pero no tenía tiempo para permitirse el lujo de ser tímida o recatada. Si él estaba al tanto de su apurada situación y la consideraba inadecuada, prefería saberlo cuanto antes para poder planear otra cosa para Phoebe, Greer y ella misma.

Por desgracia, aunque siempre había disfrutado de las atenciones de los hombres, nunca había sido tan osada como se temía que tenía que ser en ese momento si quería obtener toda la atención del marqués.

Levantó la vista. Él estaba sonriendo, un mechón de pelo le caía sobre el ojo mientras se movían. Era muy buen bailarín, sus movimientos eran fluidos, y apoyaba la mano con firmeza en su espalda, guiándola cuidadosamente. La expresión de Ava pareció divertirle. Enarcó una ceja, y ella sintió que le ardían las mejillas.

—Gracias por las flores —dijo—, eran preciosas.

—Me alegro de que le gustaran. Entre los hombres hay una ley no escrita, ¿sabe? Hay que regalar flores bonitas a las mujeres hermosas.

Ella se ruborizó. Era muy extraño, pero se sentía como si estuviera flotando.

—Es usted demasiado amable.

—Espero que mis indicaciones la ayudaran a encontrar la iglesia —añadió él con un ligero guiño.

Ella se rió.

—De acuerdo, es cierto. Últimamente no he ido mucho. —Alzó la vista hacia él—. Y tengo que confesarle algo más.

—Siempre estoy dispuesto a oír las confesiones de las mujeres. —Sus ojos se deslizaron hacia el pecho de ella.

—Bien, entonces, prepárese —dijo ella cogiendo aire—. La verdad es que no soy demasiado caritativa. La tarde en que nos encontramos me di demasiada importancia.

—¡Ah, querida! —esbozó una sonrisa ligeramente ladeada—. ¿Eso significa que no les lee la Biblia a los pobres?

—A veces..., pero no puedo decir que sea una costumbre.

—¿Y qué pasa con la Sociedad Benéfica de las Damas? ¿Pertenece usted a ella?

—Desde hace poco.

Él sonrió de oreja a oreja y la hizo girar, acercándola más a él con habilidad.

—Entonces, ¿debo pensar que su ayuda en la subasta de caridad es una carga?

—No —se apresuró a responder ella. Sus ojos la hipnotizaban, sus brazos la tranquilizaban transmitiéndole una sensación de felicidad. Podría pasarse la noche bailando el vals, girando una y otra vez, mientras la mirara de ese modo—. No milord —dijo, moviendo la cabeza, avergonzada—. Quería ayudar en la subasta. Esperaba que eso me diera la oportunidad de ser...

Se interrumpió y miró preocupada por encima de su hombro. No era una cortesana, por lo tanto no sabía cómo llevar el coqueteo más lejos de lo que ya lo había hecho.

—¿De ser...? —la incitó él con suavidad, acercándola más a su cuerpo.

No le importaba que la mantuviera demasiado cerca como para que fuera decente, ni que todos los estuvieran mirando.

—Ser... admirada.

Esa respuesta provocó en él una carcajada. Ava echó la cabeza hacia atrás y se rió a su vez mientras daba vueltas alrededor de la pista una y otra vez hasta que las luces del techo empezaron a girar en una fantasmagórica demostración, y ella no fue capaz de ver nada más que su cara, su hermoso rostro y sus ojos, que parecían tan profundos como un lago.

No consiguió que su deseo de que el vals durara toda la noche se realizara y, por desgracia, terminó demasiado pronto. Todavía se sentía mareada por la fuerza de sus brazos alrededor de su cintura y el placer de su sonrisa. Middleton la condujo fuera de la pista de baile y siguió a su lado, ignorando las miradas de curiosidad que les dirigían.

A Ava le costó varios minutos volver a ser capaz de pensar, antes de darse cuenta de que la estaba sacando del salón delante de todo el mundo.

—¡Espere! ¿Adónde vamos?

—Parece acalorada —respondió él llevándola por un pasillo muy iluminado. Luego se metió en otro más oscuro y continuó andando, al tiempo que le soltaba la mano y apoyaba la suya en su pequeño trasero. Posesiva y firmemente.

—¿Qué está haciendo? —volvió a preguntar ella, con creciente alarma, presintiendo el peligro.

—Me gustaría admirarte... —respondió él sonriendo— como mereces.

Esas palabras y su sonrisa le desbocaron el corazón. De haber tenido el más mínimo sentido común se habría detenido en ese instante. Pero de repente no le importaba adónde la llevara ni que medio mundo los hubiera visto desaparecer. No le importó si era adecuado ni lo que pudieran decir los demás; lo único que le importaba era estar con él, tener su alto y vigoroso cuerpo junto al suyo, disfrutando de la belleza de su sonrisa.

Llegaron a un par de puertas que Middleton abrió con la confianza propia de un hombre familiarizado con el palacio. Éstas daban a una terraza privada, bañada por la luz de la luna que iluminaba St. James Park desde las alturas.

Ava echó la cabeza hacia atrás y se llenó los pulmones del aire fresco de la noche, en un esfuerzo por tranquilizar los latidos de su corazón. Middleton dejó caer la mano y se acercó a la balaustrada, con los brazos en jarra, de espaldas a ella, contemplando fijamente la oscuridad.

La ligera sensación de mareo de Ava empezó a desaparecer, y volvió a adoptar una postura decente. Middleton se dio media vuelta, se apoyó contra la barandilla de piedra, cruzó los brazos a la altura del pecho y la contempló en silencio con mirada indescifrable. Había algo diferente en él. El libertino, el seductor, había desaparecido, y su lugar lo ocupaba un hombre más sombrío que no dejaba traslucir sus pensamientos, y cuyos ojos buscaban... algo.

—Todavía pareces acalorada —observó él.

—En el salón de baile hacía bastante calor.

—¿Crees que la culpa del color de tus mejillas la tiene la temperatura del salón? ¿No será, quizá, algo más incendiario, como por ejemplo el ardor que ambos sentimos?

Ella no contestó; su silencio fue una forma de admitir que era cierto.

—Ven aquí —ordenó él en voz baja—. Ven —repitió al ver que la joven no acudía de inmediato.

Ava movió los pies. Mientras se acercaba a él, Jared le tendió la mano y ella deslizó la palma en la suya sin pensarlo, y tampoco opuso resistencia cuando él la colocó entre sus piernas. Le acarició los brazos con las manos mientras con los ojos le acariciaba la cara, el pelo y el cuello, deteniéndose un instante en la unión de sus pechos. Su mirada no parecía depredadora en esos momentos, sino más bien melancólica y pensativa.

—Estás temblando —observó. Le deslizó las manos por la espalda y la atrajo hacia él.

Ava quedó lo bastante cerca de su cuerpo como para ver la roja marca del arañazo que tenía en la cara, y le vino a la memoria el inoportuno recuerdo de lady Waterstone. La imagen de una mujer más sofisticada, experimentada y hermosa que ella, y con fortuna propia.

—¿Cuántos años tienes? —preguntó Middleton mirándole la clavícula.

—Acabo de cumplir veintitrés.

—¡Humm! —asintió él, con un ligero movimiento afirmativo de la cabeza.

Seguro que estaba pensando que era demasiado mayor para estar soltera y seguir interpretando el papel de una debutante.

—¿Cuántos tienes tú? —le preguntó ella.

Jared esbozó una ligera sonrisa.

—Cumpliré los treinta dentro de unas semanas. Eres la mayor de las Fairchild, ¿no?

Ella asintió.

Jared le apartó un mechón de pelo del hombro provocándole un hormigueo en la piel.

—¿Amas a alguien? —inquirió en voz baja.

Ava tragó saliva y miró hacia las estrellas.

—A mi hermana y a mi prima.

—¿Sólo a ellas? —volvió a preguntar él, besándola con dulzura en el hombro.

Ava no conocía el juego al que estaban jugando, pero sintió una ligera desazón cuando bajó la mirada hacia su oscura cabeza.

—¿A quién amas tú?

Él vaciló un poco y luego llevó la boca hasta el hueco de su garganta.

—A nadie —reconoció, trazando un sendero por su cuello—. ¿Permitirás que te admire, Ava Fairchild? —preguntó, besándola en la parte superior del pecho—. ¿Dejarás que te admire con hechos? —Ahuecó la mano en su cadera.

Ella contuvo el aliento y colocó las manos sobre los hombros de él para sujetarse.

—Te estás tomando demasiadas libertades conmigo.

—Soy un hombre osado —dijo él besándole el otro pecho—. Por lo general me apodero de lo que deseo. —Hizo una pausa y alzó la vista—. Y te deseo a ti. —Se enderezó de pronto, acariciando el cuerpo de ella con el suyo mientras lo hacía, luego se inclinó y la besó en la sien.

—¡Santo Dios! —gimió Ava.

Jared ahogó el gemido de ella cubriendo su boca con la suya. Ava emitió otro sonido de alarma al oír sus sensuales palabras y notar el contacto de sus labios. Él levantó una mano hacia su rostro, acariciando la comisura de su boca mientras la besaba. Todos sus instintos le ordenaban que se separara de él, que mantuviera algún grado de decoro, pero no podría haberlo hecho aunque lo hubiera intentado. Ya se había sumergido por completo en la nube de placer y le había rodeado la muñeca con la mano, aferrándose a él con fuerza para no caer.

El marqués deslizó la lengua entre sus labios al tiempo que presionaba su cuerpo contra el de ella, mostrándole la prueba de su creciente deseo. Ava jamás había sentido nada parecido, y algo básico y primordial se revolvió en su interior. La mano de Jared fue hasta su pecho, cubriéndolo y acariciándolo. Ava respondió deslizándole las manos por los hombros y los firmes músculos del torso.

Se tensó, intentando respirar. Sus senos estaban pegados al pecho masculino, el corazón le latía de manera irregular contra las costillas mientras los experimentados labios de él se movían sobre los suyos y su lengua acariciaba la de ella, explorando su interior. Jared ahuecó una mano sobre su rostro, acariciándole la mejilla con el pulgar.

Ava sintió la apremiante necesidad de respirar, gritar o lanzarse de cabeza a lo que él quisiera de ella. Jared se apretó contra su cuerpo, o puede que fuera Ava quien se apretara contra Jared, pero la sensación era increíble; como ser arrastrada por la marea, rodando y flotando en un océano de placer.

El leve chillido de sorpresa de una mujer la trajo de vuelta a la realidad con la misma fuerza que la marea estrellándose contra las rocas. Jadeó e intentó separarse de él, pero Jared la sujetó rápidamente por el brazo.

Le quitó la mano de la cara y miró por encima del hombro.

—¡Ah!, Miranda —dijo como si la estuviera esperando.

Ava gritó, avergonzada, y se apartó de él con violencia. Ahora sí estaba perdida, completamente perdida. Pero Middleton no estaba dispuesto a permitirle que se fuera todavía; no parecía importarle ni ella ni su reputación. Le dirigió una sonrisa tranquilizadora, le acarició el labio con el pulgar y después, por alguna inexplicable razón, la besó cariñosamente en la frente.

—Tu hermana debe de estar preguntándose dónde te has metido —susurró, soltándola.

Ava trastabilló, se detuvo un momento para recobrar el aliento y luego se volvió de mala gana de cara a lady Waterstone, que estaba de pie ante la puerta.

La mujer la miraba con furia.

—Váyase —dijo secamente, haciendo un gesto hacia la puerta—. Vuelva junto a su hermana.

Ava no necesitó más; pasó corriendo por delante de lady Waterstone, cruzó las puertas que daban al oscuro pasillo, se apoyó contra la pared, entrelazó las manos y se las presionó contra el estómago mientras su pecho subía y bajaba a cada desesperada respiración.

No parecía ser capaz de recuperar el aliento o pensar en otra cosa que no fuera preguntarse qué era lo que había hecho.

Si lady Waterstone o Middleton se atrevían a decir una sola palabra, estaría perdida; su reputación quedaría hecha trizas para siempre.

9

Dos días después de su asombrosa falta de sentido común, Ava seguía esperando a que cayera el hacha. Se preguntó qué habría hecho su madre en su lugar; si habría cedido a la pasión y aprovechado lo que el destino le ponía al alcance de la mano. Ava hubiera dado cualquier cosa por poder hablar con su madre en aquellos momentos.

No le contó a Phoebe lo que había sucedido, aunque ésta sospechaba que algo no iba bien. Sin embargo, estaba demasiado ocupada en su plan de vestir a toda la aristocracia, y trabajaba sin parar, adornando dos de los vestidos de su madre, previamente cortados y unidos para confeccionar uno nuevo. Cada vez que alguien llamaba a la puerta, Phoebe se sobresaltaba, daba un bote y escondía la tela y los hilos por todas partes, dando patadas a las cestas de costura para meterlas debajo de la cama o de la mesa, mientras Ava iba a ver quién llamaba.

Todo eso contribuía a que la ansiedad de Ava fuera en aumento.

Al tercer día, el anterior a la subasta benéfica, se excusó para no asistir a una reunión del comité que la organizaba aduciendo una jaqueca.

—Pero la subasta es mañana —le recordó Phoebe mirándola con recelo.

Ava no dijo nada. No se sentía capaz de enfrentarse a la expresión de las mujeres que podían haberse enterado de su escandaloso comportamiento.

La tarde fue especialmente triste, tanto dentro como fuera.

El correo que Morris le entregó a Ava consistía en un puñado de cartas y el *Times*. Revisó las cartas y se llenó de alegría al ver una letra familiar.

—¡Por fin! —exclamó—. ¡Es de Greer!

—¡Greer! —gritó Phoebe, dejando a un lado la camisola de Ava que estaba remendando—. ¿Qué dice?

Ava le entregó las otras cartas a Lucy, rompió el sello y desdobló la misiva.

—Escribe desde Ledbury. ¿Dónde está Ledbury?

—No lo sé; ¡lee la carta! —ordenó Phoebe.

—«Queridas Ava y Phoebe —empezó Ava—, os escribo desde Ledbury. El tiempo ha sido bastante triste y húmedo, la diligencia se vio obligada a detenerse, ya que los caminos están infranqueables a causa de la lluvia. Sin embargo el señor Percy me ha asegurado que por lo general la lluvia no dura demasiado y en cualquier momento parará, entonces continuaremos el viaje.»

—¿Quién es el señor Percy? —quiso saber Phoebe.

—No tengo ni la menor idea —contestó Ava, y continuó leyendo—: «Tengo que contaros una cosa muy extraña. Cuando le conté al señor Percy la historia de mi familia, me enteré de que el bueno de mi tío Randolph falleció la primavera pasada. Un caballo al que estaba castrando le dio una coz; la herida fue grave y, aunque sobrevivió unos días, al final murió. Como es de esperar, tal noticia me entristeció, pero el señor Percy se tomó muchas molestias hasta poder asegurarme que todavía quedan muchos miembros de la familia Vaugham por los alrededores».

—¿Cómo? —exclamó Phoebe corriendo al lado de Ava para leer por encima de su hombro—. ¿Su tío ha muerto y aun así continúa el viaje? ¿Quién es ese tal señor Percy? ¿Y si no es de fiar?

—Escucha esto —dijo Ava, volviendo a leer—: «He disfrutado

mucho del viaje, aunque la señora Smithington se marea en el carruaje y comentó que Gales está muy lejos de Londres. Sin embargo, el señor Percy la tranquilizó con amabilidad, asegurándole que, si mejora el tiempo, llegaremos a Bredwardine antes del lunes de la semana próxima. Volveré a escribiros entonces. Os pido perdón por no haber escrito antes, pero el viaje ha sido un tanto accidentado y era difícil hacerlo. Os quiero a las dos. Con cariño, Greer».

Ava levantó los ojos de la carta y miró a Phoebe, quien le devolvió la mirada con los ojos desorbitados de espanto.

—¿Quién demonios es ese señor Percy?

—No lo sé —contestó Ava doblando la misiva—. Lo único que podemos hacer es esperar a la próxima carta. Pero te aseguro que si alguna de nosotras tiene la cabeza sobre los hombros, ésa es Greer.

—Muy cierto —intervino Lucy asintiendo enérgicamente—. Es muy inteligente.

Ava le dirigió una tensa sonrisa.

—Lo es.

—Creo que esto os resultará interesante —prosiguió Lucy sujetando otra de las cartas—. Es de Egbert. Dice que estará en casa dentro de un mes.

A Ava se le hundió el corazón.

—¿No dice nada más?

—Sólo que está impaciente por poner orden aquí. ¿Quieres leerla?

—No, gracias —contestó Ava en voz baja. No era capaz de mirar a Phoebe, cuya inmovilidad era tal que casi podían oírse los latidos de su corazón.

Cogió el periódico e intentó leer las palabras impresas en él; como no encontró las noticias del parlamento que le interesaban, pasó la página.

—No deberías prestar atención a esas tonterías —le espetó

Lucy. Ava levantó la vista por encima del periódico para mirarla—. Los rumores son siempre obra del diablo.

—Haré todo lo posible para mantener al demonio lejos de tus oídos —respondió Ava, levantando de nuevo el periódico, ya que ella no tenía nada en contra de los rumores.

La puerta se abrió de golpe y entró Sally, cargada con un cubo de carbón.

—El señor Morris me ha dicho que necesitan esto —dijo, arrastrándolo con dificultad hasta la chimenea.

—Si Morris dice que lo necesitamos entonces, ¿por qué no lo trae él? —quiso saber Lucy.

—No lo sé, milady —contestó Sally jadeando y resoplando. Dejó el carbón, se apoyó contra la chimenea y se secó la frente con el delantal—. Ha venido alguien a verla, milady —dijo, dirigiéndose a Ava—, pero el señor Morris le echó.

—¿Quién era? —preguntó Ava con renovadas esperanzas.

—El señor no sé qué —respondió Sally haciendo añicos las ilusiones de Ava—. Venía a ver a su padrastro, pero el señor Morris le dijo que no estaba. Entonces preguntó por usted, y el señor Morris le dijo que no estaba permitido cambiar de persona a la que se quería visitar. El individuo contestó que ésa no era una norma, pero el señor Morris dijo que sí, y que además era demasiado temprano para visitar a una dama...

—¡Ese tarugo! —exclamó Lucy, levantándose y saliendo de la habitación con tanta rapidez como le permitía su volumen.

—¡Maldita sea! —refunfuñó Phoebe—. Ava...

—Lo sé —susurró la aludida, volviendo al periódico. Sus ojos cayeron sobre una noticia al final de la página.

Pocos han tenido el privilegio de ver la belleza de St. James Park desde las terrazas privadas del palacio, bajo la luz de la luna, pero a un buen lord se le ocurrió acoger bajo su ala a una huérfana para que pudiera hacerlo. Sin embargo, a ciertas viudas que creen que el parque no es lugar apropiado para los pobres huérfanos, la demostración sólo le inspiró desdén.

Sintió que las mejillas le ardían de vergüenza y el pulso se le aceleró.

Sólo era cuestión de tiempo que los nombres aparecieran publicados, y ella sería entonces el centro de los rumores. Suponiendo que no lo fuera ya.

Sally puso los brazos en jarra y se echó ligeramente hacia atrás.

—¿Qué la ha puesto de tan mal humor, milady?

Ava respondió.

—¿A mí? —Forzó una sonrisa, dobló el periódico y lo escondió en el asiento que tenía al lado—. Nada en absoluto. Estaba pensando en una subasta de beneficencia a la que tengo que asistir mañana. —Era cierto, tenía que ir; su ausencia levantaría más especulaciones.

—¡Ah! ¿Y a beneficio de quién es? —preguntó Sally con inocencia.

Ava miró hacia su regazo.

—De los pobres huérfanos.

10

El día de su subasta amaneció frío y lluvioso, acorde con el humor de Jared. La verdad era que no le sorprendía que el tiempo estuviera así; últimamente parecía como si el universo entero conspirara contra él. Se asomó a la ventana de su casa que daba a Grosvenor Square, y contempló los riachuelos de agua que la lluvia dejaba en los cristales, con la carta que acababa de recibir de su guardabosques de Broderick Abbey, arrugada en la mano.

No sabía qué hacer con la información de la misiva. No sabía cómo actuar. Durante toda su vida se había creído distinto, por encima de las obligaciones que los demás tenían. Ahora, experimentaba la sensación de estar en el mar: a la deriva en dirección desconocida, incapaz de divisar un solo puerto en el horizonte.

Se metió la carta en el bolsillo de la bata y con un suspiro de cansancio volvió a su escritorio, donde había otra esperando una respuesta que no se veía capaz de dar.

La había empezado a leer la noche anterior, al llegar a casa. Pero se había pasado un poco con las copas y la había dejado de lado. Sin embargo, por la mañana, le costó encontrar valor para leerla entera.

Querido,

¡Por favor, perdóname! No puedo vivir sin ti; no consigo dormir soñando contigo, y cada día se hace eterno sin tu presencia. Me comporté mal; sé que tienes que hacer lo mejor para tu familia, pero por favor, te

suplico que no me abandones por eso. Te esperaré, querido, con cada aliento te seguiré esperando.

Tuya para siempre,

M.

Arrugó la carta y la lanzó al fuego, luego se dejó caer en la silla tapándose la cara con la mano. Lo sentía por ella, pero no iba a cambiar de opinión; entre ellos nunca había existido ningún compromiso, en especial desde que Miranda le había dejado claro que valoraba más su título que a él.

Y ahora tenía que enfrentarse a su destino, aunque se sintiera como un ciego dando tumbos en la oscuridad. No estaba preparado para casarse, pero al parecer el bendito estado marital sí estaba listo para él.

¡Maldita fuera, qué mundo tan confuso le había tocado vivir!

Echó un vistazo al reloj de oro que había sobre la chimenea. Al cabo de unas pocas horas lo esperaban en el Pabellón del Príncipe, en los Jardines de Vauxhall, para subastar accesorios de la nobleza cuyos beneficios irían a parar al hospital. Se levantó y con movimientos torpes, se dirigió a sus habitaciones para vestirse, ya que la subasta era, como todo lo demás en su vida, una obligación.

La lluvia no disuadió a la alta sociedad, porque si alguno de ellos no estaba presente cuando todos los demás habían desafiado al mal tiempo para donar algo para una buena causa, todo el mundo lo comentaría. Jared gimió al ver la gente que atestaba el Pabellón del Príncipe a causa de la lluvia. La intención de los organizadores había sido celebrar la subasta en el paseo principal, alrededor del templete de la orquesta. Estaba tan lleno que apenas se podía respirar.

Se detuvo en la entrada escrutando la elegante muchedumbre. A pesar del tiempo, la asistencia era numerosa y todos estaban bastante alegres, sin duda con la ayuda de la cerveza que Jared sugirió que se sirviera. En el transcurso de los años, había observado que, por lo general, los hombres tendían a ser más generosos con su dinero cuando estaban un poco bebidos.

Entró con una sonrisa en la cara, la que había perfeccionado después de innumerables reuniones similares a lo largo de su vida. Saludó y dio las gracias a los mecenas que se habían enfrentado a las inclemencias del tiempo para ayudar al hospital, y aceptó sus felicitaciones por el éxito de la subasta.

Mientras sonreía, reía y hablaba con sólo Dios sabía quién, se preguntó si Ava habría asistido, o si habría leído el *Times* de la mañana y habría decidido no acudir a un acontecimiento con tanta gente que seguro murmuraría sobre el nuevo escándalo.

Estaba hablando con lord Valmont cuando la vio; se encontraba en el estrado donde él iba a subastar los artículos; llevaba un vestido de muselina verde claro de un tono igual al de sus ojos, bordado con diminutas cerezas y sujeto con una faja justo por debajo de los pechos. Se había recogido el pelo con una cinta del mismo tejido verde, pero algunos mechones dorados habían escapado y le caían sobre los hombros.

Vio que estaba poniendo precios a los artículos; sola. En tanto las demás mujeres implicadas en la subasta trabajaban en parejas o en grupos de tres o cuatro, lady Ava Fairchild lo hacía sin nadie, bien por elección propia o bien a consecuencia del escándalo que estaba empezando a rodearla.

Mientras Jared estaba con lord Valmont, ella levantó de pronto la vista y lo vio. La sonrisa de él se hizo un poco más amplia, y levantó levemente la barbilla, de modo casi imperceptible, para saludarla.

Pero lady Ava miró rápidamente alrededor, primero a un lado y luego al otro y, sin volver a dirigirle la vista, se alejó de la tribuna en dirección a una puerta que Jared sabía, por anteriores eventos celebrados en aquel pabellón, que daba a una salita privada.

En cuanto pudo, se despidió de lord Valmont y fue hacia allí. A su izquierda divisó a lady Elizabeth, recatadamente vestida, encima del estrado y rodeada por varias jóvenes. Entre los asistentes también se encontraba su padre, charlando con el duque de York, y, por supuesto, Harrison y Stanhope, quienes habían donado más de lo esperado, y que estaban compartiendo un poco de cerveza, y, ¡cómo no!, a dos debutantes.

Una vez junto al estrado, les preguntó a lady Bellingham y al señor Bean cuánto tardaría en empezar la subasta.

—Ah, milord, las donaciones han sido muy generosas —le informó lady Bellingham con una risita.

—Todavía estamos catalogando algunas cosas que han llegado a última hora —añadió Bean, tan apurado como siempre—. En mi opinión, vamos a necesitar una hora más.

—Gracias. Por favor, ocúpese de que haya cerveza y comida para los invitados.

—Desde luego —contestó Bean con un breve asentimiento con la cabeza.

Jared continuó abriéndose paso entre la gente, sonriendo, saludando y hablando de negocios, hasta que llegó a la puerta por la que había desaparecido Ava Fairchild. Lanzando una ojeada para asegurarse de que nadie lo veía, la cruzó.

Recorrió el estrecho pasillo que conducía a la salita privada, abrió la puerta y entró. El lugar estaba a oscuras, salvo por la poca luz que penetraba a través de las cortinas.

Se oyó una estruendosa risa, procedente de uno de los grupos del pabellón que hizo que ella se moviera. Entonces la vio; estaba de pie, con la espalda apoyada en la pared, el pecho elevándose al ritmo de su agitada respiración y el dorado pelo perfectamente visible a la débil claridad del brumoso día.

—Lady Ava, ¿se encuentra usted bien?

Desde donde estaba vio que tragaba saliva.

—Perfectamente —respondió ella en voz baja.

Él se le acercó despacio, fijándose en su preciosa cara y en su cuello. Ava apretó los labios y apartó la mirada. Le dio la impresión de que se sentía acorralada. Acortó la distancia entre ellos y le acarició la sien, colocándole un sedoso mechón de pelo detrás de la oreja. Su mano se deslizó hasta el hombro.

—¿Dónde está tu brillante sonrisa, Ava? La he echado de menos estos dos días.

Ella giró la cabeza para mirarlo con los claros ojos verdes embargados por una emoción que él no pudo descifrar.

—No puedo sonreír cuando se escriben cosas tan desagradables. —Contuvo el aliento cuando los dedos de él acariciaron la suave curva de su clavícula, y continuó con un jadeo—: Es muy posible que mi reputación esté completamente arruinada.

—No —la contradijo él, mientras sus ojos se deslizaban hacia la curva de sus pechos. Siempre había pensado que era una mujer escultural y atractiva, pero nunca la había deseado tanto—. No está arruinada.

Sonrió al ver su mirada de escepticismo; ella se estremeció. Al parecer, él no era el único al que le afectaba la cercanía de sus cuerpos en una habitación en penumbra.

Contempló sus labios mientras le acariciaba el cuello con el dorso de la mano, disfrutando de la calidez de su aterciopelada y suave piel, percibiendo su olor a rosas. Lo hizo como si la estuviera poseyendo, cosa que, a todos los efectos, estaba haciendo.

—Eso no puede ser así, si yo me comporto como un caballero. Y, milady, si de algo puedo presumir, es de serlo.

A ella se le aceleró el pulso, levantó la cara y lo escrutó con atención; los ojos brillantes a la tenue luz.

—¿A qué te refieres?

El tono bajo de su voz y el débil brillo de sus ojos despertaron su hombría. Se inclinó hasta que sus labios quedaron a escasos centímetros de su sien.

—Calla... Este momento es especial y no quiero estropearlo con palabras.

Entonces la besó con tanta suavidad que ella volvió a estremecerse, pero con mayor violencia en esta ocasión. Jared llevó una de las manos hasta su hombro para sujetarla, y con la otra le rodeó la cintura, acercándola a su cuerpo mientras deslizaba los labios desde su mejilla hasta su boca. Ava se movió un poco, ladeando la cabeza, y Jared le mordisqueó los carnosos labios.

Pero cuando le introdujo la lengua, un irresistible deseo comenzó a apoderarse de él. La necesitaba. Jamás hasta entonces una mujer le había provocado una sensación como la que le hacía sentir la que ahora tenía entre los brazos. Quería tocarla entera, aspirar su aroma, saborearla y sentirla. El cuerpo de ella estaba volviendo a la vida, respondiendo a su contacto. Jared trazó un sendero con los labios, desde su barbilla, pasando por su garganta y llegando hasta su pecho; apoyó una mano en su cadera, amasando la suave carne, mientras la otra iba al encuentro de su seno.

Cuando se lo oprimió, ella jadeó de placer, alimentando así el fuego que lo consumía.

Volvió a enderezarse, cubriéndole la boca con la suya, y manteniéndose aferrado a su pecho. Hundió los dedos de la otra mano en su pelo, echándole la cabeza hacia atrás y obligándola a levantar el rostro.

La mantenía abrazada con tal fuerza que notaba los latidos de su corazón contra su torso y contra la palma de la mano. Era una sensación deliciosa, que originó en él una fiebre, que fue extendiéndose como fuego líquido por sus venas. Gimió de deseo, presionando su musculoso cuerpo contra el de ella, y Ava se arqueó contra él. Introdujo la mano bajo el corpiño de su vestido y tocó el pecho desnudo. Ella jadeó una vez más, y dejó caer la cabeza contra la pared que tenía a la espalda, pero él apenas se dio cuenta, porque había sacado el pecho de la prisión del vestido e inclinándose, se lo llevó con impaciencia a la boca.

Ava le agarró la cabeza, hundiendo los dedos entre su pelo, mientras él devoraba su seno. Las manos de ella revolotearon hasta sus hombros y luego por sus brazos, sujetándolo mientras arqueaba el cuerpo para salir al encuentro de sus labios, presionándose contra él, pidiendo más. Él liberó el pecho y elevó su boca hacia la suya en tanto su mano acariciaba su costado hasta llegar a la curva de la cadera, y justo estaba descendiendo en dirección a la unión de sus muslos, cuando el rugido de unas risas, seguido de un grito colectivo, les llegó desde el exterior.

El sonido pareció despertarla. Ava separó la boca de la de él, jadeando y apartándolo.

—Esto es una locura —susurró—. Estoy al borde del precipicio y voy a lanzarme al abismo por el mero hecho de estar aquí contigo en este momento.

—No, no lo entiendes...

—Lo entiendo perfectamente y...

—Quiero casarme contigo —soltó él de un tirón.

Esas palabras tardaron unos segundos en penetrar en su mente, y, cuando lo hicieron, fue evidente que le causaron asombro. Soltó un pequeño grito como si se hubiera quemado y, por su expresión herida, le pareció que creía ser víctima de una broma.

—T... Tú...

—Sólo he dicho que quiero casarme contigo.

Ella seguía sin estar convencida, lo miraba con desconfianza, y Jared comprendió de repente que no lo había hecho correctamente. ¡Estúpido! Apoyó una rodilla en el suelo y cogió una de las manos de Ava.

—Lady Ava...

Ella contuvo el aliento y se tapó la boca con la mano libre.

La miró directamente a los ojos, muy serio, mientras cubría su mano con las suyas. Por extraño que pareciera, se dio cuenta de repente de que necesitaba saber la respuesta.

—Lady Ava, ¿me concede el honor de ser mi esposa?

Ella volvió a jadear, mirando hacia el techo, luego se deslizó por la pared hasta ponerse de rodillas para que los ojos de ambos quedaran al mismo nivel.

—¿Lo deseas de verdad? —preguntó ella muy seria.

—¿Te haría una pregunta como ésta, cuya respuesta va a afectar al resto de mi vida, si no lo quisiera de verdad?

—Pero ¡si apenas nos conocemos!

—Sabemos que sería una buena unión por fortuna, nivel social y compatibilidad, ¿no?

—Sí... A excepción, posiblemente, de lo relativo a la fortuna, porque yo carezco de ella.

—No me importa.

Ella respiró varias veces mientras observaba su expresión, con los ojos llenos de confusión y desconfianza, pero también con un leve brillo de esperanza.

—Lady Ava, acabe con mi agonía —murmuró él—. ¿Acepta mi proposición de matrimonio?

Por un instante tuvo miedo de que lo fuera a rechazar, y una amarga decepción empezó a atenazarle la garganta, sorprendiéndolo. Pero entonces ella exhibió una deslumbrante sonrisa que iluminó la habitación en penumbra.

—¡Sí! —contestó—. ¡Sí!

Se lanzó hacia adelante, besándole el rostro y casi haciéndole perder el equilibrio en el proceso. Sólo la firmeza de Jared impidió que ambos cayeran.

Él la besó, consciente de que se sentía muy aliviado e incluso bastante contento de que hubiera aceptado. Levantó la cabeza y sonrió.

—Me gustaría alargar este feliz momento, pero debo ir a cumplir con mi deber.

Ella asintió con los ojos todavía llenos de asombro. Él se levantó, extendió la mano y la puso a ella en pie, ayudándola luego a arreglarse el vestido. Cuando estuvo satisfecho de su aspecto, le sonrió.

—Quieres hacerlo ¿verdad?

Ella soltó una risita.

—Más de lo que puedas llegar a imaginar, milord.

Jared depositó un beso en su mejilla y luego abrió la puerta para que saliera.

Cuando el marqués de Middleton y lady Ava Fairchild salieron del saloncito privado, la gente se volvió loca de excitación. Sin embargo, su alegría por haber presenciado ese principio de escándalo no fue nada comparada con el rumor que se fue extendiendo con rapidez.

Se decía que el marqués había pedido la mano de lady Ava en matrimonio y que ella había aceptado.

Los hombres se preguntaron si él sabría que ella carecía de dinero. Las mujeres, heridas ante esta repentina unión, se preguntaron si ella sabría que él tenía una aventura amorosa con lady Waterstone.

Y cuando dio comienzo la subasta, en la cual lady Ava le entregaba los objetos que habían de subastarse a lord Middleton (el cual consiguió una cantidad récord para el hospital), sólo tres personas no participaban de los excitados murmullos que suscitaba tan extraordinaria noticia: lady Elizabeth Robertson, a quien le costó digerirla, sir Garrett, a quien le costó todavía más, y el duque de Redford.

Varias personas que estaban cerca del duque dijeron que, de hecho, éste parecía furioso.

11

Tal como esperaba, a la mañana siguiente, a primera hora, Jared fue llamado a Redford House, la imponente casa de Park Lane donde residía su padre. Se adelantó al mayordomo que anunciaba su llegada, entrando en el enorme estudio donde se encontraba el duque, calentándose las manos ante la gran chimenea.

No le tendió la mano a su hijo; apenas lo miró.

—¿Cómo te atreves —preguntó con calma— a hacer una proposición matrimonial sin mi consentimiento?

En algunas ocasiones, como en aquélla, Jared odiaba a su padre. Había esperado que le hiciera preguntas, pero al menos pensaba que reconocería que, al fin, había hecho lo que deseaba que hiciera.

—Ha intentado convencerme, me ha amenazado y al final se ha salido con la suya. Creí que estaría contento de que hubiera decidido casarme después de tanta insistencia.

—¡Sí, quiero verte casado! —explotó el duque de pronto—. Pero ¡con alguien de un linaje aceptable!

—Lady Ava Fairchild es la hija mayor del fallecido conde de Bingley —indicó Jared, haciendo un gran esfuerzo por mantener la calma.

—Y también es la hijastra de lord Downey —respondió el duque con acritud—. Un hombre que sería un simple plebeyo de no ser por las excelentes conexiones de su tío. ¡Ni siquiera ha venido a verme para hablar de una «posible» unión con mi hijo! Puede que sea lo bastante inteligente como para saber que esa joven no puede ser más adecuada que lady Elizabeth.

—¡Me ofende al insinuar que alguien, aparte de mí, tenga que hablar con usted antes de permitirme hacer una proposición de matrimonio! —escupió Jared.

—No sólo es lo que se acostumbra a hacer, sino que además es necesario. ¡No eres hijo de un vulgar herrero!

Jared soltó una amarga carcajada.

—No, señoría, no lo soy. Pero ojalá lo fuera.

El duque resopló con desdén.

—Te ha ido bastante bien siendo hijo de un duque. ¿Cuáles son los términos del contrato?

Jared se encogió de hombros con indiferencia.

—No he preguntado.

Los ojos de su padre se estrecharon, y su expresión se convirtió en una mirada de profundo disgusto.

—¿Estás diciendo que le has propuesto matrimonio a una mujer que algún día será duquesa, sin hablar de condiciones?

La pregunta enfureció a Jared.

—Las condiciones son bastante simples, señoría. He elegido a una virgen de buena reputación, capaz de proporcionar un heredero —estalló—. Todo lo demás carece de importancia.

—No seas iluso —contraatacó su padre, dirigiéndose de una zancada desde la chimenea al cordón de la campanilla—, sabes perfectamente que una boda de tanta importancia requiere que nos aseguremos de que ella cumple con los requisitos necesarios.

Una vez más se había puesto de manifiesto la singular incapacidad que ambos tenían para hablar sin herirse.

—No es mi intención ser iluso —observó Jared, tenso—. Pero es obvio que el único requisito que tiene que cumplir es ser fértil, sin importar para nada si tiene o no dinero.

Su padre jadeó.

—¿Cómo te atreves a ser tan vulgar en mi presencia?

—¿Acaso no lo es usted conmigo? En más de una ocasión me ha dicho que debía tener un heredero. ¿Le he proporcionado el recipiente adecuado, y ahora dice que tiene que saber si es válido?

—Como de costumbre, no tienes ni idea de lo que estás diciendo —respondió su padre furioso—. No te importa nada tu responsabilidad hacia la familia. —Le miró de arriba abajo—. Eres una decepción para mí.

—No puedo ser más decepcionante como hijo de lo que lo es usted como padre. Y la verdad es que prefiero ser indiferente que despiadado. Se ha inmiscuido en todos y cada uno de los aspectos de mi vida. ¿No puede al menos permitirme elegir a la mujer con la que voy a pasar el resto de mi vida? Voy a casarme con Ava Fairchild; ya se lo he propuesto. Si no le gusta, lo siento, pero no puedo hacer nada más.

El duque palideció; sus ojos grises se volvieron gélidos.

—¿No puedes hacer nada más? ¡Podrías ser el hijo que te eduqué para que fueras! ¡Podrías haber hecho un esfuerzo para entender el honor, el deber y el orgullo que implica nuestro apellido antes de arrastrarlo por el fango con una mujer como esa zorra de Waterstone! ¡Podrías prestar atención a mis consejos en vez de desoírlos continuamente! ¡Y ahora has empeorado la situación haciendo una proposición de matrimonio sin pensar! Te aconsejo que no vuelvas a hablar de boda con esa joven hasta que no haya aceptado nuestras condiciones.

Jared apenas logró contenerse para no abalanzarse sobre el anciano y retorcerle el cuello.

—Se llama lady Ava Fairchild. Y no son «nuestras» condiciones —consiguió decir con voz oscurecida por la cólera—. Son las mías. Todo lo demás puede que sea suyo, pero este matrimonio es mío.

Se dio media vuelta y de una zancada llegó hasta la puerta antes de que su padre tuviera ocasión de responder.

Debería haberse ido a su club o a su casa; a cualquier lugar tranquilo donde poder respirar y tranquilizarse. Su padre era un hombre duro y, desde muy joven, Jared descubrió que, si se tomaba unos minutos para recuperar la calma, por lo general podía eliminar el dolor y el resentimiento que su progenitor le causaba, encerrándolos en un pequeño compartimento profundamente oculto en su interior.

Pero esa vez era diferente; había dejado a un lado el orgullo y cedido a sus deseos, había concertado un matrimonio por completo aceptable, y, aun así, el duque seguía poniendo pegas. La ira de Jared era tan intensa que era incapaz de pensar y mucho menos de calmarse. Lo primero que se le ocurrió fue que debía hablar con su supuesta novia y fijar cuanto antes la fecha de la boda.

Le ladró al conductor que se dirigiera a la casa de los Downey y saltó del carruaje antes de que el lacayo pudiera bajar. Llegó hasta la puerta y dio un fuerte golpe a la aldaba de cobre.

Le abrió un hombre vestido con un inadecuado traje negro, que lo miró con curiosidad.

—*Aye?**

Aye? Jared se quedó un momento sorprendido, pero se recuperó con rapidez y se metió la mano en el bolsillo de la chaqueta para sacar una tarjeta.

* Forma que se utiliza en Escocia para decir «sí». *(N. de la t.)*

—Lord Middleton pregunta por lady Ava —masculló, sujetando la tarjeta entre dos dedos.

—¡Una visita! —exclamó el mayordomo al parecer muy contento—. Un segundo, milord.

Se alejó de la puerta, cruzó el vestíbulo hasta una pequeña consola y cogió una bandeja de plata con la cual regresó ofreciéndosela a Jared. Éste dejó caer en ella la tarjeta, con impaciencia.

—Muy bien. Ahora tengo que llevarla —le informó el mayordomo.

—Conozco bastante bien el procedimiento, de modo que si es tan amable de apresurarse.

El hombre sonrió apartándose de la puerta, y Jared no pudo dejar de notar que le faltaba un diente.

—Pase.

Él cruzó el umbral quitándose el sombrero. Nunca había estado en la casa de Downey, y, aunque la decoración le pareció de buen gusto, también le dio la sensación de que la mansión era bastante espartana y pequeña.

El mayordomo se apartó la bandeja de plata del cuerpo como si tuviera miedo de tocar la tarjeta.

—Por favor, milord, acompáñeme.

—¿No debería entregar la tarjeta primero? —le preguntó Jared mientras se quitaba los guantes.

La pregunta pareció confundir al mayordomo, que arrugó la frente un instante como si estuviera perdido en sus pensamientos y luego sacudió la cabeza.

—No, milord. Estoy completamente seguro de que debe acompañarme.

Jared pensó que era muy raro, pero supuso que en aquella casa no se observaban los sofocantes formalismos que en otras circunstancias hubiera apreciado. Siguió al hombre por una estrecha escalera y luego por un pasillo más estrecho aún, hasta llegar a un par de puertas que el mayordomo abrió sin llamar.

En el interior, tres mujeres soltaron una exclamación y miraron hacia el umbral. La primera en reaccionar fue Ava, quien prácticamente saltó del asiento y se apresuró a ir hacia el mayordomo. Su hermana, sentada junto a ella, se levantó de repente, dio media vuelta y pareció meter algo en una cesta al tiempo que echaba unas cuantas miradas furtivas por encima del hombro.

La tercera mujer, vestida con el uniforme gris de una doncella, le sonreía con tanta lascivia que Jared temió por su empleo.

Ava no pareció notarlo en absoluto mientras, con desesperación, cogía la bandeja de plata que portaba el mayordomo y le empujaba hacia la puerta.

—¡Morris! —exclamó dirigiéndole a Jared una sonrisa de disculpa—. ¡Tienes que anunciar a las visitas!

—Lo haría, milady, si pudiera leer la tarjeta.

Ava se puso como un tomate. Miró con nerviosismo a Jared, luego a la bandeja, y se apoderó con rapidez de la tarjeta blanca.

—Deberías ponerte las gafas —lo reprendió con delicadeza—. Se trata de lord Middleton.

—Lord Middleton desea verla, milady —anunció Morris con una leve reverencia.

—Gracias —respondió Ava nerviosa.

Lady Phoebe, a su espalda, mantenía las manos unidas ante sí con modestia, pero con el pie apartaba una cesta de la vista de Jared.

—¿Cómo está, milord? —preguntó Ava cortésmente.

—Muy bien, gracias. —Echó un vistazo a la criada, que seguía sonriéndole sin ningún recato.

Ava se dio cuenta y la miró con el cejo fruncido.

—Sally, ¿serías tan amable de ir a buscar a Lucy y preparar el té? Por favor, milord, entre —indicó, señalando un sofá—. Morris, eso es todo.

—Aye —respondió el aludido muy animado, saliendo de la estancia.

Sin embargo, con Sally no fue tan fácil.

La sonrisa desapareció entonces de la cara de Ava.

—Sally, eso es todo, gracias.

Para sorpresa de Jared, quien a menudo se olvidaba de que los criados estaban presentes en una habitación dada su absoluta inmovilidad y discreción, esa criada en concreto miró a Ava con el cejo fruncido.

—Como quiera —dijo petulante.

Él la habría despedido en el acto.

Ava, sin embargo, se limitó a sonreír, se echó hacia atrás un mechón de pelo rubio que le había caído sobre el ojo y dijo vacilante:

—Qué... qué sorpresa que haya venido.

—Puede que no sea un buen...

—Es perfecto —lo interrumpió ella, más tranquila, ofreciéndole la mano. Él la cogió y se la llevó a los labios—. ¿Quiere sentarse?

—Gracias. —Lo hizo en el sillón que ella le indicaba, levantándose al hacerlo los faldones de la levita. Ava y su hermana se sentaron en el sofá de enfrente, hombro con hombro, y le dirigieron idénticas radiantes sonrisas.

Reconoció que Ava era guapa, lo mismo que su hermana. Ambas eran hermosas de un modo poco convencional, pero era la *joie de vivre* de Ava lo que más le atraía. De acuerdo, puede que le atrajera, pero... ¿de ahí a casarse? Desechó su repentina indecisión y se miró las manos.

—Me alegra que haya venido —volvió a decir Ava, forzando la conversación.

Jared la miró y se fijó en que se cogía la rodilla con nerviosismo.

—Gracias —respondió él a falta de algo mejor. Miró a la hermana—. Esperaba que pudiéramos hablar a solas —añadió con delicadeza.

Ava y su hermana intercambiaron una rápida mirada.

—Si me disculpa, milord —dijo Phoebe levantándose—. Estaba, eh... escribiendo una carta a nuestra prima, Greer. —Sus ojos y los de Ava se desviaron hacia el escritorio, donde era evidente que no había ni tinta ni papel—. Quiero decir, que estaba pensando en escribir una carta...

—El tintero está en el cajón —intervino Ava sin alterarse—. Ya lo he vuelto a llenar. Puedes intentar escribir tu carta, querida.

—Sí. Una carta —repitió Phoebe. Se levantó y se dirigió al escritorio, sentándose en la silla de madera, extendió las manos ante ella y miró el mueble como si no lo hubiera visto nunca. Jared se dio cuenta de que estaba haciendo todo lo posible por proporcionarles algo de intimidad.

—En el cajón —volvió a decirle Ava, dirigiendo una inquieta sonrisa a Jared—, ahí hay también papel. Y una pluma. —Su sonrisa se hizo más amplia, tan luminosa como el día anterior en el Pabellón del Príncipe, en Vauxhall. Esa sonrisa consiguió que él se sintiera mejor con lo que estaba haciendo y más seguro de sí mismo.

Se inclinó hacia adelante, apoyó el brazo en la rodilla y, en voz baja, para que Phoebe no lo oyera, dijo:

—Si me permite el atrevimiento... me gustaría que nos casáramos lo antes posible.

—¡Oh! —exclamó Ava con los ojos brillantes.

Jared echó un vistazo a Phoebe, quien todavía estaba buscando la tinta y hacía grandes esfuerzos por encontrarla, abriendo y cerrando todos los cajones del escritorio.

—He pensado que podríamos casarnos en Broderick Abbey con una licencia especial. Me he tomado la libertad de solicitársela al arzobispo.

Ella parpadeó y su sonrisa se desvaneció.

—¿Lady Ava?

También ella miró de reojo a su hermana; quien no había logrado dar con la tinta pero sí con una carta que fingía estar leyendo con mucha atención; luego volvió la vista a él, muy seria.

—Tengo una pregunta que hacer, milord. ¿Este... este matrimonio —tartamudeó— evitará que mi hermana y mi prima tengan que casarse con el primer hombre que pida su mano? Mi padrastro quiere casarlas en seguida sin tener en cuenta sus preferencias. Me gustaría ofrecerles un lugar seguro, si...

—Desde luego.

—Pero... pero Greer está en Gales, o al menos eso creemos; y Phoebe, bueno, Phoebe...

—Milady, mi casa será suya, por tanto, lo será también de su hermana y de su prima.

—¿De verdad? —preguntó llena de esperanza, al tiempo que se erguía y le sonreía feliz.

—Entonces, ¿está de acuerdo en viajar hasta Broderick Abbey para casarse? —preguntó él.

—Lo estoy. ¿Cuándo sugiere que sea?

—Pronto. No puedo soportar la espera.

—¿Pronto? —Volvió a echarse de golpe hacia adelante, hasta que su rostro quedó tan cerca del de él que hubiera podido besarle si Jared se hubiera inclinado también—. ¿Cómo de pronto? —susurró.

—En cuanto sea posible.

Sonrió y sus claros ojos verdes brillaron.

—¿Se da cuenta de la cantidad de especulaciones que va a haber sobre el motivo por el que nos casamos tan rápido? —murmuró.

—Me da igual —contestó él en voz baja.

—¿Y qué pasa con la dote? ¿No debería conocer los detalles? Mi madre nos dejó una modesta cantidad...

—No necesito ninguna dote —se apresuró a decir él—, désela a su hermana y a su prima.

Ava volvió a enderezarse y parpadeó.

—Pero... pero mi dote es el único dinero de que dispongo en el caso de que... esto... muriera, para decirlo sin rodeos. No es que vaya a suceder —se apresuró a añadir—, no es que sea un anciano. Cosa que será algún día, pero para entonces yo también lo seré, y no voy a necesitar...

—Ava —la interrumpió él con tranquilidad tuteándola—, en caso de que falleciera, me aseguraré de dejarte dinero suficiente. Incluso lo depositaré en una cuenta a tu nombre si así lo deseas, para que sea tuyo legalmente. Pero preferiría no tener que negociar con tu padrastro y que renunciáramos a las amonestaciones para poder casarnos lo antes posible.

—De acuerdo —contestó ella, despacio—. Digamos ¿un mes?

—Yo pensaba que fuera antes. El viernes que viene.

—¡¿El viernes que viene?! —exclamó Ava.

—¿El viernes que viene? —repitió Phoebe sobresaltando a Ava y a Jared—. ¿Se ha vuelto usted loco, milord? No tenemos tiempo para preparar el ajuar ni el vestido...

Jared miró a Ava.

—Te proporcionaré todo lo que necesites.

—¡No, Ava! —gritó Phoebe—. ¿Qué pasa con Greer? ¡No puedes casarte sin Greer! —exclamó al tiempo que la puerta se abría de golpe.

Cualquier respuesta que Ava pudiera haber dado se perdió al entrar en la habitación una mujer bastante voluminosa portando un juego de té de plata y una bandeja peligrosamente llena de bollos.

Jared se levantó con rapidez.

—¡Buenas tardes, buenas tardes! —saludó la mujer apresurándose a depositar el té en la mesilla que había entre los sofás—. Soy Lucille Pennebacker, la hermana de lord Downey y la responsable de estas dos jóvenes. —Le tendió la mano.

Jared la cogió.

—Lord Middleton, a su servicio.

Lucille Pennebacker se agachó de inmediato en una reverencia que desafiaba su volumen.

—¡Es un verdadero placer, milord! Por favor, siéntese —le pidió mientras él la ayudaba a incorporarse—, y permita que le sirva el té. —Ya lo estaba haciendo—. ¡Qué amable por su parte haber pedido la mano de nuestra Ava! A su edad, tanto mi hermano como yo ya no teníamos esperanzas de recibir una proposición adecuada.

—¡Señorita Pennebacker! —se escandalizó Ava, mortificada.

La mujer se encogió de hombros al tiempo que entregaba una taza y un plato a Middleton.

—¡Es la pura verdad! —insistió sirviendo otra taza—. Estabas a punto de quedarte para vestir santos, querida. —Acercó la silla al sillón de Jared, con la taza en precario equilibrio encima de la rodilla, mientras Ava miraba a su hermana poniendo los ojos en blanco.

—Esperamos la llegada de mi hermano dentro de unas semanas —informó la señorita Pennebacker—. Supongo que querrá hablar con él en cuanto llegue, ¿no?

—Por desgracia no podemos esperar —contestó Jared con educación—. Lady Ava y yo estamos de acuerdo en no prolongar el noviazgo. De hecho, nos iremos a Broderick Abbey a finales de semana.

La taza de la mujer se congeló a medio camino hacia su boca, y su meñique, estirado como ordenaban las normas, también se quedó inmóvil. No se movió ni habló, lo único que hizo fue mirarlo parpadeando con sus grandes ojos negros.

Ava tosió intentando atraer la atención de Jared, pero éste la ignoró y le dirigió una amable sonrisa a su dama de compañía.

—¿Se encuentra usted bien, señorita Pennebacker?

De pronto, pareció que ésta iba a ahogarse. Dejó la taza de té con un tintineo y contempló a Ava boquiabierta. Y luego a Jared.

—¡No puede decirlo en serio! —exclamó, al tiempo que se llevaba una regordeta mano al pecho—. ¡No puedes casarte sin el consentimiento de Egbert! ¡Eso no se hace!

—Disculpe, señorita Pennebacker, pero ¿hay alguna razón por la que crea que lord Downey puede rechazar mi petición? —preguntó Jared.

—N-no —respondió ella negando con la cabeza.

—Entonces seguiremos adelante con lo dicho —sonrió él.

La cara de la mujer enrojeció y los ojos se le dilataron a causa de la sorpresa.

—¿Ava? —gritó.

Ésta dirigió a Jared una rápida mirada asesina y luego sonrió con amabilidad a la señorita Pennebacker.

—Estoy de acuerdo con lord Middleton.

—¡Oh, querida! —volvió a exclamar la señorita Pennebacker, quien, aturdida por la noticia de la inminente boda, se desplomó encima del sofá y se quedó con la mirada fija en el techo.

—¡Ay, señor! —suspiró Ava, entregándole su taza a Phoebe para acudir en auxilio de su guardiana.

12

A lady Waterstone la visita de lady Flynn le produjo acidez de estómago. Lady Flynn fue la primera en aparecer en el umbral de la puerta de Miranda al día siguiente de la maldita subasta benéfica con la notica de la supuesta proposición de matrimonio que Middleton le había hecho a una jovencita. Lady Flynn presumía de ser la primera en comunicar todos los pormenores de la vida de Middleton, y Miranda no veía ninguna razón por la que esta vez tuviera que ser diferente.

Sonrió al escuchar el extraordinario relato de lo sucedido en la subasta, y le aseguró a lady Flynn que estaba al tanto de los planes de Middleton para casarse, y que no le importaba.

—Seguiré siendo su amiga especial —explicó con una astuta sonrisa.

Pero al instante, la sensación de amargura se convirtió en náuseas y no pudo ocultar su resentimiento.

—Van a casarse de inmediato, en Broderick Abbey —la informó lady Flynn eligiendo un dulce de la bandeja—. ¿Sabes lo que significa eso?

—No tengo ni idea —respondió Miranda—. Él no me ha dicho nada al respecto.

—Pues bien, yo te diré lo que se cree en todo Londres —prosiguió lady Flynn con insolencia—, y es un escándalo.

Miranda se imaginaba muy bien lo que debía de ser.

Cuando lady Flynn se despidió, le dijo al mayordomo que no

quería recibir más visitas, se encerró en su dormitorio y se sentó en la silla abrazándose a sí misma y llena de preocupación.

Jared no le había dicho siquiera que se fuera a casar. Tampoco había contestado a su carta. No había hablado con ella desde el día en que fue a decirle que entre ellos todo se había acabado.

A Miranda se le aceleró el pulso cuando le oyó decir eso. Atravesó rápidamente la estancia, le puso la mano en la mandíbula y lo miró fijamente a los ojos.

—Mi amor, no lo estarás diciendo en serio —había susurrado con voz sensual—. Es imposible que me abandones para siempre, después de todo lo que hemos compartido.

Él le dirigió una fría sonrisa, mirándola fijamente mientras le rodeaba la muñeca con los dedos y le apartaba la mano de su cara.

—Lo único que hemos compartido es el mutuo deseo físico. Mi situación y mi responsabilidad para con el título son para siempre. Tengo que cumplir con mi obligación.

—¡Claro que sí! Pero ¿qué tiene eso que ver conmigo? ¿Qué tiene que ver con nosotros?

Él la miró a la cara y apretó los labios, convertidos en una fina línea.

—Nada —respondió en voz baja—. Por eso la doy por terminada. La verdad es que no significamos nada el uno para el otro.

Miranda se sintió ofendida por la facilidad con la que lo dijo, y se quedó sin aliento a causa del dolor.

—Eres cruel.

—¿Lo niegas?

—¡Claro que lo niego! ¡Yo te amo! —gritó ella, pero en realidad no le amaba. Le gustaba y le gustaba aún más su relación física.

Lo que más lo atraía de él era su posición en la sociedad, su notable riqueza y su generosidad. De repente, se sintió muy vulnerable. Por primera vez desde que había empezado su apasionada relación, tuvo miedo de perderlo como protector.

Las náuseas provocadas por el temor, se intensificaron cuando se despidió de ella.

Pero a Miranda no se la derrotaba con tanta facilidad. Iba a volver a llevarlo a su cama y sus regalos volverían a llenar su casa y su armario. Cuando hubiera cumplido con su deber con su joven esposa, querría a una mujer de verdad.

Para convencerse de que tal cosa era cierta, Miranda decidió ir a echar un vistazo a la joven novia.

Phoebe declaró que Ava se había vuelto loca. Ésta convino en que era muy posible, pero adujo que, como todo estaba sucediendo con tanta rapidez, no le daba tiempo a pensar; sólo disponía de tres días para preparar el viaje, y luego, una vez en Broderick Abbey, tendría otros tres para organizar la boda. No había ocasión de hablar largo y tendido sobre el hecho de que iba a convertirse en la esposa de un hombre que algún día sería duque.

Un hombre al que apenas conocía.

Esa idea se le pasaba por la cabeza a menudo.

Tanto como la de que no tenía nada que ponerse.

Para empeorar el asunto, conforme los rumores se iban divulgando por Mayfair, de repente, empezaron a importunarla un montón de visitas. Mujeres a las que prácticamente no conocía aparecían como si fueran viejas amigas, para enterarse de los detalles de su boda y del noviazgo.

La primera en presentarse fue, por supuesto, lady Purnam, haciendo gala de un tono de voz tan desagradable como su aspecto.

—¿Cómo es posible —preguntó sin ningún preámbulo— que hayas aceptado hacer algo tan indecoroso?

—¿Disculpe? —protestó Ava.

—¡No disimules conmigo, jovencita! ¡Esas prisas por conseguir una licencia especial para casaros dentro de quince días son un escándalo! ¡Todo el mundo va a pensar que estás embarazada! —gritó golpeando el suelo con la sombrilla a cada palabra.

—¡No creo que todo el mundo esté pendiente de mi boda, lady Purnam, pero si así fuera, me daría lo mismo!

La mujer jadeó a causa de la sorpresa.

—¿Tienes idea de lo decepcionada que estaría tu madre? —exclamó.

—¡Mi madre me felicitaría por realizar una boda tan adecuada e inteligente!

—¡Ah! ¡Eres incorregible! —exclamó lady Purnam. Estaba tan furiosa de que Ava no atendiera a razones, que no se quedó demasiado tiempo.

Cuando aparecieron las señoritas Molly Frederick y Anne Williams, Ava sospechó que era su amiga, lady Elizabeth, quien las había mandado. Después de las felicitaciones de rigor y de hablar de la boda, la señorita Frederick expresó sus pensamientos en voz alta.

—¿Cómo cree usted que decidió lord Middleton pedir su mano? Después de todo, había muchas debutantes a quienes podía habérsela pedido.

—Supongo —respondió Ava con tono alegre—, que se sintió atraído por mi natural encanto.

Phoebe, que estaba sentada frente a ella, estuvo a punto de escupir el té cuando las señoritas Frederick y Williams intercambiaron una mirada de asombro ante su falta de modestia.

—Es cierto que es usted encantadora —mintió la señorita

Williams—, pero no creo que le guste estar casada con alguien cuyo alocado comportamiento es conocido por todos.

—¿Alocado? ¿Lord Middleton? —respondió Ava con una alegre carcajada—. Lo cierto es que a mi prometido le encanta el deporte —dijo, haciendo memoria de las cosas que había leído o averiguado sobre él—. Pero creo que cambiará una vez que estemos casados.

Phoebe, a espaldas de la señorita Frederick, puso los ojos en blanco.

—Estoy segura de que lo hará —convino la señorita Frederick con una sonrisa forzada—, pero a pesar de todo, a mí no me gustaría estar casada con un libertino.

—¿De verdad? —preguntó Ava con una sonrisa maliciosa—. Yo pienso que el matrimonio con un libertino debe de ser mucho más apasionante que con un vicario —dijo, sabiendo muy bien que el vicario de una parroquia había declarado su intención de casarse con la señorita Frederick.

Y, de hecho, ésta se puso bastante colorada y no volvió a mencionar al libertino.

Cuando se hubieron marchado, Phoebe se cruzó de brazos y movió la cabeza de un lado a otro.

—Eres una descarada.

—¿Por qué? —quiso saber Ava—. ¿Por qué debo darles explicaciones a gente como ellas? ¿Por qué todos están tan ansiosos de saber la razón por la que el marqués de Middleton me ha ofrecido matrimonio a mí, la pobre Ava Fairchild? ¿Por qué no pueden aceptar simplemente que me aprecia?

—No lo sé... ¿Quizá porque todo ha sucedido demasiado rápido y sin ningún noviazgo? —preguntó Phoebe.

Ava la ignoró. Lo mismo que hizo con el resto de las entrometidas visitantes. Tenía sus dudas, por supuesto, pero no podía soportar que todos creyeran que no se merecía tanto afecto como cualquiera. Seguro que se lo merecía tanto como lady Elizabeth. Se enfrentó a todas aquellas preguntas cargadas de desprecio; pero nada la había preparado para la visita de la tentación personificada: lady Waterstone.

Apareció un día, acompañada de algunas de las mujeres de la Sociedad Benéfica de las Damas.

—Debe de estar usted muy feliz —dijo, cogiendo las manos de Ava y sonriendo de una forma que hizo que a ésta se le helara la sangre.

—Lo estoy —afirmó, quizá con demasiada vehemencia.

—¿Cree que le gustará más Broderick Abbey que la ciudad? —preguntó lady Waterstone con los ojos brillantes.

—N... No lo sé —contestó Ava con franqueza—. No conozco Broderick Abbey.

—Creo que le va a encantar y el aire del campo es maravilloso. Es un lugar estupendo para los niños —la informó—. Yo he estado allí muchas veces —prosiguió mientras tomaba asiento sin esperar a que Ava se lo ofreciera—. Lo que más me gusta es la habitación principal. Está decorada con colores muy acogedores. —Levantó la vista, observó la expresión horrorizada de Ava y sonrió—. Cuando él no está, la casa se abre al público, ¿lo sabía?

—No —respondió Ava con voz débil—, no lo sabía.

Ava tuvo problemas para decir mucho más durante todo el tiempo que duró la visita; se obsesionó preguntándose en cuántas ocasiones habría estado lady Waterstone en Broderick Abbey, y, concretamente, en la habitación principal. ¿Durante cuánto tiempo habían sido amantes? ¿Cómo era posible que por ella hubiera abandonado a una mujer tan sofisticada y bella como lady Waterstone?

Estaba impaciente por que la entrevista terminara, y cuando por fin lo hizo, se prometió a sí misma que no aceptaría más visitas.

De todas las mujeres que la visitaron, tan sólo la señorita Grace Holcomb fue amable con ella, y pareció estar excitada de verdad por el hecho de que fuera a casarse con un marqués.

—Es muy atractivo y simpático. Me alegro mucho de su buena suerte, lady Ava. Espero tener la misma fortuna algún día —había declarado con total sinceridad.

Ni siquiera Phoebe era amable con ella; pero la verdad es que estaba muy nerviosa por todo el asunto, confeccionando el vestido de novia de Ava y cosiendo hasta bien entrada la noche, además de ayudar con los preparativos del viaje a Broderick Abbey.

—No sé en qué estabas pensando —estalló al fin el día que Ava tenía que ir a ver al padre de Middleton, el duque—. Reconozco que has conseguido casarte, con un muy buen partido, Ava, pero ¿dentro de una semana? ¡No hay tiempo para hacer nada!

—¿Y de dónde vas a sacar una doncella? —preguntó Lucille con la misma insistencia—. ¡No puedes ser marquesa y no tener doncella! ¡Todo el mundo hará comentarios!

—Muy cierto —dijo Ava, pensativa.

Nadie dijo nada durante un momento, y luego, despacio, todos los ojos se volvieron hacia Sally, que estaba sentada en la silla.

La muchacha abrió mucho los ojos.

—¿Yo?

—¡Sí! —exclamó Ava.

—¡Ah, no! —protestó Sally, levantándose—. ¡No pienso irme a vivir entre paletos!

—Me parece un poco presuntuoso por tu parte, si quieres saber mi opinión —le espetó Lucille.

—Perdón, milady, pero nunca he conocido a ningún tipo del campo que supiera dónde tiene el culo...

—Te pagaré bien —dijo Ava con rapidez antes de que Sally terminara la frase.

—¿Pagarme? —preguntó Sally, tranquilizándose un poco—. ¿Cuánto?

—Ciento cincuenta libras —respondió Ava, ignorando la exclamación de sorpresa y desaliento de Lucille—. Llegarás a Broderick Abbey una semana después de mí con todo el ajuar que Phoebe consiga reunir.

Sally puso los brazos en jarras, tomó aire y asintió con la cabeza.

—Hecho. Pero no voy a quedarme a vivir para siempre en el campo, milady. Como mucho, seis meses.

—Me parece bastante justo —aceptó Ava.

—Bueno, si insistes en llevártela, le enseñaré a hacer bien el equipaje, como toda buena doncella —intervino Lucille, al parecer bastante contenta de que Sally también se fuera—. Vamos —ordenó.

—Voy. No hace falta que sea tan estirada —protestó la muchacha, disponiéndose a obedecer a Lucille.

—¿Y Greer? —preguntó Phoebe cuando ella y Ava se quedaron solas—. No puedes casarte sin estar ella presente. Le va a sentar muy mal.

—Aunque pudiera ir en busca de Greer, ella no volvería —contestó Ava—. Está metida en problemas hasta el cuello.

El día anterior, había llegado una carta de su prima en la que ésta decía que estaba muy sorprendida por los cambios hallados en la antigua mansión familiar, y en especial por lo pobre que se veía en aquellos momentos.

«Nada es como lo recordaba», escribía.

«La finca está en mal estado. El señor Percy cree que, tal vez, mi tío se metió en alguna deuda bastante importante por culpa de su afición a los caballos.»

—¡Otra vez el señor Percy! —había exclamado Ava cuando la leyó.

«Sin embargo, a pesar de los muchos cambios, confío en que podré averiguar lo que ha sucedido con la propiedad y regresar pronto. El señor Percy me ha convencido para que busque un abogado que sea capaz de investigar cómo está todo.»

—¿Quién es ese señor Percy? —gritó Phoebe—. ¿Cómo sabemos que se puede confiar en él?

—No podemos. Esto no me gusta nada —dijo Ava—. ¡Escríbele de inmediato y dile que no confíe en el misterioso señor Percy!

—Lo haré después de cenar. Ahora tenemos demasiadas cosas que hacer con tu maldita boda como para entretenernos en escribirle a Greer —contestó Phoebe irritada.

—Bueno, Phoebe, ya sé que estás disgustada, pero ¿qué otra cosa podía hacer? —exclamó Ava—. ¡Sabes tan bien como yo que si no me caso ahora, lord Downey me entregará a sir Garrett en cuanto llegue! ¡Al menos, de esta manera nos aseguramos de no quedar en la miseria!

—¡No es posible que pienses sólo en el dinero! ¿Te gusta? ¿Tenéis algo en común que indique que vais a ser compatibles como marido y mujer? Con un noviazgo como Dios manda podrías averiguar si os llevais bien.

Ava resopló al oír eso.

—No seas ingenua. El matrimonio se basa en la conveniencia y en el dinero, Phoebe...

—¿Y si no es conveniente? ¿Que harás si, a pesar de su dinero, te hace infeliz?

—¿A qué te refieres? —quiso saber Ava—. ¡Ésta es una buena unión, tanto por riqueza como por clase social! ¡Y si no le gusto, supongo que cada uno vivirá su vida!

—Es obvio que él vivirá su vida —le espetó Phoebe—, en la cama de lady Waterstone.

Ava no hubiera podido decir por qué esa observación le dolió tanto, pero miró a su hermana enfadada.

—No le conoces —dijo en voz baja.

—Y tú tampoco —respondió Phoebe con firmeza—. Así que permite al menos que el noviazgo dure un tiempo prudencial.

—No —se negó Ava, obstinada—, no es necesario. Sé que me aprecia de verdad, lo noto.

Y era cierto que lo creía; desde luego, ella había acabado por tenerle cariño. Era amable y divertido de una manera que le parecía fascinante. Y cuando sonreía... Dios, cuando sonreía ella se derretía.

Phoebe suspiró, sacudió la cabeza y se sentó.

—Estás loca —declaró, y se negó a decir una palabra más mientras la aguja iba y venía cosiendo el vestido que Ava se iba a poner el día de su boda con Middleton.

Perfecto; Ava estaba a punto de conocer al duque de Redford y no tenía tiempo para discutir con Phoebe. Levantó la barbilla y se contempló en el espejo. Llevaba puesto un vestido de día que Phoebe había hecho para ella, de un suave color ciruela con detalles en negro.

—¿Qué te parece? —preguntó, volviéndose de espaldas al espejo para ver la cola que caía desde la unión de los hombros hasta el suelo.

Phoebe la miró y frunció el cejo.

—¿Cómo vas a explicarle al duque que te vas a casar tan rápido sin el consentimiento de tu padrastro?

Buena pregunta. Aunque nunca lo admitiría, Ava estaba aterrada por ir a conocer al duque. Sólo lo había visto un par de veces, por lo general de lejos, en un baile o en una reunión, y siempre le había parecido muy severo, estirado y distante.

—No sé cómo voy a explicárselo —masculló—. Apenas soy capaz de explicármelo a mí misma. Y ahora, por favor, dime qué tal estoy.

—Preciosa. No va a poder decir nada contra tu aspecto. Le vas a proporcionar unos hermosos herederos.

Herederos. Ava suspiró. Otra cosa en la que no había pensado. ¡Señor, cuánto echaba de menos a su madre!

Sin embargo, no tenía tiempo, porque minutos después se oyó un golpe en la puerta y Morris gritó desde el otro lado...

—¡Hay un carruaje esperándola, milady!

En ese mismo momento, la puerta se abrió de golpe y apareció Sally.

—¡Y menudo carruaje! —exclamó, agarrando la mano de Ava y obligándola a asomarse a la ventana para verlo.

En la calle había un coche tan nuevo, que el dorado blasón de Middleton lanzaba destellos bajo la luz del sol. Tiraban de él dos enormes caballos de color gris, adornados con penachos negros y dorados.

—¡Santo Dios! —murmuró Ava mientras Phoebe la apartaba para mirar.

—¡Oh! —exclamó Phoebe, maravillada—. Nunca había visto de cerca un carruaje tan elegante como ése.

—Yo sí —dijo Sally observándolo detenidamente.

Ava y Phoebe la miraron, y luego volvieron a contemplar el coche.

—¿Crees que los asientos serán de terciopelo? —preguntó Phoebe en un susurro.

—Pues claro que lo serán —les aseguró Sally de inmediato.

—Si no le importa, milady —intervino Morris a su espalda. Las tres mujeres se volvieron—, el cochero está esperando.

—¿El cochero? ¿No ha venido lord Middleton para acompañarme?

¿Cómo iba a presentarse ante la puerta del duque sin su prometido?

—No lo sé, milady. Sólo digo lo que me han dicho.

—Dile al cochero que bajaré en seguida.

Cuando Morris salió, Phoebe miró a Ava con desconfianza.

—¿Dónde está?

—Es evidente que me debe de estar esperando dentro del carruaje, o en Redford House —contestó Ava con firmeza, aunque no muy convencida, mientras recogía su pequeño bolso.

—Recuerda —aconsejó Phoebe con cariño—, tienes que ser muy amable y sonreír mucho. El duque quiere saber que eres una mujer afable y no una que causa problemas.

—Pero...

—Pensándolo bien —la interrumpió Phoebe con rapidez mientras le entregaba el abrigo a juego con el vestido que había modificado para ella—, puede que lo mejor sea que no hables para nada si puedes evitarlo.

Ava lanzó un resoplido mientras metía los brazos por las mangas del abrigo.

—Gracias, querida. —Recogió el sombrero, besó a su hermana y se despidió de Sally con la mano al salir.

Debería sentirse feliz, pensó, pero no lo estaba en absoluto. Nunca había tenido tanto miedo en toda su vida; tenía la sensación de que iba a asistir a un funeral.

13

Middleton no la estaba esperando en el interior del carruaje, y tampoco había mandado ningún mensaje. El cochero le dijo que tenía que llevarla a la mansión Redford, en Park Lane y que no había recibido más instrucciones.

Cuando el coche se detuvo en el pequeño patio de la palaciega mansión y el lacayo abrió la puerta, a Ava se le hizo un nudo en el estómago. ¿Qué tenía qué hacer? ¿Seguir adelante sin su prometido?

Al parecer así era, pensó cuando el lacayo dio un paso hacia ella y sostuvo su mano enguantada. Ava se inclinó hacia adelante y miró al exterior, donde otros dos lacayos iban corriendo para situarse a ambos lados de la puerta, al final de la escalera.

—Es... —dijo con un ligero estremecimiento—, ¿está lord Middleton dentro?

El lacayo miró por encima de su hombro.

—No le veo, milady.

—¿No? —preguntó en voz baja, estirando el cuello para echar una ojeada al patio—. Le confieso que estoy un poco sorprendida. ¿Está seguro de que su señoría no me envió un mensaje? Tal vez dejó instrucciones para que lo esperara en algún otro sitio.

El lacayo la ayudó a bajar con una ligera sonrisa.

—No, milady, pero quizá el mayordomo del duque la pueda ayudar.

—¡Claro, el mayordomo! —exclamó con alivio—. Debería habérseme ocurrido a mí. Gracias.

Ahora el lacayo sonreía abiertamente y se tocó el ala del sombrero.

—Ha sido un placer —dijo, se alejó y miró al frente mientras ella se colocaba el abrigo y el sombrero.

Se alisó el vestido y se quedó allí de pie todo el tiempo que pudo sin llamar la atención, luego subió de mala gana los escalones y les sonrió a los lacayos que estaban ante la puerta. Demasiado tarde para dar media vuelta; supuso que estaba a punto de conocer a su futuro suegro sin la ventaja de que la presentara su futuro marido. ¿Por qué? ¿Habría cambiado de idea? ¿Había descubierto que no quería casarse con ella, pero la carta en la que se lo comunicaba no había llegado todavía?

No, eso era una estupidez. De ser así no le habría enviado el carruaje. Aunque tal vez tenía intenciones de casarse con ella, pero pretendía abandonarla a su suerte, empezando por que se presentase a sí misma a su padre. Fuese cual fuera la razón, no auguraba un buen principio para su matrimonio.

Mientras estaba considerando el aprieto en que se encontraba, las enormes puertas de la entrada se abrieron, y apareció un hombrecillo impecablemente vestido.

—¿Puedo ayudarla, milady?

—Buenas tardes. Estoy... —«Esperando a que mi prometido tenga la cortesía de presentarme a su padre.»

El mayordomo ladeó la cabeza.

—Soy lady Ava Fairchild —anunció, levantando la barbilla y terminando de subir.

Si algo hacían bien las mujeres Fairchild era enfrentarse a las adversidades. Ya había conocido duques anteriormente y aquél no era diferente; llevaría prendida en el pecho una medalla de alguna orden real, exactamente igual que el resto.

Cuando llegó a la puerta, el mayordomo se apartó para permitirle el paso. Ella entró como si fuera la reina del castillo, se detuvo ante una consola y empezó a quitarse el sombrero.

—¿Le comunico a su señoría el motivo de su visita? —preguntó con educación el mayordomo.

—¿No me está esperando? —inquirió ella, entregándole el sombrero—. Me parece que no he traído ninguna tarjeta...

—No hace falta. Le diré que ha venido. —Hizo una profunda reverencia, depositó el sombrero en la consola y se alejó.

Su señoría iba a pensar que era una mujer de costumbres licenciosas, por atreverse a ir sola a visitarle. Cuanto más lo pensaba, más se enfadaba; se quitó los guantes dedo a dedo y los depositó también en la consola, junto al sombrero. Los lacayos habían regresado, se deshizo del abrigo y lo sostuvo colgando de un dedo, en dirección a uno de ellos.

Él se apresuró a hacerse cargo del mismo.

Mientras esperaba, absorta en sus pensamientos, la puerta principal volvió a abrirse, dando paso a Middleton; la capa se le enredaba en los tobillos mientras avanzaba hacia ella.

—Perdona —se disculpó, agachándose para besarla en la mejilla—. Me han retenido unos asuntos importantes.

¿Importantes? Olía a whisky y a humo. Lo miró enfadada; podía imaginar con facilidad cuáles habían sido esos asuntos importantes.

Él no pareció reparar en su expresión mientras se quitaba la capa con impaciencia y se la entregaba al lacayo que estaba esperando.

—¿Estás preparada? —preguntó, colocándose bien los puños de la camisa.

—¿Preparada?

Middleton la miró de reojo.

—Para conocer al duque de Redford.

Allí estaba, ¿no?

—Supongo que sí —respondió.

—Muy bien —dijo él con energía, ofreciéndole el brazo—, entonces entremos a la guarida del león.

Ava iba a preguntarle qué había querido decir con eso, pero él ya le había cogido la mano, la había colocado en su brazo y echado a andar.

—Te aconsejo que no hables demasiado —la avisó muy serio—. Prolongar la conversación no serviría de nada. Contesta cuando te hable y permite que te mire, pero aparte de eso, no digas nada.

—¿Perdón? —preguntó Ava, indignada y liberando el brazo de un tirón.

Middleton se detuvo y suspiró irritado al tiempo que se volvía para quedar frente a ella.

—Lady Ava —dijo demasiado seco y formal para ser el hombre con el que se iba a casar al cabo de pocos días—, créame, conozco bien a ese hombre. No es una persona demasiado agradable, y, en vista de que no fue él quien la eligió para ser mi esposa, no está de humor para recibirla.

Ava se quedó perpleja.

—Por lo tanto —prosiguió Middleton haciendo caso omiso de su expresión de sorpresa—, te recomiendo que hables lo menos posible y así podrás salir indemne, ¿entendido?

—¿Indemne? —repitió ella, molesta—. ¿Y has esperado a ahora para decirme que tu padre no está de acuerdo con el compromiso? —exclamó mirando por encima de su hombro con desesperación—. ¿No crees —preguntó con un indignado susurro, poniéndose de puntillas para que sus labios quedaran a la altura del oído de él— que deberías habérmelo dicho antes?

Middleton se echó a reír.

—¿Antes? ¿Te has olvidado de que te propuse matrimonio el viernes pasado?

Ava se ruborizó un poco.

—Sigo creyendo que podrías haber encontrado el momento para decírmelo.

Él volvió a sonreír y le acarició la mandíbula con los dedos.

—No tuve tiempo —afirmó—, y, además, que lo supieras antes no hubiera influido en la actitud de mi padre.

En eso tenía razón y, además, cuando él sonreía de esa manera, Ava se derretía por completo. Allí, en aquel gran vestíbulo alfombrado, con los retratos de los antepasados de Middleton observándola, deseó que Jared la amara de verdad.

—Bueno —preguntó él mirándole los labios—. ¿Seguimos o prefieres posponer la entrevista?

—No —contestó ella con suavidad—. Vamos a la guarida del león.

El duque de Redford era un hombre orgulloso, pero si había algo que le produjera más orgullo que cualquier otra cosa, era su hijo, Jared. Le quería y quería que le sucediera en el título, que obtuviera el respeto que su cargo se merecía.

Pero a Charles le preocupaba que su hijo se pareciera demasiado a su madre en algunos aspectos. Era tan soñador como lo fue ella. Lo peor de él era que siempre creía ser tan libre como cualquier hombre normal, libre de ir y venir a su antojo sin dar explicaciones a nadie. Nunca había entendido ni aceptado las responsabilidades que lo ataban. No era libre; en algunos aspectos estaba prisionero de por vida. Sus pares miraban con lupa todos sus movimientos y se contaban las veces que le sonreía a una mujer. Cualquier asunto suyo, por nimio que fuera, se analizaba en los clubes de caballeros de la ciudad.

Desde luego, había muchos privilegios que compensaban las rígidas reglas de la aristocracia. Sólo su riqueza ya le ofrecía un montón de oportunidades. El título y su atractivo físico le podían conseguir a cualquier mujer que deseara del linaje apropiado. Su padre no podía entender por qué Jared no lo veía de ese modo, por qué tenía que rebelarse contra su destino.

Pero su hijo nunca lo había aceptado y a lo largo de su vida había tomado algunas desafortunadas decisiones que lo habían afectado a él y a mucha más gente. Apenas unos meses antes, Jared había tomado una decisión tan desastrosa que Charles apenas podía creerlo. No sabía si lo hacía por desafiarlo o porque realmente estaba convencido, aunque estuviera equivocado; parecía no ser capaz de entender que ese tipo de conducta afectaba a todo el ducado.

Como único heredero, cada error, cada gesto de indiferencia que demostraba respecto a sus derechos de nacimiento y nivel social debilitaba a los Redford. Un hombre se debía a su título y a su familia. No a sí mismo.

Y ahora aquello. Después de retozar con la zorra de lady Waterstone, Jared se había doblegado ante la presión y había pedido la mano de una mujer cuyo linaje no estaba a la altura del de lady Elizabeth Robertson. Se había prometido con la hija de una mujer que se había casado con alguien muy por encima de ella al hacer caer al conde de Bingley en sus redes; con una joven que después de la muerte de su padre se había convertido en hijastra de lord Downey. El duque se estremeció sólo de pensar en ese hombre.

A pesar de todo, Charles no se consideraba a sí mismo alguien insensible, le deseaba a su hijo lo mejor. Estaba dispuesto a hacer las paces con Jared, quien había hecho lo que Charles le había pedido, y, si bien este último no aprobaba la unión, la aceptaba.

Así pues, se sintió agradablemente sorprendido cuando la mujer que iba a convertirse en su nuera hizo su entrada. Esperaba ver a un ratoncito, intimidado por lo que le rodeaba y asustado por su estatura, pero lady Ava no era esa clase de mujer. Cruzó la estancia con el mentón levantado y los ojos brillantes y le ofreció la mano mientras se inclinaba en una perfecta reverencia.

—Es un placer conocerle, señoría.

Charles la hizo levantarse, gratamente sorprendido.

—Gracias —dijo, examinando su cara.

Sus enormes ojos verdes parecían brillar con una sincera y encantadora sonrisa que hacía que se le formara un hoyuelo en cada mejilla. Su pelo, del color de la miel, estaba recogido con una cinta.

—Ha accedido usted a casarse con mi hijo —declaró en voz alta, más para sí que para ella.

—Sí —respondió ella, sonriendo con gracia.

—¿Y qué opina de eso su padrastro? En vista de que no ha venido, supongo que debe de estar muy contento.

—Mi padrastro no lo sabe todavía, señoría. Está en Francia, y no volverá hasta dentro de una semana más o menos.

Aquello lo sorprendió mucho. Charles había dado por hecho que Jared había hablado con el padrastro de Ava antes de hacerlo con ella. Pero bueno, sabía que las costumbres estaban cambiando; en aquellos tiempos, el formalismo de los compromisos no era tan rígido como cuando él era joven.

—Bien —dijo sonriendo a la vez que le indicaba que se sentase—. Habrá tiempo suficiente para que dé su permiso, ¿no es así?

—No lo sé —respondió ella insegura—. No creo que llegue antes de la boda.

Charles se detuvo a medio camino hacia una silla y contempló a la joven.

—¿Perdón?

—Nos casamos la semana próxima —intervino Jared.

Charles notó una opresión en el pecho.

—¿La semana que viene? —bramó—. ¡Nadie me lo había dicho!

—Acabamos de decidirlo y hemos venido a decírselo.

Jared dijo eso con tanta facilidad, con tanta serenidad, que Charles se enfureció. El joven sonreía tan tranquilo y, al ver su sonrisa, se le ocurrió una idea alarmante: su hijo le odiaba.

—¿Puedo preguntar por qué tanta prisa para ir al altar, si no es lo que me imagino?

—No hay nada que imaginar —contestó Jared perdiendo la sonrisa—, pero no vimos ninguna razón para retrasarlo... ¿Y usted?

—¡Es un completo escándalo! —dijo el duque controlando a duras penas su ira—. ¡Todo el mundo va a pensar que la novia está embarazada!

—Pero no es así. Además, estaremos en Broderick Abbey, alejados de los murmuradores que alimentan rumores como ése.

—¡Me da igual adónde te vayas! ¡Igualmente se hablará de ello! —dijo Charles bruscamente.

—Disculpe, señoría...

Charles miró a lady Ava, sorprendido por la interrupción.

—Yo... yo fui quien quiso adelantar la boda —anunció con tono indeciso.

Jared la miró con asombro y luego se rió por lo bajo. Su padre no estaba seguro de si lo hacía sólo para molestarlo a él o porque ella le divertía. En cualquier caso, se dio media vuelta para enfrentarse a su futura nuera.

—No me importa, lady Ava; casarse con tanta prisa es una vulgaridad.

Ava parpadeó y le miró un instante con sus enormes ojos verdes, luego miró a Jared.

—Mi prometida está intentando ayudarme —dijo él—. La idea fue sólo mía y ella ha sido tan amable de estar de acuerdo. Es lo mejor para nosotros.

Encolerizado, defraudado, horrorizado y furioso, Charles se alejó de su irrespetuoso hijo.

—Quiero que detengas esta atrocidad.

Oyó el leve jadeo de lady Ava, pero Jared dijo con toda claridad:

—No, señoría. Estamos decididos. Ya no hay vuelta atrás.

El duque se volvió de golpe y atravesó a su hijo con una mirada abrasadora.

—¿Cómo te atreves a alardear de tu impertinencia...?

—No alardearé de nada —lo interrumpió Jared con tranquilidad—, será algo privado, sólo la familia y algunos amigos íntimos. Y usted, si quiere.

Eso lo detuvo. Por muchas discusiones que hubiera provocado entre ellos el tema del matrimonio y los herederos, Charles estaba emocionado ante la perspectiva de ver casarse a su único hijo. Echó un vistazo a la bonita joven que estaba a su lado, que no se había derrumbado horrorizada y desconsolada como esperaba que hiciera, dada la sensibilidad de las mujeres en general, sino que, por el contrario, parecía estar bastante tranquila.

Frunció el cejo. La miró con más detenimiento, de arriba abajo.

—¿Hay alguna razón que indique que no sea capaz de concebir o de parir? —preguntó sin rodeos.

—¡Señoría! —protestó Jared con vehemencia, pero Charles lo hizo callar levantando una mano.

—Es una pregunta justificada.

—No, señoría —contestó lady Ava con rapidez, a la vez que sus mejillas se teñían de rojo.

Charles suspiró.

—¿Y cuándo voy a verme sometido a esa atrocidad de boda?

—El próximo viernes por la mañana —respondió Jared con decisión.

Un nudo de pesar o quizá de decepción se formó en la garganta del duque, pero se lo tragó. Miró a lady Ava una vez más. Parecía una muchacha fuerte, se imaginaba que no sería propensa a tener desvanecimientos.

—Muy bien. Estaré presente.

Jared enarcó una ceja.

—Gracias —dijo en voz baja.

—Ahora idos —ordenó Charles, irritado, alejándose de ellos; incapaz de comprender por qué se sentía tan deprimido en ese momento.

Percibió el leve susurro de las faldas y luego los oyó abandonar la estancia. Mucho tiempo después de que se hubieran ido, aún seguía ante la ventana, contemplando Hyde Park. Luego se dirigió a su escritorio, cogió un retrato de su esposa y lo contempló.

Y deseó, con cada fibra de su ser, que al menos Jared encontrara la felicidad que él no había podido disfrutar con su madre.

14

La mañana que Jared llevó a su prometida y a la acompañante de ésta a Broderick Abbey, transcurrió con rapidez; sólo estaban a media hora de la casa cuando se dio cuenta de que se había pasado todo el viaje sumido en sus pensamientos.

Echó una ojeada a Ava y a su hermana, que se habían quedado dormidas cuando la anodina charla ya no pudo entretenerlos, poniendo en evidencia lo desconocidos que en realidad eran. En el transcurso del largo viaje, pensó que sentía verdadero aprecio por Ava, pero la idea de casarse con ella todavía le causaba sobresalto. Le parecía bastante irreal estar a punto de comprometerse para siempre, y además, con una mujer a la que apenas conocía. A pesar de la atracción que sentía por ella y la forma primitiva en que le afectaba, no podía evitar sentirse atrapado. Estaba a punto de verse encadenado a una vida que no quería y que nunca buscó hasta que su padre lo obligó a hacerlo.

El carruaje entró por un camino conocido, bordeado de árboles, que conducía a la entrada de la antigua abadía. Era el momento del viaje en que, normalmente, Jared se sentía inundado de paz. Su propiedad era el único lugar del mundo donde estaba libre de las críticas de su padre, un sitio donde era libre para vivir como le diera la gana. Sin embargo, ese día, lo único que sintió fue temor, casi como si su padre hubiera logrado invadir también Broderick Abbey.

Casi dos kilómetros más adelante, el camino se ensanchaba

bajo los altos y meticulosamente podados robles, que proporcionaban a la mansión un acceso impresionante. Lo que en la época medieval fuera una abadía, había sido engullido por la arquitectura georgiana; su casa había crecido a ambos lados de lo que fue el antiguo monasterio y, ahora cuatro plantas en forma de «u» se levantaban en medio del césped, mientras que los jardines eran la envidia de muchos aristócratas.

Jared sacudió suavemente a Ava. Ésta abrió los ojos y sonrió; somnolienta, se incorporó y bostezó estirándose como un gato.

—Estamos en casa —anunció él, admirando subrepticiamente su esbelta figura mientras ella se movía.

—En casa —repitió ella, distraída, abriendo luego mucho los ojos—. ¿Broderick Abbey? —preguntó excitada, inclinándose por encima de su hermana para mirar por la ventanilla.

El bosque se espesaba a ambos lados del camino. Era sabido que Broderick Abbey disfrutaba de la mejor caza de toda Inglaterra, y eso se debía, con toda seguridad, a que Jared mantenía los bosques tan intactos como podía. El carruaje giró en una curva y entonces apareció el lago, repleto de truchas y lucios. En la otra punta del mismo se veía una parte del ganado que se criaba en la finca. La verdad es que era irónico que la fortuna de los Broderick se hubiera iniciado siglos antes con el comercio de ovejas en Europa.

Su padre todavía criaba ovejas en su propiedad; Jared criaba terneras.

—¿Qué es aquello? —preguntó Ava mientras Phoebe se despertaba de su siesta y se reunía con ella para mirar por la ventanilla.

Estaba señalando las ruinas del antiguo castillo Bridget, que todavía permanecían en pie en una colina de la propiedad.

—Antiguamente, fue el hogar de los antepasados de mi madre.

Fueron expulsados por los partidarios de la casa de York. —Miró hacia las ruinas y vio a un jovencito encima de un montón de rocas, saludando, mientras el carruaje avanzaba, y el corazón le dio un vuelco.

Ava se rió con la alegría de una niña en el circo, mientras pasaba por los campos, donde los braceros segaban el heno, y se veían aljibes de piedra en los que se almacenaba el agua de lluvia, más ganado, alguna oveja y balas de heno.

—Debería haberte preguntado por la historia de tu familia, dado que los antepasados de mi padre fueron partidarios de la casa de Lancaster —anunció ella, haciendo alusión a la Guerra de las Dos Rosas, en la época medieval—. No tenía... ¡Oh! —exclamó, perdiendo el hilo de sus pensamientos cuando las puertas de piedra que señalaban el inicio de los terrenos de Broderick Abbey entraron en su campo de visión.

Él supuso que había un montón de cosas que deberían haberse preguntado mutuamente antes de llegar hasta allí.

—¡Oh, Ava! —exclamó Phoebe con reverencia—. Es precioso.

Momentos después, cruzaban las puertas y rodeaban unos árboles, para llegar ante el arco cubierto de hiedra que daba paso al pequeño jardín delantero de la entrada principal.

El carruaje se detuvo con una sacudida y luego se bamboleó cuando los lacayos descendieron de él. Jared se echó hacia adelante para observar el patio y las dobles puertas de roble de la entrada, que se abrieron de repente. Mientras los lacayos colocaban una banqueta y abrían la portezuela del coche, una hilera de criados fue saliendo de la casa; las mujeres con el acostumbrado uniforme gris y delantal blanco, y los hombres con la típica librea negra y dorada de la casa Broderick. Y, por supuesto, el mayordomo, Dawson, quien iba colocando en fila al personal para saludar al marqués y a la que iba a ser su esposa y señora de la casa.

Uno de los lacayos de la mansión se adelantó a otro cubierto con el polvo del camino y le ofreció la mano a Ava. Ella vaciló un poco, echó un vistazo a Jared mientras Phoebe la ayudaba con la capa y luego dirigió la mirada hacia los criados que miraban unos por encima de los otros para verla. Emitió un sonoro suspiro, aceptó la mano del lacayo y descendió del carruaje. Mientras esperaba a Jared, empezó a sacudirse la falda del vestido, evitando las curiosas miradas del personal de servicio.

Él salió detrás de Phoebe y le ofreció el brazo a Ava. Ella miró a la altura del pañuelo del cuello, antes de elevar los ojos hacia los de él; Jared se percató de su nerviosismo. La entendía; la casa era inmensa y tenía mucho servicio; suponía que era mucho más de lo que estaba acostumbrada. Esbozó una sonrisa que esperaba que la tranquilizara.

—Siempre he admirado tu valor, no permitas que te abandone ahora —la animó. Agachó la cabeza para verla mejor y señaló de manera casi imperceptible hacia los criados—. Seguro que te respetan mucho más si les demuestras que no tienes miedo.

Lady Ava apretó los dientes.

—Tienes razón —masculló. Asintió decidida con la cabeza y le puso la mano en el brazo.

Jared la condujo hasta el patio, donde empezó con las presentaciones, comenzando por el mayordomo.

—Lady Ava Fairchild —dijo—, por favor, permítame presentarle al señor Dawson, ni mayordomo.

Dawson la saludó con una reverencia y ella le ofreció la mano.

—Me han hablado muy bien de usted; es un placer conocerle.

El viejo Dawson pareció un poco sorprendido. Estaba habituado a personas como Miranda, que tenía la mala costumbre de pasar por delante de él como si no existiera. Le sonrió a Ava y agachó la cabeza.

—Milady, el placer es completamente mío.

—Va usted a enseñármelo todo, ¿verdad, Dawson? La abadía es tan inmensa que seguro que me perderé.

—Será un honor —contestó el hombre, muy complacido por la petición.

Jared se volvió después hacia la señora Hillier, la vieja ama de llaves y antes de eso su niñera. La mujer sonrió con calidez, como si estuviera deseando estrecharle entre sus brazos. En realidad, era la única madre que había conocido durante sus primeros diez años de vida. Por desgracia, todavía tenía tendencia a ser demasiado maternal.

Jared apoyó la mano en la delgada espalda de Ava.

—Mi prometida, lady Ava —le dijo a la señora Hillier. Y a Ava—: Permita que le presente a la señora Hillier, el ama de llaves.

La señora Hillier le dedicó una radiante sonrisa a su nueva señora.

—Oh, vaya, es usted preciosa, milady.

Ava se ruborizó.

—Me alegro de conocerla, señora Hillier. Voy a necesitar su experiencia para cumplir con mis obligaciones como señora de esta grandiosa casa.

Y, así, uno tras otro, fue conociendo al resto del personal que mantenía en funcionamiento Broderick Abbey: los lacayos y las doncellas, la cocinera y los ayudantes de cocina, el personal de mantenimiento, que incluía al jardinero y a sus ayudantes, los mozos de cuadra y el administrador de la finca. En total, casi tres docenas, un verdadero ejército.

Y Ava saludó a cada uno de ellos, demostrando un sincero interés por su trabajo. Jared notó, además, que les tocaba las manos, los hombros y los codos, los miraba directamente a los ojos y les sonreía. No era de extrañar que ellos miraran con aprobación a su futura esposa. Se dio cuenta de que, extrañamente, se sentía aliviado a la vez que contento. Broderick Abbey era su tesoro, para él era importante que los criados estuvieran satisfechos con su empleo, pero hasta ese momento no se había dado cuenta de hasta qué punto.

Entraron en la casa precedidos de varios miembros del personal, que fueron abriendo habitaciones para que las inspeccionaran. Dawson ordenó a dos lacayos que trajeran leña y a la cocinera que preparara el té.

—Señora Hillier, por favor, muestre a las damas sus habitaciones —pidió Jared cuando entraron en el vestíbulo, ayudando a Ava a quitarse la pelliza—. Cuando estén listas, me reuniré con ellas en el comedor oeste para cenar.

—Muy bien, milord. —La señora Hillier hizo una seña a Ava y Phoebe para que la siguieran.

Lanzando una mirada de ansiedad a Jared por encima del hombro, Ava, acompañada de su hermana —que todavía estaba mirando las paredes y el techo—, siguió a la señora Hillier observando al pasar todo lo que la rodeaba.

Jared le entregó el sombrero a Dawson.

—Si me lo permite, milord —pidió el mayordomo.

—¿Sí?

—Enhorabuena por sus próximas nupcias. Es una mujer muy guapa, si no le molesta que se lo diga.

Una pequeña sonrisa asomó a los labios de Jared.

—Lo es. Gracias, Dawson. Ordene que ensillen un caballo, ¿quiere?

—En seguida, milord —asintió Dawson mirando a un lacayo, que salió corriendo hacia los establos.

Jared siguió al lacayo al exterior y recorrió el camino de entrada, paseando con tranquilidad hasta los establos. Mientras esperaba, se recostó cansado contra un poste y se llevó una mano a la frente. Presentía que su vida iba a cambiar mucho con ellas allí, en su casa. La decisión que había tomado empezaba a parecerle irrevocable.

Quizá lo único que pasaba era que estaba agotado; Dios sabía que no había dormido en toda la semana, dando vueltas sin parar a su boda y bregando con esas inexplicables sensaciones. Pero además se sentía vacío, como si todo pensamiento normal y sus emociones lo hubieran abandonado, dejándolo hueco y listo para llenarse de otras ideas nuevas y locas emociones desconocidas.

Pero él no deseaba que cambiara nada, a excepción de la concepción de un hijo, un heredero legítimo. Por lo demás, quería que todo siguiera igual. Cosa que, se dio cuenta, atemorizado, era imposible en vista de los votos que iba a pronunciar al cabo de unos días.

Salió un mozo de cuadra con una joven yegua.

—Le pido disculpas, milord, sé que no es su montura habitual...

—Servirá —lo interrumpió él haciéndose cargo de las bridas.

—Todavía está un poco verde, señor —volvió a intentar advertirle el mozo.

Jared miró a la joven yegua a los ojos. El animal le devolvió la mirada con un salvajismo que era fiel reflejo de lo que él mismo sentía.

—Excelente —aprobó, y metiendo el pie en el estribo, montó sobre ella. La yegua empezó a corcovear, intentando librarse de él, pero Jared apretó los muslos a sus costados—. Tranquila, chica —dijo con dulzura—, tranquila.

Sin embargo, la yegua no estaba de humor para calmarse, y salió corriendo hacia la puerta del cercado intentando tirarle. Jared tuvo que hacer uso de toda su fuerza para sujetarse, pero en cuanto abrieron la puerta, le dio rienda suelta y se agarró, tensando todos los músculos en su esfuerzo por mantenerse sentado.

La yegua estaba sin domar, pero seguro que no era ni la mitad de fiera de cómo se sentía él interiormente en esos momentos. Mientras galopaba, Jared empezó a pensar que quizá pudiese dejar atrás a la invisible bestia que lo perseguía. Pero cuando se acercaron a un muro de piedra, experimentó un instante de pánico. No conocía al animal, no sabía si saltaría el obstáculo o se negaría a hacerlo. Sin embargo, era demasiado tarde para frenarlo, de modo que se tumbó sobre el cuello del caballo, se sujetó a las riendas y cerró los ojos.

Le dio un vuelco el corazón cuando la yegua dio un paso en falso... pero a continuación notó cómo se elevaba y ambos volaban.

La señora Hillier les dio a Ava y a Phoebe una rápida vuelta por la zona principal de la casa antes de acompañarlas hasta lo que iban a ser las habitaciones de Ava.

—Las dependencias de las damas están aquí —las informó introduciéndose en una lujosa sala de estar y en una serie de habitaciones que consistían en un dormitorio del tamaño del salón de Downey, una estancia repleta de divanes tapizados en seda, muebles de madera de cerezo, un vestidor y un baño con sanitarios de porcelana.

Las paredes estaban pintadas de verde claro, y las elaboradas molduras y frisos de papel que adornaban los techos eran de un tono blanco cremoso.

Ava soltó su bolso y observó el magnífico entorno mientras la señora Hillier daba vueltas señalando algunas cosas. El tirador de la campanilla, el brasero, por si la chimenea no proporcionaba suficiente calor, el lugar donde se guardaban las sábanas, y el tocador.

Cuando aparecieron los dos lacayos con la leña, Hillier se dirigió a ellos mandándoles a derecha e izquierda, y Ava se acercó a unas enormes ventanas que daban a un verde jardín con una gran fuente. Nunca había vivido en un lugar tan magnífico. Ni siquiera Bingley Hall, con todo su esplendor, podía compararse con Broderick Abbey, y eso la intimidaba. Cuando pensó en intentar mejorar la situación de su familia, no se imaginó tanta opulencia.

Mientras estaba allí, mirando distraída el hermoso paisaje, percibió algo que se movía; un solitario jinete.

—Su señoría no tiene establecida una hora determinada para cenar. ¿Le gustaría a usted poner una, madame? —preguntó la señora Hillier.

—No sé; supongo que debería hablarlo con él —respondió Ava distraída, mientras veía que el jinete cabalgaba directamente hacia una valla de piedra.

—Es bastante poco convencional en ese aspecto —la informó la señora Hillier con una ligera carcajada—. Siempre lo ha sido.

Ava no respondió; se le había acelerado el pulso al advertir que quien cabalgaba con tanta imprudencia hacia aquella valla era Middleton.

—Nunca ha seguido las normas, ni siquiera cuando era un niño.

—¿Le conoce desde entonces? —preguntó Phoebe mientras Middleton se aproximaba a la cerca.

La temeridad del comportamiento de Jared heló la sangre en las venas de Ava. Notó el instante en que el caballo estuvo en un tris de negarse a saltar, a punto de matarlo. La yegua tropezó, Ava cerró los ojos para volver a abrirlos en seguida, a tiempo de ver al animal caer al otro lado de la valla y entrar en el bosque con Middleton encima y su chaqueta ondeando tras él.

—Ya lo creo; fui su niñera.

Ava tomó aire. Lo soltó. Volvió a respirar «¿De qué huyes? ¿Hacia adónde?»

—Muy bien, al parecer todo está en orden. ¿Hay algo más que pueda hacer por usted, lady Ava?

«Contrate una calesa y envíeme de vuelta a Londres.»

Ava se volvió hacia el ama de llaves con una sonrisa.

—No... no, gracias.

La señora Hillier asintió con la cabeza y empezó a marcharse.

—Sólo una cosa más. —La voz de Ava hizo que el ama de llaves se detuviera.

—¿Sí, milady?

—¿Dónde se encuentran las habitaciones del señor?

—Justo ahí —contestó la mujer señalando con la cabeza hacia la derecha—. El vestidor se comunica con el de usted. —Ava y Phoebe intercambiaron una mirada que hizo que la señora Hillier chasqueara la lengua—. No se preocupe porque no sea apropiado, milady; su señoría residirá en otra parte de la casa hasta que estén casados.

—Ah —exclamó Ava, aliviada—. Gracias.

—¿Eso es todo?

—Sí, gracias.

El ama de llaves les dedicó una alegre sonrisa y se fue con rapidez, deteniéndose sólo para colocar algunas toallas en un estante antes de salir por la puerta y cerrarla bien tras ella.

Cuando se hubo ido, Phoebe se volvió y se derrumbó encima de la cama con un gritito.

—¡Dios mío! —exclamó—. ¿Habías visto alguna vez un lugar tan maravilloso?

Ava miró a su alrededor y negó con la cabeza.

—No. Nunca. —Se sentía casi triunfante. Lo había conseguido; había cazado y atrapado a uno de los solteros más solicitados de toda Inglaterra. ¡Por Dios! ¡Si incluso llegaría a ser duquesa algún día!

¿Por qué entonces se sentía tan indefensa? ¿Era porque Jared había huido de la casa cabalgando como alma que lleva el diablo? ¿Era porque estaba a punto de ser la esposa de un hombre al que apenas conocía? ¿O porque se iba a convertir algún día en la madre de su hijo? Ava echaba de menos a su madre; se habría reído de sus temores y la habría obligado a seguir adelante, recordándole que, una vez cumplidas sus obligaciones como esposa, podría tener cualquier cosa que deseara y, con toda seguridad, pedir algo costoso.

Ava levantó la cabeza. Casi podría oír a su madre. «Tú misma te has hecho la cama; ahora te toca dormir en ella. Pero es una cama estupenda, querida.»

No había nada que pudiera hacer, en efecto, se había hecho la cama; había maquinado e intrigado para conseguirla, de modo que ahora no tenía más remedio que tumbarse en ella.

Pero sí, era una cama bastante agradable.

—Vamos —ordenó, propinando un juguetón manotazo en la rodilla de Phoebe—, preparémonos para la cena —añadió imitando a la señora Hillier.

15

A lo largo de los siguientes días, llegaron tantas personas a Broderick Abbey que Ava rara vez veía a su prometido, excepto en las comidas, e incluso entonces estaban rodeados de familiares y amigos. Después de cenar, las damas se retiraban a uno de los salones para que lady Purnam pudiera ilustrarlas sobre lo que se esperaba de una buena novia (todo parecía resumirse en una sola cosa: veneración). Los hombres, por su parte, se iban al pueblo de Broderick, de donde regresaban a primeras horas de la mañana, con bastantes copas de más.

Ava lo sabía porque uno de los días, Middleton y sus dos buenos amigos, Stanhope y Harrison, decidieron dedicarle una canción bajo su ventana, tan alto y armando tanto escándalo, que despertaron a toda la casa.

Ava, sin embargo, era feliz; Broderick Abbey era muy elegante y la propiedad muy hermosa. Iba a disfrutar siendo la señora de la casa y, más de una vez, tuvo que pellizcarse para asegurarse de que era real. Que lo que era sólo un sueño se había convertido en realidad. Y estaba aturdida por su éxito.

Lucille Pennebacker llegó el día antes de la boda, y tanto ella como lady Purnam empezaron a competir entre sí para instruir a Ava en el modo de dirigir el servicio de la enorme mansión, con evidente desagrado por parte de la señora Hillier.

Pero todo eso no desanimó a Ava. Phoebe y ella se reían en privado con el enfrentamiento entre las tres mujeres de fuerte carácter. Ni siquiera la llegada del duque, en vísperas de la boda, logró arruinar el ambiente festivo, ni tampoco hizo nada para devolver a Ava la serenidad. De hecho, nada lo consiguió, y así, excitada, llegó el momento de pronunciar los votos.

La ceremonia dio comienzo el viernes a las nueve en punto de la mañana. Ava llevaba un vestido de satén rosa claro. La complació mucho observar que el hombre que se iba a convertir en su marido parecía impresionado por su aspecto. Cuando se encontraron en el exterior de la capilla, él arqueó una ceja mientras la miraba de la cabeza a los pies. La cogió de la mano y la besó en los labios para alegría de los criados y de la gente del pueblo allí reunida.

—Eres, en verdad, la novia más encantadora que he tenido el placer de conocer —dijo.

El elogio le provocó a Ava un estremecimiento e hizo que se ruborizara de placer.

—¿Estás preparada? —preguntó él.

Ella se rió.

—¿Lo estás tú?

Él pareció considerar la pregunta durante un momento.

—Supongo que sí —contestó al fin con una sonrisa—. ¿Vamos, lady Ava?

—Vamos —respondió ella apoyando la mano en el brazo que él le ofrecía.

Pero mientras se iban adentrando en la iglesia, los nervios empezaron a traicionarla y sus pensamientos se apoderaron de ella. Hasta esa misma mañana, había tenido la buena suerte de estar tan ocupada que no le había dado tiempo a pensar en los votos que iba a pronunciar, pero en esos momentos, ante el vicario, todo le parecía un poco confuso. Se preguntó cómo era posible que estuviera prometiendo honrar a un hombre al que en realidad no conocía, y cómo había llegado a ese punto. Hasta ese instante había estado muy contenta; y no entendía por qué de repente se sentía tan perturbada.

Miro a Phoebe, que se encontraba a su izquierda. El ramito de peonías que su hermana portaba, temblaba tanto que era un milagro que las flores estuvieran intactas. Ava quiso decirle que todo iba bien, que lo habían logrado, que se había casado por conveniencia y dinero, y que nunca tendrían que volver a preocuparse. Sólo las palabras del vicario, algo sobre honrar a su marido, amarlo y confortarlo, la hicieron comprender que hubiese preferido casarse por amor.

De pronto, dejó de sentirse victoriosa y astuta, y ya sólo se sentía hipócrita.

Miró a Middleton por el rabillo del ojo, mientras éste repetía los votos que pronunciaba el vicario.

—¿Quieres a esta mujer por esposa?

Middleton vaciló un momento.

«¿Quieres a esta mujer?», repitió Ava en silencio.

Él parpadeó, pero carraspeó y dijo con toda claridad:

—Sí, quiero. —La miró y le guiñó ligeramente un ojo.

Mientras le ponía un simple anillo de oro en el dedo, Ava se preguntó en qué estaría pensando y qué ideas estarían rondando por su cabeza en aquel momento. ¿Le parecería tan extraño como a ella estar allí de pie, jurando consagrarse a ella el resto de sus vidas? ¿O pensaba que sólo era un asunto de conveniencia y que su vida iba a continuar sin cambios, quizá con la única excepción de engendrar un hijo con ella?

El vicario los declaró marido y mujer antes de que Ava se diera cuenta de lo que sucedía. Levantó obedientemente la cara hacia su marido, quien le rodeó los hombros con un brazo y le dio un posesivo beso.

Allí estaba otra vez esa extraña e inquietante sensación en su interior, ese pequeño pero ferviente deseo de que él la quisiera. Si Jared la amara aunque fuera un poco, entonces todo eso tendría sentido.

A pesar de ser aún temprano, el champán fluyó sin cesar durante el desayuno de bodas que siguió a la ceremonia. En el exterior, los criados y los guardabosques compartían la bebida y la comida con los habitantes de la aldea de Broderick. Familiares, amigos y personalidades locales estaban sentados en la terraza del salón, en la cual se habían dispuesto mesas para celebración.

Middleton y Ava pasearon entre los criados que estaban reunidos fuera, sonriendo y agradeciendo sus alegres deseos de felicidad. Como era costumbre, Middleton lanzó monedas a los niños. Ava se dio cuenta de que uno de ellos no se peleaba con los demás por las monedas, sino que la miraba con curiosidad. Le dedicó una sonrisa. El crío se la devolvió; una deslumbrante y encantadora sonrisa.

En el interior, los hombres palmeaban felices a Middleton en el hombro, mientras las mujeres le deseaban felicidad a Ava y admiraban su hermoso vestido. Un terceto de músicos contratados en el pueblo tocaban animadas melodías. La estancia estaba llena de risas y alegría, excepto por una persona, que no parecía estar disfrutando de la celebración en absoluto: el duque de Redford.

Ava estaba de pie cerca de su flamante marido, que había sido engullido por sus amigos, cuando lady Purnam se colocó a su lado, la cogió de la mano y la llevó aparte.

—¿A qué estás esperando? —siseó.

—¿Perdón?

Lady Purnam miró de reojo a lord Redford, que estaba apoyado en la pared con una copa de champán intacta en la mesa que tenía al lado.

—¡Ahora es tu suegro, y es de muy mala educación dejarlo cocerse en su propio jugo! ¡Acércate a él inmediatamente y asegúrate de que se encuentre a gusto!

Ava echó un dudoso vistazo a su recién adquirido suegro. Lady Purnam le propinó un ligero empujón con el codo y Ava echó a andar con un suspiro de resignación. El duque no dio muestras de reconocerla mientras se acercaba, pero en cambio miraba con acritud a los invitados. Ella pensó que se estaba comportando de un modo muy grosero en la boda de su hijo.

Hasta que estuvo casi enfrente de él, el duque no volvió la vista hacia ella.

—Señoría —dijo haciéndole una reverencia—, ¿se siente mal?

—¿Mal? —repitió él, sorprendido—. Me siento muy bien, gracias.

Sus ojos la miraron como si se tratara de una aldeana que se hubiera interpuesto en su camino. Era obvio que la despreciaba.

—Me alegra saberlo, pero algo le preocupa; parece usted enfadado.

—Es que lo estoy.

Ava forzó una sonrisa.

—No le culpo en absoluto. Seguro que ésta no es para usted una situación ideal.

—Eso, milady, es un eufemismo —respondió él volviendo a mirar a los invitados.

—Sin embargo, señoría, éste es el día de mi boda, y me sentiría muy honrada si se sentara a mi lado e intentara sonreír como mínimo de vez en cuando.

Su desfachatez lo sorprendió; la miró frunciendo el cejo.

—Lady Ava...

—Middleton.

—¿Perdón?

—Ahora soy lady Middleton.

El duque parpadeó. Y luego, como por un milagro, le dedicó el esbozo de una sonrisa.

—Es cierto.

—¿Sabe?, podría ser mucho peor —bromeó ella mirándole con complicidad—. Podría ser espantosamente aburrida. Cenaría con usted y le aburriría hasta hacerle llorar; y además le daría nietos idiotas.

Ahora el duque sonrió abiertamente.

—¿Debo confiar en su palabra de que no es usted aburrida?

—Le aseguro que no lo soy en absoluto. Lo que me falta de finura, lo compenso siempre con información sobre nuestras amistades más cercanas.

Por increíble que pareciera, el duque se echó a reír y le ofreció el brazo.

—Así pues, cuéntemelo todo, lady Middleton.

Ella deslizó la mano por el hueco de su brazo.

—Por ejemplo, ¿sabía usted que lady Purnam fue una vez la favorita de nuestro rey? — susurró mientras el duque la acompañaba hasta una mesa.

Él miró de reojo a lady Purnam a través del salón.

—Creo que no —contestó con sinceridad, volviéndose de nuevo hacia Ava, deseando oír la historia.

Y ella se absorbió tanto narrándosela que no se dio cuenta de que su marido se había reunido con ellos hasta que el duque lo vio y lo saludó con la cabeza, seco.

—Señoría —saludó Middleton y, apoyando la mano en el

hombro de Ava, se inclinó para preguntarle en voz baja—: ¿Estás bien?

Ella le sonrió.

—Sólo le estaba contando a su señoría algo sobre lady Purnam. En una ocasión fue la favorita del rey.

Él la miró como si pensara que había perdido el juicio, pero se incorporó e intercambió una mirada con su padre.

—¡Un brindis! —exclamó alguien—. ¡Un brindis, un brindis!

—Ven conmigo —le pidió Middleton deslizando la mano por debajo del codo de Ava y tirando de ella.

Lord Harrison fue el primero en dar un paso adelante y atraer la atención del pequeño grupo levantando la copa de champán.

—Si me lo permite, milord —bromeó, inclinándose teatralmente ante la indicación de Middleton de que siguiera—. He oído que el secreto de un matrimonio largo y feliz consiste en que uno no debe acostarse nunca enfadado con el otro; hay que seguir despiertos y discutir.

Los invitados prorrumpieron en risas, gritando...

—¡Brindemos, brindemos!

—¿Y qué sabes tú del matrimonio, Harrison? —se burló Middleton.

—Absolutamente nada —respondió éste, jovial—. Lo mismo que tú, milord. —La gente volvió a reírse y Harrison elevó la copa en un brindis—. Te deseo una feliz vida de casado. —Inclinó la cabeza y levantó la copa.

—Sois un par de ignorantes —intervino Stanhope. Se adelantó un paso, colocándose al lado de Harrison y le puso a éste una mano amistosamente en el hombro—. Voy a darte un buen consejo. Escucha estas cinco palabras mágicas, apréndetelas bien y hazme caso: te abrirán todas las puertas con tu hermosa novia.

Middleton se rió.

—¿Y cuáles son esas palabras?

—Tienes toda la razón, querida —repuso Stanhope.

Los invitados volvieron a reír a carcajadas, incluidos Ava y Middleton. Entonces, el duque se levantó de su asiento y se hizo el silencio. Ava podía notar cómo el cuerpo de Jared se tensaba a su lado cuando su padre se volvió hacia ellos levantando su copa.

—¿Puedo proponer yo un brindis?

—Por supuesto —accedió Middleton al momento.

El duque miró a Ava.

—Por lady Middleton —brindó con voz queda—; para que sea feliz.

Nadie dijo ni una palabra, apenas si respiraban. Entonces lady Purnam —bendita fuera— exclamó:

—¡Brindemos, brindemos!

Y todos los presentes se unieron a ella, levantando las copas y brindando por la felicidad de Ava.

Ella se rió y miró a su marido. Éste sonreía, pero sus labios apenas estaban curvados y, desde luego, la sonrisa no se reflejaba en sus ojos.

Se brindó varias veces más por la felicidad de la pareja, y luego Harrison volvió a adelantarse un paso y, mirando a su alrededor, dijo:

—Creo que ha llegado el momento de dejar sola a la feliz pareja.

Y después de decir eso, rodeó a Middleton con los brazos y le palmeó la espalda efusivamente. A continuación lo soltó, agarró a Ava, y la besó con ganas en la mejilla.

—Sé un buen marido, muchacho —dijo muy serio.

—Lo haré lo mejor que pueda —respondió Middleton.

El siguiente en despedirse fue el duque.

—Os deseo lo mejor a los dos —dijo mirando a su hijo.

Middleton asintió.

—Gracias, señoría —intervino Ava de prisa.

Jared le tendió la mano a su padre. El duque la miró un momento antes de aceptarla, para soltarla en seguida y disponerse a salir de allí; era evidente que estaba deseando irse.

Lady Purnam se despidió de Middleton expresándole sus mejores deseos, pero mientras abrazaba a Ava le susurró al oído con tono siniestro:

—Ten cuidado con todo lo que hagas, niña, porque toda Inglaterra te estará mirando.

—Eh... —balbuceó Ava sin saber qué contestar—. Gracias.

También Lucille la abrazó, pero la miró con severidad, diciendo:

—A tu padrastro no le va a gustar nada que no hayas esperado a que él llegara.

Ava sonrió y se encogió de hombros. Gracias a Dios, ya no había nada que lord Downey pudiera hacer al respecto.

Por último, se despidió Phoebe. Cogió las manos de su hermana entre las suyas y le sonrió.

—Ahora estoy sola. Primero mamá, luego Greer, y ahora tú —se lamentó levemente.

Ava le oprimió la mano.

—¿No te alegras ni un poquito por mí?

—¡Claro que sí! —exclamó Phoebe, sonriendo a pesar de las lágrimas que le empañaron de repente los ojos—. Pero lo siento mucho por mí.

Ava se echó a reír, la abrazó y le susurró al oído...

—Sigue cosiendo. No sé cuánto tardará en hacerme alguna concesión. Y no voy a estar alejada de ti demasiado tiempo, Phoebe, te lo prometo.

—Eso mismo dijo Greer —refunfuñó Phoebe. Cuando Ava

se separó de ella vio que su hermana tenía los ojos llenos de lágrimas—. Te voy a echar mucho de menos.

—No tanto como yo —aseguró Ava, a punto de llorar ella también.

—Vamos, no es momento para lágrimas —las regañó lady Purnam, colocando la mano en el antebrazo de Phoebe—. Vamos, lady Phoebe, me gustaría llegar a Londres antes de que se haga de noche, que es cuando los criminales y los ladrones vagan por las calles.

Phoebe parecía tan desesperada que Ava volvió a abrazarla muy fuerte.

—No voy a estar separada de ti demasiado tiempo —le prometió otra vez, soltándola.

Middleton y ella se despidieron de los invitados, contemplándolos entrar en los carruajes. Ava se despidió de su hermana agitando la mano mientras esperaba a que el coche de lady Purnam, que fue el último en partir, echara a rodar, dejándola a solas con Middleton.

Ninguno de los dos dijo nada hasta que el carruaje de lady Purnam desapareció tras una curva. Sólo entonces Ava se atrevió a mirar a Jared, el cual continuaba con la vista fija en el sendero.

—Ahora sólo quedamos nosotros —comentó él.

Sí, quedaban ellos. Solos el uno con el otro y sin posibilidad de dar marcha atrás. A Ava, de repente, la golpeó la idea de qué iba a suceder después, en especial cuando vio que su marido exhibía una tensa sonrisa.

—Ha sido más que suficiente para una mañana, milady. Me parece que deberías descansar antes de la cena.

—N... no estoy cansada —respondió ella con un nudo de nervios en el estómago.

Él no sonrió, sino que se limitó a mirarla imperturbable.

—Yo creo que deberías descansar —repitió con mayor firmeza—. Te veré en la cena.

Y dicho esto, dio media vuelta, le dijo a Dawson que ordenara que le ensillaran la yegua y se dirigió hacia la casa, quitándose la corbata de un tirón y dejando a Ava plantada y sola en el camino de entrada.

A ella empezó a arderle la cara de vergüenza y estuvo a punto de ir tras él, pero indecisa, acabó dirigiéndose a sus habitaciones sin dejar de pensar en la forma abrupta en que él se había despedido y con miedo de lo que iba a suceder después. Se sentó en su sillón, contemplando el suelo durante lo que le parecieron horas, pero, cuando por fin se levantó para quitarse el vestido de novia, se acercó a las ventanas para mirar el precioso paisaje.

Y lo vio allí, montando a caballo, a lo lejos, con temeridad y a toda velocidad.

Se estremeció al pensar que el hombre que cabalgaba tan velozmente, sin preocuparse en absoluto por la prudencia o por sí mismo, se acostaría en su cama esa misma noche.

16

La señora Hillier apareció en las habitaciones de Ava a las siete para ayudarla a vestirse, pero ella ya estaba vestida y esperando.

Después de la abrupta partida de Middleton, no sabía qué hacer, de manera que, para calmar sus nervios, se pasó toda la tarde revisando sus cosas y probándose los vestidos que Phoebe le había confeccionado. Eligió uno de suave brocado verde para la cena; Phoebe había bordado en él unos diminutos capullos de rosa a juego con los que tenía en el bajo de las enaguas. El escotado corpiño se adaptaba y ajustaba tanto a su pecho que Ava se había quejado de ello, pero Phoebe, cuya boca estaba siempre llena de alfileres, se había limitado a poner los ojos en blanco y había continuado, impasible.

Ava permitió que la señora Hillier la ayudara a peinarse. Cuando terminó, el ama de llaves se apartó y sonrió.

—Ah, lady Middleton, es usted muy hermosa —la halagó mirándola—. No es difícil entender por qué su señoría quiso casarse con usted.

Ava tan sólo esperaba que la quisiera; algo de lo que no estaba segura en vista de su comportamiento en el patio; pero sonrió a la señora Hillier y se puso los pendientes de granates que habían pertenecido a su madre.

Le hubiera gustado poder quedarse allí escondida hasta que Middleton fuera a buscarla, pero la señora Hillier parecía decidida a que se reuniera con su marido en el salón verde antes de la cena.

Un lacayo estaba esperando ante la puerta de la estancia y se la abrió cuando Ava se acercó, saludándola con una respetuosa inclinación de cabeza. Ella cruzó el umbral de la puerta con una sonrisa, pero se detuvo en seco; el salón era majestuoso.

Los enormes retratos de casi dos metros de altura de los antepasados de Jared cubrían las paredes bajo un techo de cuatro metros y medio. Las sillas, doradas y tapizadas con seda roja, estaban pegadas a las paredes; parecía haber suficientes como para que se sentaran unas cincuenta personas. En las paredes opuestas, cuatro cómodas de caoba servían de base para unos enormes jarrones de porcelana oriental con unos fascinantes arreglos florales. La alfombra que tenía bajo los pies era gruesa y con un intrincado bordado que representaba un bosque inglés al completo, con animales, ninfas y alguien montado a caballo.

—He olvidado preguntarlo antes... pero confío en que tus habitaciones sean de tu gusto.

Su voz la sobresaltó; no había visto a Middleton, que estaba de pie a un lado de la chimenea de mármol, al otro extremo del salón.

—S... sí, son muy hermosas. Gracias —respondió ella dándose cuenta de que estaba temblando otra vez. Su marido, ¡marido! llevaba unos pantalones negros hasta la rodilla que le quedaban como un guante, camisa y chaleco blancos de seda, y una levita negra. El pañuelo de cuello estaba anudado con sencillez y un pequeño alfiler de oro lo mantenía en su sitio. Tenía el pelo, que le llegaba hasta el cuello, peinado hacia atrás, y la cara bien afeitada.

Parecía más atractivo entonces que por la mañana; y un poco sombrío.

Señaló con descuido los muebles que había cerca de la chimenea.

—Pensé que podríamos tomar algo antes de cenar.

Ava era incapaz de comer nada, pero aun así cruzó presurosa el salón. Él se reunió con ella, la cogió de la mano y se detuvo para contemplar su vestido.

—Estás preciosa —observó, levantando su ardiente mirada hacia la de ella mientras se llevaba su mano a los labios—. Realmente preciosa.

El modo en que la miró, el tranquilo y seguro modo en que le habló mientras sostenía su mano, la embriagó. Se dejó caer pesadamente sobre la silla a la que él la había conducido.

—¿Qué te gustaría tomar? —preguntó Jared señalando el aparador—. ¿Quizá un poco de vino?

Ava echó un vistazo a los decantadores.

—Creo que preferiría algo fuerte.

—¿Un oporto, quizá?

—¿Whisky?

Él sonrió.

—No creo que el whisky sea lo más adecuado para la delicada constitución de una mujer, pero si eso es lo que deseas...

—Por favor.

En ese momento, le pareció que era lo único lo bastante fuerte como para tranquilizarla. Sentía como si todo fuera diferente; incluso le preocupaba que Jared se arrepintiera de haberse casado con ella.

Middleton se acercó al aparador y sirvió una pequeña medida de whisky para ella y otra para él, regresando luego con el decantador al lugar donde Ava estaba sentada. Depositó el frasco sobre la mesa y le entregó el vaso, rozándole los dedos al hacerlo, con cierta familiaridad. Luego se sentó; apoyó un brazo en el respaldo del sofá y la miró, observándola mientras ella olía el whisky.

En una ocasión, cuando Greer y ella tenían poco más de dieciséis años, le quitaron una botella de whisky a lord Downey y se la bebieron entera. Pasaron años antes de que pudiera soportar de nuevo el olor de whisky, pero en esos momentos necesitaba sus efectos calmantes.

—¿Te sientes mal? —preguntó Middleton.

—¿Yo? —inquirió ella, sorprendida por la pregunta—. No... estoy muy bien. Nunca había sido tan feliz.

Había pronunciado tantas veces esas mismas palabras en los últimos días, que ya salían de su boca de manera espontánea, carentes de sentido.

Él, por su parte, parecía tenso.

—¿Y tú estás bien? —preguntó ella.

—Perfectamente. —Le acarició el brazo con un dedo, mirándola pensativo—. De modo que aquí estamos, lady Middleton, unidos en la dicha conyugal hasta que la muerte nos separe.

—Dicho así parece horrible, ¿verdad? —comentó ella—. ¿Te arrepientes?

—No —respondió él de inmediato—. ¿Y tú?

Ava negó con la cabeza

—No —contestó en voz baja.

—Creo que nos entendemos y ambos sabemos lo que hemos ganado con este matrimonio, ¿no?

Ella asintió con la cabeza.

—Pero —añadió él extendiendo la mano para tocar una de las cintas de su corpiño y acariciándole el pecho de forma posesiva al mismo tiempo—, me imagino que eso no debería impedirnos disfrutar de la unión. —La miró a los ojos con una mirada llena de misterio—. En especial de los privilegios que conlleva ser marido y mujer —añadió con voz queda, mientras daba un ligero tirón a la cinta.

Ava intentó sonreír, pero apenas podía tragar.

—Sí —fue lo único que consiguió decir.

Entonces él sonrió, formándosele pequeñas arrugas en las comisuras de los ojos.

—Bebe —ordenó, señalando con la cabeza su whisky.

Ella miró el vaso, se lo llevó a los labios y, cerrando los ojos, bebió su contenido esperando que le llegara la quemazón.

Middleton, a su lado, se rió por lo bajo.

—Te gustaría más si lo bebieras poco a poco.

—Nunca llegará a gustarme el whisky —respondió ella con voz ronca, abriendo los ojos.

Él se echó hacia adelante para servirle un poco más.

—Intenta beberlo a sorbos —le aconsejó y, levantando su propio vaso, lo hizo chocar contra el de ella—. Porque seamos felices muchos años.

—Porque seamos felices muchos años —repitió Ava dando un sorbo.

Le ardieron los labios, la lengua y la garganta, por lo que decidió que era mucho mejor beberlo de golpe que despacio. Middleton debía estar de acuerdo con ella, porque se bebió el suyo de un trago.

Ava se acabó el contenido de su vaso, y cuando dejó de jadear, comenzó a notar que los efectos tranquilizantes del alcohol empezaban a caldearle y a entumecerle las extremidades; esbozó una sonrisa ladeada.

—Muy bueno.

Él le quitó el vaso de las manos con despreocupación y lo dejó a un lado.

—No he tenido tiempo de enseñarte esto personalmente. ¿Quieres que hagamos un recorrido por la abadía?

—Me encantaría.

Middleton la cogió de la mano con firmeza y a Ava le gustó esa sensación de pertenecerle. Puede que su insultante comportamiento en el patio hubiera sido una tontería, consecuencia del cansancio. Quizá todo fuera a ir bien entre ellos.

A lo mejor, sus nervios, ahora calmados con la bebida, se asentarían.

Pero lo cierto es que fueron a peor. El recorrido les llevó una hora. Middleton le fue señalando todos los lugares históricos; donde habitaban los monjes, cuyas celdas eran ahora los dormitorios de los criados; el salón oeste, que antiguamente había sido una capilla; las diferentes alas, habitaciones y obras de arte reunidas a lo largo de los siglos. Demasiado nerviosa para apreciar la calidad y la magnífica arquitectura de la abadía, Ava hizo pocas preguntas sobre la historia de su venerable familia, y él le dijo muy poco.

De hecho, Middleton fue hablando cada vez menos conforme el recorrido iba tocando a su fin. Tan sólo la miraba de un modo que la hacía sentirse demasiado expuesta. La piel le hormigueaba bajo la intensidad de sus ojos y apenas era capaz de pensar; su agitación por lo que estaba a punto de suceder iba acrecentándose cada vez más.

Cuando regresaron al salón, Dawson los estaba esperando para escoltarles al comedor.

El comedor familiar era más pequeño, pero aquel otro se consideraba adecuado para una cena formal. Era lo bastante grande como para albergar a dos docenas de personas. En un extremo de la mesa habían dispuesto dos cubiertos. Middleton en la cabecera y Ava a su derecha. Dos lacayos permanecían de pie, en silencio, junto a un enorme aparador encima del cual había seis fuentes de plata cubiertas con tapas en forma de cúpula.

Dawson separó la silla de Ava y ella se deslizó en ella con timidez. Aunque estaba acostumbrada a comedores elegantes, aquél parecía ser mucho más elegante y más grande. Pero Middleton le dedicó una sonrisa, guiñándole un ojo mientras se sentaba.

—Mucha pompa y ceremonia para comer una simple gallina cebada, ¿verdad?

Ella le sonrió con gratitud por su intento de hacerla sentirse a gusto, pero mientras Dawson servía el vino, siguió notando los nervios a flor de piel, a punto de estallar en cualquier momento. Se bebió el vino y jugó con la comida; tenía el hambre completamente anulada a causa de la ansiedad.

Middleton, sin embargo, no parecía estar preocupado. Estuvo charlando mientras comía, preguntándole por sus aficiones.

—No sé muy bien a qué te refieres.

—¿Qué tipo de cosas te gusta hacer? Aparte de tu trabajo de beneficencia, claro —añadió con una diabólica sonrisa.

—¡Ah! Bueno, supongo que me gusta leer...

—¿Qué lees?

—Novelas —respondió ella—, en especial novelas populares.

—¡Ah!, historias de amor y lujuria —observó él, dirigiendo los ojos hacia sus labios mientras cogía su copa de vino.

—Y los periódicos —aclaró ella con rapidez—. Me divierto mucho con los cotilleos. Phoebe y yo lo hemos convertido en un juego.

—¿Que consiste en adivinar qué caballero ocupa la cama de tal o cual dama? —preguntó él mirándola despreocupado.

Ava no le contestó; su cara ruborizada delataba la verdad.

—O quizá os divertís con otro tipo de juego —sugirió él bajando la voz—. ¿Os entretenéis preguntándoos a qué caballero os gustaría encontrar en vuestras camas?

—Por supuesto que no —replicó ella al instante.

Middleton sonrió cortésmente ante la evidente mentira.

—Te pido disculpas, no sabía que tu hermana, tu prima y tú fuerais decentes hasta ese punto.

—Nosotras... —Se le apagó la voz y bajó la mirada al plato. Intentó pensar en algo ingenioso y agudo para decir, pero no se le ocurrió nada.

Jared sonrió y cogió el tenedor.

—¿Qué otras cosas te divierten?

—La música —respondió ella—. Me gusta el piano, aunque por desgracia no lo sé tocar. Greer es la que tiene más talento de todas. Y creo que me gustan los perros. Los gatos no, más que nada porque son muy distantes. Pero me encanta ver a los perros en el parque. Parecen amistosos y leales. Y, por supuesto, me gusta pasear.

—En Broderick Abbey tienes muchos rincones para hacerlo.

Se imaginó paseando por las tierras de Broderick Abbey como la señora del lugar, y la imagen la hizo sonreír. ¡Qué absurdo! ¡Ava Fairchild, marquesa!

—Eso es, por fin, una encantadora sonrisa —observó él sonriendo a su vez—. ¿Qué es lo que te está divirtiendo?

—Pensar que voy a ser marquesa. O duquesa, de hecho.

—Sospecho que serás una muy buena. Tengo toda la confianza en ello.

—Aprecio tu fe en mí, pero no me la merezco. —Antes de que él pudiera discutírselo, le preguntó—: ¿Y a ti qué es lo que te gusta?

—¡Hum! —reflexionó él, arrugando la frente mientras lo hacía—. Supongo que prefiero los caballos a los perros, aunque tuve un perro cuando era niño y me gustaba bastante. Cazar a pasear. Me gusta mucho la música. Y la lectura, aunque confieso que nunca he leído ninguna novela popular de amor y lujuria —añadió con una maliciosa sonrisa—. Quizá podamos leer una juntos.

Ava fingió estudiar su copa de vino.

—¿Cómo se llamaba tu perro? —preguntó evitando cualquier mención de la lujuria o el amor.

—¿Su nombre? —Sonrió de oreja a oreja—. *Doogie.*

Ava se rió.

—¿Qué pasa?

—Es un nombre horrible para un perro.

—¿Perdón? —dijo él fingiéndose ofendido—. ¡Es un nombre muy adecuado para un perro callejero!

—Es perfecto para un mozo de cuadra, no para un perro.

—¿Y quién eres tú para decir cuál es el nombre adecuado para un perro? —bromeó él—. Debes saber que me pasé horas buscando el nombre perfecto para él. Y ahora, para ser justos, tú tienes que decirme cómo se llamaba la mascota que tuviste de pequeña.

—La mía no era un perro, sino un canario —contestó Ava—, y como éramos tres, la elección no la hice yo sola.

—Muy bien, ¿qué nombre le pusisteis entre las tres al canario?

—*Buttermilk* —respondió ella, sonriendo al verlo estallar en carcajadas.

Jared le preguntó sobre su infancia en Bingley Hall y su traslado a Londres después de morir su padre, cuando su madre se volvió a casar. Ella le habló de su debut en sociedad y de su presentación en la corte, y de cómo había derramado el vino, sin querer, en los zapatos de terciopelo del príncipe regente en el baile que se celebró después.

Habló largo y tendido de su madre. Le vino bien hablar de ella, porque la ayudaba a calmar la ansiedad. Y era un alivio hacerlo con alguien que no fueran Phoebe y Greer, alguien que no sabía lo encantadora que había sido, de modo que Ava podía decirlo con orgullo. Incluso habló de sí misma, de Phoebe y de

Greer, y del viaje de esta última a Gales, y de la desesperación de Phoebe por haberse quedado sola.

—Cuando estés embarazada le pediremos que venga —ofreció él de inmediato.

A Ava le empezó a arder la cara y se miró el regazo sintiendo mariposas en el estómago ante la sola mención de llevar un hijo suyo en su seno. Toda la ansiedad que había logrado dominar volvió de golpe.

—Gracias. Me gustaría tenerla a mi lado.

Él dejó de comer y la miró.

—¿Sucede algo?

Ella negó con la cabeza.

Jared le cogió una mano, la cubrió con las suyas y se la sostuvo un momento.

—Tranquila, lady Middleton —dijo por fin—, hay cosas más importantes en la vida a las que tener miedo.

—No me da miedo tener hijos, milord.

Él esbozó una sonrisa ladeada.

—No me refería a los hijos.

¡Señor! Notó cómo se le aceleraba el pulso cuando él la miró, recorriéndole el rostro con los ojos, descendiendo hasta el escote, que sabía que dejaba ver demasiado, y volviendo luego al rostro, para detenerse en los labios, antes de sonreír con picardía y soltarle la mano.

A Ava se le encogió el estómago a causa del temor y la anticipación. Se obligó a coger el tenedor.

—¿Y qué tal fue tu infancia? —preguntó—. ¿Dónde la pasaste?

Él contestó de forma ambigua. Comentó que su niñez había sido bastante aburrida, que había transcurrido en internados y en Europa. La casa de Londres se la había comprado a su tío, ahora fallecido. Broderick Abbey era su hogar y, aunque no pasaba demasiado tiempo allí, le gustaba mucho y estaba intentando introducir cambios en la explotación agrícola para conseguir una mejora en la producción de la tierra.

—¿Y tu padre?

Él levantó la vista del plato mirándola con suspicacia.

—¿Qué pasa con él?

La frialdad de su voz la asustó.

—No lo has mencionado.

—¿Y por qué iba a hacerlo?

¿Por qué? ¿Después de la entrevista en el estudio del duque, y la obvia animadversión entre ambos, le preguntaba por qué?

Ava parpadeó.

—No sé... parecía tan... disgustado... con nosotros —le recordó.

Middleton miró su plato.

—No voy a aburrirte contándote la desagradable historia de mi relación con mi padre. No lo entenderías.

—Claro que lo entendería —replicó ella, irritada por su despectiva respuesta.

Middleton suspiró y le dedicó una dura mirada que nunca le había visto hasta ese instante.

—De acuerdo, lady Middleton, pues allá va. Por lo general lo que no le gusta es que no soy, ni he sido nunca, el hijo que él deseaba que fuera. Me considera irresponsable e indigno porque no estamos cortados por el mismo patrón.

—Pero ¿cómo...?

—Si no te importa, la verdad es que éste no es el momento ni el lugar apropiados —la interrumpió—. Tengo poco que ver con él y preferiría no hablar de ello. —Dicho eso, miró a Dawson—. Puedes llevarte esto. Lady Middleton y yo vamos a retirarnos ya.

Dawson y los lacayos se pusieron en movimiento de inmediato. Pero Ava, sorprendida por su arranque y su sombría mirada, no se movió. Jared se levantó y rodeó su silla. Le puso las manos encima de los hombros y se inclinó hasta que sus labios estuvieron pegados a su oído.

—Parece como si estuvieras a punto de ir a la horca. —Se incorporó, tiró del respaldo de la silla y la ayudó a levantarse. Luego cogió el vino y las dos copas de las que ambos habían estado bebiendo y señaló la puerta con la cabeza—. Pues vayamos al cadalso.

Ava dio un traspiés pero él la sujetó de la mano.

—Relájate —le susurró, poniéndole una mano en la espalda para tranquilizarla.

Salieron del comedor y caminaron en silencio por el pasillo alfombrado hasta la escalera. Jared se detuvo en el descansillo mientras ella se recogía las faldas. La cogió de la mano y la condujo con decisión hasta el final del corredor, pasando ante las velas que iluminaban espectralmente las paredes recubiertas de seda, las antiguas consolas adornadas con flores de invernadero y a dos doncellas que se detuvieron cortésmente pegando la espalda a la pared mientras el señor y su esposa pasaban.

Cuando llegaron a una determinada puerta, Jared apartó la mano de su cintura y giró el pomo de cristal, abriéndola. Luego se colocó detrás de Ava acompañándola gentilmente con la mano en la espalda para hacerla entrar en la habitación.

El dormitorio era parecido al suyo, pero más grande. Estaba pintado de color azul, como un cielo de primavera; tenía una mullida alfombra oriental y cómodos sillones tapizados en cuero. Había un aparador encima del cual reposaban las cosas típicas de un hombre; unos guantes, una corbata, un pequeño monedero y un pesado candelabro de plata. Observó que también había un vestidor, en el cual se veía un lavabo con la navaja de afeitar y el cuero para afilarla, colgando al lado.

Y, además, por supuesto, estaba la cama con dosel. Éste era de terciopelo verde oscuro y el cubrecama de brocado, con hojas bordadas en color verde oscuro y dorado. Los postes del dosel, de madera de caoba, estaban pintados a mano, y subían en las cuatro esquinas, hasta ser rematados con unas piñas de oro. Un fuego ardía alegremente en el hogar, y alguien había abierto la cama para su señoría.

Las botas que él se había puesto para la boda estaban ante la chimenea y una bata de seda descansaba en el respaldo de un sillón con orejas. En las ventanas, las cortinas estaban corridas para impedir el paso de la luz de la mañana.

Ava unió las manos a la altura del vientre y echó una ojeada al friso del techo; unas cintas de cartón piedra iban de una urna a otra, rodeando un círculo de piñas que había en el centro.

Oyó cómo se cerraba la puerta y el chasquido de la cerradura al girar. Middleton había dejado el vino y las copas, y se estaba quitando el alfiler del pañuelo, que depositó sobre el aparador. Ella lo contempló presa del pánico.

Él la miró con cautela mientras se quitaba el pañuelo de un tirón y lo dejaba caer, junto con el alzacuellos.

—Me he casado con una mujer que reía con facilidad —dijo mientras se desprendía de la levita—, pero desde que nos hemos quedado solos te has convertido en un manojo de nervios.

Se desabrochó la camisa y Ava vislumbró el vello rizado que le cubría el pecho. La cabellera le llegaba casi hasta los hombros y le brillaban los ojos color avellana; estaba hermoso. Lo observó mientras se desabotonaba el chaleco, moviendo los dedos con agilidad sobre la hilera de botones, y se imaginó esas mismas manos sobre su cuerpo.

—Tengo que rectificar lo que he dicho antes —volvió a decir él con desinterés, como si estuviera muy acostumbrado a desnudarse ante una mujer—. En este momento, pareces más bien horrorizada.

—No, yo... yo...

Cuando él dejó caer el chaleco sobre una silla, ella se miró las manos. No estaba horrorizada en absoluto, estaba abrumada y fascinada observándole. Se sentía casi mareada, y el rubor se extendió desde sus mejillas hasta su cuello. Avergonzada por su falta de valor en su noche de bodas, bajó la mirada a la alfombra.

No estaba segura de lo que tenía que decir o hacer, su cerebro se dirigía, sin que ella pudiera evitarlo, al momento en que él la convertiría en su esposa de verdad. Hacía tiempo que quería experimentar esa sensación, pero ahora que había llegado el momento, le parecía como si realmente estuviera a punto de encaminarse a la horca.

Deseó ser como su madre, quien a menudo bromeaba sobre las cosas que sucedían en el dormitorio de su marido.

«Le permito hacer lo que quiera, siempre y cuando me prometa no asustar al servicio ni a las niñas», le había comentado en una ocasión, entre risas, a una amiga.

Más tarde, cuando Ava le preguntó qué era lo que había querido decir con eso, su madre había sonreído y le había dado un beso en la mejilla.

«Te contaré todo lo que tengas que saber cuando llegue el momento. Por ahora, querida, sólo te diré una cosa: nunca le temas y nunca le des demasiado, pero nunca le digas que no.»

No se dio cuenta de que Middleton se había acercado a ella hasta que lo tuvo a su lado, rodeándola con los brazos. Le puso la mano debajo de la barbilla, levantándole la cabeza para que lo mirara a los ojos.

—Hace un tiempo, llevé a una mujer en mi carruaje. Esa mujer no me tenía ningún miedo —dijo posando la mirada en sus labios—. Si no te importa, me gustaría volver a verla —añadió, enterrando la cara en su cuello y besando el hueco de su garganta.

—Aquella mujer —suspiró Ava mientras la mano de él descendía hasta su cadera, apretándola contra sí— era una tonta que sólo sabía de besos, pero yo... yo...

Jared se incorporó, la sujetó por la mandíbula y la besó en la boca con firmeza antes de levantarla de repente y depositarla en la cama sin ningún cuidado. Ava rebotó, se sentó e intentó salir del lecho.

—Tengo...

—Tienes que quedarte ahí y dejar de imaginar cosas —la interrumpió él, quitándole las horquillas que le sujetaban el pelo con un hábil movimiento de la mano y viendo cómo se deshacía su peinado—. El miedo hará que la experiencia te resulte insoportable —murmuró haciéndole cosquillas con su aliento y con los ojos oscurecidos—. Sólo tienes que relajarte, lady Middleton, y dejar que te seduzca como te mereces.

17

Ava jadeó y se rió sorprendida, intentando balbucear una respuesta, pero Jared no estaba dispuesto a escucharla. Iba a hacerlo. Al fin se había dado cuenta del alcance de su acción: se había casado con ella entregándole su libertad, y ahora iba a tomar lo que tenía derecho a poseer.

—Milord... —empezó a decir Ava, empujándole un poco, pero él le sujetó la mano que ella le había puesto en el pecho, apartándolo, y negó con la cabeza.

—No, milady, vas a permitirme hacerlo. Soy tu marido y me lo vas a permitir.

Se colocó encima de ella, atrapándola bajo su cuerpo al tiempo que llevaba la boca a su pecho, deslizando los labios y la lengua por la piel de su escote.

Ella volvió a jadear, pero esta vez de placer en vez de temor. Él notaba el calor de su cuerpo a través del vestido, la pasión saliendo a la superficie. Sintió que le acariciaba el pelo con timidez y que arqueaba el cuerpo despacio para ir al encuentro de su boca. De repente desapareció toda la confusión, la ira y el vacío que había sentido. Y sólo quedó su propio deseo apoderándose de él, de sus extremidades, de su virilidad y de su cerebro.

Recorrió el cuerpo de ella con las manos, sus hombros, la curva de sus pechos, sus costillas, la cintura, sus caderas, hasta llegar a los pies. Le quitó primero uno de los zapatos y luego el otro. Y luego deslizó la mano bajo el vestido, subiendo por su pierna hasta el borde de las medias, y más allá, por la suave piel de sus muslos desnudos hasta la ranura de sus calzones.

A Ava se le cortó la respiración cuando él la tocó en ese lugar, y se sujetó a sus hombros clavándole los dedos a través de la tela de la camisa.

Él sonrió de oreja a oreja, moviendo los dedos más profundamente entre sus húmedos pliegues.

—Ésta es la mujer que conocí —dijo con voz ronca, moviendo los dedos contra ella, notando el calor de su interior—. Una mujer llena de pasión y deseo por un hombre.

Ava cerró los ojos soltando un suspiro de placer. Su cabeza empezó a moverse de un lado a otro mientras la mano de él se movía dentro de ella. El placer que su reacción le provocaba descendió hasta la entrepierna de Jared.

—Una mujer que es lo bastante valiente como para querer sentir placer —susurró mientras la acariciaba.

Había demasiada ropa entre ellos, de modo que se sentó, arrastrándola con él. Le pasó los brazos por la espalda mientras la besaba en la boca, para desabrocharle los botones y aflojarle el vestido. Cuando terminó de hacerlo, dejó de besarla y se echó hacia atrás, contemplando sus ojos verdes.

Ava esbozaba una ligera sonrisa, pero sus ojos parecían dos lunas. Se apiadó un poco de ella; era una mujer que nunca había mostrado su cuerpo a ningún hombre. Le colocó el pelo detrás de la oreja, le acarició la barbilla y, sosteniendo su mirada, le puso las manos en los hombros y le bajó el vestido por los brazos hasta que quedó amontonado en su cintura.

Los ojos de ella no se apartaron de los suyos. No parpadeó, no miró hacia abajo, tan sólo continuó con la vista fija en él.

Pero Jared no pudo evitar contemplar su cuerpo, y el deseo empezó a salir a la superficie.

—¡Dios mío! —susurró—. Eres hermosa... muy hermosa —repitió con reverencia, atrayéndola hacia él.

Sus pechos eran llenos y se apretaban contra la tela de la delgada camisa, moviéndose al ritmo de su respiración. Tenía una cintura estrecha que terminaba en unas caderas bien proporcionadas. Sonrió con satisfacción y presionó los labios contra su tersa mejilla. Su piel era suave y cálida como la de un bebé bajo su boca, y su olor era dulce y femenino.

Él movió los labios hasta su oído.

—Levántate —murmuró.

Ava no se movió de inmediato, pero Jared sí, la cogió de la mano y tiró de ella, obligándola a levantarse. Mientras permanecía de pie, insegura junto a la cama, su vestido y su camisola resbalaron por su cuerpo. Él se acuclilló, deslizó una mano bajo su pie y se lo levantó. Ava se tambaleó, pero apoyándose en su hombro, le permitió moverle un pie y luego el otro para poder quitarle el vestido.

Jared se incorporó, le pasó las manos por el pelo, para que los rubios mechones color miel se derramaran por encima de sus hombros. No podía negar que su esposa era preciosa, y su cuerpo rabiaba por ella.

—Preciosa —dijo en voz alta, inclinando la cabeza y acariciándole la boca con la suya.

—Me cuesta respirar —susurró ella.

—A mí también —confesó él con total sinceridad.

Los labios de ella comenzaron a moverse bajo los suyos, mordisqueándolos, lamiéndoselos. La sensación que le provocaba su respuesta empezó a fluir por Jared como lava. Se colocó entre sus piernas y comenzó a acariciarle la espalda. Pero algo faltaba. Levantó la cabeza de golpe, buscó las manos de ella y se las colocó sobre el pecho.

—Así —dijo, y volvió a sus labios, deslizando la lengua entre ellos, hacia el interior de su boca.

Entonces Ava lo sorprendió. Sus manos pasaron de su torso hasta su cintura, atrayéndolo más mientras se ponía de puntillas para besarlo. Presionó sus senos contra él, abrió la boca bajo la suya y, mientras él la besaba, Ava llevó la mano hasta la parte delantera de los pantalones de él para acariciar su erección.

Su virginal audacia lo excitó. Levantó la cabeza y fue a decir algo, pero entonces Ava abrió los ojos y sonrió con tal seductora inocencia que si volvía a tocarle, tan sólo tocarle, Jared temía tenderla de golpe sobre la cama y poseerla sin pensar en su inexperiencia.

—Jared —susurró Ava.

Pocas mujeres se habían atrevido a usar su nombre de pila en circunstancias tan íntimas, y lo asombró su respuesta. Hacía que todo pareciera real, era real, y que se rompiera la presa inundando cada rincón de su cuerpo, endureciendo su virilidad hasta que le dolió.

Ava echó la cabeza hacia atrás, exponiendo la cremosa piel de su cuello, y él posó allí sus labios al tiempo que deslizaba las manos por la espalda de ella y la apretaba contra sí.

—Te deseo —dijo contra su piel—. Quiero convertirte en mi esposa.

Y después de decir eso, giró en redondo, cayendo en la cama con ella y descendiendo de inmediato sobre su cuerpo. Notaba cómo le latía el pulso con sus caricias. Su mente, sus ojos, cada fibra de su ser, estaba impregnada del aroma de Ava, de su tacto. Estaba excitado y desesperado por su cuerpo, hambriento por saborearla.

Cuando capturó uno de sus pezones con la boca, Ava emitió un sonido gutural, hundió los dedos en su pelo y arqueó el cuerpo para salir a su encuentro.

Algo primitivo e intenso golpeó con fuerza a Jared; la sangre circulaba por sus venas como un río. Jamás en su vida había deseado nada ni a nadie con tanta intensidad. La necesidad de introducirse en ella lo dominaba de tal modo que era incapaz de detenerse.

Ava jadeaba, sus manos vagaban por el cuerpo de él. Cuando sus dedos revolotearon por encima de la tela que le cubría el pezón, se incorporó sobre ella, se arrancó la camisa y se quitó las botas.

Ava, tendida debajo de él, con el pecho elevándose cada vez que respiraba y con el candor de la inocencia al parecer desaparecido, examinaba con descaro su pecho desnudo.

Jared colocó una mano sobre su hombro, sobre su clavícula, su seno, sobre el liso valle de su vientre y sobre la tela de sus calzones. Le acarició el muslo, y, mirándola a los ojos, introdujo un dedo en la abertura. Ava se arqueó.

Deslizó el dedo entre los húmedos pliegues de su sexo.

—¡Oh, Dios! —gimió ella, echando la cabeza hacia atrás y dejando expuesta la garganta.

Jared retiró la mano, cogió los calzones y se los quitó. Cuando se libró de ellos, la besó en el vientre, luego descendió más, acariciando con la boca los rizos dorados, aspirando su aroma salvaje.

Ava jadeaba con más fuerza, aferrando las sábanas entre los puños. Jared le separó las piernas y le colocó una mano encima. Ella se incorporó sobre los codos y lo miró al tiempo que introducía bocanadas de aire en los pulmones.

—¿Qué estás haciendo? —preguntó.

Jared sonrió e introdujo la lengua en ella. Ava gritó e intentó cerrar las piernas, pero él se las mantuvo separadas con las manos.

—No —dijo—. Vas a permitírmelo.

Volvió a tocarla con la lengua y Ava se dejó caer, buscando a tientas sus hombros. Cuando empezó a lamerla, se estremeció y emitió unos gemidos de placer que hicieron que a él le hirviera la sangre, consumiéndole. Pero se controló y la saboreó a conciencia.

La respuesta de ella fue explosiva; se arqueó contra él, luchando por respirar, lanzando gemidos de placer, cada vez más y más seguidos conforme se acercaba al clímax. Jared la acarició, la succionó, la mordisqueó como si fuera un manjar, hasta que ella fue a su encuentro, rodeándole la cabeza con las manos, moviéndose de manera incontrolable contra él, alejándose y acercándose. Su respuesta fue tan increíble y su comportamiento tan licencioso, que estuvo a punto de llegar al límite junto con ella.

Se alzó sobre su cuerpo, sosteniéndose con una mano mientras se desabrochaba el cinturón, se bajaba los pantalones y se deshacía de ellos a patadas. Ava no abrió en ningún momento los ojos. Permanecía tumbada, respirando con dificultad, con una mano cubriendo su pecho y la otra enredada en su pelo.

—¿Estás bien? —preguntó él mientras se colocaba entre sus muslos.

Ella sonrió como entre sueños, sin abrir los ojos.

—Humm...

Jared se rió y presionó el extremo de su virilidad contra ella. Ava abrió los ojos cuando él empezó a moverse despacio hacia adelante y hacia atrás. El cuerpo de ella estaba caliente y mojado. Él intentó tener paciencia, aunque deseaba estar ya en su interior. Bajó el brazo para apartarle el pelo de la húmeda frente y la besó con ternura.

—Dame la mano —indicó con suavidad, dirigiéndola para que le tocara.

Sus dedos se cerraron en torno a él, que cubrió la mano de ella con la suya, y le enseñó cómo debía moverla.

—Vaya —susurró ella—. Casi parece como seda sobre mármol.

Jared pensó que a él le parecía otra cosa muy distinta y cerró los ojos, apretando la mandíbula para soportar el placer que ella le estaba proporcionando.

Ava comenzó a explorar con la otra mano el resto de su cuerpo. Fue consciente de su columna vertebral, de la dureza de los músculos de su espalda y de la ondulación de la carne de sus hombros. Al mismo tiempo, él le acariciaba el cuello, los brazos, la curva de la cintura y las caderas, descendiendo entre sus piernas de nuevo, acariciando su sensible núcleo. Ava contuvo el aliento, y se hundió en el colchón, pero Jared la acarició con descaro, separándole los muslos sin demasiado esfuerzo. Enterró la cara en sus pechos, succionándolos mientras su miembro le acariciaba el abdomen y el muslo, quemándole la piel con su calor.

Se estremeció cuando él introdujo despacio un dedo en su interior y luego dos, obligándola, con cuidado, a que se abriera. Pero cuando se colocó sobre ella, separándole las piernas con las rodillas, y descendiendo hasta que su virilidad le acarició el sexo, Ava volvió a sobresaltarse.

—Relájate —gruñó él dirigiendo la aterciopelada punta de su miembro hacia su interior. Ella se retorció debajo él, buscando de manera instintiva la forma de huir de la invasión—. Relájate —susurró de nuevo Jared, entrando en ella despacio y con cuidado, empujando un poco, y luego otro poco, antes de introducirse por completo en su interior y empezar a moverse allí en un delicado baile.

La besó con ternura, cogiendo su labio inferior entre los dientes, metiendo la lengua en su boca, mientras seguía con el delicioso asalto. El cuerpo de Ava se abrió a él con tanta confianza, que ella se asombró, tanto a nivel físico como emocional, por la naturalidad de la unión entre un hombre y una mujer. Se dio cuenta de que Jared respiraba con dificultad, como si luchara por controlarse.

Se dejó caer sobre ella por completo y se deslizó más en su interior.

Luego se detuvo. Extendió la mano hasta donde la de Ava aferraba las sábanas y se la cubrió con las suyas. Con un suave gemido elevó las caderas, y empujó de repente.

El agudo dolor la cogió por sorpresa, y se le escapó un grito mientras se le tensaba todo el cuerpo, preparándose para sufrir más dolor. Oyó el silbido que Jared produjo al soltar el aliento, y notó que le apretaba el hombro mientras se inmovilizaba dentro de ella.

—Lo siento, lo siento mucho —musitó él acariciándole la mejilla con ternura—. Que Dios me perdone, jamás quise hacerte daño.

Ava apenas lo oyó; no sabía qué debía esperar a continuación y tenía miedo de que hubiera más dolor. Aunque el inicial empezaba a desaparecer, temía lo que pudiese sentir después.

Se movió con incomodidad debajo de él; pero sus labios rozaron los de ella, tocándole la mejilla y la sien, mientras con la mano le acariciaba el pelo. Empezó a moverse de nuevo, con facilidad y lentitud, deslizándose en su interior y volviendo a salir, moviéndose con ella hasta que le rodeó la muñeca con la mano.

—Tranquila —susurró contra su cuello, repitiendo el movimiento, llenándola a la vez de dolor y de enorme placer.

Era una sensación fabulosa, porque el placer fue superando al dolor mientras él seguía moviéndose acariciándola con el cuerpo, creciendo dentro de ella. Cuando su mano se deslizó entre los dos y empezó a tocarla, Ava contuvo un grito de placer. A medida que sus músculos lo apresaban, los movimientos de él se fueron haciendo más urgentes y la rodeó con los brazos.

—Abrázame —susurró él. Ava lo hizo y levantó las piernas, abrazándolo con ellas también.

Se sintió como si flotara por encima de los cuerpos de ambos, el placer impregnaba todo lo que tenían alrededor. Cuando pensó que no podría soportarlo más, estalló de nuevo; oyó gemir a Jared cuando éste dio el embate final y se estremeció. Jadeó durante unos segundos antes de levantar la cabeza y apartarse el pelo de los ojos.

—¿Estás bien? ¿Estás dolorida? —le preguntó.

¿Bien? Estaba en la gloria. No sabía que la unión física de un hombre y una mujer pudiera ser tan liberadora. Le sonrió con ternura y le puso una mano en el mentón.

—Estoy perfectamente.

Él la miró durante un largo instante con expresión llena de ternura. Le dio un rápido beso al tiempo que salía de su cuerpo y se tumbaba de espaldas, con un brazo detrás de la cabeza, mientras su respiración volvía a la normalidad. Una mano se unió a la suya, acariciándole la palma y entrelazándose con sus dedos. No dijo nada, tan sólo miró hacia el fuego. Ava se puso de lado, hundiendo el rostro en su cuello, sonriendo feliz cuando él la abrazó.

Jared, tumbado a su lado, se sentía extraño. Había sido una experiencia conmovedora; recibir la virginidad de una mujer despertaba algo primitivo y elemental en su interior. No era sólo sexo, sino algo mucho más profundo. Le había hecho sentirse posesivo con ella; algo extraño en él, y lo que era todavía peor: vulnerable; como si se hubiera abierto una puerta cuya existencia desconocía y que no tenía ni idea de adónde conducía.

Le oprimió la mano y pensó en el día siguiente y en el otro y en un tercero, y empezó a recordar, poco a poco, la razón por la que estaba en la cama con ella.

—¿Cuándo tendrás la próxima menstruación? —preguntó, con la delicadeza de una cabra.

Fue evidente que la pregunta sobresaltó a Ava, que alzó la vista, ruborizada y con los ojos muy abiertos.

—N... No lo sé con seguridad. Dentro de una semana, puede que más.

Él no dijo nada más, sólo cerró los ojos sujetando su mano. Ava, a su lado, se estremeció y subió las sábanas para cubrirse los hombros, luego se apoyó en el pecho de él cerrando también los ojos. Jared escuchó el sonido de su respiración que se iba haciendo más profunda conforme se quedaba dormida.

Él en cambio no podía dormir; no podía permitir que lo turbaran unos sentimientos tan tiernos. Su mente estaba en guerra con sus emociones; su sentido común le decía que sólo había sido un revolcón más, mientras que el corazón le indicaba algo distinto.

Miró hacia abajo, vio que Ava estaba dormida y se liberó con cuidado del brazo que tenía alrededor de su cintura y de la perfecta pierna que estaba encima de la suya. Cuando salió de la cama, ella rodó hasta el centro y él no pudo evitar sonreír.

Se puso una bata, se acercó a la ventana y contempló el comienzo de la noche veraniega. Dios, se sentía a la deriva. Siempre se acostaba con quien le apetecía sin sentir culpa ni remordimientos; pero con Ava sentía tantas cosas a la vez que le daba miedo.

Hasta el punto de que esa noche apenas durmió, y cuando se levantó, al amanecer de la mañana siguiente, pegado al borde del colchón adonde Ava lo había empujado mientras dormía tranquila, decidió que no iba a permitir que le nublara el cerebro otro ataque de sentimentalismo.

Había hecho lo que se esperaba de él. Ahora sólo tenía que

esperar a ver si su semilla había prendido. Sin embargo, no podía librarse de la sensación de algo extraño creciendo dentro de sí.

Antes de que el sol se elevara en el cielo, Jared Broderick se había vestido y estaba ya montado en el caballo que le había entregado un somnoliento mozo de cuadra.

Cuando Ava se despertó a la mañana siguiente estaba sola en la cama. Se sentó, usando la sábana para taparse y miró en torno a sí, al dormitorio, parpadeando de sueño.

—¿Jared? —llamó, pero el nombre le sonó extraño en sus labios. Carraspeó—. ¿Milord? —volvió a llamar; puso los ojos en blanco. Eso parecía demasiado formal después de lo que había sucedido entre ellos. Le había pasado algo especial; más importante que la pérdida de la virginidad. Se sentía pegajosa y dolorida, pero muy... viva. El acto, por doloroso que hubiera sido, también había sido, quizá, el momento más importante de su vida. Era como si hubiera cruzado un umbral invisible, y se dio cuenta de que podría acabar enamorándose de Middleton.

Salió de la cama, arrastrando la sábana con ella y enrollándosela alrededor del cuerpo.

Jared no estaba en el vestidor, ni en su saloncito privado. Ava regresó al dormitorio con un suspiro y miró a su alrededor. Vio una caja de alfileres de corbata encima del aparador y se acercó para echar una ojeada. El alfiler que se había quitado estaba encima, y vio una pequeña nota doblada dentro de la caja.

La cogió y la abrió, esperando encontrar algo así como la factura, pero lo que vio fue algo que hizo que se le encogiera el corazón.

«Querido», empezaba diciendo la nota. Ava contuvo el aliento y se llevó la mano a la boca.

Por favor acepta esta muestra de mi amor. Se trata de un nudo celta, que simboliza el amor eterno entre dos personas. Espero que te lo pongas hoy y pienses en nuestro futuro, sabiendo, cada vez que lo tengas en la mano, que mi corazón siempre te pertenecerá.

M.

De repente se le secó la boca. Soltó el mensaje como si quemara y luego lo dobló rápidamente, lo metió en la caja donde lo había encontrado y se echó hacia atrás. No podía ni mirar el alfiler, un nudo de amor tan intrincado que no había forma de deshacerlo.

Saber que lady Waterstone se lo había regalado, y se lo había enviado para que lo llevara el día de su boda y pensara en ella la hacía sentir enferma.

Se apartó a ciegas del aparador, en dirección a la cama y a las sábanas manchadas de sangre, y se derrumbó encima intentando respirar.

18

Jared llegó a Londres a última hora de la mañana. Se bañó, se reunió con el señor Bean para hablar de una asignación adecuada para Ava y su familia, que debía ser entregada sin demora, y, a última hora de la tarde, recaló en White´s.

No había pensado demasiado en Ava, excepto a primera hora de la mañana, cuando dejó a la recién casada durmiendo plácidamente en la cama, con los labios curvados en una seductora sonrisa. En cuanto se asegurara de haberla dejado embarazada, pensaba instalarse en Londres de forma definitiva, y ése sería el punto final de los extraños, dulces y tiernos sentimientos que experimentaba hacia ella.

En White´s se encontró con varias ojeadas de extrañeza, pero ninguna como la de Harrison, quien lo miró como si estuviera viendo a un fantasma cuando se reunió con él en su mesa de siempre.

—¿Ha pasado algo? —preguntó este último, preocupado.

—No —respondió Jared con una sonrisa—. Había ciertos asuntos que necesitaban mi atención.

—¿Aquí? —preguntó Harrison con escepticismo—. ¿No podían esperar, o haberte ocupado de ellos en Broderick Abbey? Después de todo, te casaste ayer.

—¿Acaso eres mi maldita conciencia? —estalló Jared.

Harrison sonrió con ironía.

—No... pero al parecer lo hago mejor que la que tienes.

No tenía por qué aguantar sermones de su viejo amigo sobre sus obligaciones; ya había cumplido con su deber. Sin embargo no contestó, se dio media vuelta y pidió otra ronda de whisky. El recibimiento de Harrison no le impidió a Jared beber ni divertirse, apostando fuerte en varias partidas de cartas.

Volvió a Broderick Abbey a la tarde siguiente, cuando sólo faltaba una hora para la cena.

—Por favor, dile a lady Middleton que he vuelto —le ordenó a Dawson mientras le entregaba el sombrero y el abrigo.

No podía evitar a Ava, y tampoco quería hacerlo. Muy al contrario, disfrutaba de su compañía, sólo que no quería sentir nada profundo por ella.

—Milady ha dicho que si usted llegaba, se reuniera con ella a las ocho para cenar —informó Dawson.

—Lo haré, pero antes me gustaría asearme y cambiarme de ropa. Supongo que el baño está preparado, ¿no? —preguntó pasando por delante del mayordomo y cogiendo la correspondencia que le entregó un lacayo cuando se dirigió hacia sus habitaciones.

Una vez en ellas, revisó algunas de las cartas; la mayor parte eran felicitaciones por su matrimonio. También había algunas de negocios y una invitación al baile inaugural de la temporada de caza de Harrison, dos meses después.

La última era una carta de Miranda. La dejó aparte sin leerla.

Se acercó a zancadas al cordón de la campanilla y tiró de él. Segundos después apareció un lacayo.

—Tráeme algo de ropa para cenar con la marquesa —ordenó, sirviéndose un whisky (cosa que al parecer hacía muy a menudo en las dos últimas semanas, pensó distraído).

Se sentó en uno de los sillones de delante de la chimenea.

Cuando el lacayo desapareció por la puerta contigua, Jared se quitó las botas, apoyó los pies en la otomana y dejó que su mente vagara en torno al problema de cómo lograr que las cosechas mejoraran.

Cuando se abrió la puerta del vestidor, le llegó un débil aroma a perfume y levantó la vista; Ava estaba ante él, llevando en los brazos la ropa que debía ponerse.

—¡Qué agradable sorpresa, lady Middleton! —exclamó él con suavidad, sorprendido de que hubiera entrado sin llamar.

Ella no dijo nada, se acercó al lugar donde estaba sentado y depositó la ropa encima de la otomana, junto a sus pies. Luego se cruzó de brazos en un gesto que Jared reconoció como la expresión universal de la ira femenina. No importaba que exhibiera una dulce sonrisa, el destello diabólico de sus ojos y los brazos cruzados decían más que mil palabras.

Jared se levantó despacio, elevando su estatura sobre la más baja de su esposa.

—Estás frunciendo el cejo, lady Middleton, ¿hay algo en Broderick Abbey que no sea de tu gusto? —preguntó—. Dime de qué se trata y le pondré remedio de inmediato.

Ella pareció sorprenderse bastante al oírle, pero se acercó a él con la barbilla levantada.

—Desapareciste sin decir ni una palabra.

Él se inclinó hacia adelante hasta que los ojos de ambos quedaron a la misma altura.

—Eso no es cierto, milady —aclaró con suavidad—, le dije a Dawson dónde iba a estar.

Dicho eso, cogió la copa y se acercó al aparador para servirse otro whisky.

—Pero a mí no me dijiste nada.

—Estabas durmiendo, no quise despertarte.

—Podría entenderlo si hubieras ido a Broderick, pero ¿a Londres?

Él se encogió de hombros con indiferencia.

—Tenía cosas que resolver allí. Sucede con frecuencia.

—Por supuesto, pero sólo llevamos dos días casados.

—Sé perfectamente cuánto hace que nos casamos —replicó él irritado. Se bebió el whisky de un trago y se volvió para quedar frente a ella—. Los negocios no se interrumpen por bodas, nacimientos o entierros.

—¡Ah!, entonces, ¿se trataba de algo urgente? —preguntó ella esperanzada, deseando que él contestara que sí, que era algo tan importante que no podía posponerse, tan urgente como para abandonar a la mujer con la que se había casado el día anterior.

Como tal cosa estaba muy lejos de ser cierta, la pregunta le hizo sentirse incómodo y suspiró con impaciencia.

—En esta ocasión, lady Middleton, voy a responder a tus preguntas, porque apenas nos conocemos, pero tienes que saber que no me gusta que me interroguen. Me fui a Londres para establecer una asignación para ti y para tu familia. Ahora he vuelto, pero viajo a menudo, según lo exijan mis obligaciones y los negocios. De hecho, dentro de unos días me iré a Marshbridge para comprar algo de ganado.

—¿A Marshbridge? —preguntó ella con incredulidad.

—Dentro de pocos días llegará tu doncella —le recordó él—, estoy seguro de que habrá muchas cosas para que te mantengas ocupada, aparte de todo lo que tienes que aprender sobre Broderick Abbey. Apenas notarás mi ausencia.

—La notaré —contestó Ava con tristeza, como si acabara de anunciarle que se iba al continente por tiempo indefinido—. ¿Cuánto tiempo vas a estar ausente?

«El que sea necesario para librarme de estos antinaturales sentimientos.»

—No estoy seguro —respondió—. Dos días, puede que más.

Ella parpadeó y se miró las manos.

Él se sintió repentinamente cansado y de mal humor.

—¿Nos veremos a la hora de cenar? —preguntó con tono seco.

Ava levantó la cabeza, y la expresión de sus ojos lo incomodó. ¿Por qué lo miraba así? ¿Es que después de haberse puesto de acuerdo iba a fingir ahora que no sabía con exactitud lo que habían acordado? El vientre de ella a cambio del apellido de él, nada más. Ava parecía haberlo olvidado, y ahora pretendía ponerle los grilletes desde el principio. Se apartó con gesto brusco.

—Me reuniré contigo abajo.

Y, tras un instante de vacilación, la oyó salir de la habitación

Jared se reunió con Ava en el salón una hora después. Ella se había cambiado de ropa y llevaba un vestido de seda color crema, con hojas verde oscuro bordadas, que le daba aspecto angelical. Un collar de perlas de tres vueltas le rodeaba la garganta, a juego con los pendientes y los prendedores del pelo. En una ocasión le había parecido bonita, pero cuanto más la veía, más hermosa la encontraba.

Cuando él entró en el salón, Ava estaba paseando con impaciencia, ignorando a los dos lacayos que la acompañaban. Lo miró fijamente cuando él entró y la puerta se cerró a sus espaldas, parpadeando rápidamente mientras se acercaba. Lo saludó con una rápida reverencia, y con igual rapidez se puso de puntillas para depositar un beso en su mejilla. Él sonrió con ironía.

—¿Has vuelto a beber whisky? —bromeó.

—Todavía no. ¿Debería empezar a hacerlo? —preguntó ella, sarcástica.

Él odió la expresión que vislumbró en su rostro; quería ver de nuevo su deslumbrante sonrisa.

—Puedes hacer lo que desees. No te importa si yo tomo un trago, ¿verdad?

Al oírle, uno de los lacayos se acercó al aparador. Jared le indicó a Ava que se sentara en el sofá y él se sentó a su lado. Cuando el lacayo le entregó la copa, la alzó hacia ella en un silencioso brindis.

—Bonito vestido —observó mirándola—. Muy atractivo.

Ella esbozó una tensa sonrisa y se envaró a su lado. Ninguno de los dos dijo nada. Su reciente esposa, siempre tan locuaz, estaba abatida.

—¿Te gusta la abadía? —le preguntó como de pasada, poco interesado en conocer la respuesta, y con la única intención de romper el helado silencio que los rodeaba.

Pero ella lo miró como si se hubiera vuelto loco.

—Mucho, milord.

Él dirigió la vista al brazo del sofá.

—¿Se ocupó Dawson de ti mientras yo estuve ausente? —quiso saber mientras arrancaba, distraído, un hilo de la tapicería.

—Sí, y también la señora Hillier. Te tiene mucho cariño.

—Y yo a ella —admitió él—. Fue mi niñera.

—Sí —respondió Ava mirando a lo lejos—, me lo dijo. Me contó que tenías cinco años cuando por fin pudiste pronunciar la letra «s».

Él sacudió la cabeza. La señora Hillier a veces hablaba demasiado.

—¿Tú tuviste niñera? —se interesó para mantener la conversación.

—Varias. Al parecer, mi madre no conseguía conservarlas durante demasiado tiempo. Supongo que éramos tan traviesas que ninguna podía aguantarnos.

Jared podía imaginarse a la perfección a las tres niñas torturando a la pobre niñera.

—¿Traviesas?

—¡Muchísimo! —exclamó ella.

Pareció relajarse cuando empezó a contar, muy animada, las anécdotas de su vida en Bingley Hall. Pensó que era extraño que alguien pudiera jurar devoción eterna a una mujer y saber tan poco de ella. Los años pasados en Bingley Hall eran, evidentemente, su más preciado recuerdo, y Jared ni siquiera estaba seguro de saber dónde se encontraba situada.

Pero al menos su recuerdo la animaba, y disfrutó escuchando su monólogo, viéndola mover las manos de manera expresiva, con sus ojos verdes brillando ligeramente con las historias de lo que, al parecer, había sido una infancia feliz. Cuando Dawson anunció la cena y Jared la escoltó hasta la silla, ella estaba hablando de nuevo de la muerte de su madre y de lo repentina que había sido. A él le dio un vuelco el corazón; su propia madre había fallecido mucho tiempo antes, pero todavía recordaba la profunda sensación de pérdida, el vacío interior que antes llenaba el amor de ella.

—¡Vaya! —exclamó Ava, secándose las comisuras de los ojos con la servilleta—. Te pido disculpas, milord... yo... no sé lo que me ha pasado.

Él le cogió la mano.

—Es evidente que la querías mucho.

Ella asintió. Cuando hubo recuperado la calma, se concentró en el plato y tomó un bocado de pescado.

—¿Tú recuerdas a tu madre?

—Desde luego —respondió él. Lo que no dijo era que los recuerdos que tenía de ella se iban difuminando de año en año.

—¿Puedo preguntarte una cosa...? ¿Dónde está Redford? —dijo Ava.

Sólo con oír mencionar la propiedad de su padre y su infancia en esa casa, Jared se estremeció.

—Al norte —respondió apretando los dientes.

—¿Cómo fue tu...?

—Sólo tengo un recuerdo vago —la interrumpió antes de que empezara a bombardearlo con preguntas sobre una época de su vida que deseaba olvidar.

Ella dio un respingo, y Jared se dio cuenta de que su tono de voz la había sobresaltado. En realidad, aparte de cuando se acostó con ella, todo lo que él hacía la sobresaltaba. Suspiró con cansancio y dejó a un lado el tenedor.

—Perdona, pero no recuerdo haber tenido una infancia demasiado feliz. Como puedes imaginar, mi padre era bastante... severo —añadió.

Ava no hizo más preguntas y ambos continuaron cenando en silencio. A Jared le pareció que la cena duraba horas. Comió y pensó en Londres, en la cantidad de cosas que podría hacer si estuvieran allí, y en que no iba a poder soportar seguir día tras día con una farsa de vida familiar.

Cuando terminaron de cenar y el lacayo hubo retirado el último plato, Jared se metió la mano en el bolsillo de la levita y sacó un puro. Se lo mostró a Ava.

—Si te molesta saldré afuera.

—No —dijo ella, moviendo la cabeza para indicarle que podía fumar.

Él lo encendió, exhaló una voluta de humo y le sonrió.

—Debes de estar cansada. Si deseas retirarte, hazlo.

Ella sonrió.

—No estoy cansada. Puedo quedarme contigo todo el rato que quieras.

Eso era exactamente lo que él temía. Viéndola allí, con las mejillas arreboladas por efecto del vino de la cena y acariciando con sus largos y delgados dedos el tallo de la copa, sintió la urgencia de llevarla a su cama. Ese deseo volvió a asustarle e hizo que su mundo se tambaleara. No quería desearla físicamente; eso sólo hacía que la situación fuera más difícil para él.

En el transcurso del día, había tomado la decisión de cumplir con su deber hacia ella, pero nada más. Y así debía hacerlo. Cualquier otra cosa sólo serviría para aumentar sus esperanzas, y cuanto menos esperaran el uno del otro, más felices serían ambos.

Aplastó el puro, extendió las manos sobre la mesa y dijo con voz carente de expresión:

—No tienes por qué esperarme, lady Middleton. Tengo que revisar algunas cartas antes de retirarme.

Ella parpadeó y lanzó una nerviosa ojeada al lacayo.

—¿No vas a llamarme Ava? —preguntó en voz baja—. Lady Middleton parece demasiado... formal.

—Ava —accedió él de mala gana. Ser formal era una manera de mantenerla a distancia, y a distancia era donde quería que estuviera—. Si me disculpas, como te he dicho, tengo que repasar unas cartas.

Sin embargo, antes de que pudiera levantarse, Ava se movió en la silla, acercándose e inclinándose hacia él, muy consciente de la presencia de los lacayos.

—Pero... pero ¿no puedes dejarlo para mañana? —susurró—. Había pensado que podríamos leer o...

—No pueden esperar —respondió él, cortante.

La decepción de Ava fue evidente y a él le afectó más de lo

que estaba dispuesto a admitir. En ese momento, ella se recostó contra el respaldo de la silla y emitió un largo suspiro.

—¿Sucede algo? —preguntó con calma.

—Nada, sólo que creía que, como nos hemos casado hace tan sólo dos días —respondió ella levantando la mirada hacia él—, podríamos pasar algo de tiempo juntos.

Jared estaba seguro de que ella había entendido desde el principio cómo iba a ser su matrimonio y convencido por completo de que Ava tenía lo que había deseado. Ahora se veía obligado a explicarle algo que no podía expresar porque ni siquiera él entendía lo que estaba sucediendo en su propio interior.

La situación le resultaba incómoda; miró a los dos lacayos.

—Eso es todo —les dijo, y esperó a que se fueran.

Cuando ambos cruzaron la puerta que comunicaba con la habitación contigua, miró con firmeza a su esposa.

—Preferiría que no comentáramos los detalles de nuestra vida privada delante de los lacayos, lady Middleton.

—¿Vida privada? En vista de que todavía no tenemos nada que se le parezca, no me merezco la reprimenda.

Jared entrecerró los ojos.

—La verdad es que sí que la tenemos, y no es incumbencia de los criados.

Ava se encogió de hombros y apartó la mirada.

«¡Mujeres!», pensó él con un suspiro.

—Lady Middleton —dijo en voz baja pero firme—, mírame.

Ella levantó la barbilla como si fuera una niña y se negó a mirarle.

—Mírame —volvió a ordenarle en un tono que no admitía réplica.

Ava le miró de reojo. Él se inclinó hacia adelante, le rodeó la muñeca con la mano y se la sujetó con fuerza.

—Tú y yo hicimos un trato —le recordó—. Estuvimos de acuerdo en aceptar cada uno los motivos del otro.

—Entiendo...

—Creo que no —la interrumpió—. Hicimos un trato y los dos fijamos lo que íbamos a aportar, y dijimos claramente que no había nada más. Sólo eso; no deberías desear que hubiera nada más.

—Espero que me disculpes si te digo que eras mucho más amable antes de casarnos —le espetó ella, liberándose de un tirón—. Entiendo perfectamente lo que cada uno de nosotros puede esperar del otro, milord, pero no se me ocurrió que fuéramos a ser unos completos extraños.

Al oír eso, Jared soltó un resoplido.

—No lo somos, milady, y lo sabes muy bien. Pero por tu propio bien debo advertirte que no me pidas más de lo que puedo dar. ¿Me entiendes? Puedo darte mi apellido y mi protección, y extender esa protección a tu familia, todo a cambio de que me proporciones un hijo. Ése fue nuestro acuerdo tácito, y es lo único que puedo entregarte.

Ava abrió sus verdes ojos. Parpadeó a causa de la ira o del dolor, o quizá de ambas cosas a la vez. Pero antes de que pudiera empezar a discutir, él se levantó, rodeó la mesa, le puso las manos en los hombros y se inclinó para darle un beso en la mejilla.

—Que duermas bien, esposa —se despidió, y salió del comedor.

19

Ava se levantó justo después de amanecer. Tras pasar otra noche en vela, se asomó llena de tristeza a la ventana; lo cual le dio la oportunidad de ver a su marido montado en su caballo marrón, mientras salía el sol, cabalgando a una velocidad imprudente.

Se arrebujó en el salto de cama, viéndolo desaparecer por el sendero. Cuando lo perdió de vista, volvió a la cama y se arrojó en ella. Nunca se había sentido tan perdida, ni siquiera cuando falleció su madre, ni cuando Greer se fue. No, nada la había preparado ni avisado de la soledad del matrimonio. Tenía la sensación de estar vagando sin rumbo, intentando encontrar la dirección correcta.

Estaba segura de que no era eso lo que habían acordado. No era lo que esperaba ni lo que quería, ni tampoco creía poder soportarlo.

Tenía que reconocer que ella había aceptado vivir una vida al margen de la de su marido, excepto en lo relativo a producir hijos, evidentemente, y exceptuando también las fabulosas fiestas que había soñado celebrar; pero nunca se había imaginado que cambiaría de idea después de la noche de bodas.

Su madre se había olvidado de advertirla sobre las fuertes emociones que le iba a provocar tener relaciones con un hombre tan atractivo y apasionado como Jared. Nunca sospechó que fuera a sentir tanta ternura hacia él, que quisiera verlo, tocarlo y disfrutar del calor de su sonrisa; que eso fuera a convertirse en una necesidad para ella.

Ésa no era la vida carente de preocupaciones que su madre predijo. No era agradable ni conveniente. De hecho, era bastante dolorosa. Ava se sentía estúpida; como una prostituta que hubiera renunciado a la felicidad a cambio de riqueza y posición social sin pensárselo dos veces, como una idiota.

Y lo peor era que no sabía qué hacer ni tenía a nadie que la aconsejara. No podía confiar en la señora Hillier, no sólo no la conocía, sino que, además, el ama de llaves quería a Middleton como si fuera un hijo. No tenía con quién desahogarse.

—De acuerdo —dijo sin dirigirse a nadie en especial—, entonces tendrás que intentar encontrar una solución por ti misma, lady Middleton.

Al oír su nuevo nombre frunció el cejo. Cuando Jared lo decía, parecía desagradable, como si en vez de su esposa fuera su amante, o incluso alguien menos importante.

Tanta depresión la tenía inquieta. Nunca había sido de las que se deprimían, y decidió que no iba a empezar entonces. Necesitaba dar un paseo.

Un corto paseo que la ayudara a pensar.

Se encaminó al vestidor, donde su ropa estaba doblada y guardada por unos criados tan eficientes que la verdad es que empezaba a creer que si hacía algo por sí misma, el servicio se ofendería mucho. Después de revisar los pocos vestidos que había traído, encontró uno de mañana.

Durante su solitario desayuno, le preguntó a Dawson si podía indicarle algún sitio para pasear.

Él pareció sorprenderse por la pregunta.

—Hay varios senderos, milady, pero los jardines son mucho más agradables.

—Gracias, pero prefiero dar un buen paseo al aire libre bajo el sol.

Dawson frunció un poco el cejo.

—No creo que su señoría desee que vaya usted sola, milady. ¿No puede esperar a que vuelva?

La sola mención de la ausencia de Jared irritó a Ava, que se levantó de golpe, le dirigió al mayordomo una deslumbrante sonrisa y negó con la cabeza.

—Creo que no, porque puede que él esté ausente algún tiempo, incluso días. Y a mí me apetece pasear hoy.

Dawson se apresuró a seguirla para indicarle el camino, suplicándole que no fuera sola. Pero Ava se colocó el sombrero en la cabeza y preguntó:

—¿Qué peligro puede haber, Dawson? ¿Vacas? —Se rió de su propio chiste.

—No hay nada a lo que deba tener miedo, lady Middleton, pero podría usted torcerse un tobillo.

Ava le indicó al lacayo que le abriera la puerta.

—Le aseguro que soy muy capaz de andar y, la verdad, creo que lo hago bastante bien. No me pasará nada. ¿Hay algún pueblo cerca o algo similar?

—¡Milady! —exclamó Dawson escandalizado—. No es posible que esté pensando en ir hasta Broderick.

—¿No? —preguntó ella con ligereza, mientras se enfundaba los guantes—. ¿Qué distancia puede haber? ¿Cuatro o cinco kilómetros? Estaré de regreso por la tarde. ¡No se precupe tanto, Dawson! —Le acarició el brazo—. Le aseguro que estaré muy bien. Bueno, ¿hacia dónde queda el camino, hacia el este o hacia el oeste?

Dawson arrugó la frente y le indicó la dirección de mala gana.

Ava salió a buen paso, con la esperanza de que un poco de ejercicio la ayudara, y, en caso de que no fuera así, Sally Pierce llegaría, procedente de Londres, al cabo de dos días. Al menos tendría a alguien con quien hablar. La verdad era que probablemente no iba a estar de acuerdo con nada de lo que le dijera la criada, pero al menos sería mejor que la tranquilidad que la rodeaba en esos momentos.

De hecho, todo estaba tan calmado y el aire tan quieto, que oyó el chasquido de una ramita al romperse a su espalda. Volvió a oírlo dos veces más. Al ser la mayor de tres chicas, sabía reconocer las señales de que alguien la estaba siguiendo. Sospechó de inmediato de Dawson y puso los ojos en blanco. Aprovechó un recodo del camino para esconderse detrás de un árbol, contuvo el aliento y esperó.

Tan sólo habían transcurrido unos segundos cuando apareció un lacayo, caminando con torpeza por culpa de los zapatos que calzaba, nada adecuados para recorrer senderos forestales.

—Estoy aquí —soltó Ava.

El pobre hombre soltó un grito y se llevó una mano al corazón.

—Le pido disculpas, milady —dijo mientras recuperaba el aliento—. No la había visto.

—Eso es evidente —observó ella saliendo de detrás del árbol y colocándose frente a él con los brazos en jarras—. ¿Por qué me estás siguiendo?

El hombre enrojeció y apartó la mirada.

—El señor Dawson me lo ordenó.

—¿También te dijo que te aseguraras de que no hubiera raíces ni obstáculos con los que pudiera tropezar y torcerme el tobillo?

Él asintió avergonzado.

—Eso y ladrones —refunfuñó.

—Humm —dijo Ava cruzándose de brazos y tamborileando con los dedos contra su codo mientras meditaba—. ¿Hay ladrones en este bosque?

—No que yo sepa —respondió él con un comprensible estremecimiento.

—Eso me parecía —suspiró Ava—. Bueno, ¿cómo te llamas?

—Robert, milady.

—De acuerdo, Robert, si tienes que venir conmigo, al menos ponte a mi lado, no soporto que me sigas.

—Sí, milady —accedió él poniéndose a su lado y andando con cuidado mientras Ava avanzaba con facilidad por el bosque.

Sólo habían caminado un poco cuando los sorprendió la voz de un niño.

—¡Alto! ¿Quién se atreve a cruzar por el bosque del marqués?

Ava se detuvo y levantó la mirada en dirección al sonido de la voz infantil.

Escondido en un roble, había un muchacho apuntándolos con un arco de juguete y una flecha. Era el mismo que había visto en la boda, el que se había quedado mirándola mientras los demás se apresuraban a coger las monedas que les había tirado Middleton. Se fijó en que iba bien vestido, con la ropa limpia y de su medida. Pensó que debía de ser el hijo de alguien con recursos, un clérigo o quizá un abogado.

—Perdón, milady —se disculpó Robert—. Es un pequeño granuja. Me ocuparé de él.

El chico lo apuntó de inmediato con la flecha.

—¿Tienen permiso de su señoría para cruzar por estas tierras? —preguntó con autoridad.

—¡Baja de ese árbol mocoso! ¿Acaso no conoces a la marquesa?

—Claro que sí —respondió el niño—. Vi cómo se casaba, igual que usted.

—¿Y no se te ha ocurrido que si es la marquesa tiene permiso de su señoría para pasar por aquí?

El crío pareció meditar la pregunta durante un segundo, luego se encogió de hombros y bajó del árbol de un salto. Una vez en el suelo, Ava vio que parecía contar siete u ocho años. Tenía una espesa mata de pelo negro y ojos color avellana con los que miraba a Ava con atención.

—Es usted más guapa vista de cerca —declaró.

El lacayo le propinó una colleja.

—Piensa con quién estás hablando —le regañó.

Ava se rió y le acarició la cabeza.

—Gracias, amable caballero —dijo fingiendo hacer una reverencia—. ¿Tenéis nombre?

—Edmond Foote, milady.

—Creo que es el hijo del guardabosques, milady —la informó Robert.

El niño parecía ir demasiado bien vestido para ser el hijo del guardabosques. Volvió a sonreírle, era un niño robusto y algún día sería tan alto y fuerte como Middleton.

—Sir Foote, vamos a Broderick. ¿Os gustaría uniros a nosotros? —preguntó Ava.

Él la miró y negó con la cabeza.

—No me dejan ir a Broderick.

—¿No?

Él movió la cabeza de un lado a otro.

—Lo siento mucho. Nos gustaría haber contado con vuestra protección. Si nos lo permitís, continuaremos nuestro camino.

—Os permito pasar —concedió, magnánimo, apartándose para hacer una profunda reverencia.

Ava se rió y se alejó con Robert, el cual miró al niño con enfado.

Cuando llegaron al pueblecito de Broderick, Ava ya sabía que Robert era un huérfano contratado por Middleton siendo todavía un muchacho, y que tenía en muy alta estima a Charlotte, una de las ayudantes de cocina. Ella le dijo que si quería casarse con la muchacha, tenía que hacerlo por amor, y no por conveniencia o porque se viera obligado a hacerlo.

—¿Por conveniencia, milady? No sabía que existieran ese tipo de matrimonios.

—A eso me refería —dijo ella dándole un golpecito en el brazo—. Al final, resulta que no es tan conveniente.

—Sí, milady —repuso él inclinando la cabeza, aunque seguía pareciendo bastante confuso.

Una vez en Broderick, Ava entró en la tienda de tejidos y estuvo hablando con el dueño, quien se mostró impaciente por ir a Broderick Abbey a principios de la semana siguiente para enseñarle unas telas para su salita, que a ella le parecía fría, húmeda y demasiado sombría. Decidió que podía encargar los materiales. Después de todo, lo más probable era que estuviera sola, y Jared le había prometido proporcionarle todo lo que necesitara.

Se entretuvo admirando los caramelos del escaparate de una confitería, pero cuando el propietario le preguntó si quería que le envolviera unos cuantos, negó con la cabeza.

—Me temo que no llevo dinero, señor.

El hombre miró a Robert, quien avanzó un paso y le dijo algo al oído, después de lo cual el dueño empezó a envolver los caramelos. Cuando Ava protestó, movió la cabeza de un lado a otro y dijo con firmeza:

—Lo siento, milady, pero debo insistir.

—Pero...

—Le aseguro que es suficiente con saber quién es su marido —aclaró él con una ancha sonrisa, depositándole un paquete en los brazos.

—Es usted muy amable —se lo agradeció Ava, haciendo

malabarismos con el enorme bulto, hasta que Robert se hizo cargo de él.

Emprendieron el viaje de regreso bajo un luminoso cielo azul, masticando caramelos y riéndose de un hombre al que habían visto peleando con la cabra que llevaba al mercado. Era un día muy agradable, y hubiera terminado muy bien de no ser porque Robert se ofreció, con no poca galantería, a coger agua del río, cayéndose al hacerlo por el terraplén y aterrizando con torpeza y con el pie retorcido en un extraño ángulo respecto a la pierna.

Cuando logró encontrar un lugar para bajar, Ava vio que tenía el tobillo roto.

—Debe usted continuar —dijo Robert con evidente dolor—, Dawson me cortará la cabeza si no está usted de regreso a una hora prudente.

—Tonterías, Robert. No voy a dejarte solo. —Miró hacia arriba y vio que se estaba haciendo tarde—. ¿Vive alguien por aquí cerca que pueda ayudarnos?

—El guardabosques —masculló Robert con los dientes apretados—, pero es nuevo en la abadía y todavía no le conozco.

—¿Dónde puedo encontrarlo?

—En la bifurcación del camino, donde torcimos a la derecha, si lo hubiéramos hecho a la izquierda...

—Sé dónde es —le interrumpió Ava. Se quitó la capa de los hombros y se la echó a Robert por encima—. Lo traeré en seguida, no te preocupes.

Y dicho esto, trepó por el terraplén y deshizo el camino hasta la bifurcación. Encontró la cabaña sin problemas, pero cuando llamó a la puerta, fue el joven Foote quien abrió.

—Señor Foote, volvemos a vernos, pero en esta ocasión la situación es menos agradable —dijo—. ¿Dónde está tu padre?

—Poniendo trampas, milady.

—¿Y tu madre?

—Está en el cielo.

—¡Oh! —Ava elevó la vista hacia arriba. El sol estaba empezando a ocultarse—. Bueno, jovencito, entonces vas a tener que ser tú quien me ayude. Tienes que ir de inmediato a la abadía y decirle al señor Dawson que ha habido un accidente.

Al chico se le iluminaron los ojos.

—¿Qué clase de accidente? —preguntó impaciente, saliendo de la cabaña para mirar a su alrededor con la obvia esperanza de que el percance hubiera ocurrido cerca.

Ava le sujetó con fuerza por el hombro para recuperar su atención.

—Edmond, escúchame atentamente. El lacayo se ha roto el tobillo. Tienes que ir a la casa y traer ayuda.

—Pero es que no me dejan ir allí —confesó el niño con expresión muy preocupada.

¡Santo Dios! ¿Es que no le permitían ir a otro sitio que no fuera el bosque?

—Tienes mi permiso especial —otorgó ella—. Ahora vete corriendo.

Edmond miró preocupado hacia la cabaña que tenía a la espalda.

—Ahora, Edmond. Le diré a tu padre que te he ordenado que fueras.

—Si, milady —obedeció él; y salió corriendo.

—Me encontraré contigo en la bifurcación —gritó Ava a su espalda.

Jared volvió de hacer la ronda entre sus arrendatarios a la hora del té, habiendo decidido que tendría que ser complaciente con su joven esposa hasta que ésta se acostumbrara al trato al que habían llegado. Pero en vez de encontrarla pintando, cosiendo, o lo que fuera que hicieran las mujeres para entretenerse, se encontró a un Dawson frenético.

En todos los años que llevaba con él, nunca lo había visto en ese estado.

—¿Qué sucede? —preguntó Jared.

—Se trata de lady Middleton, milord, se fue al pueblo andando...

—¿Andando?

—Le dije que no lo hiciera, pero insistió. Envié a Robert, el lacayo, para que la escoltara, pero llevan mucho tiempo fuera. Billy acaba de volver del pueblo, pero no ha visto ni rastro de ellos.

Jared estaba al borde del pánico. Nunca podría perdonarse a sí mismo si a Ava le sucedía algo.

Salió rápidamente con la intención de coger su caballo e ir en su busca él mismo, pero se detuvo al ver aparecer a un niño por el sendero. Por supuesto, conocía al chico, lo había visto por sus tierras, pero nunca tan de cerca y eso lo pilló por sorpresa.

El muchacho parecía asustado y retorcía la gorra de lana entre las manos.

—Sé que no debo venir a la casa, milord, pero la marquesa me ha enviado.

—¿Dónde está? —preguntó Jared saliendo de su asombro—. ¿Se encuentra bien?

—Ha habido un accidente —informó el niño haciendo que a Jared le diera un vuelco el corazón.

Sujetó al crío por el hombro y lo sacudió para obligarle a alzar la vista hacia él.

—¿Qué tipo de accidente? ¿Está bien?

—¡Sí! Se trata del lacayo. ¡Se ha roto el tobillo!

Jared lo soltó y se volvió hacia los criados que se habían congregado fuera para enterarse de lo que había pasado.

—Que Billy traiga dos caballos; iré con él a buscarlos.

Uno de los lacayos salió corriendo y Jared se volvió para mirar al niño, observando detenidamente su rostro, sus labios rojos, la inclinación de la nariz, sus ojos... sus ojos.

—Bien hecho, Edmond —dijo en voz baja. La cara del niño se iluminó con una enorme sonrisa desdentada.

Cuando Jared y Billy encontraron a Ava y al lacayo, ya habían sido sacados del riachuelo por el guardabosques. Jared descendió del caballo y ayudó a bajar a Edmond, quien había montado delante de Jared, echado hacia adelante y acariciando las crines del animal durante todo el trayecto. El niño corrió hacia su padre, quien de inmediato lo rodeó protectoramente con un brazo, manteniéndolo a su lado.

—Señor Foote —dijo Jared al reconocer al guardabosques—, su hijo se merece un elogio por haber acudido en ayuda de la marquesa.

El hombre asintió y miró a Robert, quien apretaba los dientes mientras Billy, el capataz de Jared desde hacía mucho tiempo, le revisaba el tobillo.

—Estaba poniendo trampas para los jabalíes —informó Foote—, y me encontré con ellos en la orilla del río.

Jared asintió y tragó saliva.

—Creo que tengo algo más que agradecerle —dijo, pero Foote se encogió de hombros y sujetó con más fuerza a su hijo.

Jared se acercó a Ava. Estaba empezando a oscurecer, pero podía ver su vestido de paseo lleno de barro y los mechones de pelo que se le habían escapado del sombrero. El rostro de Robert estaba tan gris como el cielo en invierno.

Jared no habló. Al parecer no era capaz de pronunciar palabra debido al alivio de haberla encontrado ilesa, o quizá por la ira que sentía porque se hubiera puesto en peligro. Ayudó a Billy a colocar a Robert en la grupa del caballo del primero y luego fue a ayudar a Ava a subir al suyo; pero ella se apartó, se acercó al margen del camino y recogió un paquete en el que él no se había fijado. Volvió con él hasta el caballo y lo metió en el sombrero que le colgaba de la muñeca.

Jared la miró a los ojos y ella esbozó una sonrisa.

—Son caramelos de la confitería. Espero que no te importe.

Todavía incapaz de hablar sin demostrar emoción alguna, Jared negó con la cabeza y la levantó del suelo, depositándola encima del enorme caballo gris en el que había montado.

—Sujétate al pomo de la silla —ordenó.

Ava cambió de posición el paquete e hizo lo que le decía. Jared se subió detrás de ella y la rodeó con los brazos, apoyando la barbilla en su cabeza descubierta.

Puso el caballo al trote. Billy y Robert iban detrás de ellos, a un paso más lento para evitar lo máximo posible el dolor del lacayo.

—Lady Middleton, no debes ir andando hasta Broderick —dijo Jared cuando estuvieron a una buena distancia de Billy.

—Pero...

—Puedes ir en carruaje o a caballo, acompañada por un lacayo. Si no sabes montar, te enseñaré, pero no vayas caminando. ¿Me he expresado con claridad?

—Perfectamente —respondió ella con un hilo de voz.

Él dejó transcurrir unos segundos y luego preguntó con cuidado:

—¿Sabes montar?

Ella tardó en responder, y se frotó la nuca con la mano, como si estuviera meditando la respuesta.

—No —admitió por fin.

—En ese caso, cuando regrese de Marshbridge, me ocuparé de enseñarte.

Ella no dijo nada, pero se dejó caer despacio hacia él, apoyando la cabeza en su hombro y recostando su cálido cuerpo contra su pecho.

Jared soltó una de las manos con que sujetaba las riendas y le rodeó la cintura con el brazo, agarrándola con fuerza.

Aspiró el aroma a rosas de su pelo, percibió la suavidad de su cuerpo y notó una punzada similar a la que había experimentado cuando Dawson le dijo que había desaparecido.

De nuevo se sintió al borde del pánico, pero esta vez era un miedo provocado por algo completamente distinto.

20

Esa noche, Middleton no acudió a las habitaciones de Ava, ni tampoco la invitó a ir a las suyas, pero a la mañana siguiente ella se despertó sobresaltada, y lo vio de pie ante la cama. Lanzó una exclamación y se incorporó con rapidez.

Él se limitó a mirarla sin decir nada; iba vestido para salir y llevaba la capa puesta sobre los hombros. En una de las manos tenía unos guantes con los que se golpeaba la palma de la otra.

Ava se incorporó un poco más, apartándose la trenza del hombro.

—¿Milord?

La miró de arriba abajo, desde la cabeza hasta el bulto que formaban sus pies bajo las mantas.

—¿Has dormido bien?

—Sí —respondió ella insegura.

Él volvió a golpearse la mano con los guantes.

—Me voy a Marshbridge —anunció—. Volveré dentro de uno o dos días.

Ella asintió.

Jared esbozó una sonrisa torcida.

—Te lo voy a decir yo en persona —añadió, sentándose en el borde de la cama. Se inclinó hacia ella mirándola a los ojos—: Milady, no debes ir de paseo a Broderick.

Ava suspiró, puso los ojos en blanco y sonrió.

—Lo sé. Ya me lo has dicho varias veces.

Jared paseó la mirada por su cuerpo una vez más. Levantó una mano, le acarició la desnuda clavícula y luego deslizó los dedos por el escote del camisón hasta la unión de sus pechos. Cuando volvió a mirarla, parecía estar ardiendo. Ava contuvo un estremecimiento. Pareció que él fuese a decir algo pero... apretó los labios, le puso la mano en la mejilla y la besó.

Lo hizo con cuidado e intensidad.

Ava le rodeó la muñeca con los dedos e intentó colocar la otra palma sobre el pecho de Middleton, pero él la detuvo cubriéndole la mano con la suya. Irguiendo la cabeza, se levantó sin decir nada y le acarició el pelo.

—Buenos días —se despidió saliendo del dormitorio con la capa ondeando alrededor de sus tobillos.

Cuando se hubo marchado, Ava se aferró a la almohada, se dejó caer contra el colchón de plumas, y deseó que la amara, aunque fuera sólo un poco.

Ava se sintió vigilada durante todo el día. Fuera donde fuese, Dawson y la señora Hillier parecían estar por los alrededores.

Empezaba a darse cuenta de que el ama de llaves era una mujer de carácter difícil a la que nada le parecía bien. La sermoneaba a todas horas, indicándole las cosas que una marquesa no debía hacer jamás, como por ejemplo ir andando hasta el pueblo. O dar de comer a los pollos. U ordenar su propia habitación. O interesarse por el tobillo del lacayo, el cual, según afirmó, estaba sanando muy bien.

Era como si el espíritu de lady Purnam se hubiera apoderado de la señora Hillier.

Con esa constante vigilancia encima, Ava empezó a sentirse atrapada en el interior de la enorme casa. Broderick Abbey era vieja, estaba llena de corrientes de aire, y tenía bastante humedad, pero lo peor era que carecía de vida. Era como si todos y cada uno de los que allí vivían se dedicara sólo a su trabajo diario.

Salió al exterior después del almuerzo. El día era cálido y luminoso, y se encaminó hacia el lago que había visto el día de su llegada a Broderick Abbey. Recordó que el lago estaba situado cerca de la entrada de la propiedad y, en efecto, dio con él a unos dos kilómetros de distancia de la casa. Se acercó a la orilla aspirando el aire fresco.

Un grupo de cisnes que nadaban enloquecidos en medio del agua captó su atención. El motivo por el que estaban tan nerviosos se encontraba en la orilla izquierda, y era Edmond Foote. Ava levantó una mano para saludarlo y el niño le devolvió el saludo.

Observó que Edmond estaba pescando, y decidió acercarse a ver lo que había atrapado. Bordeó el lago y llegó hasta él.

—¿Ha habido suerte? —preguntó aproximándose a la orilla.

—No, milady. Creo que el sedal se ha quedado enganchado con algo —respondió el chico tirando de la caña. Se acercó demasiado al agua, pero Ava lo detuvo en seco, sujetándolo por el hombro.

—A tu padre no le haría ninguna gracia que te metieras en el lago, jovencito. Yo me encargaré de hacerlo —dijo, sentándose en una roca para quitarse las medias y los zapatos.

—No debería meterse en el agua con los pies desnudos, milady. Mi madre decía que el agua fría en los pies podía matarme. ¿No se lo dijo a usted la suya?

Ella se rió mientras enrollaba las medias.

—Mi madre me avisó de muchas cosas, pero de ésa no.

—¿Dónde está su madre? —preguntó el niño, curioso.

—En el cielo, como la tuya.

El niño la miró pensativo.

—¿Y sabe que la han mandado a Broderick Abbey? —lo preguntó como si hubiera llegado allí en contra de sus deseos, pero sonrió y le guiñó un ojo.

—Creo que sí.

—Yo creo que la mía también lo sabe —afirmó él, asintiendo con vigor.

Ava se levantó, se recogió las faldas por encima de las rodillas y se metió en el lago.

El agua era clara pero estaba helada, haciéndola tiritar a cada paso que daba. El sedal se había quedado enganchado en unos escombros y ella pudo soltarlo con un leve tirón, para gran alegría del joven Edmond que tiró de la caña mientras Ava regresaba a la orilla.

—¡Gracias, marquesa! —exclamó, recogiendo su cubo.

—¡Espera! —gritó ella todavía metida en el agua—. ¿Adónde vas?

—¡A casa! —respondió él, y echó a correr.

—Bonita manera de despedirse —masculló ella, hundiéndose en el fango hasta el tobillo al dar un paso. ¡Demonios! Liberó el pie y se apresuró a salir del agua.

—¡Buenos días!

Ava se soltó la falda sin querer debido a la sorpresa, y alzó la vista. En la pendiente del lago, montada a caballo y con un precioso traje de montar, había una mujer que la saludaba con una mano enguantada.

—¡Señor! —susurró Ava mirándose la falda. El dobladillo estaba empapado y tenía manchas marrones.

—¡Buenos días, buenos días! —repitió la mujer mientras obligaba al caballo a bajar la cuesta. Era una belleza de cabello negro y ojos azules; el tipo de mujer, pensó Ava, a la que se podía ver a menudo en los alrededores de Londres.

—Permítame presentarme. Soy lady Kettle. Las tierras de mi difunto marido lindan con las suyas.

—¿Qué tal? —dijo Ava—. Yo soy...

—¡Ya sé quién es! —exclamó la mujer entusiasmada—. Me hubiera presentado de manera adecuada en su boda, pero volví ayer de Escocia.

—Ah —asintió Ava.

El caballo se detuvo justo delante de ella, y lady Kettle le dirigió una sonrisa observando su vestido.

—Discúlpeme —se apresuró a decir Ava—. Estaba ayudando al hijo del guardabosques a liberar el sedal.

—¿A quién? —preguntó lady Kettle, mirando detenidamente alrededor del lago.

—Al hijo del guardabosques —repitió Ava, echando un vistazo por encima de su hombro. Edmond había desaparecido.

—No sabía que el guardabosques tuviera un hijo —comentó lady Kettle pensativa—. Espero que no le haya importado mi intrusión, lady Middleton —añadió, dirigiendo de nuevo la atención hacia Ava—, pero he visto a su atractivo marido esta mañana y me ha animado a venir a conocerla.

Ava se puso una mano encima de los ojos para protegerse del sol, mientras levantaba la vista para mirar a lady Kettle.

—¿Le ha visto esta mañana?

—Ajá, desayunamos juntos —asintió, y al ver la confusa mirada de Ava, movió la muñeca y añadió divertida—: Le conozco desde hace siglos, desde que éramos niños. Solíamos pasar mucho tiempo juntos.

A Ava le seguía costando entender que su marido la hubiese dejado esa mañana para irse a desayunar con lady Kettle. A desayunar con la hermosa lady Kettle.

—¡Se me olvidaba! Traigo algunas medicinas para su lacayo

que me ha dado el médico. Se supone que le aliviaràn un poco el dolor.

—¡Ah! —exclamó Ava, tratando de ocultar su vergüenza—. Le ha contado nuestro accidente.

—Me enteré en Broderick —la corrigió lady Kettle.

—¿Sí?

Lady Kettle se rió de su asombro.

—Somos un pueblo pequeño, lady Middleton. Las noticias viajan con mucha rapidez. Casi tanta como en Londres, supongo.

—Extraordinario —dijo Ava, pensándolo de verdad.

—El pobre Middleton estaba bastante preocupado por usted. «Fue andando todo el camino hasta Broderick» —le imitó.

Ava intentó sonreír, pero algo de lo que había dicho lady Kettle la preocupaba. Puede que fuera el hecho de que su marido hubiera encontrado tiempo para visitarla y desayunar con ella, pudiendo haberlo hecho con su esposa. O tal vez que le hubiera hablado de su preocupación por ella. Fuera lo que fuese, Ava se sintió como una intrusa en aquel lugar.

—Pensaba invitarla a dar un paseo uno de estos días. El tiempo es magnífico y hay muchas cosas bonitas que ver en los alrededores de la abadía.

Por supuesto, lady Kettle debía de saberlo. A Ava en cambio, apenas le permitían acercarse al lago sin escolta.

—¿Le apetecería?

—Sí —respondió Ava, pero entonces recordó que su marido todavía no la había enseñado a montar—. Es decir, cuando mi esposo me enseñe a montar a caballo.

—No podría haber encontrado un profesor mejor. Lo digo por experiencia; fue él quien me enseñó a mí —explicó lady Kettle con una alegre carcajada—, y sigue empeñado en instruirme, aunque ahora ya soy una consumada amazona.

La risa de Ava pareció forzada. Se imaginaba muy bien lo que le había enseñado. Era hermosa y alegre. Y en cuanto a su traje de montar, pensó Ava, era envidiable.

—Bien, entonces la dejo con su pesca, lady Middleton. ¿Puedo volver a visitarla?

—Desde luego.

—Gracias —dijo la otra con una sonrisa—. Estoy impaciente por decirle a Middleton que nos hemos conocido y que me parece usted encantadora.

Ava sonrió, se cruzó de brazos y rezó para que lady Kettle omitiera contarle que la había visto chapoteando en el lago.

—Gracias de nuevo, es usted muy amable.

— Ojalá lleguemos a conocernos.

—Sí, sería maravilloso —convino Ava deseando no haber ido al lago ni haberse quitado las medias y los zapatos.

Hecha un manojo de nervios, se puso ambas cosas y emprendió el camino de regreso a la abadía, donde la visión de un sencillo carruaje negro en el patio la alivió y reanimó de inmediato. ¡Sally!

Cuando Ava llegó al patio, Sally ya había salido del carruaje con bastante desgana, y se estaba estirando con las manos en la espalda.

—Condenado camino —se quejó al tiempo que Ava se detenía ante ella, justo antes de que lo hiciera Dawson. Echó una ojeada al vestido de Ava.

—¿Qué le ha pasado a su vestido, milady?

—Me alegro mucho de verte, Sally —la saludó Ava, rodeando a la doncella con los brazos, para completo asombro de Dawson, a juzgar por su expresión. La soltó y se volvió hacia el mayordomo—. Le presento a mi doncella, la señorita Pierce.

Sally le hizo una reverencia. Dawson la miró, primero a ella y luego a Ava. Y después al bajo del vestido.

—De acuerdo, milady —apuntó como si no supiera muy bien qué decir. Le señaló a un lacayo el equipaje de Sally—. Le enseñaré su habitación.

—Después —se opuso Ava—. Antes me gustaría hablar con ella.

Cogió a Sally del brazo y tiró de ella.

Cuando entraron en la abadía, Sally emitió un silbido por lo bajo.

—Es impresionante, ¿no? —preguntó la doncella con voz cargada de aprensión al tiempo que giraba sobre sí misma.

—Bastante —respondió Ava sujetándola de la mano—. Vamos, ya tendrás tiempo luego de mirar con la boca abierta.

Tiró de Sally hasta la curvada escalera y luego por el largo pasillo hasta sus habitaciones, abrió la puerta, la empujó para que entrara y cerró después.

—¿Mi habitación va a ser parecida a ésta?

—No tengo ni idea —admitió Ava—. No importa. Gracias a Dios que has venido, Sally.

—¿Sí? —preguntó ella mientras deambulaba por la habitación pasando las manos por los muebles—. ¿Qué ha sucedido? ¿Su guapo hombre no ha cumplido con su obligación hacia usted?

El rubor de Ava arrancó una carcajada de Sally mientras se detenía ante el espejo para echarle un vistazo a su pelo.

—¡No puedo creerlo! —exclamó jugueteando con un rizo—. ¿Todavía no ha acudido a su cama?

—¡Sí, desde luego que sí! —aseguró Ava con firmeza, rectificando al instante—. Pero sólo una vez, la primera noche. Luego se fue a Londres. Y cuando volvió dijo que tenía que atender la correspondencia. Y ahora está en Marshbridge para comprar una vaca o algo por el estilo.

Sally dejó de curiosear y la miró por encima del hombro con el cejo fruncido.

—¿Ha abandonado a su mujer para ir a comprar una vaca? ¡Vaya! Hubiera pensado que un marqués tendría a alguien que se ocupara de la compra de sus vacas.

Se estaba yendo por las ramas.

—Sally, me temo que hay un pequeño... problema —explicó Ava.

—¡Ah! —exclamó la doncella. Se deslizó hasta el sofá delante de la chimenea y se dejó caer encima. Unió las manos, juntando las yemas de los dedos, y estudió a Ava, pensativa—. No se pondría usted sentimental, llorando sin parar, ¿verdad?

—¡No! —negó Ava.

—¿Está completamente segura? —insistió Sally, mirando con desconfianza a Ava—. No parece soportar demasiado bien las dificultades.

—No sé a qué te refieres con eso —replicó ella, ofendida—, pero te aseguro que no grité. Más bien... disfruté de ello.

Al decir eso, obtuvo un aullido de risa por parte de la joven.

—¡Juro que nunca había sabido de una mujer a la que le gustara su primera vez en la cama de un hombre!

—¡Chis! —silbó Ava dando un manotazo en el sofá, y se sentó con la cara ardiendo; cosa de la que Sally pareció disfrutar. Entonces, hizo acopio de todo su valor para pedirle ayuda a ésta—. Tú puedes decirme lo que puedo hacer, ¿verdad?

Sally meditó unos segundos y luego asintió.

—Sí, puedo ayudarla, milady. Pero debe hacer exactamente lo que yo le diga. Y no voy a permitir especulaciones sobre dónde he aprendido esto o aquello. ¿De acuerdo?

—De acuerdo —accedió Ava muy seria.

Sally se puso derecha de golpe, luego se echó hacia adelante y cogió las manos de Ava entre las suyas.

—Por encima de todo, nunca debe...

Un golpe en la puerta las sobresaltó a ambas; Sally se puso en pie a toda velocidad, dándole una patada a Ava en el proceso.

Ésta se levantó también de un salto, y se volvió hacia la puerta cuando ésta se abría para dar paso a la señora Hillier, quien miró primero a Ava y luego a Sally.

—¿Milady? —preguntó con un tono que contradecía la desaprobadora expresión de su cara—. Creo que ha llegado su doncella.

—Sí, así es —confirmó Ava—. Le presento a Sally Pierce. Sally, ésta es la señora Hillier, el ama de llaves. —Dio gracias en silencio al ver que Sally hizo la reverencia que tenía que hacer.

—Me alegro de conocerla, señorita Pierce. Ahora, si me acompaña... —La señora Hillier le hizo una seña a Sally para que la siguiera y luego se dispuso a hacer exactamente lo que Ava sospechó que haría: llevar a la doncella a su habitación y presentarla al resto del personal. La muchacha la siguió poniendo los ojos en blanco.

Esa tarde, fue la señora Hillier quien acudió a ayudar a Ava para vestirse para la cena. Cuando preguntó por Sally, el ama de llaves contestó que se estaba instalando y aprendiendo las costumbres de la casa.

—Mañana empezará con sus obligaciones —añadió arrugando un poco la nariz.

—Muy bien —dijo Ava, decepcionada.

—Milady —la señora Hillier se puso las manos en la cintura—, si me lo permite... —La mujer parecía estar muy incómoda.

—¿Sí? —preguntó Ava.

—Una gran dama no debe trabar amistad con su doncella —indicó, elevando un poco la barbilla—. No quiero decir que una gran dama no deba ser amable con su doncella o tratarla mal, pero hacerse amiga suya, en fin, eso no se hace —añadió asintiendo con firmeza—. No es lo que se espera de una mujer que algún día se convertirá en duquesa.

Ese asunto de ser «una gran dama» estaba empezando a fastidiar a Ava de mil maneras, una de las cuales era tener que soportar continuamente los sermones del ama de llaves.

—Gracias señora Hillier —dijo envarada, y le dio la espalda a la mujer hasta que ésta salió de la habitación. La verdad era que aborrecía la pretensión de que los criados eran seres inferiores, indignos de tener su atención o su aprecio.

La verdad era que si la señora Hillier supiera dónde había encontrado Ava a Sally... En fin, eso era algo que nadie tenía por qué llegar a descubrir jamás, de lo contrario, ella y Sally se verían de patitas en la calle.

Por culpa de la rígida visión del mundo que se tenía en aquella triste casa, Ava comió sola en el comedor en vez de hacerlo en sus habitaciones, con Sally. Después de cenar, se entretuvo deambulando por el piso principal; sólo conocía las habitaciones comunes y sentía curiosidad por saber lo que había detrás del montón de puertas cerradas.

Con el candelabro que Dawson le había entregado, fue de cuarto en cuarto abriendo puertas, metiéndose dentro de las habitaciones y observando con atención el lujoso mobiliario, las cortinas de terciopelo y los enormes retratos. Pensó en cambiarlo todo un poco, quizá poniendo unos muebles más cómodos y cuadros de colores alegres.

Pero hasta que llegó a lo que evidentemente era el estudio privado de Middleton no se interesó demasiado. Allí era donde él trabajaba. Entró, cerró la puerta, y, aferrando el candelabro, se paseó por la estancia.

Revisó la colección de libros. La mayor parte parecían relacionados con agricultura y transacciones financieras. Había algunos de ficción, pero nada que le interesara a ella. Y también varios volúmenes de historia, sobre todo de la Marina Real Británica, que le parecieron bastante interesantes.

Al lado del escritorio había una taza de plata, y en una especie de pedestal, una colección de vasos de whisky que parecía muy antigua. Sobre el escritorio, reposaban una pluma de marfil con su tintero y un pisapapeles de cristal con una pequeña moneda de oro incrustada. También había una caja de puros y un pequeño cofre de madera que albergaba gran cantidad de papel de alta calidad. Y en un extremo, una pesada bandeja de plata que contenía el correo.

Había cartas sin abrir en la bandeja que, supuso, Dawson había dejado allí ese mismo día.

Ava se sentó en la silla de cuero de respaldo alto y dejó el candelabro. Extendió las manos sobre el escritorio y se imaginó a Jared sentado ahí, ocupado con varias transacciones importantes de negocios. Sus ojos volvieron a caer sobre el correo, recogió el pequeño montón de cartas y las revisó.

A juzgar por los sellos de lacre, todas eran de negocios. Pero la última era distinta. Tenía una letra de mujer que le resultaba dolorosamente familiar.

«Honorable lord Middleton, Esq.», leyó. Le dio la vuelta despacio y miró el sello. Incrustadas en la cera roja, había tres letras. Una «W» grande en el centro, con una «M» y una «P» más pequeñas a ambos lados de la primera.

Lady Waterstone.

Dejó caer la carta en la bandeja como si fuera venenosa, y apiló las otras cartas encima sin ningún cuidado. Primero lady Kettle, y ahora aquello.

Pensándolo mejor, rebuscó entre el correo, sacó la carta y se la metió en el bolsillo. Era una flagrante violación de la intimidad pero, a fin de cuentas, lady Waterstone había violado la suya.

Se levantó, ordenó un poco el escritorio de Middleton, luego recogió el candelabro y salió con el corazón golpeándole el pecho. No era una ladrona. O por lo menos no lo era hasta esa noche, cuando comprendió que fuera lo que fuese lo que hubiera pensado que era el matrimonio, o lo que ella quería del mismo, nunca podría aceptar a otra mujer en la cama de su marido. En su mesa de desayuno, quizá. Pero ¿en su cama? Jamás.

Ahora tenía que hacérselo entender a él.

A la mañana siguiente, Sally despertó a Ava abriendo las cortinas de golpe y dándole una palmada en la planta del pie que estaba fuera de las sábanas.

—Levántese —ordenó con severidad cuando Ava protestó—. Si duerme demasiado van a pedir mi cabeza. Son condenadamente rígidos en este lugar —añadió poniendo los brazos en jarras mientras Ava intentaba sentarse—. ¡Además de atenderla a usted, esperan que limpie y no sé cuántas cosas más!

—¿Eso quieren? —preguntó Ava con voz somnolienta—. Hablaré con la señora Hillier...

—No se moleste. Seguro que me habrá despedido antes de que acabe el día; esta mañana hemos discutido.

—¡Sally! —exclamó Ava, ya completamente despierta—. ¡La señora Hillier fue la niñera de su señoría! ¡No puedes hacerla enfadar!

La chica movió la cabeza y chasqueó la lengua mientras dejaba caer la bata de Ava sobre su regazo.

—¡No se preocupe tanto! Me portaré bien.

Ava esperó que fuera una promesa. Se puso la bata y se levantó, desperezándose mientras se dirigía al lavabo. Una vez allí, se echó agua en la cara y cogió un cepillo.

—¡Uf! Tiene aspecto de no haber pegado ojo —observó Sally—. Que Dios la ayude si su cama es tan dura como la mía. Es como dormir encima de las rocas del río.

—La cama está bien —refunfuñó Ava—. No se trata de eso.

Sally dejó de hablar de la cama y la miró.

—Entonces, ¿de qué?

Ava suspiró, abrió su escritorio, sacó la carta de lady Waterstone y la sostuvo en alto con dos dedos. Sally atravesó la habitación a toda velocidad para echarle una ojeada.

—¿Qué es lo que pone? —le preguntó a Ava.

—Va dirigida a Middleton. Es el sello de lady Waterstone. —Cuando fue evidente que Sally no sabía de quién se trataba, los ojos de Ava se llenaron de lágrimas—. Todavía es... su amante. ¡Y puede que no sea la única!

—Ooh —dijo Sally, asintiendo con sabiduría—. Vamos, échele una ojeada —añadió indicándole a Ava que la abriera.

—¿Que la lea? ¡No puedo romper el sello de una carta dirigida a él!

—¿Va a compartir a su marido con una puta? —preguntó Sally sin andarse con rodeos.

Ava negó con la cabeza.

—Entonces ábrala —repitió.

Ava cogió la carta, rompió el sello y comenzó a leer.

—En voz alta, por favor —pidió una exasperada Sally.

Ava suspiró.

—«Querido» —leyó, notando que se le revolvía el estómago.

Cerró los ojos hasta que Sally le apretó un poco el brazo. Volvió a mirar la carta y se apartó un poco de la doncella.

—«Querido —repitió—. Me consumo contando las horas que faltan para volver a verte. Cada día se me hace eterno hasta que llega el otro; me conoces lo bastante como para no saber lo desesperada que me siento sin tenerte a mi lado. Lo único que me consuela es soñar con el día en el que la Providencia te vuelva a traer de regreso a Londres. Me he sacrificado por ti, querido, y jamás volveré a ser feliz en este mundo si no puedo estar contigo. Por favor, apresúrate en volver a mí para acabar con mi sufrimiento. Completamente tuya, M.»

Ava arrugó la carta, furiosa. Pero Sally se la arrancó de los dedos y miró lo que estaba escrito en la hoja.

—Muy bien escrita —observó—. Actúa con mucha astucia; sabe cómo halagar el ego de los hombres. Tiene usted que ser tan astuta como ella, milady.

—Pero ¡yo no sé cómo ser astuta! —gimió Ava, dejándose caer en un sofá—. No hay esperanzas, ¿verdad? ¡Voy a perder a mi marido incluso antes de conocerlo!

—¡Por el amor de Dios! —gritó Sally—. ¿Se va a rendir con tanta facilidad? Para eso igual podría entregárselo envuelto con un bonito lazo. ¿No va ni siquiera a intentar conquistarlo?

—No sé cómo —reconoció Ava con aspecto taciturno.

—Yo sí —declaró Sally sentándose al lado de Ava en el sofá—. Bueno, milady... ¿ha oído usted hablar de los harenes?

—¿De qué? —preguntó Ava con cansancio.

—Los harenes —repitió Sally echándose hacia adelante—. Actúan de tal forma que vuelven locos a los hombres —susurró, describiendo con detalles muy gráficos el modo en que se comportaban las mujeres de un harén en presencia de un hombre.

Ava se horrorizó y fue soltando exclamaciones de sorpresa. No quería averiguar cómo había llegado Sally a saber cosas así. Pero estuvo pendiente de cada bendita palabra.

21

Jared volvió a Broderick Abbey al atardecer del día siguiente, tras haber acortado su estancia en Marshbridge sin que él mismo supiera muy bien el motivo.

Preguntó por su esposa, pero Dawson le dijo que estaba ocupada, y que dicho fuera de paso, tampoco estaría disponible para cenar con él, ya que había llegado su doncella y estaba dedicada a algo urgente.

—¿Ocupada? —preguntó Jared con escepticismo—. ¿En qué?

La cara de Dawson se contrajo un poco.

—No lo sé exactamente, milord, pero si debo aventurar una respuesta... junto con la doncella llegaron bastantes baúles.

—Ah —suspiró Jared, asintiendo comprensivo, ya que sabía muy bien el cariño que sienten las mujeres por sus cosas—. Bien, ¿y dijo cuándo podré disfrutar del placer de su compañía? —preguntó, irónico.

—No, milord. Si quiere iré a informarme...

—No, gracias —le cortó Jared con una leve sonrisa—. Lo haré yo mismo.

Se retiró a su estudio y repasó el correo, pero al no encontrar nada importante, se dirigió a sus habitaciones para cambiarse para la cena. Sin embargo, una vez allí, oyó unas apenas perceptibles risas de mujer que surgían del hueco del hogar. Se detuvo a escuchar, pero no oyó nada. Iba a apartarse cuando le llegó el inconfundible sonido de una carcajada.

Suspiró. Al parecer, iba a tener que hablar con ella. Había esperado que Ava se hubiera dado cuenta de la realidad de su matrimonio y que no albergara ilusiones respecto a él, pero no que fuera a Broderick a pie, que se metiera en el lago o que confraternizara con su doncella. Sin embargo, otra explosión de carcajadas despertó su curiosidad. Abandonó de nuevo su dormitorio y recorrió el pasillo hasta llegar a la puerta de las habitaciones de Ava.

Ahí estaba otra vez, dos mujeres riéndose. Sin embargo, cuando llamó a la puerta, las risas se detuvieron de golpe. De hecho, no se oía ni un solo sonido. Frunció el cejo y llamó más fuerte. Entonces oyó un ruido amortiguado y le dio la sensación de que alguien se movía en la habitación.

Estaba a punto de volver a golpear la puerta cuando ésta se abrió tan sólo una rendija.

—¡Ah, buenas noches! Disculpa, estaba descansando —se excusó Ava, cuyos ojos tenían un aspecto que, desde luego, no era de sueño.

—¿Descansabas? —preguntó él, escéptico—. Juraría que he oído risas.

—¿Mías? —inquirió ella parpadeando con inocencia—. ¡Ah, sí! Estaba leyendo un libro muy divertido.

—¿Sí? —inquirió Jared, sabiendo de sobra que estaba mintiendo—. ¿Cómo se titula? A lo mejor lo he leído.

—Dudo que lo hayas hecho —comentó ella, aferrando la puerta con los dedos.

—Puede que sí —insistió él, de buen talante—. ¿Cómo se titula?

—¡Hum! Es curioso —dijo ella, enarcando un poco las cejas— que un libro tan ingenioso tenga un título tan difícil de recordar. —Le dedicó una leve sonrisa—. ¿Has tenido un buen viaje?

Él asintió.

—Me alegro. Espero que me perdones por no estar presente durante la cena, milord. He leído tanto hoy que me duele un poco la cabeza.

—¿Tanto has leído? —preguntó él, sonriendo con ironía—. ¿Y crees que podrás reunirte conmigo más tarde? Hay algo de lo que me gustaría hablar contigo.

—Hum... Bueno, es que había pensado retirarme temprano —respondió ella como si acabara de ocurrírsele la idea—. Es decir... si no te importa.

Él entrecerró los ojos con desconfianza.

—Como desees, lady Middleton —contestó, inclinando la cabeza—. Quizá mañana podamos empezar con las lecciones de equitación. Suponiendo, claro, que te hayas repuesto del dolor de cabeza.

—Sí —contestó ella con los ojos brillantes—. Bueno... según cómo me encuentre.

—Naturalmente.

—Bien. De acuerdo entonces. Buenas noches, milord. —Sonrió y cerró la puerta.

Jared se dio cuenta de que estaba sorprendido y decepcionado a partes iguales.

Permaneció allí unos segundos, atento por si volvían las risas, pero no oyó nada. Se encogió de hombros y regresó a sus habitaciones; sin embargo, cuando llegó a ellas, oyó una carcajada procedente del dormitorio de Ava y meneó la cabeza.

Cenó solo en el comedor pequeño. Mientras comía, vio pasar a un lacayo con una bandeja grande que contenía dos bandejas de plata cubiertas con una tapa.

—¿Adónde va? —le preguntó a Dawson.

—A la habitación de milady, su señoría. Va a cenar en sus habitaciones con su doncella.

Y eso que tenía dolor de cabeza y quería retirarse temprano, pensó Jared. Al parecer, él había sido relegado a cenar solo en el comedor. Desde que podía recordar, su padre cenaba separado de su madre a menos que hubiera invitados. Eso le molestaba. Le fastidiaba que su esposa lo evitara de manera tan obvia. Fuera cual fuese su arreglo, no tenía ningún motivo para evitarle.

Terminó de comer y salió fuera para fumarse un cigarro. Le gustaba la sensación de frío en la cara y se acercó al extremo de la terraza que estaba justo encima del riachuelo que desembocaba en el lago. Pero cuando regresó a la abadía, notó un movimiento en el extremo opuesto del ala donde estaban situadas las habitaciones principales. Se detuvo y alzó la vista hacia la ventana de Ava. Vio en ella el brillo de un fuego y la luz de una vela, pero lo que atrajo su atención fue una sombra que parecía bailar en la pared.

Entrecerró los ojos. No sólo lo estaba evitando, sino que, al parecer, se lo estaba pasando en grande sin él.

El sentimiento de decepción lo sorprendía y confundía. Así era, precisamente, como deseaba que fueran las cosas; el hecho de sentirse decepcionado le parecía ridículo e hipócrita.

Se encogió de hombros y volvió adentro, bebió un poco de brandy, leyó durante un rato, y, a falta de quince minutos para la medianoche, decidió irse a dormir.

Se acercó a la magnífica escalera y tomó el largo pasillo hasta sus habitaciones, desatándose por el camino el pañuelo del cuello y desabrochándose el chaleco. Cuando pasó por delante del dormitorio de Ava, hizo una breve pausa y, al no oír nada, continuó andando.

Una vez en su habitación, apenas se había quitado la levita y el chaleco, dejado el pañuelo y sacado la camisa del pantalón, cuando sonó un golpe en la puerta. Suspiró con cansancio; Dawson era un mayordomo demasiado atento, tanto, que a veces era molesto. Seguro que estaba al borde de la apoplejía por el hecho de que Jared se hubiera retirado antes de que él pudiese ofrecer su ayuda.

Se acercó a la puerta descalzo, la abrió y se quedó totalmente sorprendido.

Quien llamaba no era Dawson sino Ava, que estaba en el umbral con una vaporosa bata y sosteniendo un echarpe asimismo de seda roja. Pero lo que más le llamó la atención no fue la provocativa bata, sino sus ojos. Sus verdes iris brillaban, y era una visión impresionante.

—Después de todo, te has dignado visitarme, lady Middleton.

Ella rió por lo bajo y avanzó de repente, empujándolo por el pecho y obligándolo a echarse hacia atrás. Cruzó el umbral de la puerta tras él y cerró rápidamente después, se apoyó contra la puerta y estiró los brazos poniendo las manos en el marco, con el echarpe colgando entre los dedos.

—En efecto, pero bajo mis condiciones.

—¿Sí? —preguntó él dejando vagar los ojos por sus curvas—. ¿Te he dado permiso para decidir cuáles son nuestras condiciones?

Ella sonrió, levantó un brazo y lo torció un poco para que él pudiera ver las pulseras de oro que llevaba.

—¿Necesito tu permiso?

Él no supo muy bien qué contestar. No tenía ni idea de lo que pasaba por su mente en ese instante.

—¿Por qué no te has reunido conmigo para cenar? —preguntó.

Ava enarcó una ceja.

—¿Me has echado de menos?

—Eso no viene al caso —replicó él con brusquedad.

—¿No? —preguntó ella en voz baja, apartándose de la puerta. Una de sus esculturales piernas asomó por debajo de la bata. Un destello dorado en su tobillo llamó la atención de él.

—¿Qué...?

Ella le tapó la boca con la mano, con atrevimiento, y sonrió de manera seductora.

—¿Ahora quién de los dos es el infeliz? —susurró, empujándolo hacia atrás.

Jared retrocedió hasta que sus piernas chocaron contra la silla que había frente al hogar. Ava estiró los brazos, los colocó sobre sus hombros y lo empujó hacia abajo. Él se sentó con las piernas extendidas, mirándola con cautela y muy excitado.

Ella no dijo nada, pero empezó a moverse mientras continuaba sonriéndole de manera seductora. Al principio, parecían unos movimientos extraños, como si estuviera bailando al son de una música que sólo ella fuera capaz de oír, pasándole el echarpe de seda por encima y siguiendo el mismo camino con los dedos; pero la mente y los ojos de él pronto se interesaron por otras partes deliciosas de su cuerpo, que seguía moviéndose con sensualidad. Jared nunca había visto un baile como aquél. Ella movía las caderas, se cubría el brazo con la seda, luego lo liberaba y le cubría a él mientras sus caderas se movían hacia adelante y hacia atrás.

Cuando ella se concentró en las curvas de su cuerpo, usando las manos para acariciarse de manera sugerente, él se encendió. Ava giró a su alrededor, elevando las manos al cielo y contoneando el trasero; volvió a rodearlo, se inclinó sobre él y le acarició la mejilla con una mano mientras la seda lo rozaba; luego se volvió a levantar, se dio la vuelta y la verdad es que lo volvió loco.

Aquella mujer inocente, cuya virginidad había arrebatado, le estaba haciendo morirse de ansia por ella. Estaba seducido por completo y no podía apartar los ojos de ella. Pero cuando quería atraparla, ella siempre se apartaba.

—Ava —pronunció, sorprendido por el tono ronco de su

voz; sus manos, su piel, temblaban de las ganas que tenía de tocarla.

Pero ella se rió de su deseo, dando vueltas en un torbellino de seda roja, piel y pelo rubio como la miel, antes de caer de repente de rodillas entre sus piernas.

—Jared —dijo, con los pechos elevándose al ritmo de su jadeante respiración. Se inclinó hacia adelante, despacio, y presionó los labios sobre su pecho, en la piel que asomaba por la apertura de la camisa.

Fue como si lo hubiera quemado, y se quedó inmovilizado por la sensación de sus húmedos labios. Le puso las manos en la cara, intentó atraerla hacia sí, pero Ava le sujetó los brazos, se los apartó y volvió a besarlo en el mismo lugar, acariciándolo con la punta de la lengua mientras deslizaba las manos por debajo de la camisa y las movía, ligeras como plumas, por el torso de él hasta llegar a sus pezones.

A Jared se le aceleró el pulso, acompañando el ritmo de los latidos de su corazón. Cerró los ojos, echó la cabeza hacia atrás y disfrutó de la etérea caricia de una mano de mujer sobre su cuerpo. Las manos de ella volvieron a descender, deslizándose sobre su piel hasta las caderas y pasando con suavidad por encima de su erección. Una vez allí, se detuvo y le acarició por encima de la tela de los pantalones.

Jared contuvo el aliento; levantó la cabeza y le sujetó los brazos.

—Ven aquí —gruñó, rodeándole la cara con las manos.

Ella negó con la cabeza.

—Permíteme hacerlo —dijo Ava usando las mismas palabras que él había dicho la primera noche que hicieron el amor, mientras le rodeaba con una mano—. Soy tu esposa y me lo vas a permitir.

Maldición, estaba dispuesto a concederle el sol, la luna, las estrellas y cualquier otra cosa que ella pudiera desear. Se rindió con un gemido, desplomándose sobre la silla, con el cuerpo en llamas. Ava abandonó el echarpe de seda y, utilizando ambas manos, lo liberó del cinturón y le abrió el pantalón, que apenas podía contener la prueba de su pasión. No se inmutó cuando su virilidad quedó libre; cogió aire, se agachó y rodeó el extremo con los labios.

La sangre de Jared se convirtió en fuego líquido. Agarró la cabeza de Ava e intentó levantársela, pero ella estaba decidida y le sujetó las caderas, para introducirse a continuación toda la longitud de su virilidad en la boca.

El rápido movimiento de su lengua fue más de lo que Jared podía soportar, se sentó de golpe, le sujetó la cara entre las manos y la obligó a levantar la vista. Sus ojos tenían una expresión ardiente y sensual. La cogió por debajo de los brazos y la depositó sobre su regazo con soltura. A ella se le abrió la bata, dejando expuestos sus pechos, de los que él se apoderó con impaciencia con la boca al tiempo que con la mano buscaba la unión de sus piernas.

La encontró caliente, húmeda e hinchada. La oyó contener el aliento y supo que habían cambiado las tornas. Ahora era él quien tenía el control. La sujetó firmemente por las caderas y la acercó a su miembro. Ava, su hermosa y sensual esposa, empezó a jadear. Él se movió, colocándola bien y alzó la vista hacia su rostro. Estaba encendido por la excitación y le brillaban los ojos. Se deslizó despacio dentro de ella.

Ava cerró los ojos, echó la cabeza hacia atrás mientras se dejaba caer sobre él, que temía abrumarla con la violencia de su pasión. Pero cuando Ava levantó la cabeza y le sonrió, comenzó a moverse con más confianza.

Ella le imitó, con torpeza al principio, pero pronto empezó a seguir el ritmo. Las manos de él buscaron sus pechos, su boca su piel y, cuando se dio cuenta de que no podía llegar a ella, le rodeó la cintura con un brazo, se levantó y la tumbó en la alfombra que había a sus pies. Ava lo rodeó con las piernas y él se introdujo más en su interior y con más fuerza; colocó la mano entre los cuerpos de ambos y empezó a acariciarla hasta llevarla al mismo final explosivo que iba creciendo en él.

Ella se arqueó debajo de él, moviéndose hasta llegar al clímax con un largo y sordo grito. Se aferró a Jared clavándole las uñas en la piel y con la boca encima de su hombro. Él se movió dentro de ella, sintiendo que se acercaba su propia liberación y, con un estremecimiento, derramó su simiente en ella.

Pasaron unos minutos hasta que dejaron de jadear. Cuando por fin Jared recuperó la conciencia, pensó que le estaba haciendo daño y se movió aguantándose con los brazos.

—No te muevas —murmuró mientras la besaba en la mejilla—. Voy a buscarte una bata limpia.

—Humm —respondió Ava, estirando los brazos por encima de la cabeza y obsequiándolo con una satisfecha sonrisa felina. Jared la besó en los labios, se levantó, se subió los pantalones y se dirigió a su vestidor para buscar una bata.

Pero cuando regresó a la habitación, Ava estaba de pie, cubierta de nuevo con su bata y con el echarpe de seda roja.

Él sonrió.

—¿Eso quiere decir que vas a bailar otra vez? —preguntó, ofreciéndole la bata—. Porque si es así, es posible que me mates.

Ella esbozó una sonrisa de medio lado, se acercó a él, se puso de puntillas y le besó en los labios.

—Buenas noches, milord.

Jared deslizó el brazo por su espalda y le devolvió el beso con un poco más de ardor.

—¿Estás cansada?

Ella sonrió.

—Que duermas bien —susurró, saliendo del círculo de sus brazos.

Eso lo confundió. Pensó que quizá ella iba a acostarse en su cama, sin embargo, por el contrario, se dirigió a la puerta.

—¡Espera! —exclamó confuso, antes de que abriera—. ¿Adónde vas?

—A mi dormitorio —respondió con una luminosa sonrisa, abriendo la puerta—. Buenas noches.

Jared permaneció allí, de pie, desconcertado mientras Ava desaparecía; con el cuerpo y el cerebro todavía entumecidos por su encuentro amoroso, sosteniendo una bata e intentando entender lo que acababa de pasar.

Cuando Ava entró en su dormitorio, se acercó a la chimenea y se abrazó a sí misma con fuerza. No quería dejarle. Tenía muchas ganas de quedarse y creía que él también quería que se quedara. Pero le había dado a Sally su palabra.

—Debe confiar en mí, milady —había dicho Sally con firmeza—. Si se entrega y parece impaciente por hacerlo, él la poseerá pero pensará en la otra. Si sólo se entrega cuando le apetezca a usted, la deseará incluso más. Hágame caso, la deseará con tanta desesperación que lo devorará la necesidad.

Sonaba muy bien, pero aun así, Ava se preguntaba cómo podía estar Sally tan segura.

La muchacha se había reído y la había llamado ingenua.

—Hágame caso, lady Ava —le dijo—. Si presta atención a mis consejos, su esposo acudirá a usted. No a la puta de Londres.

Eso esperaba Ava, ya que después de esa noche, sólo quería estar entre los brazos de Jared.

22

Al día siguiente, Jared tenía un apetito voraz y mientras desayunaba a solas, volvió a revivir con la imaginación los acontecimientos de la noche anterior. Cuando terminó, ya tenía la yegua ensillada y se fue a cabalgar, obligando al joven animal a ir cada vez más rápido, haciéndola saltar con imprudencia por encima de ríos y vallas, intentando deshacerse de los extraños y persistentes sentimientos que albergaba su corazón. Era una incómoda sensación que parecía crecer día tras día, casi como si hubiera algo demasiado grande dentro de su cuerpo.

Cuando la yegua estuvo agotada, la condujo despacio de regreso a la abadía. Mientras se acercaba a las ruinas del antiguo castillo, vio al hijo del guardabosques de pie sobre un montón de rocas, con una espada de madera en alto. Lo veía a menudo en ese mismo lugar, pero siempre pasaba de largo. Ese día, sin embargo, hizo que la yegua subiera la colina al trote.

Cuando se acercó a las ruinas, el chico se bajó de un salto del montón de escombros con expresión cautelosa. Jared desmontó, ató al caballo y se acercó. Mientras subía a lo que en tiempos fue el piso principal del castillo, detrás de una solitaria pared que aún permanecía en pie, vio un tazón de hojalata, otra espada de madera, una vieja manta de montar muy bien doblada para formar una estera, y un paño doblado y atado que sin duda contenía pan y queso.

Se le encogió el corazón al pensar que ése era el mismo lugar donde él solía jugar cuando era niño. Había pasado innumerables horas allí, siendo el dueño de todo lo que veía. Cuando su institutriz iba a buscarle a últimas horas de la tarde, volvía a la abadía de la que, más o menos con la misma edad que aquel crío, era el amo antes de saber siquiera lo que eso significaba.

—El rey del castillo, ¿no? —adivinó dirigiéndose al niño que estaba en medio de lo que quedaba del suelo de la edificación.

—Papá me dijo que usted me había dado permiso, milord —se defendió Edmond con aspecto de haber sido sorprendido haciendo algo que no debía.

Jared sonrió.

—Lo tienes, muchacho. Tan sólo siento curiosidad por lo que estás haciendo. —Observó al niño y estudió su rostro—. Cuando tenía tu edad, yo venía a menudo a jugar aquí. —Miró los escombros que tenía alrededor—. Me aburría jugar solo, pero una vez obligué a un lacayo a que me acompañara para tener a alguien a quien matar.

Edmond parpadeó.

—Yo no tengo lacayos, señor.

—No —dijo Jared, perdiendo la sonrisa—, supongo que no.

—Pero no me importa estar solo —afirmó el pequeño, arrastrando la espada por el suelo, absorto—. Así siempre soy el rey. Algún día iré a Londres y tendré lacayos.

Jared sonrió y le puso una mano en la cabeza.

—Estoy seguro de que los tendrás.

Quería decir algo más, preguntarle cómo había llegado a Broderick Abbey y si ayudaba a su padre en su trabajo. Pero Edmond había encontrado algo en el suelo que lo tenía fascinado; estaba clavando la espada en ese punto, y Jared se percató de que no tenía ni idea de cómo hablarle a un niño. Se sintió inepto e incapaz de encontrar las palabras adecuadas.

—Continúa, pues —dijo, dando media vuelta y volviendo a donde había dejado la yegua. Lanzó una última mirada a Edmond, pero la atención de éste estaba ya en otra parte.

Una vez en la abadía, buscó a Ava y la encontró en el salón azul. Estaba leyendo una carta con la cabeza inclinada sobre el escritorio y con los ojos entornados.

—Buenos días —la saludó.

Ella se incorporó, recogió rápidamente la carta que estaba leyendo y la dobló.

—¿Qué estabas leyendo? —preguntó él sin interés mientras entraba en el cuarto, mirándola a la cara.

Ava parpadeó y se metió la carta en el bolsillo.

—Nada, milord. Tan sólo unas cartas viejas —respondió, mirándolo con expectación.

Él la besó en la mejilla.

—No estabas en el desayuno.

—¡Ah! ¿Hoy has desayunado aquí? —inquirió ella con tono ligero—. Pensaba que, a lo mejor, habías ido a desayunar con lady Kettle.

De modo que Verónica había ido a visitarla como él le había sugerido.

—Hoy no —respondió con una sonrisa—. He comido completamente solo. Otra vez.

—¡Hum! —dijo ella apartando la vista.

—Creo que hace un día perfecto para aprender a montar, milady.

Ella miró por la ventana y se encogió de hombros con despreocupación.

—Pensaba escribir algunas cartas. Hace días que no le escribo a Phoebe. Debe de estar impaciente por saber cómo me van las cosas —explicó mirándolo de reojo—. Y tengo muchas cosas que contarle.

En nombre de Dios, ¿qué rayos le pasaba?

—Las cartas pueden esperar.

—De acuerdo —accedió ella con una repentina y radiante sonrisa, levantándose de golpe—. Supongo que puedo dedicarte una hora más o menos.

¿Dedicarle? Lo dejaba plantado la noche anterior y ahora actuaba como si prefiriera escribir unas aburridas cartas antes que pasar el rato en su compañía. ¿Qué demonios estaba tramando? Su experiencia con las mujeres no era ésa; por lo general, estaban deseando pasar el tiempo con él.

—Muy amable por tu parte —ironizó arrastrando las palabras—. Gracias.

Ava comenzó a dirigirse hacia la puerta con decisión.

—¿Nos vemos en el vestíbulo? —preguntó cuando ya se iba.

Jared la vio irse, se llevó una mano a la nuca e intentó entender el funcionamiento del cerebro de las mujeres en determinados momentos.

Por suerte, cuando Ava entró en tromba por la puerta de su dormitorio, con el pulso acelerado, Sally estaba allí limpiando.

Aunque la doncella, furiosa, no pareció percatarse de su apuro.

—Su señora Hillier es bastante dictatorial —estalló al entrar Ava en la habitación—. ¡Esta mañana ha tenido el descaro de despertarme y exigir que limpiara su vestidor! ¡A las siete de la maldita mañana! No es nada amable.

—¡Insiste en enseñarme a montar a caballo! —exclamó Ava haciendo caso omiso de las protestas de Sally.

La doncella soltó la almohada que estaba mullendo y se cruzó de brazos.

—¿Y qué le ha contestado? —preguntó severa.

—Le he dicho: «Bueno, milord, tengo que escribir algunas cartas, pero supongo que podré dedicarle una hora más o menos».

—¡Brillante! —gritó Sally—. Muy bien hecho. Ahora vaya y sea todo lo cautivadora que pueda. Sonría mucho, tóquele mucho y diga palabras bonitas.

—¿Palabras bonitas? —repitió Ava—. ¿A qué te refieres con eso?

—¡Señor, dame paciencia! —murmuró Sally mirando al techo, para luego volver a mirarla a ella—. Quiero decir que debería usted coquetear, milady. Bromee con él y asegúrese de que se siente como un rey. Las mujeres tienen que halagar siempre el ego de los hombres, porque ésa es su mayor debilidad.

—Halagar su ego —repitió Ava mientras se apresuraba a ir al vestidor para ponerse el traje de montar verde oscuro.

—Inténtelo y no se olvide —indicó Sally, interponiéndose entre Ava y la puerta cuando esta última se hubo cambiado y se disponía a salir—, está pescando un pez enorme. Es más grande y fuerte que usted, de modo que debe recoger el sedal con cuidado y de manera uniforme, porque si afloja o intenta recogerlo con demasiada rapidez, lo perderá.

—Te encanta utilizar metáforas al hablar ¿verdad? —le dijo Ava agarrando la mano de Sally y apretándosela.

—¿Utilizar qué? —preguntó Sally ofendida.

Ava volvió a oprimirle la mano.

—No importa. Tengo que irme —respondió esquivándola.

—¡Maldita sea! ¿Ha escuchado algo de lo que le he dicho? —le espetó Sally a su espalda—. ¡No debe parecer demasiado impaciente!

Ava anduvo despacio hasta que estuvo fuera de la vista de Sally; pero en cuanto estuvo libre de ella, se apresuró a recorrer el pasillo hasta la magnífica escalera, volviendo a frenarse cuando se acercaba al vestíbulo.

Bajó con cuidado los escalones, con una postura erguida, tal como solía hacer cuando, junto a Phoebe y Greer, practicaban andando con libros sobre la cabeza, preparándose para el día en que serían reinas. Nunca terminaron de resolver los detalles de la forma en que llegarían a ocupar ese puesto, pero desde luego, cuando el momento llegara, estarían preparadas para recibir el manto real.

Cuando llegó al último escalón, Middleton apareció por el pasillo de la derecha. Tenía un aspecto imponente con la chaqueta de equitación, en especial cuando la miraba tan absorto como entonces.

—Aquí estás —dijo él en voz baja.

—Sí. Aquí estoy.

—¿Preparada? —preguntó, ofreciéndole la mano.

Ava la aceptó y maldijo el leve estremecimiento de placer que la recorrió cuando él cerró posesivamente los dedos alrededor de los suyos.

—Tengo que darte las gracias, milord, por perder el tiempo en enseñarme a montar a caballo. Eres tan buen jinete que para ti debe de ser muy aburrido.

—En absoluto —señaló él con una cautivadora sonrisa, conduciéndola fuera de la casa.

Cuando salieron a la brillante luz del sol, Ava se quedó boquiabierta. Allí, en el patio, estaba la yegua marrón con la que lo había visto cabalgar tan descontrolado. Y a su lado un viejo jamelgo castaño con la grupa hundida. No tenía ninguna duda de que ese viejo saco de huesos era para ella, pero parecía tener uno o dos cascos en la tumba.

—¿Quién es ése? —preguntó mirando al caballo que sostenía uno de los dos mozos de cuadra.

—*Bilbo* —respondió Middleton.

—Parece no poder sostenerse en pie.

—Te aseguro que sí. Se portará bien contigo.

Ella miró de reojo a Middleton y pensó en una forma de responderle con coquetería, pero no se le ocurrió.

—¿Adónde vamos?

—A los campos del oeste. Están en barbecho y no tienen desniveles.

Ava miró otra vez a *Bilbo*, preguntándose si el caballo sería capaz siquiera de llegar hasta allí.

—¿Tengo que cabalgar a *Bilbo* hasta esos campos? —preguntó, acercándose un paso a Middleton.

—Ésa es mi intención.

Ella negó al momento con la cabeza y dio otro paso hacia su marido.

—Por favor, permíteme montar contigo —suplicó—. ¡Ese caballo es demasiado grande y... y viejo! Es enorme.

Middleton le puso una mano en la cintura.

—No debes tener miedo. —Miró a uno de los mozos del establo y ordenó—: Lleva a *Bilbo* a los campos del oeste. Lady Middleton montará conmigo.

Luego condujo a Ava hasta la yegua y la animó a acariciarle el hocico.

—Tienes que tener mucho cuidado —le indicó—, es joven y no está domada del todo.

—¡Ah! —exclamó Ava con suavidad—, tendré cuidado.

Él la miró de una manera extraña, pero luego la levantó con facilidad hasta la parte delantera de la silla, se subió detrás y le rodeó la cintura con un brazo.

—¿Todo bien?

—Sí —suspiró ella recostándose contra él. No había nada que igualara la seguridad de estar entre los musculosos brazos de Middleton, con su fuerte cuerpo a la espalda. Nada en el mundo la hacía sentir tan a salvo como eso.

Mientras cabalgaban, Middleton fue señalando algunas cabañas que pertenecían a los arrendatarios que cultivaban las pequeñas granjas que formaban parte de sus tierras. Luego le preguntó qué le parecía Broderick Abbey y si era de su agrado.

—Muchísimo, milord —respondió ella, aunque la verdad era que no le gustaba lo más mínimo. Le parecía demasiado frío y serio—. Es muy... grande.

Él se sorprendió por la respuesta.

—¿Grande? ¿Eso es lo único que puedes decir de la casa?

—No —añadió ella con una sonrisa—. También puedo decir que hace demasiado frío por las noches. —Lo miró—. Hay algunas corrientes de aire.

—¡Corrientes de aire! —repitió él con fingida indignación—. Entonces tendremos que derribar todo el ala este y construirla de nuevo.

—No creo que sea necesario. Quizá baste con un poco de cemento o lo que sea que se ponga en las grietas.

—Entonces conseguiré una montaña de cemento. Ninguna grieta quedará impune.

Ella se rió y movió la cabeza como le había indicado Sally.

—¿Se te ocurre alguna forma de arreglar el problema del tamaño? —bromeó él.

—Creo que no. Es mejor dejar que sea grande en vez de arruinar su aspecto.

—De acuerdo, entonces... ¿Hay algo más que pueda hacer por ti? ¿Algo que hiciera que te sintieras más cómoda en Broderick Abbey?

Ella negó con la cabeza y se hundió más entre sus brazos.

Él se inclinó y le rozó la oreja con los labios.

—Me parece que últimamente algo te anda rondando por la cabeza, lady Middleton. Si supiera lo que es, podría ponerle remedio.

—No sé a qué te refieres.

—Quizá —dijo él rozándole la oreja con su cálido aliento— sea algo referente a nuestro acuerdo. Si me dices de qué se trata, intentaría arreglarlo.

Cualquier idea que ella tuviera de coquetear con timidez desapareció de su cabeza. Se sentó recta y se volvió para verle la cara.

—¿Intentarías arreglarlo? —replicó sin poder creer que él fuera capaz de pensar que un matrimonio, o más exactamente, el adulterio, pudiera remediarse con un poco de cemento y yeso.

Pero Middleton asintió y le dedicó una sonrisa condescendiente.

—Parece que estás un poco enfadada.

—¿Cómo? ¿Ah, sí? —preguntó ella.

Él la asió más fuerte y la obligó a volver a recostarse contra su cuerpo.

—Decidiste cenar sin mí. Y anoche me abandonaste —dijo en voz baja—. Y, además, esta mañana parecía que no quisieras venir.

¿Él era quien había puesto las reglas y ahora se quejaba de ellas? Olvidó con rapidez el consejo de Sally de que coqueteara y se mantuvo fuera de su alcance.

—Muy bien, pues allá va: creía que los dos estábamos dispuestos a llevar adelante este matrimonio.

—Y así es. Hicimos un arreglo completamente aceptable, ¿por qué no estás contenta?

Ava oyó la voz de la Sally en su cerebro instándola a tomárselo a la ligera, tentar su curiosidad y dejarlo queriendo más. Y, de pronto, quizá por primera vez, comprendió la sabiduría que encerraban los consejos de Sally. Jared daba demasiadas cosas por sentadas. Agachó la cabeza con timidez y esbozó una sonrisa diabólica.

—Claro que estoy contenta, ¿cómo podría no estarlo? El matrimonio es a menudo la causa de demasiada desdicha. Pero por suerte, nosotros nos hemos unido por dinero y nivel social en vez de por sentimientos tan estúpidos como el amor, la amistad o la felicidad. No hay razón para que no debamos estar contentos. Me atrevería a decir que vamos a tener un gran éxito, porque no sentimos nada en especial el uno por el otro, ¿no es así? —preguntó mirándolo con atención.

—No —convino él con demasiada facilidad.

El enfado de ella aumentó, y su sonrisa se hizo más brillante.

—En verdad deberíamos estar muy agradecidos de estar tan de acuerdo el uno con el otro. Los matrimonios normales son mucho más complicados que el nuestro. Nosotros nunca nos echaremos de menos cuando estemos separados. Ni soñaremos el uno con el otro. Al contrario, milord, dormiremos perfectamente.

Pensó que él parecía demasiado conforme.

¡Señor! ¿Qué había hecho al casarse con él? Se apartó, sentándose recta en la silla, con la espalda tiesa, tan lejos de él como podía estarlo sentada en el mismo caballo.

—¡Qué día más maravilloso! Aquí el aire parece más fresco, ¿no opinas lo mismo?

—Sí —repuso él, aunque su mente estaba en otra parte.

A Ava apenas le importó; estaba tan nerviosa y enfadada que deseaba gritar. Le parecía que era una barbaridad que dos personas pudieran estar juntos y compartir tales intimidades sin sentir nada más perdurable que la necesidad de «poner remedio» con cemento y dinero a cualquier cosa que la molestara.

Cuando llegaron al campo del oeste, saltó del caballo antes de que Middleton tuviera tiempo de ayudarla. Pero cuando él desmontó y se quedó al lado de la yegua, con un aspecto majestuoso y como si no supiera exactamente quién era ella, Ava no pudo negar el sentimiento que iba creciendo en su interior día a día. Era incapaz de mirarlo y no desear estar con él. No podía ver la risa en sus ojos sin anhelar ganarse su corazón y hacerlo suyo. De modo que cuando Jared le pidió que montara encima de *Bilbo*, accedió.

Protestó alegando que estaba en una posición precaria, pero él le dirigió una alegre sonrisa, eliminando su enfado y diciendo que lo estaba haciendo muy bien, mientras la llevaba en círculos como si fuera una niña montada en un poni.

Parecía tan contento, que Ava hubiera podido continuar todo el día disfrutando del placer de su sonrisa de no haber aparecido entonces lady Kettle, cabalgando campo a través y ejecutando una perfecta parada ante ellos.

—¡Mira quén ha aprendido a montar! —exclamó con alegría, permitiendo que Middleton la ayudara a desmontar, apoyando las manos en los hombros de él y sonriendo cuando Jared la cogió por la cintura y la sostuvo para bajarla.

Él le dijo algo que Ava no pudo oír y la besó en la mejilla. Lady Kettle le dedicó una sonrisa tan deslumbrante que a Ava se le encogió el corazón. Estaba enamorada de él. Lo supo por el modo en que le brillaban los ojos al mirarlo y por el rubor de sus mejillas al sonreírle.

Cuando terminó de babear encima de su marido, lady Kettle le dirigió una brillante y, siendo sincera, hermosa sonrisa a Ava.

—Lo hace usted muy bien, lady Middleton —la felicitó—. ¡Sabía que Middleton iba a ser un excelente profesor para usted!

—Efectivamente, lo es —asintió Ava intentando parecer natural.

—¿Sabe usted que aprendió a montar él solo?

—Eso no es del todo cierto —intervino Jared con una sonrisa—. Tuve muchos profesores cuando era niño.

—Pero lo hiciste —lo rebatió lady Kettle, agarrándose de su brazo con alegría y elevando de nuevo el rostro hacia él—. ¿Recuerdas que subimos hasta aquí, a estos mismos campos, con ese viejo tordo y montaste una y otra vez, cayéndote al suelo casi cada vez que el caballo movía la cola, hasta que pudiste montarlo con los ojos cerrados?

Middleton se rió.

—Creo que recuerdo algo parecido. Me sorprende que tú también lo recuerdes, Verónica.

Verónica.

Ava no supo qué fue lo que la llevó a hacer lo que hizo; quizá la utilización del nombre de pila de lady Kettle. O el hecho de que su marido y ella se rieran y recordaran el pasado como una pareja de amantes. Fuera cual fuese la razón, en ese momento, Ava decidió dar al traste con la farsa que había montado de que no sabía montar a caballo, sólo para poder pasar algún tiempo con su marido, y le propinó una patada a *Bilbo* en el vientre para ponerlo al galope.

Oyó gritos a su espalda, pero mientras *Bilbo* seguía galopando (sorprendentemente rápido para la edad que tenía y gracias a otro certero puntapié), Ava se reía a carcajadas. Tiró de las riendas hacia la derecha, guiándolo hacia el bosque, y volvió a oír los gritos detrás de ella cuando se inclinó sobre el cuello del jamelgo. Cuando chocaron contra un matorral —intentó que fuera más espectacular lanzando un grito—, refrenó a *Bilbo*, bajó de un salto, y, dándole una palmada en la grupa, lo obligó a seguir galopando. Se apresuró a dejarse caer en el suelo, dándose un considerable golpe en el trasero, y luego se tumbó de espaldas y rodó sobre sí misma antes de levantarse.

Temiendo que la caída no pareciera real, recogió un puñado de polvo y ramitas, y, con un estremecimiento ante la necesidad de hacerlo, se restregó el vestido con él.

Cuando Middleton llegó, minutos después, le pareció bastante preocupado. Se bajó de la yegua antes de que ésta se detuviera y corrió hacia ella tan rápido y serio, que por un instante, Ava tuvo miedo y retrocedió un paso. Pero él la rodeó con los brazos, levantándola del suelo mientras la sujetaba con fuerza.

—¿Estás bien? ¿Estás herida?

—No —respondió Ava con voz amortiguada por el hombro de él, que la abrazaba con fuerza—. Un poco magullada, pero nada más.

Él dejó de abrazarla, la sujetó por los hombros y la echó hacia atrás, examinando su rostro.

—¿Seguro que estás bien?

Ella asintió.

—¿Te has hecho daño? —preguntó mientras le colocaba una mano debajo de la barbilla y le movía la cabeza de un lado a otro.

Ava negó con la cabeza.

Él frunció el cejo ligeramente, le puso las manos en las costillas, tocándoselas con cuidado y las fue deslizando hasta su trasero sin dejar de mirarla a los ojos. Ella parpadeó cuando lo hizo, pero no dijo nada. Jared volvió deslizar las manos hasta las costillas, a ambos lados de sus pechos.

—No parece que te hayas hecho nada —comentó, oprimiéndole el pecho y dejando las manos allí más tiempo del que era necesario para comprobar si estaba herida.

Ava tragó saliva.

—Estoy bien, de verdad.

Él sonrió de medio lado y le acarició la sien con el dorso de la mano.

—¿Y *Bilbo*? No le habrás hecho daño a *Bilbo*, ¿no?

—¿*Bilbo*? —repitió ella— No..., está... está bien.

Su sonrisa se hizo más amplia, y la atrajo hacia sí rodeándola con los brazos.

—Vamos, lady Middleton; ya hemos tenido bastante equitación por un día.

Momentos después, salieron del bosque montados en la yegua y Ava cobijada en los brazos de su marido. Los mozos de cuadra no tuvieron ningún problema en recuperar a *Bilbo*, que no se había ido muy lejos, ya que encontró un apetitoso prado de hierba.

—¡Santo cielo! ¿Se encuentra bien? —preguntó lady Kettle cuando llegó a su lado—. ¡Nos ha dado un buen susto!

—Estoy bien. Gracias —respondió Ava presionando la mejilla contra el hombro de Middleton—. Tan sólo estoy un poco cansada, nada más.

—Claro, lady Middleton. Debe de haber sido terrible.

Ava asintió mostrando su acuerdo y sonrió con dulzura cuando Middleton se despidió de lady Kettle y se dirigió de nuevo a la abadía. Una vez en el camino de regreso, creyó oírle reír por lo bajo, pero cuando lo miró, su expresión era de preocupación. En dos ocasiones puso la mano en la mejilla de su esposa y la besó en la sien. Cuando llegaron a la casa, la ayudó a bajar del caballo y le quitó una ramita que tenía en la hombrera del traje.

—No te preocupes, lady Middleton; a pesar del contratiempo de hoy, creo que te vas a convertir en una buena amazona.

—¿De verdad? —preguntó ella, esperanzada.

Él se rió con suavidad y la besó en los labios.

—Estoy convencido —le aseguró.

Le rodeó los hombros con un brazo y la condujo por la escalera hasta la entrada principal. Para Ava fue como si estuviera flotando; pero sólo hasta que cruzaron la puerta. Al hacerlo, Dawson salió a su encuentro, se hizo cargo de la capa de Middleton y le entregó una bandeja de plata.

—El correo, milord.

Ava vio la carta de lady Waterstone encima del montón, los distintivos rasgos de su letra le quemaban los ojos como un hierro al rojo. Echó una ojeada a Middleton y comprobó que también él reconocía la escritura.

—Llévelas al estudio —ordenó mirando a Ava—. Esta noche tendré el placer de que me acompañes en la cena —añadió con un tono que no admitía excusas.

—Sí —respondió ella, tensa—, desde luego.

Compuso una sonrisa y se alejó, desaparecida la cálida alegría y sustituida por un frío invernal.

23

Ava fue directamente a su dormitorio, cerró la puerta y tiró del cordón de la campanilla con todas sus fuerzas. Dos veces. Y continuó haciéndolo hasta que apareció la señora Hillier con expresión asustada.

—¿Pasa algo, lady Middleton?

—¿Dónde está Sally? —preguntó Ava.

La señora Hillier apretó los labios mostrando su censura.

—Le ruego que me disculpe, milady, pero se ha producido un escándalo del cual debo hablar con su señoría.

Ava se alarmó al oírla; debía de haber pasado algo con Sally.

—¿Qué clase de escándalo? —preguntó.

—Preferiría no decírselo, es bastante grave. Pero tiene que ver con su doncella.

—¡Dígamelo, señora Hillier!

El desagrado deformaba la cara de la mujer.

—Estaba entendiéndose... retozando... con uno de los lacayos.

—¿Retozando? —repitió Ava sin entender. Se los imaginó corriendo por el jardín o alguna tontería por el estilo.

—Retozando —escupió la señora Hillier, entrecerrando los ojos, con un tono que dejaba claro lo que quería decir.

«¡Por el amor de Dios, Sally! ¡Aquí no!» El cerebro de Ava empezó a discurrir a toda velocidad; chasqueó la lengua y sacudió la cabeza.

—No haga caso, señora Hillier. Sally es bastante coqueta, pero le aseguro que es inofensiva.

En ese instante, la cara del ama de llaves estaba completamente roja.

—Es difícil calificar de inofensivo su comportamiento. Lady Middleton, debe usted recordar que ahora es la esposa de un marqués. Todo lo que usted haga así como lo que hagan sus criados repercute en él.

¿Lo que ella hiciera? ¿Y qué sucedía con el deplorable comportamiento de él?

—Soy muy consciente de eso —masculló Ava—, pero tiene usted que recordar que Sally es de Londres. Allí las cosas son distintas. Lo que aquí se considera impropio, con frecuencia en Londres se tolera.

—Sea como sea, esto, desde luego, no es Londres.

No tenía ni idea de cuánta razón tenía.

—Claro que no —se mostró de acuerdo Ava a pesar de su nerviosismo—. Pero ¿no podría concedérsele a Sally uno o dos días para que se enterara de las costumbres que hay aquí antes de castigarla?

La señora Hillier pareció pensarlo durante un segundo, pero luego negó con la cabeza.

—No puedo permitir que tal comportamiento quede impune. Y debo mencionárselo a su señoría. Lo conozco desde que era un niño. Ha sufrido tanto en su vida, y en especial a manos de criados sin escrúpulos, que he convertido en una misión personal asegurarme de que nada mancille nunca su honor.

¿Sufrido? ¡Jared no tenía ni idea de lo que significaba sufrir! Y, por otra parte, Ava no llegaba a entender de qué manera podían afectar al honor de Middleton las indiscreciones de Sally; pero lo que era evidente es que no iba a llegar a ningún lado con mamá gallina.

—Muy bien —dijo, seria—. Hablaré con mi marido de este asunto más tarde. Y ahora, ¿puede mandarme a Sally?

—Me temo que es imposible, lady Middleton. Ha sido enviada al pueblo.

—¿Al pueblo? —exclamó Ava—. En nombre de Dios, ¿qué es lo que ha hecho usted, señora Hillier?

—No la he despedido —respondió el ama de llaves con mucha frialdad—. Tan sólo la he enviado a casa de la hija del cocinero. Tendrá un techo sobre la cabeza hasta que lord Middleton haya tomado una decisión.

Ava no pudo contenerse más.

—Perdone, pero ¿quiere decir que piensa hacer que lord Middleton decida quién debe ser mi doncella?

La bruja pareció en verdad sorprendida por la pregunta.

—¡Por supuesto! ¿Acaso no es el amo y señor de esta casa? ¿No dependemos todos de él?

—¡Es mi marido, no el condenado rey de Inglaterra! —gritó Ava. El corazón le latía con tal fuerza que apenas podía respirar.

La señora Hillier bufó, muy ofendida.

Ava se llevó una mano al pecho y se dejó caer con cansancio en la cama.

—¿La ayudo a vestirse? —preguntó la señora Hillier con decisión.

—No —respondió Ava, moviendo la cabeza—, me las arreglaré.

La mujer no tardó en irse, cosa que satisfizo muchísimo a Ava. ¿Cómo había sucedido aquello? ¿Cómo había pasado del cuento de hadas a la pesadilla con tanta rapidez? Tenía que pensar qué hacer, buscar una solución. Entretanto, le rogó a Dios poder ver a su madre una vez más para decirle lo equivocada que estaba respecto al matrimonio.

Querido, todas las mañanas me despierto pensando en ti. Me paso el día pensando en ti, embriagada por tu recuerdo. Mi alma ansía estar a tu lado, y mi corazón está tan lleno de amor que me quema la sangre.

El golpe en la puerta del estudio hizo que Jared arrojara la carta de Miranda al fuego.

Se trataba de Dawson, quien se inclinó en una profunda reverencia al entrar.

—Le pido disculpas, milord, pero la señora Hillier solicita una audiencia.

—¿Y eso? —preguntó sin moverse.

—Al parecer hay algún problema con la nueva doncella.

Esas palabras consiguieron atraer su atención.

—Dígale que pase.

Por su expresión al entrar, supo que la señora Hillier estaba muy disgustada. La verdad era que no le sorprendía, ya que era frecuente que lo estuviera. Se disgustaba cuando las flores no estaban recién cortadas o si algún retrato estaba torcido. Y la mayor parte de las veces le notificaba su descontento.

La invitó a tomar asiento y a que le contara sus infortunios, los cuales, tal como él preveía, le fueron detallados minuciosamente.

A última hora de la tarde, mucho después de que la señora Hillier le hubiera hablado del incidente con la doncella, Jared volvió a pensar en Ava. Si las sospechas del ama de llaves sobre la sirviente resultaban ser ciertas —y tenía la sensación de que lo eran, a juzgar por su comportamiento—, le intrigaba cómo podía haber llegado a formar parte del servicio de Ava. ¿Cómo una joven e inocente debutante (y Ava lo era en muchos aspectos) podía habérselas arreglado para contratar a una mujer de dudosa virtud?

Recordó al mayordomo de la casa de su esposa, un hombre dedicado a abrir y cerrar puertas. Y el joven que se había hecho cargo del caballo de Jared el día que fue a visitarla, y cuyo rostro le resultaba familiar... ¿No lo había visto trabajando en los establos públicos? Fuera cual fuese la explicación, estaba impaciente por que llegara la hora de la cena para poder preguntárselo a ella. Sospechaba que la respuesta iba a ser muy entretenida.

Suponía que eso era lo que más le gustaba de Ava; estaba llena de vida, ideas y comportamientos poco convencionales. Comenzaba a darse cuenta de que era única. Una rareza. A su lado, no podía imaginarse a sí mismo asfixiado o con la sensación de que el día era eterno, como le había sucedido con lady Elizabeth.

—La cena está servida, milord —anunció Dawson desde la puerta abierta del estudio.

¿Tan tarde era? Jared echó un vistazo al reloj y observó la hora con algo de sorpresa. Había permanecido en el estudio, a oscuras, durante más de una hora, pensando. En mujeres. En Ava para ser exactos.

Su esposa lo esperaba en el salón verde, bebiendo un vaso de vino. Se levantó al verlo entrar, pero sin el nerviosismo y la ilusión de cuando llegó a Broderick Abbey por primera vez.

—Buenas noches, lady Middleton.

—Milord.

Él aceptó el vaso de vino que le ofreció un criado y lo levantó a modo de brindis.

—Por una agradable velada.

Ella enarcó las cejas con escepticismo. Cogió su vaso y lo levantó a su vez, imitándole.

—Por una agradable velada. —Ella dio un sorbo, dejó el vaso

y se puso las manos a la espalda—. Me gustaría hablarte de un asunto muy importante —dijo con voz clara.

Jared tomó asiento y cruzó las piernas.

—¿Sobre tu doncella? —preguntó, despreocupado.

—Sí. De mi doncella. Me gustaría que me fuera devuelta cuanto antes.

Para ser sincero, a Jared no le importaba si su doncella estaba allí, en Londres o subida en una estrella. Tampoco compartía la opinión de la señora Hillier de que por haberse divertido un poco con un lacayo fuera necesario despedirla de inmediato. Por supuesto, no disculpaba tal comportamiento, al menos no en público, cuando los amantes se arriesgaban a ser descubiertos, pero tampoco toleraba que se lanzara a una joven a los lobos por un error.

Sin embargo, decidió darle a entender a Ava algo distinto. Miró a los lacayos y los despidió haciendo un gesto con la cabeza. Cuando hubieron abandonado la habitación, dedicó su atención a su esposa.

—¿Disculpas su comportamiento? —preguntó sin más.

—Desde luego que no. Hablaré con ella.

—¿Y crees que hará caso a lo que le digas?

—¡Por supuesto! —exclamó Ava, muy nerviosa—. Y ya te adelanto que no voy a necesitar de la ayuda de la señora Hillier para hablar con mi doncella.

Jared estuvo a punto de echarse a reír. Sabía de sobra lo estirada que podía llegar a ser el ama de llaves. Movió la copa de vino, con despreocupación.

—Eres consciente de lo intolerable que es su comportamiento, ¿no es así?

Ava se dejó caer en el sofá, frente a él, con las manos unidas.

—Es inadmisible, estoy totalmente de acuerdo —respondió

muy seria—. Sin embargo es mi doncella, y la responsabilidad de reprenderla debería ser mía.

—No estoy seguro —dijo él, jugando con ella.

—Se trata de mi doncella, milord —insistió Ava—. Está a mi servicio y al de nadie más en esta casa. No puedo arreglármelas sin ella.

—Si decido que sea devuelta a Londres, la señora Hillier te ayudará.

Ava se quedó boquiabierta.

—¿Cómo? ¿Enviarla de vuelta a Londres? —exclamó—. ¡No! ¿Cómo te atreves?

—¡Oh, no sé! —respondió él, disfrutando bastante—. En realidad es muy fácil.

Ava emitió un sonido de desesperación. Se levantó de repente, y comenzó a pasear por delante del sofá.

—Milord, debo confesar que todo este asunto me resulta muy desagradable. No puedo hacer nada sin Sally...

—¿Dónde la encontraste? —preguntó él.

Ava estuvo a punto de tropezar.

—¿C... cómo? —preguntó.

—¿Dónde —repitió él con toda claridad— la encontraste?

Ella palideció. Giró hacia un lado, luego hacia el otro. Puso los brazos en jarras y lo miró con el cejo fruncido.

—¿Dónde se encuentra a las doncellas? Aquí y allá —contestó, señalando el lugar donde, según creyó entender Jared, se encontraban aquí y allá.

—Ajá. Aquí y allá —repitió él.

Ella se cruzó de brazos.

Él se levantó y dejó su copa de vino.

—Entonces supongo que estuvo sirviendo a otras damas en Londres antes de entrar a tu servicio.

—Supongo —respondió ella levantando la barbilla.

—¿A quiénes?

—A nadie que tú conozcas, te lo aseguro.

—A lo mejor te sorprendes, milady. Conozco a mucha gente en Londres.

Las cejas de ella formaron una «V».

—De acuerdo. Me la proporcionó lady Hartsford.

—¿Lady Hartsford? —repitió él con una carcajada.

—¡Sí! ¡Lady Hartsford!

—Está muerta.

Ava palideció, pero luego se encogió de hombros con despreocupación.

—Por esa razón, milord, pude contratar a Sally.

Él se inclinó hacia adelante y la inmovilizó con la mirada.

—Lady Hartsford murió hace cuatro años.

Ava ni siquiera parpadeó.

—Le llevó bastante tiempo arreglar sus asuntos. Y, además, ¿por qué estás tan interesado en las referencias de Sally? ¿Necesitas una doncella?

Él se rió por lo bajo y volvió a preguntar:

—¿Dónde encontraste a tu doncella? ¿Y a tu mayordomo? ¿Y a tus lacayos?

Su encantadora cara pasó del blanco al rosado.

—¿Y eso qué importa? —espetó, claramente nerviosa.

—¿Quieres que vuelva?

—¡Claro que sí! ¿Qué quieres que diga? ¿Que la saqué de un burdel? —gritó.

Jared se rió.

—Vaya, vaya, lady Middleton. Ésa no es forma de hablar. ¿Qué más te ha enseñado Sally? ¿Un cierto baile íntimo, quizá?

Ava gimió.

—Por favor, haz que regrese.

—Puede que lo haga —indicó él, despreocupado—. Con la condición de que me digas dónde la encontraste.

Ava suspiró con cansancio y cerró los ojos durante unos segundos. Luego los abrió y lo miró de frente, con su verde mirada.

—Si quieres saberlo, los saqué de un asilo. Sally es una antigua ramera, ya reformada por la parroquia y la Sociedad Benéfica de las Damas. Morris era el empleado de una joyería que perdió su empleo a causa de su mala vista. ¿Los lacayos? Un par de faroleros, un padre y su hijo que resultaron heridos en un accidente de carro. El chico que ayudaba fuera de la casa provenía de los establos públicos y soñaba con trabajar en una casa. Tuvimos mucha suerte de que quisiera trabajar sin sueldo.

A Jared se le borró la sonrisa.

—¿Sin sueldo? No lo entiendo.

—En realidad es bastante sencillo —contestó Ava—. Carecíamos de dinero. Lo único que teníamos era un techo sobre la cabeza. Mi madre le dejó toda su fortuna a mi padrastro y él no tuvo a bien compartirla con nosotras. De modo que hicimos todo lo que pudimos, buscamos criados que también necesitaran un techo y les ofrecimos cobijo, a cambio de su trabajo hasta que pudiéramos pagarles, claro.

—¿Y cuándo será eso? —preguntó él, horrorizado de que el tal Downey las hubiera abandonado en tal estado.

Por alguna razón, la pregunta hizo que el rostro de Ava enrojeciera más.

—Bueno... verás. Ahora. Después de casarme contigo —confesó ella en voz baja—. La asignación que me has dado es muy generosa.

Él parpadeó. Luego estalló en carcajadas.

—¡Muy bien hecho! —exclamó.

—¿Ahora me devolverás a Sally? —preguntó Ava con inquietud y los ojos llenos de esperanza.

Jared movió la cabeza.

—Lady Middleton, me estás pidiendo que acoja a una ramera en mi casa. Lo pensaré.

—¡No! —gritó ella, moviendo la cabeza de un lado a otro con desesperación.

Él le tomó el codo con la mano.

—Lo pensaré —repitió, obligándola a dirigirse hacia la puerta.

—¿Adónde vamos? —quiso saber ella, exasperada.

—A cenar.

Ella murmuró algo por lo bajo, pero le permitió que la acompañara.

Una vez en el comedor, Jared separó una silla al lado de la suya, luego se sentó en su sitio y le hizo una seña a Dawson para que empezaran a servirles la cena. Dos lacayos se apresuraron a acercarse a ellos, les sirvieron sopa de tortuga en boles de porcelana y les llenaron las copas de vino. Cuando terminaron, se apartaron para permanecer de pie y en silencio, pegados a la pared.

Jared cogió su cuchara y echó una ojeada a Ava, quien estaba sentada con los brazos cruzados y contemplando, enfadada, el tazón de sopa.

—¿Vas a estar toda la cena enfadada por lo de tu doncella?

Ella soltó un bufido; pero luego, de repente, alzó la vista como si alguien acabara de pronunciar su nombre y lo obsequió con una sensual sonrisa.

—No estoy enfadada. Es que no me gusta la sopa de tortuga.

—¿No?

—Humm, no —confirmó ella, moviendo la cabeza—. Tiene un sabor demasiado fuerte. Me gusta más la sopa de cebolla —añadió volviéndose un poco en la silla para mirarlo de frente—. ¿Te gusta la sopa de cebolla? La que hace nuestra cocinera de Londres es deliciosa —afirmó, lanzándose a hablar de las ventajas de ese tipo de sopa.

Jared sonrió, asintió y se comió la sopa de tortuga sin pensar demasiado en los múltiples tipos de sopas... hasta que notó el pie desnudo de ella sobre su tobillo.

La miró; Ava estaba sonriendo con malicia.

—Me gusta que me la sirvan caliente —dijo ella con suavidad—. Tanto como el agua del baño.

—¿En serio?

—Por supuesto. Me encantan los baños calientes —añadió mientras se intensificaba el brillo de sus ojos—. Largos y cálidos baños. Plácidos y decadentes.

—Entonces, supongo que te encantan las aguas de Bath —sugirió él mientras el pie de ella subía por su pierna.

—Nunca he estado allí, pero creo que me gustarían mucho.

—Tenemos que ponerle remedio a eso, milady. Te llevaré a Bath para que puedas —dirigió la mirada al escote de su vestido— bañarte.

Ella se llevó una mano hacia la unión de sus pechos, y trazó una línea con el dedo arriba y abajo.

—¿Quieres saber otra cosa de la que disfruto? —preguntó, mientras le seguía acariciando la pierna con el pie.

—Por favor.

—De las camas mullidas.

—Ah —asintió él, divertido con los esfuerzos de Ava para coquetear con él. Apoyó el brazo sobre la mesa y se inclinó hacia ella—. ¿La cama que tienes aquí te parece cómoda? —susurró.

Ava sonrió, se apoyó en él y musitó...

—Mucho. ¿Quieres probarla? —Se echó hacia atrás en la silla mientras movía el pie entre los muslos de él.

Él enarcó una ceja.

—¿Es una invitación?

Ava se encogió de hombros de manera juguetona, mientras con los dedos se acariciaba la piel del pecho.

Él se sintió lleno de anticipación, le gustaba ese juego sensual, y les hizo una seña a los lacayos para que retiraran los platos, impaciente por terminar la cena.

—¿Has disfrutado con la lección de equitación?

Ella sonrió.

—Me gustaría cabalgar mucho mejor. Espero, de todo corazón, que sigas enseñándome.

Los ojos de él recayeron sobre su pecho; dos cremosos montículos de carne realzados de forma espléndida por el satén azul claro.

—Será un enorme placer para mí —afirmó él, guiñándole un ojo mientras un lacayo retiraba los platos.

Durante el resto de la cena hablaron de cosas sin importancia, con Ava riéndose suavemente de lo que él decía, mientras seguía moviendo el pie. Jared fingió no notarlo, tan sólo sonreía y disfrutaba de sus esfuerzos para atraerlo. Cuando la cena terminó y se retiró el último plato, Dawson le trajo un cigarro y el oporto.

—Gracias, Dawson, pero no me apetecen.

—Por favor, milord, disfruta de tu oporto —intervino su esposa, levantándose de la silla mientras un lacayo se apresuraba a separársela de la mesa.

Ava se acercó a donde se sentaba Jared, le pasó una mano por el hombro, se agachó hasta que sus labios quedaron junto a su oído y murmuró:

—Tienes que darme tiempo para que prepare mi suave cama para ti.

Él razonó que eso bien valía añadir una ramera a su personal. Tomó la mano de Ava y le besó los nudillos.

—Me reuniré contigo en seguida.

La contempló mientras salía del comedor, moviendo seductoramente las caderas y con el pelo peinado con sencillez pero de modo impecable. Mientras Ava desaparecía por el pasillo, pensó distraído que era extraño que pocos días antes él hubiera querido evitar su compañía.

Se terminó el oporto pero decidió renunciar al cigarro para poder llegar cuanto antes a sus habitaciones.

—Eso es todo, Dawson —le indicó con tranquilidad al mayordomo, que seguía presente después de que los lacayos se hubieran ido.

—Buenas noches, milord —le deseó Dawson mientras Jared salía a zancadas del comedor.

Sí que iba a ser una buena noche, pensó.

Tal como esperaba Ava, media hora después, Middleton llamó a su puerta. No respondió, sino que se escondió mejor tras las gruesas cortinas de terciopelo que la ocultaban. Por una rendija, pudo ver cómo se abría la puerta y Jared asomaba la oscura cabeza, mirando a su alrededor.

—¿Lady Middleton?

—Entra —le indicó ella.

Él entró, cubierto con la bata y los pies descalzos. Cerró la puerta y avanzó hasta el centro del dormitorio, buscándola. Esbozó una sonrisa de medio lado y se llevó las manos a las caderas.

—De acuerdo, ¿dónde estás?

—Estoy aquí, milord. Por favor, siéntate.

Él se detuvo, mirando de frente hacia la cortina tras la que ella se escondía.

—¿Que me siente?

Ava se ocultó mejor tras las cortinas de terciopelo.

—Siéntate —insistió.

Permaneció atenta hasta que oyó el leve crujido del sillón tapizado de cretona que estaba frente a la chimenea.

Cuando iba a salir, vio que giraba la cabeza y ordenó en voz baja:

—No lo hagas.

Él se recostó tras una leve vacilación.

—Debo decirte que tienes una manera alarmante de cambiar de humor. En un momento estás enfadada, al siguiente feliz sin razón aparente y, ahora, actúas de forma misteriosa.

—¿Te disgusta? —preguntó ella desde atrás.

—En absoluto. Tan sólo siento curiosidad por averiguar lo que estás tramando.

—En seguida lo sabrás —contestó Ava saliendo con cuidado de detrás de las cortinas. Jared estaba sentado, con la cabeza apoyada en el respaldo del sillón. Ella se movió en silencio y con cuidado, hasta quedar de pie a espaldas de él—. Cierra los ojos.

Él rió por lo bajo.

—Ya. Están cerrados. ¿Y ahora qué?

No confiaba en que Jared no mirara y rodeó el sillón para ponerse delante de él. Era cierto que tenía los ojos cerrados, y en sus labios se insinuaba una sonrisa.

Levantó despacio la espada que había cogido del gran salón, la levantó, y la apoyó en el hombro de su marido.

El contacto de la hoja metálica lo sorprendió y abrió los ojos al tiempo que hacía ademán de sentarse recto, pero ella presionó la espada contra él y negó con la cabeza.

—Yo que tú no lo haría —comentó con alegría, sonriendo al

ver que la miraba de arriba abajo, fijándose en la camisola de seda bajo la cual no llevaba puesto nada.

Él se dejó caer despacio en el sillón, con una amplia sonrisa.

Ava movió la espada hasta la barbilla recién afeitada, Middleton no demostró ningún miedo, de hecho, sonreía de oreja a oreja.

—Es evidente que le tienes cariño a tu doncella, milady.

—Cierto —respondió ella con suavidad.

—Eres una mujer de muchos secretos —observó Jared mientras contemplaba sus piernas desnudas.

Ella hizo descender la espada hasta la abertura de su bata.

—No tengo ningún secreto, milord. Lo único que quiero es que me devuelvan a mi doncella.

—Eso no es del todo cierto —indicó él mientras levantaba la vista, primero hacia su cintura y luego a las cintas sueltas de la camisola—. La forma en que conseguiste a tu doncella era un secreto. Y creo que tienes más.

Ella sonrió, y bajó un poco más la espada.

—Ya no.

Él miró la punta de la espada y compuso una sonrisa lobuna.

—Voy a proponerte un trato, milady. Haré que tu criada esté aquí de regreso al amanecer si me confiesas el resto de tus secretos.

Ella se rió quedamente y deslizó la punta de la espada por debajo del cinturón que le cerraba a él la bata.

—No estás en condiciones de negociar, milord.

Él sonrió y abrió los brazos.

—Yo creo que sí.

Se movió con tanta rapidez que ella no tuvo tiempo de reaccionar. Jared apartó con toda facilidad la espada y la cogió al tiempo que se levantaba. Sorprendida por su repentino movimiento, Ava trastabilló, pero Middleton la sujetó por la cintura, aplastándola contra él al tiempo que la arrinconaba contra la pared. La espada cayó a la alfombra al lado de una otomana volcada.

—La verdad es que me divierten tus juegos —anunció, mirando con avidez su rostro—. Son muy estimulantes.

Seguro que no tanto como se lo parecía a ella en aquel instante. Estaba sorprendida por su fuerza y la agilidad con la que él se había movido, haciéndola caer en su propia trampa. Era fuerte, viril y apuesto, y la miraba como si fuera a devorarla a mordiscos. Ella se retorció, intentando soltarse y recuperar el uso de la mano, pero Jared se la sujetó sin esfuerzo.

—¿Por qué te resistes lady Middleton? ¿Tienes miedo de lo que pueda hacer para sonsacarte tus secretos?

Ella se rió, y logró interponer los brazos entre ambos y empujar con fuerza contra su pecho.

—No tengo ningún secreto.

—Me parece que te voy a mantener prisionera hasta que confieses —amenazó él con una siniestra sonrisa.

—No hay nada que contar —repitió ella, empujándolo de nuevo sin conseguir moverlo.

—¿Nada? —Tiró del cinturón que le rodeaba la cintura y soltó el lazo con una mano—. Si no me lo dices, te voy a desnudar... —Hizo una pausa, recorriendo su cuerpo de arriba abajo con la mirada—. Y te voy a castigar, lamiéndote aquí... y allá...

A Ava le ardía la piel y la sangre le hervía en las venas. Contuvo el aliento, él se rió y le puso una mano en la mejilla como si fuera a dar por terminado el juego. Ella sonrió agradecida, giró la cabeza para tocar con la boca la palma de la mano de Jared... y le mordió.

Middleton gruñó sorprendido a la vez que ella lo empujaba con todas sus fuerzas y escapaba corriendo. Pero él era más rápido y la sujetó por un brazo llevándola hasta un sillón con los ojos brillantes de deseo.

—No deberías haberlo hecho —dijo—. Ahora vas a pagar por ello.

Se soltó el cinturón de la bata, le juntó las manos y se las ató con él. La bata se le abrió, pero él apenas pareció notarlo ni importarle que debajo estuviera desnudo y muy excitado.

El corazón de Ava latía con fuerza cuando la empujó contra la pared con las manos atadas y le hundió el rostro en el cuello. Movió la cabeza hacia un lado para darle mejor acceso, cerró los ojos y permitió que el hambre que sentía por él rezumara por todos sus poros. Aquel hombre tenía la virtud de desarmarla; cuando comenzó a besarla, cuando sus manos empezaron a vagar por su cuerpo, deslizándose dentro de su intimidad, dejó de pensar y de moverse, incapaz de hacer otra cosa que disfrutar de ello.

Jared la besó en el cuello.

—Confiesa, pequeña.

—No hay nada que confesar —resopló ella.

Él mordisqueó su cuello.

—Tal vez podrías empezar confesando que eres una excelente amazona y no la ignorante que quisiste hacerme creer.

Ella jadeó sorprendida y le dio un pisotón.

—¡Ay! —se quejó él mientras Ava se escabullía y corría hacia la cama con las manos atadas.

—¿Cómo lo supiste?

—Te vi montar a caballo. Además, *Bilbo* no te tiró, de lo contrario hubieras tenido contusiones y heridas en vez del polvo que te pusiste, con mucha astucia, en la ropa.

Ava notó que se ruborizaba.

Él se rió y la apuntó con un dedo.

—Puedes seguir confesando el resto de tus secretos.

—¿Y por qué iba a hacerlo? ¡No soy la única que los tiene!

Él gruñó y se abalanzó sobre ella. Ava dio un salto y se puso de pie en la cama, con un alarido de risa.

—¿Qué secretos? —preguntó él, mirándola como un cazador a su presa.

—Que lady Kettle es una amiga tuya muy especial.

—Eso no es ningún secreto —aclaró él intentando cogerla de un pie, cosa que Ava evitó saltando fuera de su alcance—. Nos conocemos desde hace años y es como una hermana para mí.

—Dudo mucho que lady Kettle lo considere de ese modo —lo contradijo Ava jadeando un poco—. ¿Qué pasa con tus cabalgadas salvajes?

—¿Mis cabalgadas?

—Cabalgas como el viento, milord.

—Nunca he dicho que no supiera, como hiciste tú.

—Pero cuando montas solo, lo haces a toda velocidad. Es como si huyeras de algo.

Una sombra cruzó los ojos de Jared justo antes de que saltara para alcanzarla, la cogiera y la derribara sobre la cama con él.

—Ya es hora de que recibas tu castigo, lady Middleton —declaró, besándola con pasión.

En momentos como aquél, Ava estaba segura de que lo amaba. Sentir algo así, ansiar la sensación de sus manos sobre ella, desear ver su sonrisa, oír su voz y yacer entre sus brazos hacía que su corazón echara a volar.

Él descendió por su cuerpo, trazando un húmedo y cálido sendero con la boca. Ava no ofreció resistencia cuando él deshizo los lazos de la camisola y se la abrió, desnudando sus pechos; ni cuando sus manos acariciaron con ligereza el mismo camino que recorrían sus ojos. La expresión de él era voraz y sus palmas calientes y suaves sobre la piel de ella. Jared le pasó los dedos por el pelo, luego le levantó las manos, que seguían atadas, y se las colocó por encima de la cabeza.

—Quédate ahí —ordenó en voz baja—. Quieta.

Se despojó de la bata, permaneciendo ante ella, con insolencia, mostrando su cuerpo esbelto, musculado y majestuoso. Se colocó sobre ella, sosteniéndose con los brazos, y comenzó a explorarla lentamente con la boca y las manos.

Y cuando por último introdujo en ella toda su ardiente longitud, Ava cerró los ojos y flotó en una nube de satisfacción sexual mientras él vaciaba su esperma en su interior.

Cuando ambos llegaron al orgasmo, permanecieron juntos; ella con las muñecas todavía atadas con el cinturón de seda, tumbada con descuido sobre el pecho de él y con una de las piernas de Jared encima. La cabeza de Ava descansaba sobre su hombro mientras él le acariciaba el pelo con los dedos.

No hablaron, ya que, en opinión de Ava, ambos habían sobrepasado el punto en el que las palabras eran necesarias. Lo que ella sentía era demasiado profundo, demasiado intenso para expresarlo con simples palabras, y esperaba, rogaba, que él sintiera lo mismo.

Pero no se atrevió a preguntar, no se atrevió a arriesgarse a que su corazón se rompiera en pedazos.

24

Después de aquella noche, las cosas parecieron cambiar, o al menos así se lo pareció a Ava.

Él la invitaba a acompañarlo en sus paseos diarios, ambos cabalgando juntos. Tuvo la oportunidad de verlo trabajar al lado de los arrendatarios en una ocasión, cuando se rompió una presa del río y hubo que repararla. Jared se quitó la chaqueta y el chaleco y ayudó a levantar grandes rocas para reconstruirla.

Lo observó mientras ayudaba a reunir el ganado que había comprado en Marshbridge, conduciéndolo hasta un campo al norte de la abadía. Incluso ella intentó colaborar siguiéndolos con dificultad, provista de un gran palo, hasta que pisó un sospechoso trozo de fango que le echó a perder el zapato.

Por la noche, ambos se sentaban en el estudio, ella leyendo algún libro de la biblioteca y él estudiando con atención documentos que, según le explicó, hacían referencia al estado de su fortuna.

En ese aspecto, su generosidad no tenía fin. Insistía en que ella dispusiera de todo lo que necesitara para ayudar a Phoebe y a Greer (suponiendo que volvieran a ver a esta última). Según lo que decía Phoebe en su última carta, Greer se había adentrado en Gales en busca de su familia. Ava se alteró mucho y, una noche, le preguntó a Jared:

—¿Qué clase de problemas y disturbios crees que hay en Gales?

Él sonrió.

—Sospecho que los habituales.

—¡Oh, no! —exclamó ella frunciendo más el cejo.

Él se rió.

—Quiero decir que no demasiado.

—Ah —suspiró ella, muy aliviada.

También se alegraba de que Jared hubiera readmitido a Sally, quien se había vuelto muy decente después del rapapolvo que le echó Ava.

—No andarás pellizcando a los lacayos en el trasero o algo por el estilo, ¿verdad? —le preguntó una tarde.

La doncella chasqueó la lengua al oírla.

—Por supuesto que no. Si quisiera pellizcarles lo haría en otro sitio.

—¡Sally! —se escandalizó Ava, volviéndose con tanta rapidez que la muchacha soltó el pliegue que estaba haciendo en su espalda.

—¿Qué? —preguntó Sally con inocencia—. ¿No tiene usted ganas de pellizcar al señor de vez en cuando?

Ava enrojeció y se volvió.

—Si lo hago o no no viene a cuento. Lo que quiero decir, Sally Pierce, es que tienes que portarte mejor. Lo prometiste.

—No es justo que sea usted la única en esta casa a la que se le permite tener algo de diversión —se quejó. Pero luego sonrió de oreja a oreja, mirando el reflejo de Ava y guiñándole un ojo.

Ésta cerró los ojos y suspiró levantando la cara hacia el techo, pero la verdad era que disfrutaba de la insolente opinión que Sally tenía del mundo, y, además, la necesitaba. Le había enseñado muchas formas de complacer a su marido; aunque la advertía a todas horas de que cedía con demasiada facilidad.

—En el momento en que la puta reaparezca, volverá a atraparle entre sus redes —le advirtió una noche, cuando Ava la ilustraba sobre el día que había pasado con su marido, durante el cual ambos habían ayudado a los campesinos a atar balas de heno—. ¡Por el amor de Dios! —exclamó Sally cuando Ava mencionó lo fuerte que era Jared—. Sabe que la tiene en el bolsillo. ¿Al final va a pensar que, a fin de cuentas, le queda otro bolsillo vacío al otro lado...

—Silencio —ordenó Ava con severidad—. No sabes lo que estás diciendo.

Pero en su fuero interno, temía que Sally pudiera tener razón. Ava no lograba acostumbrarse a las constantes visitas de lady Kettle a la abadía, ni a la facilidad con que compartía risas con Middleton, ni a la manera en que lo miraba. Pero, al mismo tiempo, gracias a ella, descubrió muchas cosas sobre Jared. Le contó anécdotas que lo pintaban como un niño solitario que rara vez disfrutaba de la compañía de sus progenitores, y bajo la autoridad de un padre demasiado rígido. La infancia de su marido parecía haber sido bastante triste.

Y estaba el tema de su imprudencia al cabalgar, que no lograba entender. Cuando Jared trabajaba, lo hacía hasta el agotamiento, dando más que cualquier otro hombre y a menudo sin ningún cuidado ni respeto hacia su persona. Era casi como si no le importara lo que pudiera sucederle. Y si no se preocupaba por sí mismo, ¿cómo iba a preocuparse por ella?

A pesar de que su relación con él había mejorado —parecían entenderse bastante bien—, no podía eludir la sensación de que algo fallaba. Pero si se acercaba demasiado, él volvía a retraerse, y su humor se volvía sombrío y meditabundo. A menudo, Ava tenía la impresión de que había días o momentos en los que Jared se sentía atrapado. Puede que incluso por el matrimonio.

Para ser sincera, suponía que no lo conocía demasiado bien.

Ésa era una de las razones por las que había acabado por temer la llegada del correo. Procuraba hacerse con él antes de que lo hiciera Middleton. Las dos semanas anteriores había confiscado con rapidez dos cartas de lady Waterstone, pero la inquietaba que Middleton tuviera más.

Las dos que había sustraído, se las leyó en voz alta a Sally, quien, desde el sillón, ponía los ojos en blanco, resoplaba y hacía toda clase de sonidos desdeñosos.

Pero Ava no vio ninguna carta dirigida a Londres a modo de respuesta. Esa circunstancia matenía viva en ella una llama de esperanza.

Por desgracia, esa llama no era tan brillante como le hubiera gustado. Al pasar el tiempo, se percató de que el marqués nunca usaba su nombre. Y ella tampoco el de él, excepto en la intimidad de la cama matrimonial. Era como si emplear sus nombres de pila fuera algo demasiado íntimo.

El hecho de que él no la llamase nunca Ava empezó a carcomerla. Comenzó a contar las veces en las que él se dirigía a ella como «milady» o «lady Middleton» y las que ella le decía a él «milord» o «señor». Empezó a tener la sensación de que era como la criada que duerme con el amo, sin que se le permitiera emplear el nombre de pila excepto en las más íntimas situaciones.

Dejó de usar por completo el nombre de él, y decidió que no saldría de sus labios hasta que él la amara. No le importaba el tiempo que tuviera que esperar. Como le escribió a Phoebe: «Las hermanas y las primas se llaman por sus nombres de pila. ¿Por qué demonios no lo va a hacer un marido con su esposa. Parece cosa de bárbaros. Y, hablando de bárbaros, ¿ha habido noticias de Greer?».

Pero la semana en que debían partir a la propiedad de Harrison para la reunión anual de inauguración de la temporada de caza, a Ava se le acabó la paciencia.

Era una noche lúgubre, fría, lluviosa y bastante tempestuosa y, dado que en su habitación había una grieta —«tan grande como el Támesis», según confesó—, se arrastró hasta la cama de él para entrar en calor.

—¿Cómo vas a cazar con un tiempo así?

—Ahí está la mitad de la diversión —explicó él rodeándola con el brazo y atrayéndola hacia sí.

Permanecieron en silencio durante unos minutos, escuchando el sonido de la lluvia en las ventanas y el crujido de la leña ardiendo en el hogar. Middleton se rodeó el puño con la trenza de ella y, pasado un momento, le preguntó con delicadeza:

—¿Te ha venido el período?

La pregunta la irritó. Se lo había preguntado tres veces en el transcurso de los dos últimos meses, como si cumplir con el objetivo de dejarla embarazada fuera lo más importante del mundo.

—Hace dos semanas —masculló ella.

—Ah —dijo él, y pareció decepcionado.

Ava enterró la cara en su pecho, pero él le puso la mano bajo la barbilla y la obligó a levantar la vista. A la luz de las llamas, sus ojos estaban oscurecidos por una expresión que ya sabía distinguir y que siempre la hacía estremecerse de anticipación; una mirada que le aceleraba el pulso.

Y él lo sabía; la hizo rodar sobre su espalda poniéndose sobre ella. Le abrió el camisón y presionó los labios en su garganta.

—Preciosa —murmuró.

Ella quiso apartarlo, pero no pudo, ya que había empezado a excitarse bajo la caricia de sus manos. Le comenzó a hervir la sangre concentrándose en sus ingles, inundándola de un desesperado deseo de que la poseyera y la amara.

—Milord —gimió ella cuando las manos de él fueron al encuentro de sus pechos.

—Llámame Jared —dijo él antes de volver a llevar la boca a su pecho.

Se le detuvo el corazón y se evaporó la pasión.

—No —negó con rotundidad.

Él dejó de dedicarle su atención a su seno y la miró a la cara.

—¿Perdón?

Ella lo apartó sin ninguna delicadeza y luego se incorporó hasta quedar sentada.

—No voy a usar tu nombre de pila, porque tú sólo se lo permites a aquellas personas que te quieren y a quienes quieres. Por ese mismo motivo, tú nunca me llamas a mí Ava.

Pareció como si le hubiera pinchado; se incorporó, sacó las piernas por un lado de la cama y se quedó allí sentado, con expresión aturdida.

—Por Dios, juro que a veces no sé lo que quieres —se quejó—. No sé cómo complacerte. He intentado ser bueno contigo, he tratado de arreglar las cosas cuando no son de tu gusto y aun así, siempre encuentras algo de lo que quejarte. ¿Qué es lo que quieres, Ava?

Ella se mordió el labio, notando el escozor de las lágrimas en los ojos.

—Quiero... Tenía la esperanza... de que llegaras a amarme —soltó.

Fue como si lo hubiera golpeado. Por la expresión de su rostro, era evidente que no sabía qué responder. Tan evidente como que tampoco iba a hacerle una declaración de amor eterno.

—Ava —dijo, extendiendo la mano para coger la de ella—. Mi querida Ava.

Era la primera vez que usaba un término cariñoso y ella se animó. Se volvió hacia él y se secó las lágrimas con los dedos.

—El amor... el amor llega con el tiempo —añadió él titubeando.

A Ava se le desplomó el corazón y se sintió un poco mareada.

—¡Oh, Dios! —exclamó.

—Necesita tiempo y vivencias que lo alimenten —añadió él afligido.

—Sí, lo sé —contestó ella apartando la mano—. Es sólo que... es que no entiendo cómo dos personas pueden hacer... algo así —hizo un gesto vago hacia la cama—, y no sentir ningún tipo de afecto.

—Pero ¡sí hay afecto! —exclamó él con una sonrisa, acunando su rostro con una mano—. Yo te aprecio mucho. Muchísimo.

Parecía que estuviese tanteando el terreno al hablar, avanzando con cautela, pero Ava esperaba mucho más.

—¿Y? —lo animó.

—¿Y? —repitió él, sin entender lo que ella deseaba.

—¡Ah! —gritó ella, levantándose de la cama y cogiendo la bata.

—Espera —la detuvo él, sujetando su mano—. ¿Adónde vas? No te vayas; vamos a hablar de esto. Si deseas que te llame, Ava, así lo haré, y, por supuesto, tienes mi permiso para utilizar mi nombre...

—¿Tengo tu permiso? Dios mío, no has entendido ni una sola palabra de lo que he dicho, ¿verdad? —bramó ella, atándose el cinturón de la bata—. ¿Crees que todo esto es por usar tu nombre?

—Pero tú has dicho...

—Sí, sí, sé lo que he dicho —gimió ella, gesticulando sin control—. ¡Lamento haberlo dicho! ¡Mi madre, que en paz descanse, tenía razón! ¡El matrimonio no es más que un asunto de conveniencia y dinero, y desear más de él es una completa locura!

—¿Qué estás diciendo? —preguntó Jared con rudeza—. ¿Que este matrimonio está condenado porque no te he llamado por tu nombre?

—¡Este matrimonio está condenado porque no es un matrimonio! —rugió Ava—. ¡Es un acuerdo de negocios!

—Sí —convino él de repente, con voz fría—. ¡Es un acuerdo de negocios porque es exactamente lo que querías! ¡Ya te lo advertí, milady, no me pidas lo que no puedo darte!

Las lágrimas comenzaron a enturbiar su visión.

—¿Es porque amas a otra?

—¡No! —explotó él con voz cargada de exasperación—. No amo a nadie.

—¡Ahhh! —aulló ella, echando a correr por los pies de la cama, en un intento de alejarse de él. Middleton la sujetó por el brazo—. ¡Suéltame! —exigió Ava.

—¡Sabías lo que era! —le gritó él—. ¡Lo supiste desde el momento en que nos conocimos!

—Pero ¡las cosas han cambiado! —exclamó Ava, intentando soltarse de un tirón—. ¡No puedes negar que han cambiado!

—Ava, escúchame —dijo él, agarrándola del otro brazo y obligándola a dejar de retorcerse—. Estamos bien juntos. ¡Y eso ya es mucho!

Ella se soltó y se abalanzó hacia la puerta.

—¡Ava! —la llamó él, pero ella ya había cruzado la puerta, deseando alejarse de él lo máximo posible.

Cuando desapareció, Jared se quedó contemplando la puerta abierta del vestidor, luego se volvió y la cerró de un puñetazo. Sabía muy bien lo que quería Ava, y él deseaba con todas sus fuerzas podérselo dar.

Pero no sabía si sería capaz. No confiaba en sus sentimientos y estaba mucho más cómodo con su acuerdo.

Para ser sincero, últimamente se sentía bastante perdido. Disfrutaba de la compañía de Ava de una manera que no había creído que fuera posible. Le parecía ingeniosa, simpática y dispuesta a ayudar en cosas por las que la mayoría de las mujeres ni siquiera se dignarían levantar un dedo.

El encanto de Ava estaba en su deslumbrante, y quizá algo ingenua, visión del mundo. A él le parecía maravillosa, un refrescante punto de vista respecto a la forma en que había acabado por verlo él. Adoraba su espíritu. Pero no sabía si la amaba, ni siquiera sabía si era capaz de ello. Sólo había amado una vez en toda su vida, y había terminado fatal. Hacía mucho tiempo que había aprendido que, si alguien entregaba demasiado de sí mismo a otra persona, algo o alguien podía destruirlo todo.

No enamorarse era puro instinto de supervivencia.

Abatido, se dio cuenta de que Ava acabaría por aprenderlo, lo mismo que lo había aprendido él.

25

Al día siguiente dejó de llover y, según Dawson, Middleton salió hacia Broderick muy temprano, montado a caballo. Ava se alegró, ya que no deseaba verlo hasta haber encontrado una forma y un método de soportar su matrimonio.

Paseó hasta las ruinas del castillo, y dio la casualidad de que Edmond Foote estaba allí, blandiendo una espada de madera.

—¿Amigo o enemigo? —le preguntó el niño.

—¡Amigo!

Él asintió y metió con cuidado la espada en su vaina, consistente en un par de trapos que era evidente que él mismo había cosido.

—¿Puedo entrar? —preguntó ella desde el pie de las viejas murallas del castillo.

Él la obsequió con una maravillosa sonrisa, hizo una reverencia y extendió la mano con grandilocuencia señalando las ruinas.

—Mi castillo es suyo.

Ella subió y vio que había estado arrastrando rocas para formar el contorno de las habitaciones.

—Vaya. Estás reconstruyendo el castillo, ¿no? Ahora debo de estar en la cocina.

—Está usted en el patio —explicó él como si fuera evidente por la disposición de las rocas.

—Ah —exclamó Ava pasando por encima—. ¿Y ahora?

—Ahora está usted en la cocina. —Se volvió e indicó un lugar que había separado—. Ése es el gran salón, donde el rey y sus caballeros deciden a quién van a matar —añadió con placer.

—¡Ooh! —dijo ella arrugando la nariz—. ¿Gigantes y cosas así?

Por alguna razón, eso provoco la risa de Edmond. Echó la cabeza hacia atrás y se rió con ganas, entrecerrando con alegría sus ojos color avellana. En ese momento, Ava supo por qué no se permitía al niño ir a la abadía ni a Broderick. Supo la razón por la que era un prisionero del bosque.

Y de repente odió a Middleton por ello.

La verdad era que le sorprendía no haberse dado cuenta antes, pero estaba claro que el niño era hijo de Middleton. Tenía sus mismos ojos color avellana y su misma boca. Y cuando se reía era idéntico a su padre.

Sin embargo, se sintió horrorizada al darse cuenta, aterrada, de que Middleton hubiera tratado a su hijo de manera tan horrible, y más enfadada todavía porque un hombre de su posición y riqueza no hiciera algo más por su hijo, fuera éste ilegítimo o no.

Mientras permanecía allí, sonriendo y asintiendo con la cabeza en tanto Edmond le señalaba el resto de las dependencias del castillo, se preguntó si habría algo en la institución del matrimonio que pudiera hacerlo recomendable. De momento, no se le ocurría ni una sola cosa.

Al día siguiente, cuando lord y lady Middleton debían partir hacia la propiedad de Harrison, Ava apareció por fin (en la cena de la noche anterior había alegado tener dolor de cabeza), vestida con un traje de viaje, las maletas preparadas y su doncella exhibiendo una provocativa sonrisa. Jared pensó que su esposa estaba preparada para viajar al este.

Sin embargo, se acercó a ella con cautela por si su humor cambiaba tan repentinamente como dos noches antes.

—Parece que estás lista para pasar un fin de semana haciendo ejercicio, ¿no, milady... esto, Ava?

—Sí lo estoy, Jared —respondió ella entrecerrando un poco los ojos.

Él estuvo a punto de sonreír. Si había algo de lo que podía estar seguro era de que Ava Fairchild se sobreponía a cualquier revés, imaginario o real, grande o pequeño.

—Estupendo —observó—. Entonces podemos ponernos en marcha. Ha dejado de llover y promete ser un día precioso.

—No lo es —dijo ella, alejándose de él para ponerse el sombrero.

La miró mientras lo hacía. Pensó que estaba orgulloso de ella, y de presentarla como su esposa. Tan sólo pocos meses antes, apenas notaba su presencia. Y ahora... ahora deseaba tocarla y sentir su piel. Pero no se atrevió; Ava tenía pinta de ser capaz de darle un puñetazo en la boca si se atrevía a pensarlo siquiera.

Ella durmió durante la mayor parte del viaje, hasta que él la despertó cuando se acercaban a la propiedad de Harrison. Entonces se incorporó abriendo los ojos y muy hermosa. Se inclinó hacia adelante para mirar por la ventana, luego se echó hacia atrás, se pellizcó las mejillas, se alisó el pelo y se volvió de nuevo hacia la ventana para mirar el paisaje. Jared no la presionó y se dedicó a mirar a su vez por la ventana contraria.

Por todas partes había carruajes, lacayos corriendo de un lado a otro, damas y caballeros en el paseo de entrada y subiendo escaleras.

Su cochero giró a toda velocidad, deteniéndose de golpe ante las puertas mientras dos lacayos de librea se apresuraban a bajar la escalinata para ayudarlos a descender del carruaje.

El primero en hacerlo fue Jared, quien se dio luego la vuelta, con una mano a la espalda ofreciendo la otra a Ava. En ese momento apareció Harrison en lo alto de la escalera, se apresuró a bajar con una amplia y cálida sonrisa. A su espalda, Stanhope, más comedido, se limitó a bajar los escalones.

Harrison estrechó a Jared en un gran abrazo, apretándole con fuerza, palmeándole la espalda, y comentando que el matrimonio le sentaba muy bien.

Jared no se molestó en responderle, ya que Harrison se había vuelto hacia Ava, rodeándola también a ella con un abrazo de oso y al parecer dejándola sin respiración.

—Harrison, viejo amigo —intervino Jared poniéndole una mano en el hombro—, por favor no asfixies a mi esposa.

Harrison la soltó con una carcajada.

—Lady Middleton, tiene usted aspecto de encontrarse bien y feliz a pesar de haberse casado —observó con un guiño juguetón.

Por desgracia, no tenía ni idea de lo cierto que era lo que acababa de decir.

—¿Y qué le parece Broderick Abbey? —preguntó.

—Demasiado grande —intervino Jared.

—Y llena de corrientes de aire —añadió ella con una sonrisa forzada.

Harrison aulló de risa.

Stanhope rodeó a Ava con un brazo y la apartó de allí.

—Permítame rescatarla de un ardiente admirador —dijo—. Harrison ha reservado una habitación especial para lord y lady Middleton en el lado oeste, de modo que aquí estará caliente; está pintada de amarillo, así que le parecerá alegre. Francis le enseñará el camino —añadió, haciendo señas al mayordomo de Harrison para que los acompañara.

—¿Por qué no descansa un poco? —sugirió Harrison a su espalda—. Nos reuniremos todos para tomar un vino a las ocho, la cena será a las diez y la caza dará comienzo mañana al amanecer. Middleton —añadió dejando de mirar a Ava y haciéndole un furtivo guiño a Jared—, tengo una yegua que me encanta y que todavía no has visto. Mide catorce palmos y es tan ancha como un río. ¿Te apetece verla?

Jared echó un vistazo a Ava, quien se encogió de hombros.

—Estaré bien.

—¿Estás segura?

—Desde luego —respondió ella subiendo ya la escalera con Sally detrás.

El mayordomo de Harrison se apresuró a alcanzarlas y Ava desapareció en el interior de la casa sin mirar atrás.

Harrison esperó hasta que ella estuvo dentro antes de volverse, sacar tres cigarros y entregarles uno a Jared y otro a Stanhope.

—La compré en Madrid el año pasado. Hice que un español la entrenara para cazar. No hay quien la supere —explicó, haciendo un gesto para que lo acompañaran a los establos.

Harrison siempre había sido aficionado a los caballos —ponis de carreras, enormes bayos para tirar de sus carruajes, corceles de batalla por si tenía que ir a la guerra—, y su entusiasmo era el mismo con ese caballo de caza. Jared se metió el cigarro en el bolsillo y escuchó lo que Harrison decía sobre su nueva adquisición.

No había exagerado; el animal era una belleza, y Harrison le acariciaba el morro ebrio de satisfacción. A Jared le gustaban los caballos, sobre todo los buenos, pero no tanto como a Harrison. Pasados unos minutos, se aburrió de elogios y se apartó para admirar los otros caballos en tanto Harrison retenía a Stanhope y proseguía con su detallado análisis de la nueva montura.

Mientras revisaba las cuadras, percibió una figura familiar que lo obligó a darse la vuelta.

Miranda lo estaba mirando con una suave expresión. Vestía un traje de montar y el pelo, rojo oscuro, le caía por la espalda, recogido en una trenza. Llevaba el sombrero un poco ladeado, en una elegante inclinación. En una mano portaba una fusta con la que se golpeaba la pierna al tiempo que las comisuras de sus labios se curvaban en una sensual sonrisa.

Él estuvo a punto de irse, sin saber muy bien adónde, pero lo detuvo la mano de Harrison en su brazo. Jared lo miró sobresaltado, y se sorprendió al ver la expresión de su rostro.

—No sabía que estaba aquí —le aclaró su amigo—. Te pedí que vinieras, pero a ver mi caballo.

—Lo sé...

—No —insistió Harrison, moviendo la cabeza a la vez que miraba al fondo de los establos, en dirección a Miranda—. Nos conocemos desde que éramos niños, ¿verdad? —preguntó volviendo a mirar a Jared—. No sabía que vendría con Westfall, de lo contrario ten por seguro que lo habría impedido...

—¿Por qué? —preguntó Jared obligándose a concentrarse en lo que decía Harrison—. Ya no hay nada entre ella y yo.

Harrison se ruborizó un poco.

—No es asunto mío, Middleton, pero yo no te apoyaré en esto.

Jared estaba consternado. Harrison y él llevaban muchos años siendo amigos, y jamás, en todo ese tiempo, Harrison había expresado su desacuerdo por nada de lo que Jared hacía. Que lo hiciera ahora era desconcertante.

Su amigo se percató de la sorpresa de Jared; se miró los pies, avergonzado, y luego miró a Miranda por el rabillo del ojo.

—Resulta que creo que los votos pronunciados ante Dios no deben romperse. Tú haz lo que quieras, pero esto es lo que yo creo.

Dicho esto, se apartó de Jared y echó a andar hacia las puertas del establo, por donde ya se había escabullido Stanhope.

—A las ocho el vino —le recordó por encima del hombro.

Jared no respondió; estaba irritado por la reprimenda de Harrison para que fuera fiel a su esposa. Le era fiel. Ni siquiera había pensado en Miranda desde que decidió casarse con Ava. Aun así, su amigo dudaba de su integridad. ¿Y por qué no iba a hacerlo? Jared se había quejado más de una vez de que el matrimonio iba a limitar su libertad para acostarse en la cama de quien quisiera.

Volvió a mirar a Miranda, una mujer que, como había acabado por comprender, estaba más interesada en su título y en su dinero que en él. Ella se estaba acercando, moviendo las caderas de manera seductora, con su sensual sonrisa, y lo único que pensaba Jared era que no sabía qué había visto en ella.

Miranda se detuvo a pocos centímetros de él, sin inclinarse en una reverencia y sin dejar de mirarlo a los ojos. Se puso de puntillas, le dedicó una sonrisa insinuante y se acercó un poco más a él.

—Tienes muy buen aspecto.

Ella en cambio parecía más mayor de lo que él recordaba, su piel se veía un poco cetrina. No era luminosa. *No era Ava.*

—¿Cómo estás? —preguntó ella, perdiendo la sonrisa y escrutando su cara.

¿Cómo estaba? Se sentía desdichado. Ya no sabía ni quién era.

—Bien.

—Te echo mucho de menos. No puedo soportar estar lejos de ti, Jared.

Él retrocedió al oír su nombre en labios de ella. Lo utilizaba con la misma facilidad con que él usaba el suyo; y sin embargo le costaba pronunciar el nombre de Ava en voz alta.

Su esposa tenía razón.

Ese sencillo acto, ese íntimo reconocimiento, debería estar reservado a las personas que significaban algo para él, y no había tenido el coraje de admitir que era posible que en realidad amara a Ava.

Miranda le estaba sonriendo con ojos llenos de esperanza. Miró a su alrededor, igual que había hecho Jared, y tan sólo vio a un mozo de cuadras cepillando a un caballo.

—Podríamos dar un paseo —sugirió acercándosele—. Por alguna parte donde podamos estar solos y conversar.

—No tenemos nada que decirnos. —No podía dejar de mirarla, intentando imaginarse con ella.

No era capaz de entender por qué, desde que se había marchado de Londres, unos días se sentía lleno de alegría y otros de desesperación. No entendía cómo era posible que unos pocos meses pudieran cambiarlo todo y parecer toda una vida.

—¿Recibiste mis cartas? Me preguntaba lo que hacías cada segundo de cada día... y de cada noche —añadió ella, deslizando la mirada por su cuerpo.

Los comentarios picantes de los que antes él hubiera disfrutado, se le antojaban ahora una deslealtad hacia su esposa.

—¿Recuerdas nuestras noches juntos, mi amor? ¿O se ha apoderado ella de tus sueños?

La ira empezó a hacerle hervir la sangre.

—No tienes ningún derecho —dijo en voz baja— a preguntar por los aspectos privados de mi matrimonio.

Miranda se quedó perpleja. Luego se echó a reír; las carcajadas parecían estallar en sus labios.

—¡Ay, Señor! —exclamó riendo—. ¿Tu matrimonio? Ella es sólo un títere, querido, una chica con un útero. Eso no es un matrimonio.

La sangre le empezó a palpitar en las sienes. La cogió del brazo, clavándole los dedos.

—Préstame atención, Miranda: cuidado con lo que dices.

—¿Qué te ha pasado, querido? ¿Has empezado a sentir algo por ella? No te culparía si lo hubieras hecho, tu mujer es muy atractiva. Pero no es yo, Jared.

—No, gracias a Dios no lo es —estuvo de acuerdo él.

La apartó y cruzó a zancadas el establo, con el corazón desbocado de furia y un enorme dolor de cabeza.

Cuando Jared entró en sus habitaciones, con una expresión seria y cansada poco habitual en él, Ava despidió a Sally. Lo vio ir y volver del vestidor al baño y del baño al vestidor. Era evidente que no estaba de buen humor y que tampoco tenía ganas de hablar, ya que, cuando ella le preguntó por el caballo de Harrison, lo único que dijo fue «magnífico». Nada más, sólo «magnífico».

Después de media hora de verle pasear, Ava se levantó.

—Voy a dar una vuelta —anunció.

Jared apenas la miró.

—Si quieres...

Quería, vaya si quería. Le dejó y se encaminó hacia el piso principal, al cual seguían llegando invitados mientras los lacayos se afanaban llevando sábanas limpias y arrastrando maletas.

Deambuló por el pasillo, deteniéndose a admirar las obras de arte para pasar el tiempo. Cuando llegó al lujoso salón, vio a tres hombres de pie, bebiendo whisky. Cuando uno de ellos la descubrió, la llamó.

—¡Lady Middleton! Únase a nosotros, ¿quiere? Cuéntenos qué siente al estar casada con el marqués de Middleton.

Sus dos compañeros se rieron con disimulo de manera desagradable.

—Gracias, pero no —respondió Ava, retrocediendo con rapidez.

Le llamó la atención el sonido de unas voces femeninas y se topó con una salita. En ella había cuatro mujeres sentadas ante un crepitante fuego y bebiendo té. Como conocía a dos de ellas, aunque fuera superficialmente, tuvo la sensación de haber encontrado por fin un refugio, de modo que entró en la habitación con una sonrisa.

Lady Blanton fue la primera en verla, y cuando Ava preguntó si podía unirse a ellas, le dedicó una sonrisa.

—Por supuesto, querida. Siéntese.

—¿Té, milady? —le ofreció un lacayo.

—Por favor —contestó Ava, sentándose al lado de lady Blanton en el sofá.

—¿Puedo presentarles a lady Ava? ¡Oh, perdón! Quería decir lady Middleton —dijo lady Blanton señalando a las otras mujeres con la cabeza—. Acaba de casarse, ¿no es así, querida? —preguntó volviendo a mirar a Ava con los labios fruncidos en una extraña sonrisa—. No he tenido el placer de darle la enhorabuena por su matrimonio.

—Gracias.

—Fue algo muy rápido, ¿no? —continuó lady Blanton—. Creo que a todo Londres lo cogió por sorpresa.

Las demás mujeres levantaron la cabeza y miraron a Ava con curiosidad, oliéndose algún escándalo. Lady Blanton sonrió con dulzura, de modo que Ava no supo si quería que se sintiera incómoda y si tan sólo estaba siendo grosera por curiosidad.

Fuera por una cosa o por la otra, a Ava se le empezó a erizar el vello.

—No vimos ningún motivo para alargar el compromiso —explicó.

Lady Blanton asintió. Una mujer que estaba frente a ella y que le resultaba algo familiar, ladeó la cabeza y la miró con atención.

—¿No es usted la hija de la fallecida lady Downey? —preguntó.

—Así es —respondió Ava, deseando haberse quedado en su dormitorio. O en Broderick Abbey, o mejor en Londres. En Downey House. ¡Ojalá pudiera retroceder en el tiempo y no haberse casado nunca con Jared! Downey House tenía toda una colección de problemas, pero ninguno le había destrozado el corazón del modo como lo hacían sus actuales preocupaciones.

—¡Oh, querida, qué pérdida más trágica! Lamenté mucho enterarme de su muerte, ella siempre era tan alegre...

—Gracias.

—¿Cuánto tiempo hace ya? ¿Casi un año? —preguntó mirando de reojo el vestido de seda color crema de Ava.

—¡Ejem!... —Ava hizo una pausa para aceptar el té que el lacayo le traía—. Hace más de un año —aclaró.

Las otras mujeres se miraron entre sí y luego sus tazas de té, poniendo de manifiesto que Ava se había casado en cuanto terminó el período de luto. No era difícil saber lo que debían de estar pensando.

Le hubiera gustado poder decirles que lo había hecho para sobrevivir, para asegurarse de que su hermana y su prima no se casaran con el primer hombre que les ofreciera un hogar sin pararse a pensar en su carácter. Pero claro, no podía explicarles nada de eso, y tuvo que soportar su callado desdén.

Las mujeres evitaron su mirada.

Ava se bebió el té, sintiéndose muy desgraciada. Había sido un error acudir allí, una equivocación pensar que podría estar en sociedad y fingir que todo iba bien. Su madre hubiera sabido qué hacer. Se habría reído de esas mujeres, les habría dado una concisa réplica y hubiera revoloteado hacia otro grupo. Pero Ava no poseía su ingenio, ni su confianza en sí misma, ni su fortaleza, y hubiera estado mejor escondida en algún agujero.

La conversación se detuvo; sólo se oía el tintineo de la porcelana y algún pequeño sorbo. Pasados unos segundos, lady Blanton dejó a un lado su taza, cruzó las manos sobre el regazo y le dedicó a Ava una sonrisa.

—¿Dónde van a establecer lord Middleton y usted su residencia? ¿En el campo o cree que en Londres?

—En Londres —contestó ella, agradecida por el cambio en la conversación.

—¡Oh, qué fantástico para usted! Así podrá ver a su familia tan a menudo como desee. Yo opino que es muy importante tener distracciones, como por ejemplo la familia cerca. De ese modo, su marido podrá dedicarse a sus asuntos y usted a los suyos.

—Yo no admitiría algo distinto —intervino una de las mujeres; las demás se rieron con disimulo.

—Mientras él tenga su club, su caza y sus otros entretenimientos es completamente feliz —añadió lady Preston con un guiño de complicidad.

Las mujeres volvieron a reírse entre dientes. Ava también lo intentó, pero lo único que sentía era desaliento. ¿Nadie se casaba por amor? Apartó el té, se levantó y se acercó al carrito de servicio para distraerse con los canapés, y entonces percibió que a su espalda la conversación había vuelto a interrumpirse. Le pareció oír unos susurros, pero cuando se dio la vuelta, las mujeres estaban bebiendo té y mirándose el regazo.

Iba a ser un fin de semana insoportable.

Cuando, por la tarde, Ava y Middleton (cuyo humor había mejorado un poco) bajaron al gran salón para tomar el vino y cenar, Ava se dio cuenta del verdadero infierno en el que se había metido.

No ayudó en absoluto que dos caballeros se acercaran al instante a ellos en cuanto hicieron su aparición, apartando a Middleton para hablar de algo «muy» importante y dejando a Ava, sin querer, allí de pie, sujetando con torpeza una copa de vino en la mano. Las veces que se había imaginado a sí misma casada, había soñado que su vida iba a ser muy parecida a aquello: asistiría a reuniones sociales y coquetearía con jóvenes atractivos. Pero aunque estaba asistiendo a una reunión, y había varios jóvenes atractivos entre los invitados, no tenía ánimo para nada de eso.

Lo único que quería era que su marido la amara. Y lo que convertía ese deseo en algo desgarrador era que ahora estaba convencida de que él era incapaz de hacerlo. Si hubiera podido amar, no habría tratado a Edmond de una manera tan detestable.

En un intento por evitar las conversaciones sin sentido, vagó por la estancia para admirar una escultura de jade que representaba a una hermosa mujer, entonces alguien se le acercó.

—¿Lady Middleton?

La voz de lady Waterstone la sobresaltó de tal modo que derramó un poco de vino sobre la alfombra. Supo quién era antes de darse la vuelta, pero hasta ese momento no había sabido que ella estuviera allí, ni siquiera se le había ocurrido que pudiese estar invitada, y se sintió terriblemente traicionada por su inesperada presencia.

—Lady Waterstone —consiguió decir.

Ésta sonrió y se inclinó en una reverencia, reconociendo el superior rango que ostentaba Ava en aquellos momentos. Por primera vez, Ava se fijó en la belleza clásica de la mujer, con sus mechones rojizos y sus labios color fresa. De pie a su lado, se sintió mediocre y anodina, e incluso un poco gorda.

—Le sienta bien el matrimonio —observó lady Waterstone con alegría—. Está usted adorable.

Ava echó un vistazo hacia su viejo vestido de seda color crema y pensó que debía de parecer bastante vulgar en comparación con el vivo tono verde que llevaba lady Waterstone.

—Gracias —contestó con suavidad.

—¡Qué maravilloso que haya venido! —exclamó la otra—. No creí que fuera a hacerlo.

Ava se preguntó, sospechando al instante, por qué lady Waterstone no se lo había imaginado. ¿Habían planeado Jared y ella encontrarse allí? ¿Se había interpuesto ella en los planes de los dos amantes?

—¿Le gusta cazar? —preguntó lady Waterstone, olvidando su anterior observación.

—No. Nunca lo he hecho.

—¿No? Es normal —dijo lady Waterstone con una sonrisa comprensiva—. Los deportes sanguinarios pueden resultar perturbadores.

Ava pensó que lady Waterstone lo debía de saber mejor que nadie.

—No es una actividad adecuada para la tierna sensibilidad femenina —añadió.

—¿Lady Middleton? —Se trataba de Harrison, quien rodeó la escultura de jade para reunirse con ellas—, si me lo permite, debe usted reunirse con su marido. Cenaremos en breve.

—Ah, Harrison —exclamó lady Waterstone moviendo la mano—, en verdad sabe usted cómo interrumpir una buena conversación. Tan sólo estábamos hablando de caza.

—Quizá pudiera usted charlar conmigo, lady Waterstone, estoy impaciente por escuchar sus anécdotas. —Lord Stanhope apareció de repente junto a lady Waterstone—. Ya sabe que su conversación me resulta fascinante.

Lady Waterstone se rió.

—Vaya, creo que me están secuestrando.

Stanhope le dirigió una fría sonrisa y le colocó la mano sobre su codo. Ella se dio la vuelta para irse, pero vaciló y antes apoyó la otra mano en el brazo de Ava.

—Tendremos ocasión de proseguir con la charla, ¿verdad?

—Miranda, estás interrumpiendo el desfile —la avisó Stanhope con otra helada sonrisa.

—Ya voy, ya voy —rió lady Waterstone, deslizándose hacia el brazo de lord Stanhope.

Ava echó un vistazo a Harrison. Él sonreía con tanta tristeza que confirmó que no era la única que había adivinado que su marido y su amante habían planeado ese encuentro a pesar de que hacía muy poco que ella y Jared se habían casado. Saberlo la consternó. Le parecía que era incapaz de moverse.

—Su marido la está esperando —anunció Harrison con suavidad, ofreciéndole el brazo.

Ava se aferró al brazo de Harrison y permitió que éste la condujera hasta Middleton, quien todavía estaba enfrascado en una conversación con los dos caballeros, pero que sonrió cálidamente cuando su amigo los interrumpió. La rodeó con un brazo de modo posesivo, la atrajo hacia sí y gastó una pequeña broma diciendo que tenía que vigilarla para no perderla en manos de alguno de los jóvenes presentes.

Los dos hombres se rieron de su broma, y Ava sonrió como se esperaba que hiciera, pero por dentro se sentía enferma. Notaba un par de ojos cobrizos fijos en ella desde el otro extremo del cuarto, perforándola y, a pesar de tener el brazo de Middleton rodeándola, nunca había sentido tanto frío en toda su vida.

26

Jared pensó que la velada no iba a terminar nunca. Se le estaba haciendo interminable; pasado un rato, las risas y la alegría resultaban irritantes y la situación demasiado incómoda.

Era consciente de la constante atención de Miranda, percibía su mirada siguiendo cada uno de sus movimientos, abrasadores cada vez que se fijaba en su esposa.

Debería haber sabido que iba a ir; incluso se sentía en cierto modo responsable. Quizá debiera haber contestado sus cartas en vez de quemarlas, exigiéndole que desistiera de escribirle. O quizá, para empezar, no hubiera debido convertirla en su amante.

Se sentía atrapado por sus propias acciones.

Después de que las damas se hubieron retirado y los hombres disfrutado de sus cigarros, ambos sexos volvieron a reunirse. Apenas había dado un paso en la estancia cuando Miranda lo arrinconó. Mientras le hablaba, susurrando su cariño, intentando compartir una broma sobre el desesperado intento de lord Frederick de complacerla durante la cena, y fingiendo que nada había cambiado entre ellos, Jared no podía apartar los ojos de Ava. No quería ser grosero, pero era consciente de que muchas miradas estaban pendientes de él y de Miranda, de modo que se alejó de ésta sin más mientras ella seguía hablando, notando todos los ojos fijos en él.

Todos salvo los de una persona: Ava no lo miró ni una sola vez.

¡Qué injusto era haberla puesto en esta situación! ¡Qué ingenuo por su parte haber dado por sentado que ambos iban a vivir con placidez y sin arrepentirse de su acuerdo! ¡Qué estúpido creer que podrían hacerlo!

Se acercó a su esposa y le sugirió que se retiraran. Ella no pareció sorprenderse y tampoco vaciló en acompañarlo. Salieron del salón deseando buenas noches a todo el mundo; luego, como si de una pareja de recién casados se tratara, se fueron rodeándose con los brazos mutuamente.

Ava dejó caer su brazo en cuanto la puerta se cerró a sus espaldas. Entonces caminaron en silencio hasta sus habitaciones.

Sally los estaba esperando; Ava la despidió y le pidió que volviera por la mañana. Cuando la muchacha se hubo marchado, Ava se dio la vuelta. Abatida, caminó hacia el vestidor contiguo y cerró la puerta.

Jared suspiró, se quitó los zapatos y comenzó a desnudarse. Sólo llevaba el pantalón cuando Ava reapareció con el camisón puesto. Llevaba el pelo recogido en una trenza floja que le caía por la espalda. Pasó por delante de él sin decir nada y se metió entre las sábanas dándole la espalda.

Jared contempló su espalda y la larga trenza dorada. Jamás se había imaginado que sería así. El día que le propuso matrimonio con tanta precipitación, en ningún momento pensó que él fuera a ser tan desdichado, ni que alguien tan vital como Ava pudiera ser tan desgraciada.

Empezó a palpitarle la cabeza con un intenso dolor. Se levantó y se fue al vestidor para terminar de asearse. Cuando se reunió con Ava en la cama, se dio cuenta de que ella fingía estar dormida. Su cuerpo estaba tenso y su respiración era superficial.

En el exterior, arreció el viento; podía olerse la lluvia. El primer estallido de truenos lo confirmó, y cuando comenzó a llover, el sonido acompasado de las gotas contra los cristales de las ventanas lo tranquilizó.

Ava no se había movido, pero él sabía que no dormía, ya que notaba la tensión que irradiaba de ella. Ava Fairchild, que lo había divertido tanto con su espíritu invencible, yacía a su lado con su luz interior apagada. Él era quien lo había hecho. Era él quien había extinguido esa hermosa luz.

—Lo siento —se disculpó de pronto, sorprendiéndose a sí mismo por haber expresado en voz alta sus pensamientos.

Ella no se movió.

Jared le puso la mano en el antebrazo, en el lugar donde ella se había subido la manga del camisón, y comenzó a acariciar su piel, suave como la seda bajo la palma de su mano.

—Lo siento —repitió. Y lo sentía por todo, por su pena, por hacerla sufrir, por haberle propuesto matrimonio alguna vez.

Mientras la lluvia se intensificaba, deslizó la mano hasta su pelo, enredándola en la trenza, soltando unos sedosos mechones y liberándolo del todo mientras en su mente hacía una lista de las miles de cosas de las que se arrepentía.

La lluvia golpeaba con un ritmo constante los cristales y el fuego crepitaba en el hogar. No supo el momento exacto en que Ava se dio la vuelta, pero tras hacerlo hundió la cara en el cuello de él y lo rodeó con los brazos. Su cuerpo reaccionó empezando a arder y la sangre se propagó por sus venas creando un inevitable remolino de deseo.

Sentía su cálido aliento contra su cuello y sus labios suaves y húmedos. Pero también sintió algo más: lágrimas. Esas lágrimas le herían, le causaban unos cortes profundos allí donde tocaban su piel. Lo volvían loco, lo ponían nervioso, embargándolo en la misma incomodidad que lo había asediado los dos últimos meses. Y mientras las lágrimas seguían manando de los ojos de ella, cada una le provocaba una cicatriz más profunda que la anterior, dejando en él una marca indeleble.

Tenía que borrar esas lágrimas, tenía que apartarlas de su hombro. Se puso de repente sobre Ava, inmovilizándola bajo su cuerpo.

—Milord —dijo ella con voz llena de cansancio.

—Tranquila —susurró él con voz áspera.

Cuando ella giró la cabeza a un lado, la cogió de la barbilla y la obligó a mirarlo. Ava lo miró fijamente durante un largo instante y luego cerró los ojos; una solitaria lágrima se deslizó por su mejilla.

—Ava —susurró él, lamiendo la lágrima de su piel—. Tranquila —repitió, empezando a besarla.

La lluvia continuaba cayendo sin parar, pero se convirtió en un sonido distante, porque de repente, Jared sólo fue consciente de su esposa. Le acarició el cuerpo con las manos, excitando sus pechos, inflamando su piel, secando la humedad de sus ojos, y luego se deslizó entre sus piernas. Cuando ella intentó resistirse débilmente, Jared insistió con las manos y la boca.

Él la tranquilizó y la acarició, atizó con habilidad su deseo, luego se retiró hacia la piel que todavía no había tocado, esforzándose por excitarla tanto como se esforzaba por librarse de sus sentimientos.

Con las manos apoyadas en él, el aliento de Ava pronto se hizo desigual. Cuando la puso boca arriba y se tumbó sobre ella, separándole las piernas, su virilidad presionó contra su vientre. La besó en los ojos, en la nariz y en los labios, y luego continuó bajando, besando el hueco de su garganta, el valle entre sus pechos, la tela de su camisón, apiñado en su vientre, y más abajo, deslizando las manos hasta sus caderas. Ava levantó las rodillas, separándolas y, cuando él se sumergió entre sus muslos, emitió un pequeño gemido de placer. Jared hundió la lengua en ella, tocándola con golpes ligeros, rodeándola, pellizcando y provocando hasta que Ava empezó a gemir agarrándose a las sábanas.

Cuando comenzó a jadear, él cerró los labios en torno a ella y, con la boca, la llevó sin piedad a un poderoso orgasmo.

Su grito fue estrangulado, sus caderas se levantaron cuando culminó. Él la sujetó hasta que terminó y luego avanzó hacia arriba por su cuerpo. Al llegar a la cabeza, hundió una mano en su pelo hasta alcanzar la nuca con los dedos, y entonces hundió su virilidad en ella con frenesí, emitiendo un largo suspiro de alivio.

Su cuerpo estaba caliente y húmedo y era como deslizarse en el paraíso. Se introdujo con desenfreno en su interior incrementando el ritmo de sus embates mientras empezaba a sentir cómo su liberación se acercaba el éxtasis. Ella se retorció bajo su cuerpo, al parecer tan impaciente como lo estaba él por colmarla. Agarró un mechón de su pelo, le mordisqueó el hombro y la besó en la mejilla y en la boca al tiempo que intensificaba el ritmo. El corazón le palpitaba en el pecho cuando, por fin, se sintió estallar dentro de ella, y enterró el rostro en su pelo, luchando por contener un grito de placer capaz de despertar a toda la casa. Cuando recuperó el aliento, rodó a un lado, arrastrándola con él, sosteniéndola en sus brazos, sintiendo su aliento cálido y desigual sobre su hombro.

No sabía cuánto tiempo pasó antes de que ella se durmiera, pero aun así la sostuvo, apartándole de vez en cuando el pelo de la cara. La mantuvo así hasta que él también se adentró en el sueño, y en ese momento, justo antes de quedarse profundamente dormido, sintió una tranquilidad que nunca antes había sentido.

Ava todavía dormía cuando él la dejó a la mañana siguiente. Se había apoderado de la mayor parte de las sábanas, de modo que Jared se despertó a causa del frío. Se levantó y se vistió sin hacer ruido. La miró por última vez antes de salir del dormitorio; estaba preciosa, allí tumbada, con expresión suave y relajada con el pelo revuelto y los labios un poco entreabiertos.

Bajó a la sala de desayunos y se reunió con otros cazadores que ya estaban preparados e impacientes por salir.

Jared se sirvió unos huevos y una tostada y tomó asiento a la mesa mientras lord Resnick y lord Hammilthorn discutían sobre las habilidades de sus respectivos perros.

Se reunieron media hora más tarde en el campo del oeste, los caballos estaban nerviosos y los perros intranquilos. Después de la lluvia de la noche anterior, el aire estaba frío y vigorizante; las condiciones eran perfectas para la caza, pero a Jared le traía sin cuidado. Lo único que quería era que ese interminable fin de semana se terminara de una vez.

Cuando los sabuesos fueron liberados, perros y jinetes se lanzaron hacia adelante, atravesando matorrales y haciendo retumbar el suelo. Cuando los sabuesos partieron, Jared condujo su yegua hacia el oeste, permitiéndole ponerse en cabeza, dejando atrás al resto de los jinetes mientras saltaba por encima de vallas de piedra y riachuelos. Pero el animal se detuvo en seco ante unos matorrales demasiado espesos como para poder pasar entre ellos.

En ese lugar fue donde Miranda le dio caza.

—¡Querido, empezaba a pensar que tratabas de evitarme! —dijo sin resuello, a todas luces excitada por la persecución.

La montura de Jared, alterada por la carrera y la repentina parada, intentó echar a correr, pero él la contuvo con fuerza, obligándola a andar en círculos hasta que se tranquilizó. Miranda se rió con alegría cuando por fin quedó frente a ella.

—Vas a perderte la cacería —la avisó él.

—No me importa —respondió ella con despreocupación.

Jared oía los ladridos de los perros en la distancia, y se dio cuenta de que la caza se había desplazado más al este. Ahora no iba a poder alcanzar a los demás.

Miranda se bajó del caballo y levantó la fusta hasta el morro de la yegua.

—Es una preciosidad. ¿De dónde la has sacado?

Jared no contestó. Desmontó y apartó su montura del contacto de Miranda.

—¡Querido! —exclamó ella ofendida.

Él se quitó el sombrero, se pasó una mano por el pelo y dijo con cansancio...

—Déjalo ya, Miranda. Es inútil. Tú y yo hemos terminado.

Ella se quedó boquiabierta.

—¡Cariño! Pero ¿cómo te atreves a decir eso después de todo lo que he sacrificado por estar contigo?

—Basta —exigió él con firmeza.

Miranda intentó tocarlo, pero él le apartó la mano.

—Intenta aceptar lo que te estoy diciendo —dijo Jared con tanta firmeza como pudo—. No te amo. Nunca te he amado. No quiero estar contigo. Estoy casado...

—¡No! —gritó Miranda, rodeándole de repente el cuello con los brazos—. ¡Lo que sientes por ella es compasión, y haces bien, pobrecilla! Pero ¡no confundas compasión con amor, querido!

Él le agarró los brazos y se los apartó del cuello.

—¡Basta ya!

—¿La amas? —preguntó Miranda—. ¡Si apenas la conoces! ¡Es un inocente ratoncito! ¡Yo te amo, Jared!

—No, no es cierto. Amas mi título y el hecho de que algún día seré duque. Amas mi fortuna y los regalos que te hice. Pero no me amas a mí, Miranda. Nunca lo has hecho. Ni siquiera me conoces.

—¡Eso no es verdad! —sollozó ella—. ¿Es por su cama? —quiso saber como enloquecida—. ¿Prefieres su cama a la mía?

Jared, furioso, le sujetó los brazos y la sacudió.

—Detente ahora mismo —dijo entre dientes soltándola.

Pero Miranda se lanzó contra él, se deslizó por su cuerpo hasta ponerse de rodillas, y empezó a manosearle el cinturón.

—¡Por Dios, para! —exclamó él atónito. La agarró por los brazos y la puso de pie.

Las lágrimas de Miranda fluían abundantemente en ese momento. Cerró los ojos y se dejó caer contra él con un gemido.

—Lo único que te falta hacer es matarme —gimió—. ¡No puedo seguir viviendo sin ti, Jared! Me he dedicado a ti por completo, te he entregado mi corazón y mi alma, y no puedo soportar saber que vas a abandonar lo que teníamos por una simple niña.

—No puedo abandonar lo que nunca existió. Tú y yo terminamos hace mucho tiempo, y lo sabes muy bien. Ninguna carta, ningún acceso de llanto, nada, va a alterar eso. No finjas que hubo más entre nosotros de lo que hubo, Miranda. Dirige tus miradas hacia otro hombre; pero ¡por Dios, déjame en paz!

Ella se pasó el dorso de la mano por la boca y lo miró con ira.

—Te odio —declaró con vehemencia—. ¡Santo Dios, cómo te desprecio!

Lo cual aliviaba a Jared.

Cabalgaron de regreso a paso rápido, Miranda intentó dejarle atrás, pero su montura era inferior.

Fueron los últimos en llegar a la propiedad; el resto estaba ya en el patio, intercambiando anécdotas. Cuando Jared y Miranda llegaron a caballo, él en seguida vio a Ava. Estaba de pie, en lo alto de la escalera junto con algunas mujeres, mirándolo, con los brazos cruzados a modo de protección a la altura de la cintura y con expresión sombría. Miranda también la vio, ya que se volvió hacia Jared y le dijo con rapidez:

—Ahí está tu condenado ratoncito, Middleton.

Pero su ratoncito, que los había visto, ya se había dado la vuelta y desaparecido en el interior de la casa.

27

Ava fue la primera en abandonar la improvisada reunión en el patio. Escapó a su cuarto y cerró la puerta de golpe una vez dentro.

—¡Vaya! ¿Qué pasa? —exclamó Sally.

Ava se quitó la capa de un tirón y la echó sobre una silla mientras cruzaba la habitación que la doncella estaba ordenando.

—Han regresado solos, mucho después que los demás. Apuesto a que no han cazado nada en el bosque aparte de el uno al otro.

Sally se encaminó a la ventana que daba al patio y miró con atención hacia afuera.

—¿Quién es?

Ava se puso al instante a su lado señalado a la mujer con el traje de montar de color rojizo. La contemplaron durante un momento, hasta que Miranda se volvió para hablar con alguien que tenía a la espalda y entonces Sally pudo verle la cara.

—¡Ah! —exclamó con un gesto comprensivo—. Es bastante bonita, ¿verdad?

—¡Puaj! —gritó Ava, medio tirándose al suelo, sujetándose al alféizar para volverse a levantar y alejarse de la ventana—. ¡No soporto verlo!

—¡Ay, pobre de usted! —la compadeció Sally—. ¿Todavía no lo sabe, milady? Los hombres nunca son sinceros. Si no fuera ésta, sería otra.

Era horrible y muy triste creer eso. ¿Qué esperanza le quedaba a cualquier mujer si no había hombres sinceros?

—¿De verdad crees que los hombres nunca son sinceros con las mujeres? —le preguntó Ava a Sally.

Sally se rió como si la pregunta fuera ridícula.

—Claro que lo creo. Pocas veces he encontrado a un hombre que no quisiera aprovecharse de mí. Y existen muchas damas de alta alcurnia que quieren lo mismo de sus lacayos. ¡No se asombre tanto! Si espera que le sea fiel, es usted una estúpida.

—Nunca le pedí que lo fuera —estalló Ava empezando a pasear.

Quizá no lo hubiera dicho en voz alta, pero desde luego había dado a entender que lo que más ansiaba en el mundo era que su marido la amara y la quisiera sólo a ella. Lo deseaba con una intensidad que hubiera horrorizado a su madre, y que la misma Ava encontraba sorprendente. Y si no podía tenerlo, si tenía que enfrentarse a una vida entera preguntándose con quién estaba Jared, estaba segura de que se moriría.

—Para mí es evidente que le quiere todo para usted —continuó Sally con despreocupación—. Y me imagino que también es obvio para él.

Ava detuvo su incesante paseo, se llevó las manos a las caderas, y miró a Sally enfadada.

—¿No tienes trabajo que hacer?

Sally echó una ojeada alrededor del dormitorio.

—No —contestó—, me parece que aquí ya he terminado.

—Estoy segura de que sí tienes —insistió Ava.

Sally cogió la indirecta y se levantó con despreocupación.

—Puede que sí. —Y se marchó, dejando que Ava se cociera en su propio jugo.

Y ella lo hizo. Sin dejar de pasear.

Cuando Middleton regresó a la habitación una hora más tarde, Ava estaba sentada ante el hogar, con un libro en el regazo. Lo miró por encima del hombro cuando lo vio entrar, sonriendo apenas.

—¿Has disfrutado de la caza, milord?

Él le dirigió una rápida ojeada mientras se quitaba el pañuelo de un tirón.

—No demasiado.

—¿No? —preguntó ella volviendo a fijar la mirada en el libro—. ¿No has encontrado a tu zorra o ha sido la zorra quien te ha encontrado a ti?

Él clavó la mirada en ella, mientras Ava pasaba las páginas del libro y se negaba a mirarlo. Sin decir una palabra, Jared se dirigió al vestidor. Volvió al poco rato y se colocó frente a ella. De nuevo, Ava se negó a alzar la vista, esperando a que hablara. Pero Jared no dijo nada. Tan sólo permaneció allí de pie, mirándola intensamente, como si estuviera esperando a que fuera ella quien hablara.

Ava cerró el libro, lo dejó a un lado y alzó los ojos. La expresión de él era belicosa, pero había algo más. De pronto, Ava se dio cuenta de que lo que estaba viendo en él era compasión. Compasión por ella. Sin duda porque lo había visto con su amante y estaba herida por ello.

La comprensión la golpeó de tal modo que hizo tambalear su mente.

Ser objeto de compasión era una sensación repulsiva. Se levantó con rapidez, consiguiendo mirarlo de frente sin hacer caso a su corazón, que le golpeaba dentro del pecho, lleno de desesperación.

—Quiero irme a casa —dijo en voz baja—. No soporto permanecer aquí ni un segundo más.

—Nos marcharemos al amanecer —anunció sorprendiéndola. Se dio media vuelta y se encaminó hacia el cordón de la campanilla—. Cuando venga el lacayo, dile que traiga una bañera. Me gustaría bañarme antes de cenar.

Ava lo contempló mientras desaparecía en el vestidor.

Algo le pasaba. Había en Jared algo distinto que incluso le hizo sentir una punzada de piedad por él.

Pero fue sólo un instante, hasta que se dio cuenta de lo absurdo que era eso. No se merecía su clemencia; no era ella quien tenía un amante. Era él. Y, sin embargo parecía apenado, y no podía por menos que simpatizar con él, ya que ella sabía muy bien lo que era la tristeza. Últimamente, al menos.

Cumpliendo su promesa de marcharse temprano, Jared se aseguró de que todo el grupo de Middleton estuviera en la entrada a las ocho de la mañana del día siguiente, para gran desilusión del anfitrión.

—¿Estás seguro de que tienes que irte? —volvió a preguntar Harrison cuando el lacayo colocó la última maleta encima del carruaje.

—Lo siento, pero así es —contestó Jared—. Tengo una reunión en Marshbridge para comprar algo de ganado y no me atrevo a perdérmela.

Por la expresión de Ava, se notaba que sabía que era mentira, ya que, cuando semanas antes llegó el ganado, él mismo le había anunciado que era el único que iba a comprar ese año. La tierra no tenía pastos suficientes para más.

—En fin, bueno... si no se puede evitar —dijo Harrison y le sonrió a Ava.

—Estaremos en Londres dentro de quince días —añadió Jared.

Ava lo miró de nuevo con obvio disgusto. Jared enarcó una ceja y le devolvió la mirada. No le debía ninguna explicación; era decisión suya irse o no a vivir a Londres. Además, estaba completamente seguro de que, hiciera lo que hiciese, a ella nada le iba a gustar.

Eso lo incomodaba sin remedio, sobre todo porque se dio cuenta de que le importaba que ella estuviera molesta. Le importaba.

Al menos, Harrison sí pareció alegrarse mucho ante la perspectiva.

—¡Fantástico! Te he echado de menos en las mesas de juego.

—No tanto como yo a tu monedero —bromeó Jared con una leve sonrisa mientras ayudaba a Ava a subir al carruaje.

Cuando se disponía a cerrar la puerta, ésta sacó de repente una mano para detenerlo.

—Espera... ¿qué estás haciendo?

—Cerrar la puerta para que no te caigas durante el viaje —contestó él con tono cortante.

Ella entrecerró los ojos.

—¿Quiere eso decir que tú vas a quedarte, milord? —preguntó con voz helada.

Jared tardó en responder a propósito.

—No —contestó finalmente en voz baja—. Cabalgaré junto a los caballos. Me ha parecido que así ambos podremos disfrutar de un poco de paz durante el viaje.

Ava echó un vistazo a Harrison, luego a Jared, y sin decir una sola palabra, se recostó contra los cojines, desapareciendo de su vista.

Su marido apretó la mandíbula con fuerza y cerró la puerta detrás de ella. Cogió las riendas de su caballo de manos del mozo de cuadra y, cuando estuvo montado, Harrison dijo «Buen viaje» y dio una palmada en el costado del carruaje indicándole al cochero que se pusiera en marcha.

Cuando el coche se alejó de la casa, Jared se detuvo para despedirse de Harrison y sus ojos divisaron a Miranda, que estaba en el patio en compañía de Stanhope. Estaban vestidos para montar, pero mientras el carruaje se alejaba, los ojos de la mujer estaban fijos en él.

Jared azuzó al caballo y dio alcance al coche sin mirar atrás.

Cuando llegaron a Broderick Abbey, Middleton fue directamente a su estudio, encerrándose allí durante el resto del día. Y a Ava le pareció perfecto. Quería darse un baño, hacer que desapareciera todo el fin de semana, y escribirle una carta a Phoebe.

De hecho, hasta la tarde siguiente no vio a su marido de nuevo, cuando él volvió de hacer algún tipo de trabajo que le había manchado la ropa y embadurnado de barro la cara. Estaba paseando por el sendero cuando llegó él, montado a caballo, y comenzó a trotar a su lado.

—Hace bastante frío —le dijo mientras ponía el caballo al paso—. ¿Estás segura de que quieres seguir aquí fuera?

—Estoy bien.

—Humm —contestó él. Se bajó del caballo, lo sujetó por el bocado y comenzó a andar con ella—. Volveremos a Londres al final de la quincena —anunció.

—Eso he oído decir —respondió ella con ironía.

Él ignoró su tono y añadió:

—Me gustaría estar en Londres antes de que empiecen las lluvias. Cuando llueve, los caminos se vuelven intransitables.

En realidad, tal circunstancia a Ava le parecía muy bien —mantenerse lejos de su maldita amante y de todas las especulaciones sobre su matrimonio—, pero permaneció en silencio.

—Y si por casualidad estuvieras embarazada —prosiguió él mirándola—, sería mejor si nos encontramos en Londres.

Ava se detuvo cuando estaba a punto de dar un paso. La observación la irritó. A él lo único que le importaba era conseguir a su precioso heredero. Después de días de tener la sensación de ser una esposa olvidada y desear ser algo más, perdió la paciencia y la serenidad.

—Eso es lo único que soy para ti, ¿verdad? —lo increpó con vehemencia—. Tan sólo un animal de cría.

Fue evidente que la acusación lo había herido, porque la expresión de sus ojos se hizo de repente dura y fría.

—Eso es lo que eres Ava; los dos lo somos; yo soy el que debe poner la semilla y tu vientre es el que tiene que criar. ¡Y por si te has olvidado, aceptaste serlo, de modo que, por favor, no te molestes si te lo pregunto! ¡Tengo derecho a saberlo!

—¡Claro que me molesta! —gritó ella—. Jamás estuve de acuerdo en que la única cosa de la que te ibas a preocupar fuera de mi matriz.

—Milady, tú sabías muy bien a qué estábamos jugando; fingir lo contrario no es digno de ti.

—¿De verdad lo sabía? ¡Déjame que te diga que el día de nuestra boda no sabía que tenías una amante!

—¡Dios! —suspiró él con impaciencia—. ¡No hay ninguna amante! ¡No la tenía el día de nuestra boda ni la tengo ahora...

—No deberías dejar tus cartas de amor tiradas por ahí, milord.

Él hizo una pausa y entrecerró los ojos de manera peligrosa conforme las palabras de ella penetraban en su mente.

—¿Has mirado mi correo? —preguntó con incredulidad.

—¡Sí! —gritó ella, levantando una mano y echando a andar—. ¡Y no quiero escuchar tus patéticas mentiras!

—¿Mis mentiras? —La cogió de un brazo y la obligó a darse

la vuelta—. Jamás te he mentido —mascullό entre dientes—. ¡No quiero que vuelvas a decirlo! He sido muy honesto contigo desde el principio Ava, eso no puedes negarlo.

—¿Honesto? ¡Estás de broma! —se indignó ella—. ¡Fingiste apreciarme!

—¡No te hagas la inocente! Tú querías mi título y mi dinero, lo mismo que todas las mujeres que he conocido a lo largo de mi vida —la acusó él apretando los dientes—. ¡Estabas desesperada por casarte!

—¡Y tú lo estabas por tener un heredero! —replicó Ava con vehemencia—. Al parecer, el único modo en que puedes engendrar un heredero legítimo es engañando acerca de tus sentimientos, porque en realidad eres incapaz de sentir nada.

La expresión de Jared se volvió tan tormentosa que Ava pensó, por un instante, que había ido demasiado lejos.

—Tú no sabes nada...

—¿Y qué pasa con Edmond?

La mención del nombre del niño lo paralizó. La miró con ojos cargados de ira y la mandíbula rígida.

Pero Ava había dicho demasiado como para detenerse, y prosiguió, alejándose de él:

—Sé que es hijo tuyo, lo mismo que sé que te avergüenzas de él. ¡Por eso no se le permite ir a la abadía ni a Broderick: por miedo a que alguien más pueda reconocerle! ¿Cómo puedes ser tan cruel? ¿Cómo puedes eludir así tu responsabilidad?

La expresión de Jared se volvió extremadamente sombría y apretó los puños.

—Te aseguro que no sabes de lo que hablas. Y si te atreves a decirle a otra persona lo que acabas de decirme a mí...

—¡Santo Dios! ¿Es que no tienes corazón? ¿Eres incapaz siquiera del más básico de los sentimientos humanos?

—¿Qué demonios quieres de mí? —rugió él de pronto—. ¡Te he dado todo lo que has pedido! ¡He pasado tiempo contigo, he intentado portarme bien y tú sigues quejándote! ¡Por Dios!, Ava, ¿qué quieres de mí?

—¡Quiero que me ames a mí y a ninguna más! —explotó ella, dándose la vuelta mientras las lágrimas inundaban de repente sus ojos. Se abrazó a sí misma con fuerza y luchó para tranquilizarse en tanto las lágrimas empezaban a deslizarse por sus mejillas—. ¡Quiero que me ames, porque yo te amo!

El silencio de él era asfixiante. De repente, todo le pareció absurdo y tuvo la sensación de haber llegado al extremo de la cuerda. No podía soportarlo más; encorvó los hombros y lanzó un largo y atormentado sollozo.

—Ava —dijo él estirando el brazo y poniéndole la mano en la cintura.

—Por favor, te lo suplico, por favor, no seas condescendiente...

—No lo soy. Yo te aprecio...

Oh, Dios, ahora venía «el pero»; esas palabras iban a ser las que sin duda la llevarían a la soledad, o a un convento por el resto de su vida. Sí, eso era lo que iba a hacer. Le escribiría a Phoebe y le diría que iba a meterse en un convento porque la habían humillado sin posibilidad de recuperación.

Él le agarró la mano y se la llevó a los labios.

—Ava... voy a ser brutalmente sincero contigo. Estoy hecho un lío. Siento algo intenso por ti, puede que sea amor... pero no creo estar lo bastante preparado para esos sentimientos.

La humillación se abrió paso a través del peor dolor que había sentido en su vida.

—No sé cómo explicártelo —añadió él.

—No tienes que explicarme nada; no soy tonta. No es que no

estés preparado para amar, es que eres incapaz de hacerlo. Edmond y yo lo sabemos muy bien.

Fue como si le hubiera golpeado. Se quitó el sombrero y se pasó la mano por el pelo.

—No voy a dignarme responder a eso. No tienes ni idea de lo que estás diciendo. ¿Puedes al menos intentar entenderlo? —estalló—. No es como si el nuestro hubiera sido un matrimonio por amor desde el principio, ¿no? ¡Querías casarte con un solo objetivo y ese objetivo, al que accedí, no era que te amara!

—Pero ¡me hiciste pensar que era posible! —insistió ella, llorando.

Él tenía un aspecto tan triste que resultaba insoportable verlo; como si hubiera perdido a alguien muy querido.

—No fue mi intención —dijo en voz baja—. Di por hecho que lo habías entendido.

Oh, Santo Dios. Santo Dios. La humillación, la desesperación, y ahora la terrible verdad, que fue como un hachazo. Las lágrimas la cegaban, pero sacudió la cabeza.

—No puedo negarlo —dijo con voz débil—. No me casé contigo con el objetivo de que te enamoraras de mí. Pero luego... luego todo cambió, y si alguna vez temí verme atrapada en un matrimonio de conveniencia, ahora lo que temo es la desdicha.

—Oh, Ava...

—La siento rezumando por la abadía, bajo las puertas, a través de las ventanas, inundando toda la casa y envolviéndonos a causa de la distancia que hay entre nosotros —confesó ella acurrucándose entre sus brazos.

—A lo mejor no estamos tan alejados como piensas. Las cosas también han cambiado para mí.

Ella se rió con ironía.

—Pero no tanto como para mí, ¿verdad? Tú estás hecho un

lío. Yo no. No —reconoció con tristeza—, es asombroso, pero no lo estoy.

La expresión de los ojos de él lo dijo todo; no podía responder con el mismo sentimiento.

—De modo que parece que no hay nada más que decir... excepto que no puedo vivir así, milord. No... puedo. —Apartó la mirada de él y comenzó a andar, dando un traspiés, cegada por las lágrimas.

—¡Ava! —la llamó él cuando se iba.

—¡Por favor, deja que me vaya! —gritó ella con voz suplicante, echando a correr.

Él no discutió. No la siguió. La dejó irse.

Ava paseó durante lo que le parecieron horas, cada paso más pesado que el anterior, hasta que le pareció que había hecho un surco en la tierra tan profundo como el dolor de su corazón.

28

Tras esa tarde, Ava y Jared convivieron como ella imaginaba que lo habían hecho su madre y las amigas de ésta; en la misma casa, manteniendo la obligada cortesía, pero con muy poco contacto físico entre ellos.

Middleton salía todas las mañanas y volvía al final del día, por lo general cubierto de polvo, con las botas llenas de barro y, la mayor parte de las veces, agotado.

Ava intentó mantener su mente alejada de las preocupaciones, entreteniéndose con Sally para mayor consternación de la señora Hillier. Eso a Ava la traía sin cuidado; estaba decidida a hacer lo que fuera para no pensar en él.

Cosa que no era nada fácil, porque pensaba en Jared a todas horas y permanecía pendiente del sonido de los cascos de su caballo en el patio. Ardía en deseos de hablar con él, mejor dicho, deseaba que él se dirigiera a ella y le dijera que su indecisión había acabado y que la amaba por encima de todo.

Parecía una niña estúpida con estúpidos sueños.

Un día, recibió una carta de Phoebe en la que decía que el periódico había publicado un interesante rumor sobre «cierto» marqués y su reciente esposa, quienes habían asistido a una propiedad campestre para una partida de caza, y ¿qué iba a hacer el marqués sino caer de nuevo en las redes de su amante? Además, escribía Phoebe, el anteriormente citado rumor insinuaba que, dada su precipitada despedida, se había producido un distanciamiento entre los recién casados.

Maravilloso. Ahora todo Londres estaba al tanto de su desgracia.

Middleton acudió a las habitaciones de Ava dos veces en el transcurso de esos quince días, y, en ambas ocasiones, la determinación de Ava se desvaneció. Lo único que al parecer necesitaba Jared era acariciarla y ella estaba perdida. Durante esos momentos apenas hablaban, sólo se abrazaban el uno al otro, hallando consuelo en el deseo físico. Por lo visto, sus corazones no latían al unísono, pero sus cuerpos y la pasión de ambos se entendían a la perfección.

O eso era lo que Ava creía. Era imposible que supiera que Jared había perdido toda esperanza de que su corazón volviera a latir después de que años atrás se lo rompieran en mil pedazos.

Pero para sorpresa del aristócrata, su corazón había vuelto a latir, lento pero seguro, se había recompuesto hasta formar de nuevo un todo. Y ese todo, aunque frágil, tenía sus raíces en Ava.

Cada mañana salía a cabalgar para poner un poco de distancia entre ellos. Lejos era capaz de pensar y quizá así llegaría a entenderse a sí mismo antes de hacerle más daño a ella. Cuando volvía a casa, estaba deseando ver su rostro y su brillante sonrisa, la misma que había capturado su interés la primera vez que la vio.

De hecho, la irreverente Ava había vuelto, se sentaba con él todas las noches durante la cena, fingiendo que no le importaba lo más mínimo lo que él pensara de ella. Una noche, por ejemplo, se quejó de que la abadía carecía de buenos libros.

—Tengo toda una biblioteca llena —la informó él, sorprendido por su queja.

—Ya los he revisado todos —alegó Ava con un fugaz movimiento de muñeca—. Supongo que resultan bastante entretenidos, suponiendo que a una le gusten Shakespeare o Jonson.

—¿Y a ti no te gusta ninguno de los dos?

Ava puso los ojos en blanco.

—No soy una rata de biblioteca, milord. Prefiero lo actual. Las novelas modernas.

—La próxima vez que vayamos a Londres, me aseguraré de comprar un montón para la biblioteca de Broderick Abbey.

Ella se encogió de hombros.

—Como quieras. La verdad es que, con la decoración del salón verde, no tengo tiempo para leer.

Él hizo caso omiso de lo absurdo de la conversación.

—¿El salón verde?

—Ajá —respondió ella, hundiendo la cuchara en el sorbete—. Es bastante sombrío. Hay demasiados retratos de ancianos, y la decoración resulta medieval.

—¡Qué raro! —comentó Jared, rechazando con la cabeza el sorbete que le ofrecía uno de los lacayos—. Los muebles son franceses. Sé de buena tinta que ese tipo de mobiliario es el más solicitado en los salones elegantes.

Ava soltó un resoplido.

—¿A alguien le gusta ese tipo de decoración.

Él sonrió.

—Por favor, haz lo que desees. Eres la dueña de Broderick Abbey.

—Gracias —se lo agradeció ella, inclinando la cabeza con dulzura—. Le he encargado unas telas a un comerciante de Broderick y las he cargado a tu cuenta. —Le sonrió—. Espero que no te importe.

—En absoluto —dijo él muy en serio.

En lo que a él respectaba, no había límites para Ava. Cualquier cosa que detuviera la tristeza que, como ella había dicho en una ocasión, se colaba bajo las puertas y ventanas devorándolo todo; cualquier cosa que devolviera el brillo a sus ojos, estaba dispuesto a dársela. Mientras estuviera a su alcance.

Estaba seguro de que podía hacerla feliz y, si se le olvidaba en alguna ocasión, volvía a recordarlo en las ocasiones en las que visitaba su cama. Por la forma en que lo abrazaba, se arqueaba contra él y su boca buscaba la suya, era evidente que sus sentimientos hacia él no habían cambiado; y no importaban los esfuerzos que ella hiciera para fingir lo contrario.

Pero su difícil situación de no poder entregarse por completo en cuerpo y alma —¿a qué le tenía miedo?— continuaba abriendo la brecha entre ellos.

Intentó reparar algunos de sus errores. Intentó ver más a menudo a Edmond, intervenir en la vida del niño, pero estaba claro que su hijo quería al hombre al que creía su padre. Jared comprendió que sus esfuerzos llegaban con seis años de retraso.

Ni siquiera supo de la existencia de Edmond hasta que el niño tuvo tres años. Jared era un joven de veinte cuando se enamoró de Martha, la madre de Edmond. Puede que fuera una criada, pero Jared la había amado —lo había hecho, ¿no?—. La realidad era que ya no lo sabía, pero sospechaba que, de haberla amado de verdad, habría ido en su busca cuando ella le abandonó.

Nunca supo por qué lo había dejado, pero fue lo bastante ingenuo como para creer que ella no le amaba y que temía por su empleo y su reputación, tal como sugirió la señora Hillier. Hasta tres años después, no averiguó la verdadera razón de su partida: la había dejado embarazada y el ama de llaves lo descubrió.

Por supuesto, la señora Hillier se lo contó al duque, y éste despidió a Martha, amenazándola con quitarle al niño si revelaba alguna vez la identidad de su amante. Cuando Jared descubrió la terrible verdad, obligó a la señora Hillier a que le dijera adónde había enviado el duque a Martha y, haciendo caso omiso de las amenazas de su padre, intentó verla.

Pero era demasiado tarde. El niño, su hijo, pensaba que el señor Foote era su padre. Foote era un hombre amable y generoso que se había casado con Martha dándoles su apellido a ella y a su hijo bastardo. Martha, la amada Martha de Jared, le dijo que amaba al señor Foote. Le pidió a Jared que se marchara, que les dejara en paz, y que le diera su palabra de que nunca le diría a Edmond quién era.

Jared se marchó muy afectado e inseguro de lo que debía hacer.

Lo único que sabía con certeza era que tenía que enfrentarse a su padre. Pero el duque estaba, como de costumbre, furioso con él por haberse acercado a Martha y a Edmond y por desenterrar lo que calificó de «catástrofe» para el ducado. Amenazó a Jared con destruir al niño diciéndole que Foote no era su padre. Jared entendió lo doloroso que sería para el pequeño que había conocido, y se dejó convencer por las amenazas de su padre.

Pero ahora no podía evitar pensar que, para empezar, si de verdad hubiera amado a Martha las cosas podían haber sido diferentes.

No volvió a tener noticias de ella hasta el año anterior, cuando le escribió diciéndole que se estaba muriendo de tuberculosis, y suplicándole que acogiera a su marido y a Edmond en su casa. Por supuesto, lo hizo, era lo menos que podía hacer. Pero cuando su padre se enteró (el cotilleo de los criados era incesante), se presentó en Broderick Abbey para comprobarlo por sí mismo, aprovechando que Jared estaba en Londres. Sin que él lo supiera, el duque amenazó a Foote diciéndole que haría que lo alistaran en la Marina Real y que enviaría a su hijo a Dios sabe dónde si el niño se acercaba alguna vez a Broderick o a la abadía, dado el gran parecido existente entre el pequeño y el marqués.

El señor Foote se tomó muy en serio las palabras del duque.

Cuando Jared se enteró de las atroces amenazas de su padre, tuvieron una gran pelea, pero, como de costumbre, sin ningún resultado. Desde entonces, Jared no sabía qué hacer. Deseaba conocer a su hijo, pero no iba a separarlo del único padre que había conocido en su vida, cosa que le parecía de una enorme crueldad. Y, cuando el duque amenazó con hacer alistar a Foote, se sintió aún más indeciso. Sabía que su padre era capaz de hacer algo así, y el pobre señor Foote vivía aterrorizado.

Por tanto, dejó que las cosas se resolvieran por sí solas, sin saber qué decisión tomar. Quería formar parte de la vida de su hijo, pero no sabía cómo conseguirlo sin causar dolor a todos.

Sin embargo, en los últimos meses, había empezado a cuestionarse su propia ética. Y era la incertidumbre sobre su catadura moral lo que lo mantenía distanciado de Ava.

Así pues, las apariciones de Ava a la hora de la cena se fueron haciendo menos frecuentes. Y lo peor era que ella parecía sentirse muy incómoda en su presencia cuando estaban a solas. Algunas mañanas la oía reír en sus habitaciones o en los jardines, en compañía de Sally, y se moría de ganas de estar con ella.

Pero Ava lo mantenía a distancia, excepto en la cama. Allí no le ocultaba nada; se entregaba a él sin reservas y parecía lamentarlo, cada vez con mayor intensidad, a la mañana siguiente.

—Ahí está otra vez —comentó Sally una mañana mientras ambas paseaban por el jardín—. Justo ahora la está mirando —añadió, contemplando a Middleton, que las observaba desde la ventana de su estudio.

Ava no levantó la vista.

—Seguro que está a punto de sentarse a escribirle una carta a su querida —dijo con sarcasmo.

—La verdad es que yo no he visto ninguna carta dirigida a ella —indicó Sally.

—¿Y cómo ibas a verla, querida? No sabes leer, ¿recuerdas?

—No sé leer —reconoció Sally cogiendo aire—, pero sé el aspecto que tiene su nombre, lo he visto muchas veces.

—Puede que mande las cartas en secreto, por medio de un lacayo, o con el administrador que viene por aquí.

—Y puede que no lo haga —la contradijo Sally chascando la lengua—. Está usted decidida a creer lo peor de él, ¿verdad?

—Estoy decidida a sobrevivir. Y en cuanto volvamos a Londres regresaré a mi antigua casa, y mi padrastro tendrá que aguantarse. Me niego a vivir en la casa de Middleton.

Sally se encogió de hombros y entrecerró los ojos.

—El rencor puede hacer que se le caiga la nariz de su preciosa cara, milady.

Ava soltó un resoplido al oírla.

—Bien, haga lo que quiera —dijo Sally con una sonrisa irónica—. Haga lo que quiera.

Con franqueza, lo que Ava deseaba era que Sally hiciera lo que le pedía: que se metiera dentro y la dejara en paz.

Deseaba que el mundo entero la dejara tranquila, todos excepto el pérfido y egoísta marqués, a quien no podía dejar de amar; y él era el único que la dejaba en paz.

Pero esa noche, cuando Jared la informó de que se iban a Londres al día siguiente por la mañana, comprendió que el mundo no iba a desaparecer. Al contrario, una vez en Londres, todo caería sobre ella cuando las miradas de todos se volvieran hacia los recién casados, que habían abandonado a toda prisa una partida de caza por culpa de la aparición de la amante de él.

Era esa sordidez que hacía que Phoebe, Greer y ella se abalanzaran sobre el *Times* con la esperanza de leer algo excitante.

29

Llegaron a Londres justo antes de la puesta del sol. Mientras el carruaje rodaba por Oxford Street, Ava se puso los guantes, se enderezó el sombrero, y anunció:

—Milord, con tu permiso, me gustaría ir a casa de mi padrastro.

—Me ocuparé de que mañana por la mañana te lleve un coche —contentó él con un ligero bostezo.

Ava cruzó las manos sobre el regazo y se dispuso a comenzar la batalla.

—Quisiera ir ahora, milord —indicó con firmeza.

—Ava —le dijo él con cansancio—, ahora es demasiado tarde para ir de visita.

—No estoy pensando en ir de visita —le aclaró ella con suavidad—. Mi intención es quedarme a vivir allí.

Su declaración lo cogió por sorpresa. La mano con la que se estaba colocando bien el pañuelo, se le quedó paralizada.

—¿Qué quieres decir con eso de que vas a vivir allí?

—Exactamente eso. Tengo la intención de residir en la casa de mi padrastro.

Middleton bajó la mano, despacio y con expresión de perplejidad.

—¿Puedo preguntar por qué?

—¿No es evidente?

—Lo único que me resulta evidente es que eres mi esposa, y

por lo tanto, donde te corresponde estar es en mi casa, no en la de tu padrastro.

Ella le dirigió una mirada desdeñosa.

—A lo mejor has olvidado que estás «hecho un lío». Sólo quiero facilitarte las cosas.

—Huir del matrimonio no va a hacer que las cosas sean más fáciles para mí —estalló él.

—Tienes mucho descaro al decir que estoy huyendo del matrimonio cuando tú nunca te involucraste por entero en él. Y ¿ahora vas a retenerme en contra de mis deseos?

Jared entrecerró los ojos con frialdad, pero se estiró, abrió la trampilla que le permitía hablar con el cochero, y le dio la dirección de la casa del padrastro de Ava.

Continuó mirándola hasta que el carruaje se detuvo delante de la casa de Downey. Mientras un lacayo bajaba de un salto del pescante y subía la escalera para anunciar la llegada de Ava (eso formaba parte del protocolo que rodeaba su nuevo estatus de marquesa), Middleton frunció el cejo.

—Estás cometiendo un tremendo error, querida. ¿No te importa nada el escándalo que esto va a causar?

—No puede ser peor que el que causé cuando me casé contigo —respondió ella con energía—. Cometí el error de asumir que el matrimonio se basaba en una serie de reglas. Y creí que, si las seguía, obtendría todo lo que necesito.

—¿Y no lo tienes? ¿Necesitas algo más? ¿Quizá tu hermana o tu prima carecen de algo?

—Sabes muy bien a lo que me refiero. No tengo lo que necesito para ser feliz. Me resulta imposible serlo en tu casa. Me siento atrapada en una jaula vacía.

La expresión de él se tornó sombría y se inclinó hacia adelante.

—Ava..., tengo que decirte...

La puerta se abrió de par en par y Ava oyó el chillido de alegría de Phoebe. Se volvió hacia la puerta. ¡Gracias a Dios! No quería oírle decir que tenía dudas, que no la amaba, pero que esperaba hacerlo con el tiempo.

—Adiós, milord.

—Por Dios Santo, sólo tienes que escucharme un...

—Creo que ya nos hemos dicho todo lo que teníamos que decirnos —lo cortó ella, aceptando la mano que le ofrecía el lacayo y bajando del carruaje.

Phoebe la abordó el instante, rodeándola con los brazos, presionando su cara contra el rostro de su hermana a la vez que daba saltos de alegría.

—¡Estás en casa, estás en casa! —exclamó feliz y volviendo a chillar. Sujetó a Ava por los hombros y la miró con atención.

—No pareces distinta. Lucy afirmó que estarías muy cambiada en ciertos aspectos.

Ava forzó una sonrisa.

—No he cambiado en lo más mínimo —insistió—, sigo siendo la Ava de siempre.

Sally resopló al tiempo que pasaba entre Phoebe y ella arrastrando un par de maletas.

Ava rodeó los hombros de Phoebe con un brazo.

—Vamos, quiero leer la última carta de Greer —dijo, intentando meter a Phoebe en la casa.

—¿Y Middleton? —preguntó su hermana, apartándose con una sonrisa—. Me gustaría conocer a mi cuñado ahora que se ha visto obligado a vivir con...

—¡Lady Middleton! —exclamó lord Downey desde la puerta, con severidad y las manos apoyadas en su gruesa cintura—, me gustaría hablar con usted.

—Jared se va a Middleton House —respondió Ava sin hacer

caso de la exclamación de alarma de Phoebe mientras iba a saludar a su padrastro, tanto tiempo desaparecido.

No llegó a ver cómo se alejaba el carruaje, pero lo oyó y, rodeada por los brazos de Lucille, cerró los ojos con fuerza para impedir que se le derramaran las lágrimas.

A Jared le pareció que Middleton House estaba fría y vacía y, a juzgar por lo que podía ver, no podía hacer nada para remediarlo. Todas las estancias parecían lúgubres y carentes de calidez. Igual que él. Las habitaciones añoraban a Ava, del mismo modo que lo hacía Jared. Ella se había librado de él y, de igual manera, cada día que pasaba él perdía un trozo de sí mismo, hasta que se temió que no quedaría nada.

Sabía desde hacía algún tiempo, días quizá, que la amaba, que la amaba de verdad, y que no podía vivir sin ella. Por desgracia, Ava no quería escucharle. Había esperado demasiado tiempo, había permitido que el dolor estallara y le calara hasta los huesos.

Una vez que hubiera hablado con su padre, quien en esos momentos se encontraba de caza en Escocia, se lo confesaría todo a Ava. Que no era capaz de dormir de lo mucho que la echaba de menos, que no le importaba si nunca se quedaba embarazada, mientras permaneciera a su lado. Quería decirle todo lo que albergaba su corazón, pero, dadas las circunstancias de su matrimonio, y algún otro asunto pendiente, no se había atrevido a hacerlo. Estaba dispuesto a hacer cualquier cosa, cualquiera, con tal de que ella regresara a su lado.

Ya le había enviado un mensaje a su padre solicitando una audiencia a su regreso, quince días más tarde.

Había comprado una costosa pulsera de diamantes para regalársela a Ava cuando fuera a buscarla a casa de su padrastro y la trajera de vuelta a casa. Hizo todo lo que tenía que hacer para comprometerse con Ava, con su matrimonio y con su vida juntos. Estaba listo. Preparado para amarla por completo, sin condiciones y de forma exclusiva.

Phoebe le preguntaba a Ava sin cesar por qué no volvía a casa con su marido, en tanto Lucy revoloteaba a su alrededor preparando la fiesta que lord Downey, después de decidir que quizá no le debiera ninguna dote a Middleton por haberle arrebatado a Ava de las manos, se había empeñado en celebrar para dar la bienvenida a la feliz pareja con motivo de su regreso a Londres. Por eso, y para empezar a buscarle un marido a Phoebe.

—No consigo entender por qué no estás en tu casa —dijo Phoebe—. Las murmuraciones son inevitables.

—No me importa —respondió Ava con impertinencia mientras leía el *Times* por la mañana.

Phoebe la golpeó en el hombro.

—¡Ay! —se quejó Ava mirando enfadada a su hermana.

—¿Qué pasó? —quiso saber Phoebe.

—Es mejor que lo suelte, milady —suspiró Sally mientras hojeaba las páginas de una revista de modas, tumbada cuan larga era en un diván.

—En cuanto a ti, Sally, me parece haber visto algo de polvo en la biblioteca que necesita atención inmediata —dijo Phoebe con una energía que Ava nunca había visto en su hermana hasta ese momento.

—¡Quitar el polvo! —se escandalizó Sally—. ¡Eso es trabajo de la doncella!

—Exacto. Y, como recordarás, no tenemos ninguna, de modo que podemos ordenarle a cualquier criado que lo haga. —Le apartó los pies del diván—. Y me gustaría hablar en privado con mi hermana, si no te importa.

—Vale, vale —masculló Sally saliendo de allí.

Phoebe cerró la puerta tras ella y echó el cerrojo para asegurarse.

Ava abandonó el periódico y sacó el vestido en el que estaba trabajando Phoebe de su escondite en un armario.

Sostuvo en alto el hermoso traje de brocado dorado que brillaba con diminutas lentejuelas y que era perfecto para la corta temporada otoñal del parlamento y las celebraciones que se sucederían.

—¿Te gusta? —preguntó su hermana arrugando la nariz.

—¿Que si me gusta? Phoebe, es precioso.

—Me pareció que a lo mejor estaba demasiado adornado.

—No, es precioso.

—Póntelo —le pidió Phoebe mientras recogía su cesta de costura.

Ava gritó de alegría, le ofreció la espalda a Phoebe para que su hermana pudiera desabotonar el vestido que llevaba puesto, se lo quitó y se puso el otro.

—Ahora —dijo Phoebe toqueteando las hombreras del vestido—, vas a responderme, vas a decirme la verdad. ¿Por qué has abandonado a tu marido?

—Ya lo sabes —contestó Ava admirando su aspecto.

—En realidad no, y lo cierto es que estoy muy desconcertada.

Ava se agachó, recogió el *Times*, lo abrió por la página de sociedad y leyó en voz alta:

—«El cazador cazado: Cierta partida de caza, que se celebró en la propiedad campestre de un conocido vizconde hace dos semanas, ha continuado en la ciudad. Ahora parece ser que el cazador ha sido atrapado en un zoo por su presa. Según fuentes de toda confianza, el cazador fugitivo nunca tuvo posibilidad de escapatoria».

Ava dejó el periódico.

—Ahí lo tienes, Phoebe. Tiene una amante.

Su hermana soltó un resoplido.

—Igual que la mayoría de los hombres casados de esta ciudad. ¿Por qué iba a importarte tanto algo así? Eso era, más o menos, lo que esperabas cuando te casaste con él.

—¿Por qué? Te lo diré Phoebe, por qué no puedo soportarlo, simplemente.

—¿Y por qué diablos no? Todo el mundo lo hace.

Ava se volvió, apartando las manos de Phoebe de sus hombros.

—Yo no soy todo el mundo —estalló—. No puedo resistirlo.

Phoebe volvió a colocar las manos en los hombros de Ava con firmeza, obligándola a volverse hacia el espejo que había sobre la chimenea.

—Lo amas —declaró, y le dio un tirón tan fuerte a las cintas del vestido para apretarlo que Ava jadeó—. ¿No es así? A pesar de toda tu palabrería sobre conveniencia y fortuna, lo amas.

Una lágrima se deslizó desde el ojo de Ava, resbalando por su mejilla para aterrizar sobre el pecho.

—Sí —musitó.

—Bueno —dijo Phoebe con una sonrisa, entretenida con el vestido—. ¿Recuerdas lo que solía decir mamá? ¿Que los matrimonios se realizan por conveniencia y fortuna, y que rara vez tienen sentimientos? Pues bien, Ava, el tuyo los tiene. Serías una estúpida si no te aferraras a él con todas tus fuerzas.

—Y si me aferro a él me herirá sin cesar. Si de verdad fuera una unión de conveniencia, no me ofendería en lo más mínimo. Eso es lo que mamá quería hacernos entender.

—¡Tonterías! —la contradijo Phoebe mientras intentaba abotonarle el vestido—. Más bien creo que incluso mamá se hubiera sentido muy feliz al pensar que, quizá por una vez, el amor era capaz de vencer a las conveniencias. —Volvió a tirar del vestido y suspiró—: El aire del campo debe de sentarte bien, apenas puedo abróchartelo —se quejó con un leve gruñido mientras luchaba con el vestido.

Cuando lo consiguió, se percató de la sombría expresión de Ava reflejada en el espejo, y la rodeó con los brazos abrazándola fuerte.

—Ava, si lo amas, tienes que volver con él.

—No —negó ella con lágrimas en los ojos—. Él no me ama.

Phoebe suspiró con cansancio.

—Tú siempre has sido muy obstinada, ¿no? Si no te quiere ahora, ya lo hará con el tiempo. ¿Cómo iba a poder resistirse? —Le dio un cariñoso apretón y la soltó—. Quédate ahí mientras voy a buscar un trozo de tiza —le dijo cruzando la estancia para rebuscar en su cesta de costura.

Como Phoebe le estaba dando la espalda a Ava, no pudo ver cómo ésta examinaba en el espejo el ajustado vestido que apenas un mes antes le hubiera quedado perfecto. Ni tampoco cómo se llevaba la mano al vientre y cerraba los ojos.

Phoebe no vio resbalar una segunda lágrima de los ojos de su hermana cuando comprendió con impotencia que sus sospechas se confirmaban: estaba embarazada.

En el transcurso de la magnífica fiesta de Downey, lord Downey no dejó de asediar a Ava.

—¿Dónde está el marqués? —preguntó excitado—. Tengo que hacerle una magnífica proposición que no podrá rechazar.

—No lo sé —respondió Ava agotada y sintiéndose un poco mareada.

Le había enviado un mensaje anunciándole el desafortunado acontecimiento, y él había respondido que acudiría. Y lo hizo acompañado de Harrison y Stanhope, quienes tenían aspecto de haber bebido demasiado whisky. Jared permaneció apartado.

Sin embargo, prestó atención a su padrastro; Ava lo supo porque Downey la arrinconó más tarde con los ojos encendidos.

—Ha prometido pensar en serio en mi negocio —dijo nervioso—. ¡Lo va a pensar en serio!

Y supuso que Jared estaba contento con ella, porque la sacó a bailar.

Se lo pidió delante de varias damas, sabiendo de sobra que, de negarse, provocaría más murmuraciones de las que ya circulaban. Así era; las damas los observaban con atención, esperando a que se abriera la primera grieta en la fachada de ambos.

Cuando entraron en la pista de baile, Middleton la reprendió.

—Deja de mirarme como si te fueras a morir de asco en cualquier momento.

Ella desvió la mirada.

—Mírame —ordenó él—, de lo contrario van a pensar que estamos discutiendo y, en lo que a mí respecta, estoy harto de especulaciones.

Ava clavó la vista en su pañuelo.

—Te he echado de menos —confesó él con sencillez.

A ella le dio un vuelco el corazón, y levantó la mirada hacia sus ojos notando el regusto amargo de las lágrimas en la garganta.

—¿Con lo ocupado que has estado en el zoo? No veo cómo

es posible que hayas echado de menos a alguien tan insignificante como yo.

Él suspiró, inclinó la cabeza y la miró con atención.

—¿Te encuentras bien? —preguntó.

Volvieron las lágrimas, las malditas lágrimas que la atacaban siempre desde que se le había interrumpido el período.

—Ava..., ¿qué pasa?

—¿Qué pasa? —preguntó ella, parpadeando para contener las lágrimas—. Lo mismo que ha pasado desde el principio.

—¡Dios! —exclamó él echando un vistazo alrededor—. Por favor, no hagas esto aquí. No ahora.

—¿Y cuándo prefieres que lo haga?

Él volvió a suspirar, pero no contestó. Bailaron en silencio, la cálida mano de él sobre la cintura de ella y el hombro de él, firme, ancho y fuerte bajo la de Ava. Ella no quería echarle de menos, pero lo hacía. Muchísimo.

Al acabar el baile, Jared le besó la mano y la miró como si estuviera a punto de decir algo, pero luego cerró los labios.

—Ahora me marcho.

—Buenas noches —dijo ella, y, aunque deseaba pedirle que se quedara, no lo hizo. Prefirió aferrarse al último fragmento de orgullo que le restaba.

Habían transcurrido dos semanas desde su regreso a Londres. Dos largas, tensas e interminables semanas. La alta sociedad bullía de rumores, y asimismo Jared se enteró (por los rumores en los clubes de caballeros) de las ambigüedades que se publicaban en las páginas de sociedad. Incluso Harrison le preguntó, sin rodeos, si Ava y él estaban separados.

—Sólo durante una temporada —le respondió él.

—¿Y qué va a pasar con el baile de otoño de tu padre? Supongo que no va a permitir que todo el mundo presencie las desavenencias entre lady Middleton y tú.

—No hay ninguna desavenencia —mintió Jared—. Sólo se trata de una joven que se está adaptando a la vida de casada. Lord y lady Middleton asistirán al baile como está previsto.

No añadió nada más, prefiriendo no contarle a Harrison la entrevista que había mantenido con su padre esa misma mañana, tan sólo un día después de que éste llegara de Escocia, y en la cual el duque le había echado en cara haber convertido en basura su matrimonio incluso antes de empezar. ¡Como si necesitara que se lo dijeran! ¡Como si no se lo hubiera dicho a sí mismo mil veces!

—¡Eres un desgraciado que presume con su amante antes de haber plantado su semilla en el vientre de su esposa! —bramó con furia, dando por hecho lo mismo que todo el mundo.

Jared observó como si no fuera con él que era interesante comprobar cómo para su padre todo parecía girar en torno a un heredero. Pensó que debía de ser muy triste estar tan condicionado por algo sobre lo que no se tenía ningún control.

—¿No tienes nada que decir? —exigió saber el duque al ver la leve sonrisa de Jared.

—Nada, aparte de que me asombra la rapidez con la que se ha informado de los rumores nada más llegar. Y lo irónico que me resulta que me acuse de hacer exactamente lo mismo que usted hizo.

Fue obvio que esas palabras cogieron al duque por sorpresa.

—¿Perdón?

—Mantuvo a una o varias amantes durante todo el tiempo que duró su matrimonio con mi madre —aclaró con calma—. ¿Por qué me acusa de hacer lo mismo?

La pregunta, hecha con tanta franqueza, estuvo a punto de causarle a su padre una apoplejía.

—Eres despreciable —lo acusó en voz baja—. ¡Cómo te atreves!

—No, padre, la pregunta adecuada es ¿cómo se atreve usted? Me ha despreciado desde que era niño. Puede que me lo mereciera, pero ya no importa. Sin embargo, he hecho lo que usted deseaba; no, lo que deseaba no, lo que ordenaba. Me casé con una mujer que tenía el pedigrí que usted requería. Y me hará muy feliz proporcionarle su condenado heredero. Pero la verdad es que me importa muy poco si Ava se queda embarazada o no. —Porque la amaba. La amaba—. Además, exijo que asigne una parte de las rentas de Bedford para Edmond Foote, de modo que tenga la vida asegurada.

—¿Quién? —preguntó el duque.

Jared apretó los puños.

—Mi hijo. Su nieto —contestó con energía.

—¡Estás loco! Ya has hecho bastante por él. Lo acogiste junto con su padre en Broderick y les has proporcionado unos ingresos a pesar de mis advertencias...

—No es suficiente. Nunca será suficiente. Quiero que esté protegido por el esplendor de su apellido —añadió Jared con sencillez—. Y si no le llega una parte de las rentas, le diré a todo el mundo cómo intentó destruir la vida de un niño apartándolo de su padre con una carencia total de escrúpulos.

—¡No te separé de él! —se defendió el duque, furioso—. ¡Nunca significó nada para ti!

Jared permitió que la daga se clavara en su corazón durante un momento, y luego dijo:

—No me refería a mí. Me estaba refiriendo a su amenaza de decirle a un niño que el hombre que le acogió cuando era una criatura, el hombre al que no le importó el hecho de que hubiera sido engendrado por mí, no era su padre, con el único fin de obligarme a contraer matrimonio. Por si fuera poco, amenazó con arruinar a un hombre decente y honrado por haberle dado un apellido a su nieto. ¿Tiene idea de lo cruel que fue hacer eso?

—Con franqueza...

—¿Y se da cuenta, señoría, de que el señor Foote ha hecho algo que ni usted ni yo hemos sido capaces de hacer jamás?

—No sé a qué te refieres.

—Es un padre en toda la extensión de la palabra. Algo que ninguno de nosotros dos hemos sabido ser. Es demasiado tarde para que me convierta en un padre para Edmond, y me atrevería a decir que también lo es para que usted lo sea para mí. Pero juro que le preguntaré al señor Foote si puedo desempeñar algún papel en la vida de mi hijo y que, al menos, me ocuparé de su bienestar, del señor Foote y de los hijos de Edmond.

El duque se lo quedó mirando boquiabierto.

—¡Ah!, una cosa más —añadió como al descuido—. No existe ninguna amante. Terminé mi relación con lady Waterstone cuando le pedí a Ava que se casara conmigo. Yo, a diferencia de usted, no soy capaz de casarme con una mujer y acostarme con otra; cosas así destruyen a la gente.

Notó que su padre palidecía, pero no le importó. Se levantó.

—A Ava y a mí nos encantará asistir el viernes a su baile de otoño —añadió—. Gracias por la invitación.

Por primera vez en su vida, Jared abandonó la casa de su padre sintiéndose relajado. No le importaba demasiado la opinión que el duque tuviera de él. Le traía sin cuidado que lo desheredara o que le plantara rosas en el trasero. Lo único que a Jared le importaba era llevar a Ava de vuelta a casa.

Cuanto antes mejor. Sin ella, la mansión parecía una jaula vacía.

Y con ese objetivo, le ordenó al cochero que lo llevara a Clifford Street. Tenía que hacer una visita.

El mayordomo abrió la puerta casi al mismo tiempo que Jared soltaba la aldaba de bronce.

—¿Sí? —preguntó, muy educado, sin que su expresión demostrara haber reconocido a Jared.

—Lord Middleton viene a visitar a lady Middleton.

—¿Tiene usted tarjeta?

—¿Tarjeta? —resopló Jared—. Yo diría que lady Middleton no necesita una tarjeta de su marido.

En la mano del mayordomo apareció una bandeja de plata y se la ofreció a Jared a pesar de todo.

—Tengo que coger su tarjeta, milord.

Jared suspiró, suponiendo que el antiguo empleado de joyería todavía no había asimilado la delicadeza que requería su nuevo trabajo, y se sacó una tarjeta del bolsillo, depositándola en la bandeja.

El mayordomo pareció muy complacido, a juzgar por su radiante sonrisa.

—Si es tan amable de esperar aquí, milord —indicó abriendo la puerta para que Jared pudiera entrar.

Hizo lo que el mayordomo le pedía y esperó con paciencia en el vestíbulo mientras el hombre salía presuroso para entregar la tarjeta. Morris volvió unos minutos después.

—Lady Middleton no recibe hoy, milord.

¡Pícara! Middleton sonrió.

—¡Y un cuerno que no! —dijo con decisión, comenzando a andar en la dirección de la que acababa de venir Morris.

—¡No, no! —gritó éste, lanzándose tras Jared, una vez que se hubo repuesto de la sorpresa—. ¡No puede usted pasar, milord! ¡Milady no recibe hoy!

Pero Jared continuó andando, abriendo una puerta tras otra hasta que se encontró con Downey en un pequeño estudio.

—Le ruego que me disculpe —se excusó ante el sorprendido hombre, volviendo a cerrar la puerta.

—¡Lord Middleton! —gritó Morris desesperado—, ¡permítame al menos que le anuncie como Dios manda!

La puerta del estudio se abrió de golpe, y salió Downey con los ojos muy abiertos.

—¡Le dije que tenía que irse, milord! —dijo desesperado—. ¡No le he dado permiso para que se quedara aquí. Espero que eso no vaya a afectar a la propuesta que le hice, ¿verdad?

—Lord Downey —le cortó Jared frunciendo el cejo con expresión misteriosa.

—¿Sí, señor?

—Cierre el pico —ordenó. Miró al mayordomo—. Si tiene que anunciarme, hágalo rápido.

Morris abrió la puerta a toda velocidad y entró. Segundos después, la puerta se volvió a abrir y Jared comprobó que la frente del pobre hombre estaba cubierta de sudor.

—Puede pasar, señor —indicó con una profunda reverencia. Luego abrió la puerta del todo y se quitó de en medio.

Jared entró en la estancia, fijando los ojos de inmediato en Ava. Luego vio a su hermana, a la señorita Downey y a la omnipresente Sally. Con toda sinceridad, no conseguía recordar a ninguna doncella que cuidara tanto a su señora como aquélla.

Las ignoró a todas y se dirigió directamente a Ava.

—Buenas tardes.

—Buenas tardes, milord. Le agradezco su visita, pero hoy no recibo.

—¡Ah! Yo creo que sí —respondió él con tono inexpresivo.

—¿Sí? —intervino Sally enarcando tanto las cejas que le llegaron hasta el nacimiento del pelo.

—Pues yo creo que no —aclaró Ava—. Mi hermana y yo estábamos repasando nuestras facturas.

—Es posible que las facturas puedan esperar, puesto que voy a ser yo quien las pague. Y, además, milady, tu marido necesita hablar contigo.

—Marido —repitió ella con una leve sonrisa burlona.

—¡Ay, Dios! —exclamó la señorita Downey intercambiando una mirada de asombro con Sally.

A Jared no le importaba lo enfadada o dolida que estuviera Ava, pero no podía tolerar su insolencia.

—Unas palabras, lady Middleton —dijo secamente—. A solas.

—Lo lamento —respondió ella haciendo un gesto con la mano—, pero...

—Nosotras estábamos a punto de marcharnos —la interrumpió Phoebe frunciendo el cejo con expresión misteriosa hacia su hermana, al tiempo que les hacía una seña a Sally y a la señorita Downey para que se levantaran.

Ava gimió por la traición y miró a su hermana con expresión que prometía venganza.

—Vamos, Lucy —ordenó Phoebe severa—. Su señoría quiere hablar con su esposa —añadió señalando a Ava con la cabeza—. Tú también —le dijo a Sally, extendiendo la mano para agarrar con firmeza la de la doncella y empujando a la señorita Downey en la espalda con la otra, obligando a ambas a dirigirse hacia la puerta, al tiempo que recogía a Morris y a lord Downey mientras salían.

Cuando la puerta se cerró tras ellos, Jared se volvió para mirar a Ava, quien le estaba contemplando con insolencia. Con tanta insolencia, de hecho, que Jared notó que su piel irradiaba un cierto brillo.

—Estás preciosa —declaró sin poder evitarlo.

Ella levantó la mano y sacudió la cabeza.

—¿Qué... qué quieres?

—Ver a mi esposa. Abrazarla otra vez.

Ella puso los ojos en blanco, se apartó de él y se acercó al aparador, donde se sirvió un vaso de agua.

—Ahora que ya me has visto, puedes marcharte.

—¡Ava! —exclamó él con voz de mando—, deja de ser tan susceptible. Estoy aquí para decirte que mi padre va a celebrar el baile de otoño de todos los años, y todo el mundo espera que asistamos.

—¡Qué estupendo! —exclamó ella elevando los ojos al techo— .Y supongo que tendré que fingir que todo va como la seda entre nosotros, y sonreír de felicidad cuando le robes un beso a tu amante en un oscuro rincón. O mejor aún, en una terraza privada. Al parecer, sabes dónde se encuentran todas las terrazas privadas —añadió depositando el vaso en el aparador con un golpe.

—¡Maldita sea! —contestó él cada vez más exasperado—. ¡Ya te he dicho que no existe ninguna amante! ¡Nunca la hubo!

—Por favor, ahórrate las mentiras. No voy a asistir.

Él luchó para mantener la calma.

—No puedes negarte, Ava.

—¿Cómo puedes seguir pidiéndome nada? —gritó ella—. ¿No me has quitado ya bastante? ¿Y ahora quieres llevarme a casa de tu padre para convertirme en el hazmerreír de todos?

—¿El hazmerreír? ¡Voy a llevarte a casa de mi padre en calidad de esposa!

Pero Ava no lo escuchaba.

—¡Me tomas por una simple niña a la que puedes poner en ridículo! —lo acusó moviendo la mano al tiempo que se volvía furiosa—. ¡No me importa la clase de acuerdo al que crees que llegamos, el caso es que no voy a ser tu esposa sólo de nombre!

—No puedes decir que sólo hayas sido mi esposa de nombre —intervino él enfadado—. Pero lo cierto es que, en estas dos últimas semanas, ni siquiera has sido eso.

—¿Y por qué iba a fingir? En cuanto te quedas solo, te precipitas a los brazos de otra —lo acusó ella, recogiendo un periódico y arrojándoselo—. ¡Tus amigos se han asegurado de que saliera publicado en los periódicos de la mañana!

—Eso es mentira. Yo...

—No voy a convertirme en prisionera de este matrimonio por culpa de los votos que intercambiamos.

—¡Tú quisiste pronunciarlos! —le recordó, él furioso—. ¡Ahora no pretendas que tus motivos fueron inocentes!

—Apenas recuerdo cuáles fueron —confesó con voz firme—. Pero Dios sabe hasta qué punto lamento mi falta de sentido común algunas veces.

Él se encrespó, puso los brazos en jarras y la miró enfadado.

—Escúchame, Ava, puede que hiciéramos los votos en vano, pero las cosas han cambiado...

—¡Sí, todo ha cambiado! Ya no quiero estar casada contigo. Acéptalo, por favor: no deseo seguir casada contigo.

El temblor de la ira que sentía, se convirtió en verdadera furia. No era así como habría previsto que se desarrollara la entrevista. Se había imaginado a sí mismo contándoselo todo: que lo único que podía ver era a ella, que sólo podía pensar en ella, y que sólo la llevaba a ella en el corazón. Pero la forma cruel en que le estaba hablando hacía que una parte de él deseara no haberla conocido nunca.

Por desgracia, estaban casados. Pero eso no quería decir que tuviera que permanecer en su compañía. Cruzó el salón en dos zancadas, la agarró del brazo y la acercó a él para que no hubiera lugar a error.

—Puede que no desees estar casada conmigo, milady, pero lo estás, y vas a asistir al baile de mi padre. Si estás pensando en desafiarme, te llevaré a la fuerza. ¿Me has entendido bien?

—¡Ja! —se burló ella mirando hacia el techo—. ¿Ahora me vas a decir dónde y cuándo debo ir? Muy bien, milord, asistiré. Pero no voy a acobardarme cuando se presente tu amante.

Jared, rebosante de rabia, apretó la mandíbula para contener los juramentos que pugnaban por salir de su garganta y la soltó. Estúpida mujer. Niña estúpida y tonta. Algún día iba a arrepentirse de haber pronunciado aquellas ásperas palabras, pero en ese momento estaba demasiado enfadado como para que le importara si lo hacía o no. Entrechocó los talones, dio media vuelta y avanzó a zancadas hacia la puerta.

—Tengo que decirte una cosa más antes de que salgas corriendo a encontrarte con tu amante —le detuvo ella con acritud.

Él cerró los ojos en un intento de hacer acopio de calma.

—Ya tienes lo que deseabas —anunció ella con voz un tanto inestable—: Estoy embarazada de tu hijo.

Él tuvo la sensación de que algo estallaba en su interior. Las intensas emociones que lo habían incomodado todo ese tiempo explotaron de repente. Se sujetó al picaporte mientras su cerebro intentaba asimilar la maravillosa y amarga noticia. Transcurrieron unos segundos antes de que fuera capaz de hablar. Se dio la vuelta despacio, para quedar frente a ella y se le desgarró el corazón al ver las lágrimas en sus ojos.

¡Dios, cuánto dolor le había causado!

—¿Estás segura? —preguntó en voz baja.

—¡Sí, sí! —gritó ella mirando al cielo—. ¡Estoy segura! ¡Vas a tener a tu precioso heredero! Puede que te deshicieras de Edmond como si fuera basura, pero ahora vas a tener un heredero legítimo.

A Jared se le estaba rompiendo el corazón. Notaba cómo se partía.

—También tú tienes lo que deseabas —declaró con suavidad, metiendo la mano en el bolsillo y sacando la pulsera que había comprado para regalársela—. Es cierto que me encontré con lady Waterstone en el zoo poco después de que llegáramos a Londres, pero fue por casualidad... al menos por mi parte. Supongo que me siguió. Pero le dije con toda claridad, que no existe nadie para mí excepto tú. Y durante estos meses no ha habido nadie más. Le dije que te amo. Con desesperación.

—¿Q... qué? —tartamudeó Ava, llorando.

—No puedo explicar por qué tenía tanto miedo a decirlo o por qué me ha sido tan difícil de admitir —confesó él mirando sus encantadores ojos verdes claros—. Hay muchas cosas que desconoces sobre Edmond. Pero le quiero, Ava. Y te amo a ti. Tanto que me asombra la profundidad y la intensidad de lo que siento. Sueño contigo. Te necesito.

Notó que se le doblaban las rodillas y se apoyó en el respaldo de una silla.

—Sufro por ti, Ava. Mis días y mi corazón están vacíos cuando estás lejos de mí. No soy nada sin ti. Eso es lo que había venido a decirte —terminó.

Lanzó la pulsera sobre la silla y se fue, agotado por completo.

30

A la mañana siguiente, Ava se encontraba bastante mal, pero no estaba del todo segura de si era debido al embarazo o a lo confusa que estaba respecto a Jared. Sin embargo, su indisposición atrajo la atención de Phoebe, quien encontró a Ava inclinada sobre el baño y le ofreció una toalla limpia.

—¿Estás embarazada? —preguntó sin rodeos.

—Sí —respondió Ava desplomándose en una silla y cerrando los ojos.

—¡Eso es maravilloso! —exclamó Phoebe.

—No, no lo es —la contradijo Ava.

—¡Ava! ¡No vas a estropear esto con tu ira! ¡Es maravilloso!

Ava se rió con amargura.

—No es mi cólera lo que lo estropea, Phoebe, sino mi estupidez —dijo abriendo los ojos—. Vino hasta aquí para decirme que me amaba. Pero yo le insulté, Phoebe. Me porté como una estúpida.

Phoebe se rió.

—No es nada gracioso —se quejó Ava mientras su hermana la ayudaba a sentarse.

—Sí lo es. Puedes ser muy dramática cuando te lo propones. Sólo habéis tenido una pelea de amantes, nada más.

—Y tú eres una experta en el tema —resopló Ava.

—Más o menos como tú —replicó Phoebe muy digna.

Ava no podía discutírselo.

—¿Qué debo hacer, Phoebe? ¡Estaba furioso cuando se marchó! Nunca le había visto así.

—No lo sé —admitió Phoebe—, pero se me ocurre que tres cabezas discurren mejor que una.

—¿Qué quieres decir?

—Me refiero, querida, a que creo que hay más de una forma de cazar a un hombre que va a ser duque, y sospecho que, si Sally y nosotras unimos nuestros cerebros, llegaremos a descubrirlas.

—¡Ah, no, querida! —se escandalizó Ava—. ¡Estoy demasiado avergonzada!

—Precisamente por eso es por lo que tenemos que reunirnos a hablar —insistió Phoebe, haciendo que se levantara—. Lo único que siento es que Greer no esté aquí para ayudarnos. Siempre se le ocurre algo —añadió.

—Yo también —suspiró Ava, y ambas se fueron juntas a buscar consejo.

Antes del baile de su padre, Jared pasó dos días horrorosos, haciéndose reproches y preguntándose cuándo se había vuelto tan blando.

Se había comportado como un idiota, como un maldito estúpido. Todo ese asunto del amor nunca había sido su fuerte, y no sabía por qué demonios había pensado que iba a poder dominarlo. Bueno, no iba a volver a cometer el mismo error otra vez. La próxima vez que una mujer se apoderara de su corazón —suponiendo que llegara a haber otra— se largaría a Broderick Abbey y se refugiaría en el trabajo.

A menos, claro está, que ella se encontrara viviendo allí, en cuyo caso quizá lo que hiciera fuera meterse en el Támesis hasta que el agua le tapara la cabeza y dejara de ver, oír y sentir.

Pero ella estaba embarazada de su hijo.

No dejaba de pensar en eso. Tal milagro le parecía una maravilla y se preguntaba cómo iría creciendo el niño en el vientre de Ava, y cómo se estarían formando sus piernas y brazos. Aunque quizá se tratara de una niña, igualita a Ava. Rubia y hermosa, y demasiado impertinente para su propio bien. Se había perdido ese milagro con Edmond y no pensaba volver a perdérselo.

En realidad, ahora que había dejado salir a la bestia del amor, temía no ser capaz de volverla a encerrar nunca. Tan sólo esperaba que Ava, la bestia y él encontraran la manera de convivir.

Por el momento, la herida era demasiado reciente, motivo por el cual, la noche del baile, envió al cochero a recogerla con instrucciones explícitas de arrastrarla a la fuerza en caso de que ella se negara a ir. El criado retrocedió horrorizado al oírle, pero Jared avanzó hasta que las narices de ambos quedaron pegadas y le explicó, con todo detalle, que, si se le ocurría desobedecer, perdería su empleo en esa casa.

Se vistió despacio, casi con desgana. Siempre había temido pasar una velada junto a su padre, pero la de esa noche no sabía si iba a poder soportarla siquiera. ¿Ver a Ava en esos momentos, cuando el abismo entre ellos era más profundo? Corría el riesgo de que el corazón se le desintegrara del todo. Estaba tan entumecido que temía que eso ya hubiera sucedido.

Phoebe terminó de entrelazar las cuentas doradas, a juego con las que llevaba cosidas el vestido, en el cabello de Ava. Ésta portaba en la muñeca la pulsera que Jared había lanzado sobre la silla. Cuando se decidió por fin a recogerla, vio que en la parte interna había algo grabado: «De J. B. para A. B. Los corazones unidos no se separan jamás».

Se había echado a llorar como una criatura.

Y en cuanto al vestido; bueno, Ava siempre se admiraba del talento de Phoebe, pero aquel traje era realmente hermoso. Parecía una princesa.

Por lo que podía ver, Lucy y Sally, que permanecían de pie a un lado, estaban igual de maravilladas, ya que miraban boquiabiertas a Ava como si nunca antes la hubieran visto.

—¿Qué pasa? —gritó, aterrorizada ante la posibilidad de que su embarazo fuera ya visible.

—Estás hermosa, querida —dijo Lucy.

—¿De verdad? —preguntó Ava girando a un lado y a otro con el vestido dorado, haciendo que las lentejuelas capturaran la luz y consiguiendo que el vestido brillara.

—Queda muy bien con su cutis —añadió Sally, asintiendo pensativa, pero mirándola de manera crítica—, hay algo que no está bien del todo.

—¿Dónde? —preguntó Ava con aprensión, mirándose con atención en el espejo.

—Humm —murmuró Sally, y tanto ella como Lucille y Phoebe contemplaron a Ava.

—¿De qué se trata? ¡Vais a volverme loca con tanto misterio!

—¡Ajá! —exclamó Sally con una pequeña sonrisa.

Se adelantó un paso, metió los dedos por el escote de Ava y tiró de él hacia abajo, casi hasta la indecencia.

Ava y Lucy chillaron.

—Tienes mucha razón —asintió Phoebe dando su aprobación—. Que se insinúe un poco el pecho.

—¿Que se insinúe? —se escandalizó Ava.

Se disponía a subirse el corpiño, pero la detuvieron las exclamaciones de Phoebe y Sally.

—¡Déjalo así, boba! —la reprendió Phoebe, bajando un poco los hombros del vestido. Sally y ella se apartaron un poco para examinarla—. ¡Ay, Ava! —dijo con lágrimas en los ojos—, estás arrebatadora.

Un golpe en la puerta interrumpió lo que Ava estaba a punto de replicar. Se trataba de Morris.

—Ha venido un carruaje para usted, milady —anunció.

Las cuatro mujeres se miraron mutuamente, y de pronto, comenzaron a hablar todas a la vez, recogiendo la capa forrada de piel y los guantes. Cuando le entregaron todas sus pertenencias, Ava suspiró, les dirigió una brillante sonrisa y las cuatro fueron en tropel hasta el vestíbulo.

Mientras lo hacían, pasaron por delante de lord Downey, quien se encontraba en la puerta de su estudio y que frunció el cejo al verlas.

—¡Todavía no entiendo por qué no fui incluido en la invitación! —gritó dirigiéndose a la espalda de Ava.

Nadie le hizo caso.

Un lacayo de Middleton salió al encuentro de Ava en el vestíbulo, le hizo una profunda reverencia y mantuvo la puerta abierta para ella.

—¿Dónde está lord Middleton? —preguntó Ava, escrutando la oscuridad.

—Dijo que se reuniría allí con él —explicó el lacayo volviendo a inclinarse.

A Ava se le desplomó el corazón. Tenía la esperanza de poder hablar con él de camino al baile, pedirle perdón por su comportamiento y decirle que ella también le amaba. ¡Que lío tan terrible había formado!

—Ah —exclamó, dirigiéndole al lacayo una sonrisa forzada—. Perfecto. Supongo que deberíamos ponernos en marcha.

—Sí, milady —respondió él, pasando por delante de ella para abrir la puerta del coche.

Ava se cubrió la cabeza con la capucha de la capa y le dirigió una débil sonrisa a Phoebe.

—¿Me prometes que vendrás en cuanto puedas?

Phoebe la agarró y la besó en la mejilla.

—En cuanto le haya hecho un pequeño arreglo a mi vestido. Y recuerda, querida. Sé humilde. Sé que no es algo a lo que estés acostumbrada, pero tienes que intentarlo.

—Gracias, Phoebe —dijo Ava con ironía—. Voy a encontrarme con mi destino sabiendo que mi hermana cree que no soy capaz de ser humilde.

—No creo en absoluto que puedas serlo —insistió Phoebe al tiempo que le daba un pequeño empujón hacia la puerta—. Sorpréndeme.

Y, después de eso, Ava se perdió en la noche para intentar recuperar poco a poco el favor de su marido.

Miles de velas se habían encendido con ocasión del baile anual de otoño de los Redford. El brillo de las luces se podía ver a varias manzanas de distancia. Si algo podía decir Jared a favor de su padre era que nunca reparaba en gastos.

Subió con dificultad los escalones, le dirigió una forzada sonrisa al mayordomo del duque y entró en la casa.

—¿Debo anunciarle, milord? —le preguntó el hombre mientras le indicaba a un lacayo, con un gesto de la cabeza, que se hiciera cargo del abrigo, el sombrero y los guantes.

—Creo que no. Entraré sin más, si no te importa.

—Como usted desee, milord —dijo el mayordomo con una profunda reverencia—. Ya he anunciado a lady Middleton.

La mención de su nombre hizo que su corazón se saltara un latido. Asintió y entró, deteniéndose a saludar a varios conocidos, sonriendo y flirteando como hacía siempre, con el corazón adormecido por completo.

Como era de prever, el salón de baile estaba atestado. En cada entrada colgaba una rama de muérdago, así como de las seis lámparas que había sobre la pista de baile. Estaban bailando una cuadrilla y Jared se dedicó a contemplar a los hombres, vestidos con levitas negras, que giraban en torno a faldas de ricos colores, recordando una noche, similar a ésa, que se había desarrollado parecía hacer mil años, cuando coqueteó con Ava mientras ambos bailaban esa danza. Anduvo junto a la pared, deteniéndose a tomar un poco de champán y a charlar con sus amistades.

Todavía no había visto a Ava; daba por hecho que estaría enfurruñada en algún rincón. Pero sí vio a su padre presidiendo la fiesta en una esquina, sentado en un sillón como si fuera un trono. Estaba inclinado sobre el brazo del sofá, hablando con alguien a quien Jared no podía distinguir.

Tampoco le interesaba.

Deambuló por allí, observando a los bailarines y escrutando la muchedumbre en un intento de descubrir algún indicio de Ava. O de Phoebe, quien seguro que estaría cerca de ella. Se le pasó por la cabeza que quizá estuviera indispuesta dado su delicado estado, la concentración de bailarines y el calor. ¿Era posible que así fuera?

Su conocimiento sobre mujeres embarazadas era prácticamente nulo, pero tenía la impresión de que tenían cierta tendencia a estar siempre enfermas. Esa idea le provocó un leve acceso de pánico que lo obligó a mirar a su alrededor con más atención.

Por irónico que fuera, fue su padre quien le indicó dónde estaba Ava. Jared se movió lo justo para ver al duque con mayor claridad y lo vio reírse; cosa de por sí asombrosa; ya que sólo recordaba haberlo visto reír un puñado de veces. Pero así era.

Tenía el rostro contraído a causa de la risa. Jared se sorprendió tanto que se acercó para descubrir quién era el alma caritativa que había logrado hacer semejante milagro.

Ava.

Era Ava quien estaba sentada con elegancia a su lado, más hermosa que nunca. Portaba un abanico que sabía que había pertenecido a su madre, y así era, ya que llevaba el sello ducal de Redford. Se estaba abanicando, le brillaban los ojos con intensidad y movía los labios a toda velocidad mientras contaba algún chisme.

Esa visión le sorprendió; Ava y su padre apenas se conocían, y la vez que se habían visto no fue en la mejor de las circunstancias. Sin embargo, allí estaban sentados los dos, como si fueran un par de viejos amigos. Un par de viejos amigos. Su primer pensamiento fue que se habían unido por el desprecio que ambos sentían por él. No le costaba nada imaginárselos hablando de sus defectos y riéndose a su costa.

Se encontró de repente yendo hacia ellos, pensando ya en lo que iba a decirles.

Su padre lo vio acercarse y se levantó extendiendo, presuroso, la mano a Ava, quien también se puso en pie con una brillante sonrisa. Entonces, su padre hizo algo que estuvo a punto de conseguir que Jared se cayera de rodillas: le sonrió al tiempo que extendía la mano para saludarlo. De hecho, cuando él llegó a su altura, no estaba seguro sobre el significado de tal acción, y se sintió aturdido cuando el duque le estrechó la mano y luego lo abrazó con afecto.

—Hijo —dijo—, permíteme que sea el primero en darte mis más sinceras felicitaciones.

Jared miró a Ava, y ésta sonrió con nerviosismo.

—¿Perdón?

Su padre le soltó la mano, pero continuó sonriendo.

—No es necesario que disimules. Tu encantadora esposa me lo ha contado todo.

—¿Todo? —repitió él, mirando a Ava. Ésta se encogió de hombros disimuladamente a espaldas de su padre y esbozó una ligera sonrisa.

—Sí, todo. Lo buen marido que eres y, por supuesto, la noticia de que voy a tener un nieto.

Jared no se hubiera sentido más impresionado si el cielo se hubiera desplomado sobre su cabeza.

—Un buen marido —repitió en voz baja.

—Me habéis hecho muy feliz —señaló el duque—. Y ahora —añadió poniendo una mano sobre Ava y empujándola hacia adelante—, tu esposa ha estado esperándote para bailar.

Ambos la miraron mientras ella se adelantaba un paso y colocaba la mano en la que le ofrecía Jared.

Él se inclinó y la besó en la mejilla.

—Buenas noches, Ava.

—Buenas noches, Jared —respondió ella con suavidad.

Era increíble que el sonido de su nombre saliendo de los labios de Ava pudiera hacer que el corazón empezara a latirle con tanta rapidez.

—Están tocando un vals —le hizo notar Jared—. ¿Puedes bailar? Quiero decir... ¿puedes...?

—Claro —respondió ella sonriendo de tal modo que se le formaron hoyuelos en las mejillas.

Él siguió contemplando aquellos ojos verdes que habían capturado su imaginación en una noche de primavera, casi dos años antes.

Ava se rió.

—¿No querías bailar este vals?

Él sonrió, la condujo a la pista de baile, y siguió el ritmo sin poder apartar los ojos de su rostro.

—Creí que nunca te volvería a oír pronunciar mi nombre —susurró—. Ahora entiendo por qué era tan importante para ti.

Ella contuvo el aliento y miró con disimulo a su alrededor.

—Yo... Lo siento muchísimo —dijo—. No tenía ni idea de que pudiese llegar a ser tan arpía. Tenías razón, ¿sabes? Sabía perfectamente cuál era nuestro acuerdo, pero no estaba preparada, y no pude evitar enamorarme de ti como una loca.

Él oprimió su mano, se fijó en la pulsera que llevaba y sonrió.

—Lo entiendo —afirmó, volviendo a mirar sus verdes ojos y sus sonrosados labios—. A mí me pasó lo mismo. Ni por un momento me imaginé que llegaría a... amar. Así no. Te amo, Ava. Tú tenías razón; sin ti sólo soy una cáscara vacía.

Ella sonrió y le brillaron los ojos al mirarlo.

—¿De verdad?

Echó la cabeza hacia atrás con una enorme carcajada. Él dio un giro, sin dejar de mirarla.

—¿Crees que podemos convertir esto en un matrimonio? Me refiero a un matrimonio de verdad, un matrimonio real, con sentimientos en vez de uno de conveniencia.

—Podemos hacer todo eso y más. ¿Cuándo —y mirando levemente su cintura continuó— seremos tres en la familia? —preguntó.

—En verano. Cuando florezcan los jazmines y las espuelas de caballero.

El corazón de él se llenó de alegría.

—Tengo tanto que contarte, Ava... sobre Edmond y sobre mí y cómo ocurrieron las cosas.

—Quiero saberlo todo —afirmó ella con una sonrisa y sus

verdes ojos brillando de felicidad—, pero todo eso puede esperar a esta noche, cuando estemos en casa, ¿no estás de acuerdo?

Casa. Ella iba a volver a casa. A Jared se le quitó un enorme peso de encima.

—Pero ahora... nos están mirando —añadió Ava.

—¿Quiénes? —preguntó él distraído, sonriendo, con el resto de mundo convertido en un rumor distante.

—Todos —contestó ella con una carcajada—. Después de lo que se ha publicado en los periódicos...

Él echó un vistazo alrededor, vio muchas cabezas vueltas en su dirección, y se rió también.

—Amor, debería haberte advertido que nunca tendrás un momento de paz. Todos los ojos estarán siempre encima de nosotros, anotando cada movimiento y cada respiración. Es el riesgo que conlleva ser heredero de un ducado.

—No me importa —dijo ella, feliz—. Mientras te tenga a ti, no me importa.

—Entonces —respondió él guiñándole un ojo—, ¿por qué no les damos algo de que hablar?

—¿El qué?

La obligó a detenerse en mitad de la pista de baile, la rodeó con los brazos y la besó. Ella se rió contra su boca, pero se amoldó a él del mismo modo que hacía cuando lo deseaba, y él no consiguió obligarse a dejar de besarla hasta que Harrison le tocó en el hombro, y le susurró que estaban causando una verdadera conmoción.

Dos días después del baile, por la mañana llegó a Middleton House un mensajero con varias cajas. Dentro ellas había juguetes y ropa de recién nacido.

—Un regalo del duque —aclaró Jared, y, mientras Ava lanzaba exclamaciones al abrir las cajas, él intentó asimilar mentalmente el nuevo comportamiento de su padre.

Le iba a costar tiempo confiar en él, suponiendo que alguna vez lo hiciera, pero era un alivio que agradecía.

Unos días después de eso, una criada llevó tostadas, café y la edición de la mañana del *Times* a las habitaciones del señor de Middleton House. Llamó a la puerta, se deslizó dentro, dejó la bandeja y volvió a salir.

Ava obligó a Jared a salir de entre las sábanas para acercar la bandeja, cosa que él hizo, desnudo por completo, para gran placer de ella. Cuando regresó, se acurrucaron juntos para beber el café y leer el periódico a la vez. Cuando por fin llegaron a las páginas de sociedad, Ava emitió un chillido de placer al ver un pequeño titular: «La caza».

Le arrebató la hoja a Jared mientras él masticaba un trozo de pan tostado y leyó en voz alta:

—«Al parecer, la temporada de caza ha llegado a su fin, y de nuevo el zorro ha engañado a todo el mundo con su astucia. Según atestiguan los asistentes a un reciente baile ducal, mientras todo Mayfair creía que el zorro iba a ser cazado por la viuda, era el cordero quien expulsaba a los sabuesos de la persecución y lo capturaba por entero.»

Ava se rió y le dedicó una radiante sonrisa.

—Te cacé —afirmó, tocándole la nariz con el dedo.

—La verdad, milady —señaló Jared—, es que hace tiempo que no jugamos a eso. —Dejó el periódico a un lado, la tostada al otro, y el zorro atrapó al cordero entre sus brazos—. Vuelve a cazarme —pidió contra su boca, haciendo que su bella esposa se echara a reír.

31

—«Queridas Ava y Phoebe, lamento informaros de que todavía no he averiguado lo que le ha sucedido a mi familia. Empiezo a perder la esperanza de llegar a saberlo algún día, pero el señor Percy me dice que tenga paciencia.» ¡Maldito señor Percy! —gritó Phoebe, sacudiendo la carta que le estaba leyendo a Ava.

—¡Sigue leyendo! —ordenó ésta.

—«La pasada tarde, cenamos en casa de sir Blanmouth, y me convencieron para jugar al billar después de la cena. Me sorprendí cuando gané una ronda. El señor Percy dijo que tengo un don natural para el billar, pero que no me recomendaba que me lo tomara como una ocupación. Le aseguré que no iba a hacerlo.»

—¡Santo Dios, está jugando al billar! —gimió Ava—. ¿Qué crees que será lo siguiente que hará? ¿Apuestas?

—No creo que sea nada tan malo como eso, querida —la tranquilizó Jared con una sonrisa, antes de volver a centrar su atención en el libro sobre caballeros y batallas que estaba leyendo, con mucha atención, junto a Edmond Foote.

El niño y su padre habían ido a Londres hacía poco para visitar al hombre que el pequeño Edmond creía ahora que era un tío lejano: lord Middleton.

—Sigue, Phoebe, lee el resto —insistió Ava.

—«Supongo que para obtener respuestas tendré que seguir viajando.»

Phoebe suspiró con irritación.

—¿No te parece que, al menos por una vez, podría tomarse la molestia de decir qué preguntas son las que necesitan respuesta?

Continuó leyendo:

—«Supongo que tardaré otro mes y luego volveré a casa, aunque el señor Percy me ha advertido que los viajes pueden hacerse muy lentos en esta época del año debido a las lluvias. Volveré a escribiros pronto. Mi afecto para todos, y en especial para mi futuro ahijado. Con cariño, Greer.»

Phoebe dejó la carta y miró a Ava.

—¿Quién es el señor Percy? —gritó dirigiéndose a las vigas del techo.

—Supongo que no lo sabremos hasta que se digne volver casa —respondió Ava con dulzura, acariciando la mano de su hermana.

La trilogía *Las debutantes* en Booket: